KB202199

다문화시대
한국어교육을 위한

한국문학의 이해

이창식(李昌植)

세명대학교 미디어문학부
한국어문학과 교수, 시인
문화재청 문화재위원 역임
현재 충청북도 문화재위원
한국공연문화학회 회장
충북학연구소 운영위원
문화창조연구원장

저서 『한국의 유희민요』, 『충북의 민속문화』,
『단양팔경 가는길』, 『한국신화와 스토리텔링』,
『고전시가강의』, 『김삿갓문학의 풍류와 야유』,
『어머니아리랑』(시집)외 다수

이메일 chang-0715@daum.net

감성문화창조학교 운영 http://cafe.daum.net/sammernight

다문화시대
한국어교육을 위한
한국문학의 이해

초 판 발행 2009년 3월 10일
개정판 발행 2014년 3월 3일

지은이 이창식 ‖ **펴낸이** 박찬익 ‖ **편집** 김지은
펴낸곳 도서출판 **박이정** ‖ **주소** 서울시 동대문구 천호대로 16가길 4
전화 02) 922-1192~3 ‖ **팩스** 02) 928-4683 ‖ **홈페이지** www.pjbook.com
이메일 pijbook@naver.com ‖ **등록** 1991년 3월 12일 제1-1182호

ISBN 978-89-6292-044-4 (93810)

* 책값은 뒤표지에 있습니다.

다문화시대 한국어교육을 위한

한국문학의 이해

이창식 지음

도서출판 박이정

머리말

문학이 세상을 바꿀 수 있을까. 첨단기기로 모든 것이 빠르게 바뀌고 있다. 과거 공동체 문화가 국지적인 것에서 국제적인 것으로 바뀌고 있다. 그만큼 언어의 소통이 중요하다. 지구가 하나의 마을로 엮이는 세계화(Globalization)가 급속하게 전개되고 있다. 문화는 물론 상품, 자본, 정보, 환경 문제 등 여러 차원에서 변화가 일어나고 있고, 이에 따라 인구이동도 빈번해지고 있다. 정보적인 측면에서도 글로벌한 영향이 점차 커지고 있다. 인터넷이나 유선방송을 통해 예전과는 비교가 될 수 없을 만큼 엄청난 문화정보가 쏟아져 들어오고 흘러나간다. 한국의 위상과 영향력이 높아졌다.

현재 한국에는 190개국 100만 명의 외국인이 거주하고 있는 것으로 추산되는데, 이는 한국 전체 인구의 1.95% 정도를 차지한다. 최근에는 한국인 남성과 결혼하여 정착하는 외국여성들이 점차 늘어나고 있다. 시골 마을에서는 전체 결혼의 30~40% 정도가 국제결혼이다. 이주문화의 한국적 적응에 대한 논의가 다양하게 펼쳐지고 있다. 외국인 유학생 특히 중국과 몽골을 비롯하여 동남아시아와 유럽권에서 한국에 들어와 있는 유학생들의 수도 점점 늘어나고 있다. 앞으로 더욱 확대될 전망이다. 다문화(多文化)의 교육적 대비가 절실하다.

이른바 다문화 관련자들에 대한 교육의 새로운 대안이 요구된다. 이들을 대상으로 한국 내에 있는 각급 학교에서는 외국어로서의 한국어교육과정을 개설하고 한국어와 한국문화에 대한 기초적인 학습이 이루어지고 있다. 다양한 곳에서 초보적인 한국어교육, 이어서 심화된 한국어교육이 전개되고 있다. 그러나 교육 현장에 있으면서 느낀 점은 최근 지속적으로 한국어를 학습하거나 한국 유학을 목적으로 한국어를 배우고 있는 외국학생들을 대상으로 한 좀 더 깊이 있는 가르침이 요구된다는 것이다. 한국어 교육의 새로운 트렌드가 요구된다.

언어습득은 그 자체로 완성되는 것이 아니다. 언어습득은 문화와 문학 등의 학습을 위한 도구적 성격이 강하기 때문이다. 또한 다소의 언어를 습득한 경우에 다양한 국면에서의 심리적 반응과 삶의 관계를 이해하고 표현할 수 있는 능력을 길러야 한다. 여기서 더 나아간다면 능동적인 상상력을 발휘하여 자신이 처한 문화적 상황 속에서 대처하고 예견할 수 있게 해야 한다. 비교적 시각도 중요하다. 문화 속의 언어가 가장 빠른 한국어 학습의 방편이다. 문화론적 한국어교육이 중요하다.

그렇다면 한국어를 사용할 수 있는 학생들에게 유용한 한국문화에 대한 이해, 능동적인 상상력을 발휘하기 위한 효과적인 매체는 무엇이 있는가. 한 언어권의 다양한 문화적 산물 가운데 문학은 언어를 매개로 정제되고 세련된 정서가 표현된 결과물이다. 한국문학은 한국인의 삶을 통해 축적된 정서적 표현물이다. 여전히 감동적인 읽을거리인 동시에 창조적 미래다.

이 책에서는 한국문학의 특성과 가치를 효과적으로 조망하였다. 한국어에 대한 기초적인 언어를 습득한 학생들에게 한국문학을 대상으로 한 교육은 유효한 학습이 될 수 있을 것이다. 특히 다문화시대에 한국어교육의 학습을 위해 한국문학의 새로운 읽기가 필요하다. 흥미를 유발시키는 법고창신(法古創新)의 문학독서론이 요구된다.

『다문화시대 한국어교육을 위한 한국문학의 이해』는 외국인 학생들은 물론 한국 학생들을 대상으로 한국문학에 관한 전반적인 이해를 제공하는 입문서이다. 한국문학에 대한 시대적 살핌과 각 장르별 문학작품의 특성에 대한 파악을 도울 수 있게 하였다. 장르마다 주요 작품을 감상할 수 있게 하였다. 짧은 시간에 한국문학의 정체성(正體性)과 세계관을 이해하여 또 다른 21세기 감성형 한국인, 문화인으로 살아가는 데 자신감을 가지기를 바란다. 한국문학 초보연구자도 역시 세계적 시각에서 문제의식을 지니도록 하였다.

이 책은 목차에서 보듯이 한국문학을 이해하려는 외국인을 위해서 집필되었다. 아울러 이들을 안내할 한국문학 전공자들에게도 길잡이가 되기를 바란다. 한국문학을 전공하면서 다문화시대에 한국문화를 통해 세계화의 주인공을 꿈꾸는 문학도들에게 도움이 되도록 쉽게 풀어썼다. 그만큼 논쟁적인 이론서에 머물지 않고 오히려 기왕에 공유된 성과물을 안내함으로써 효과적인 전달교육서가 되도록 노력하였다. 전공 위주의 차원에서 접근하기보다 한국문화의 폭넓은 이해 차원에서 누구나 읽을 수 있도록 하였다. 또 한류시대, 영상시대에 걸맞은 한국문학콘텐츠 측면도 강조하였다. 한국문학의 힘, 한국의 위상이 3만 불 시대에는 사뭇 달라질 것이다. 달라지는 만큼 한국문화에 대한 전반적인 대비가 필요하다. 이 책은 미래의 변화와 지금 여기의 기대를 상생시켜 정리한 한국문학 길라잡이인 셈이다.

한국문학의 가치론은 기존 책에서 문제적 쟁점으로 떠오르지 못했다. 이 책은 지금 여기, 그리고 오래된 미래의 한국문학을 소개하였다. 체계적인 문제의식은 약하나, 손쉽게 한국문학의 진수를 체득할 수 있게 체계화 하였다. 약점은 창의적인 시각이 별반 없다는 점이다. 다만 한국문학의 길과 숲을 빨리 파악할 수 있는 지름길이 되었으면 좋겠다는 뜻을 담았다. 발 빠르게 다문화시대에 필요한 문학 길 찾기의 경전이기를 희망한다. 가까이에서 자료를 챙겨준 최명환박사, 정태현군 도반에게 고마운 말을 남긴다. 끝으로 미래 독자들에게, 문학감성의 길잡이로 자처한다.

2014년 2월 초하루 다시 쓰며
세명대학교 퇴강연구실에서

목 차

제1부

한국문학의 장르 인식과 글쓰기

01 장르의 이해와 국문학의 장르론

1) 장르의 개념과 관점

(1) 장르의 개념

장르란 프랑스어로서 종(種) 또는 유형(類型)이란 뜻을 가진 라틴어 '게누스(Genus)'에서 유래한 용어이다. 게누스란 종족, 혈통 등을 의미한다. 원래 동·식물의 종과 속을 가르기 위해 사용하였는데, 이 개념을 예술 작품을 분류하는 데 전용(轉用)한 것이다. 한국문학에서는 통용상 갈래로 대체되어 쓴다.

문학 작품의 장르란 상호 공통적인 특성을 지닌 문학 작품들이 모여서 일관된 틀을 이룬 것이다. 어떤 작가가 어떤 틀을 선택하느냐 하는 점은 '그가 어떤 원칙이나 규범에 입각해 작품 창작에 임하였다.'는 말과 같다. 물론 이것은 알이 먼저냐 닭이 먼저냐 하는 순환 오류가 될 소지가 있다. 그러나 오늘날 대부분의 작가들은 집필에 착수하기에 앞서 기존 장르에서 자신이 만들 작품의 장르를 선택하고 있다고 보는 것이 타당하다. 또한 이러한 점은 작가만이 아니라 독자에게도 보다 편리한 작품 이해의 통로를 마련해주는데 기여한다. 따라서 장르에 대한 본질적인 이해는 문학의 본질을 이해하는 일이 된다.

장르를 분류하는 일은 국문학의 가장 기초적인 작업 중의 하나라고 할 수 있다. 장르를 나누는 것이 문학을 효과적으로 이해하기 위한 밑거름이 되는 작업이라고 할 수 있기 때문이다. 그러나 아직까지 "장르를 나누는 방법은 정확하게 이것이다"라고 정해져 있지 않다. 장르는 변화하기 때문이다. 또한 서로 교섭하고 결합하여 자주 복합적인 성격을 지닌 새로운 양식을 낳기 때문이다. 이러한 장르의 유동성 때문에 장르를 나누는 방법도 동·서양을 막론하고 매우 다양하였다.

서양에서 장르는 '화법의 구분'에서 기원하였다. 화자에 따라 문학을 주석적 화법, 인물 시각적 화법, 혼합화법으로 나누었다. 이로써 서양의 3분법 체계가 형성되었다. 동양에서는 장르 곧 문학의 종류를 가리키는 말로서 '문체(文體)'가 사용되어 왔다. 그러나 이 분류는 한문학에 국한될 뿐 국문학의 장르 개념과 일치하지 않는다. 동양에서는 『시경(詩經)』에서 시(詩)를 풍(風), 아(雅), 송(頌)으로 분류하면서 장르 개념이 탄생되었다. 풍(風), 아(雅), 송(頌)은 각기 서정, 서사, 극 장르로 해석되고 있다. 또는 『시경(詩經)』, 『서경(書經)』, 『주역(周易)』, 『예기(禮記)』, 『춘추(春秋)』 등 유가의 5경을 장르의 발생으로 보기도 한다.

이와 같이 동·서양의 장르 구분 방법이 다른 것이나 국문학이 흔히 말하는 동양(중국)의 장르 구분법과 일치하지 않는 것으로 미루어 장르가 어떤 시대나 지역적인 문화적 전통에 깊은 영향을 받고 있다는 것을 짐작할 수 있다. 역사적이고 사회적인 소산으로서 장르는 생성 → 발전 → 쇠퇴라는 단계를 거친다. 곧 장르는 변화하므로 이런 입장에 입각해서 장르를 연구할 필요가 있다.

그러나 장르 연구는 이것만으로 불충분하다. 문학은 시대와 지역에 상관없이 영원하고 불변적인 요소를 가지고 있기 때문이다. 따라서 사회적, 역사적 상황에 근거한 장르 이론도 필요하지만 동서고금의 모든 문학에 적용할 수 있는 이론도 필요하다. 그래서 결국 장르 연구가 변화와 불변이라는 양면성을 함축하고 있다.

(2) 장르의 관점

학문을 하기 위해서는 연구 대상의 분류 작업이 일차적으로 요구된다. 문학 연구도 이러한 원칙에서 예외일 수 없다. 그래서 동서고금을 막론하고 문학 작품의 분류 작업, 즉 장르론에 지대한 관심을 보여 왔다. 문학을 공시적·통시적으로 조망하려면 일정한 기준이 있어야 한다. 문학 작품의 구조를 단독의 개념으로 설정하고 연구하는 방법론으로는 작품의 전체적인 조망이 불가능하다. 또한 문학 작품을 사회와 밀접한 관련 속에 놓고 연구할 경우에도 막연히 '사회 → 작품'의 공식을 가지고는 핵심을 찾아낼 수 없다. 장르 연구의 중요성을 새삼 강조할 필요는 없지만, 한국문학계에 있어서는 장르, 갈래 연구에 대한 관심이 미흡한 듯하다.

초기 국문학의 연구 세대는 장르의 본질을 연구하기보다 서양의 고대 이론을 비판 없이 수용하여 국문학을 분류하였다. 조동일의 4분법 이론이 등장하여 체계적인 장르론을 수립하려는 노력을 보인 이후, 학계에서 다양한 논의가 벌어지기는 하였으나 비판만 무성하였을 뿐 그에 버금가는 이론을 도출하지 못한 숙제가 남아있다. 장르에 대한 통합적인 이해를 뚜렷이 내세운 학자로는 조동일 이외에 김흥규 등이 있었다. 그가 제시한 두 가지 질문을 통해 장르론에 대한 관점을 세워보도록 하겠다. 그는 다음과 같이 질문을 하고 있다.

가. 서정(적인 것), 서사(적인 것), 희곡(적인 것), 교술(적인 것) 등의 큰 갈래는 일정한 원리 요건에 따라 서로간의 경계선이 확연히 구분되는 범주적(範疇的) 개념인가, 혹은 일종의 이념형으로서 그들 사이의 중간적 위치를 인정하는 좌표적(座標的) 개념인가.

나. 위의 둘 중 어느 입장을 택하든 큰 갈래들은 역사와 문화의 차이에

도 불구하고 항상 그렇게 있는 실재인가. 혹은 문학의 다양한 작은 갈래들을 설명하기 위해 만들어진 (따라서 다른 것으로 대처될 수 있는) 개념의 장치인가.

두 가지의 질문에 스스로 대답을 하고 있다. 첫째 질문에 대해 그는 "큰 갈래는 일차적으로 특정한 세계관과 문학적 태도를 반영하고, 이차적으로 갈래론자의 관심 및 연구 동기가 반영되어 결국 큰 갈래 구분은 역사성을 배제할 수 없으므로 좌표적 개념이 된다."라고 대답하고 있다. 둘째 질문에 대해서는 "큰 갈래를 보편실재적인 것으로 생각하는 경우 역사적인 갈래들을 큰 갈래 안에서 단선적으로 계열화하는 편향을 유도하므로 실재하지 않는 수단적 개념의 장치로 보아야 한다."라고 대답하고 있다. 결국 그의 장르 구분은 중간혼합장르를 포함해서 다섯 가지가 되는 것이다.

장르를 구분하는 데 특정한 세계관 및 역사성이 개입된다는 사실은 재론의 여지가 없다. 장르를 몇 개로 나누든 일정한 철학적 기반이 필요하고, 철학이란 당대 학풍의 영향을 벗어날 수 없기 때문이다. 그러나 그렇다고 해서 역사성을 지나치게 고려한 나머지 장르 구분 자체를 상대적인 것으로 볼 수는 없다. 분명히 문학사 속에서 한 가지 장르에 속한 작품들의 연결 관계를 엿볼 수 있고, 동 · 서양의 차이에도 불구하고 일관된 장르적 성격을 띤 작품들이 존재하기 때문이다. 이를 염두에 둔다면 장르를 좌표적 개념으로 두어 많은 역사적 장르들이 그 좌표 사이를 방황하게 할 수는 없다. 좌표 개념으로 보면 우리는 수많은 개별 장르의 자리를 그 좌표 속에 표시하기 위해 끊임없이 노력해야만 한다. 범주적 개념으로 장르를 설정해도 서사와 희곡, 서정과 서사 등 각 장르 사이에는 어느 한 쪽에 유달리 가까운 개별 장르가 있을 수 있고, 두 장르의 중간 위치에 놓인 장르도 있을 수 있다.

장르론은 보편실재를 향한 노력이므로 설령 그것이 수단적 개념의 장치라고 하더라도 보편실재를 가정한 것이다. 단순한 개념 장치로 여긴다면 이론 성립의 가치는 사라지고, 그 장르 구분에 의해 많은 개별 장르를 구분하려는 노력을 구태여 할 필요가 없어진다. 보편실재로 장르를 가정한다 해도 그것이 장르간의 이동을 배척하지는 않는다. 막연한 중간혼합장르를 배척할 뿐 장르간의 역사적 이동은 충분히 가능한 것이다.

장르 간의 역사적 이동 뿐 아니라 한 개별 장르가 두, 세 가지 장르의 성격을 동시에 가질 수도 있다. 이는 헤르나디(P. Hernadi)의 장르론에서도 이미 나타난 바 있다. 헤르나디는 4분법을 사용하여 한 장르가 주도적으로는 한 장르류에 귀속되지만, 세부적으로는 다른 세 가지 장르의 특성을 모두 가질 수 있다며 그것을 장르 이론의 기본으로 삼고 있다. 그러나 헤르나디의 장르론은 가사(歌辭)와 같은 특정 장르의 설명에는 기여하는 바가 크지만, 국문학 일반의 장르론을 세우는 데는 너무나 번다하다. 국문학 장르에 있어 특정한 몇 개의 개별 장르는 두 가지 이상의 장르적 성격을 갖거나 개별 장르의 역사적 변천과 더불어 그 장르적 성격이 변하기도 한다. 그러나 대부분의 경우는 하나의 주도적 장르에 귀속되고 있다.

장르 구분은 문학 장르 사이에 경계선을 나누고자 하는 것이 아니다. 그것의 기본적인 목적은 문학의 질서를 찾고자 하는 데 있다. 결국 문학 장르는 작품의 보편적 원리를 제시해 문학 작품의 성격과 작품 간의 유사성, 문학사 안에서 장르의 흐름을 찾고자 하는 인간의 노력이지, 모든 개별 항목이 한 가지 장르적 성격만을 띠는 것으로 확인하는 과학적 원리는 아니다. 장르 간의 구분은 폐쇄성을 띠지 않아 개별 장르의 이동이 가능하다. 교술 내에서도 서정 쪽으로 가깝게 위치하는 개별 장르가 있을 수 있고, 서사 쪽에 가깝게 위치하는 개별 장르가 있을 수 있다. 그러나 하나의 개별 장르는 반드시 하나의 상위 장르에 귀속되어야 한다. 결국 장르는 보편실재의 개념으로 상정되면서도 장르간의 이동은 가능한 것이다.

한 개별 장르를 놓고 그 장르적 성격을 논의한다고 할 때, 그것은 장르류에 대한 연구와 장르종에 대한 연구로 나뉜다. 장르종의 연구에는 그 개별 장르에 대한 각종 연구가 모두 포함된다. 곧 그 장르가 작품으로 형상화되는 과정을 추적하는 미학적 연구, 장르의 형성, 발전, 쇠퇴 과정에 대한 연구, 작자층의 창작 의식을 살펴보는 연구 등이 모두 이에 들어간다. 다음으로 장르류의 연구는 장르종의 연구 성과를 토대로 하여 그 장르가 어떤 장르류에 속하게 되며, 그에 대한 근거는 무엇인지, 또한 장르류에 귀속이 사적 전개에 따라 양상을 달리하지는 않는지의 문제를 다루는 것이다.

이 두 가지의 연구는 상호 도움을 줄 수 있다. 한 장르종의 성격이 파악됨에 따라 장르류로의 귀속이 쉬어지는 것은 말할 필요도 없지만, 장르류로의 귀속 문제 해결을 통해 장르종의 연구를 진척시킬 수도 있다. 둘 중 어느 쪽이 더욱 가치가 있다고 말할 수는 없지만 적어도 '장르 연구'를 한다 할 때는 전자의 연구만으로는 의미가 없다. 전자의 연구를 통해 후자의 연구로 나아가는 것이 장르 연구를 위해 보다 끈질긴 연구 태도이다. 다시 말해 한 개별 장르의 장르적 성격을 밝히기 위해서는 전체 장르류에 대한 인식이 바탕이 되어야 하는 것이다.

2) 국문학의 장르론

문학의 장르를 구분하는 작업은 분류의 편의상 출발한 것이기도 하지만, "문학 작품은 어떻게 창작되고 어떻게 존재하는가?"에 대한 탐구를 위해서 더욱 적극적인 의의를 지닌다. 또한 문학사의 이론을 정립하기 위해서도 반드시 필요하다. 그런데 국문학 연구자들 사이에서 장르론에 대한 관심이 어느 나라와 비교해도 적지 않을 만큼 크다. 이러한 이유로 장르론에 대한 관심을 표명한 연구의 수 또한 적지 않으며, 그 기반이 되고 있는 이론적인 관점도 다양하다.

장르에 해당하는 우리말의 용어는 원래 '문체(文體)'였다. 『동문선(東文選)』에서는 문체를 『시경(詩經)』을 전거(典據)로 삼아 부(賦), 문(文), 서(書), 기(記)), 설,(說) 논(論), 변(辨), 해(解), 책(策) 등 48종으로 나누었다. 그러나 오늘날 '문체'라는 단어는 본래의 뜻으로 사용하지 않을 뿐더러, 이러한 분류는 한문학에 국한된 것으로 현재 진행되고 있는 장르론과 직결되지 않는다. 장르에 관한 연구는 서양 장르론의 영향을 받은 후에 주로 국문으로 된 고전문학을 대상으로 하여 진행되었고, 한문학의 장르론이나 현대문학의 장르론은 새삼스러운 논의의 대상이 되지 않았다.

초창기 국문학의 장르론은 뚜렷한 이론적 기초나 원리가 마련되지 못한 채 국문학개설류(國文學概說類)에 구색을 맞추기 위해 부수적으로 다루어진 수준을 넘어서지 못하였다. 우선 이들 개설류를 보면 국문학의 기본 장르를 시가와 산문 혹은 율문 장르군과 산문 장르군으로 양분하는 경우가 흔한데, 이는 그 변별의 기준이 오직 율격의 유무에 따른 형식원리에 입각한 것이며, 장르비평상의 개념어와는 거리가 먼 것이다.

가. 시가 : 시조, 잡가, 향가 등
나. 산문 : 설화, 야담, 소설 등

이병기는 국문학을 크게 시가와 산문으로 나누었다. 그는 "시가는 운율이 있는데 반해 산문은 운율이 없다"라고 하였다. 그리고 시가를 다시 잡가, 향가 등 역사적 장르로 나누고, 산문을 설화, 소설 등으로 나누어 여기에 다시 여러 하위 부류들을 들었다. 이병기의 분류는 내적 내용은 포함시키지 않은 채 외적 형식에 국한한 것으로 볼 수 있다.

가. 율문 장르 : 시적 장르(향가, 속요, 경기체가 등), 극적 장르(판소리)
나. 산문 장르 : 소설 장르, 희곡 장르, 수필 장르, 평론 장르

김기동은 국문학을 율문 장르와 산문 장르로 나누었다. 그는 율문장르를 시적 장르와 극적 장르로 다시 나누고 향가, 속요, 별곡 등을 시적 장르에 수렴시키고 판소리를 극적 장르에 수렴시켰다. 그리고 산문 장르를 소설, 희곡, 수필, 평론 장르로 나누었다. 이렇게 국문학을 이분시키는 경우, 율문과 산문으로 나누는 것이 보통이었다. 즉 운율이 있는가없는가에 따라 문학을 구분한 것인데, 작위적인 분류라는 데 많은 지적을 받았다.

이후 조윤제는 국문학의 분류 체계를 시가, 가사, 문필이라는 3대 범주로 구분하고자 하였다. 이와 같은 체계는 전대 국문학의 실상을 거의 순수하게 반영한 것이었다. 그러나 분류 체계가 소박한 것이어서 당대는 물론 장차 전개될 국문학의 실상을 포괄하는 데 절대적인 한계를 지니고 있었다. 그래서 그는 시가, 가사, 소설, 희곡의 4분법을 새로이 제기하였다.

가. 시가 : 향가, 장가, 경기체가, 시조 등
나. 가사 : 가사
다. 소설 : 신화, 전설, 설화, 소설 등
라. 희곡 : 가면극, 인형극, 창극 등

조윤제의 4분법은 가사의 시가성과 문필성에 주목하여 가사를 어느 하위 장르에 편입시키지 않고 독립시킨 점과 문필을 소설과 희곡으로 나눈 점에서 의의를 가진다. 그러나 이와 같은 체계는 근대 서구의 장르 체계와 우리 문학의 실상을 불완전하게 조합한 것이었다. 그래서 희곡의 범주를 채울만한 작품을 찾는 데 곤란을 느낄 수밖에 없었으며, 문필은 소설로 축소될 수밖에 없었다.

이러한 상황에서 장덕순이 제기한 서정, 서사, 희곡의 3분법 체계는

비록 서구 이론의 도입이라는 의미를 크게 넘어서기는 어려웠지만, 장르의 보편성에 대한 인식을 바탕으로 보다 강력한 설득력을 지닐 수 있었다.

가. 서정적 양식 : 고대가요, 향가, 고려가요, 시조, 서정적 가사, 잡가 등
나. 서사적 양식 : 설화, 소설, 수필(일기, 내간체, 기행문, 서사적 가사, 잡필) 등
다. 극적 양식 : 가면극, 인형극, 창극 등

장덕순의 3분법은 서정과 서사의 의미를 도입함으로써 국문학에서 장르에 대한 개념을 확고하게 하였다는 데 의의가 있다. 그러나 장덕순의 3분법은 가사와 문필류를 포괄하기에 무리가 있었다. 당시까지 선학들은 서구에 필적할만한 희곡을 거의 발견하지 못하였는데, 이런 상황에서 가사와 문필류까지 정당한 문학으로 인정받지 못하면, 국문학은 거의 서정으로 국한되는 것처럼 인식될 수밖에 없었다. 따라서 민족문학에 대한 애정을 버릴 수 없었던 국문학자들을 자극하였고, 이 같은 분위기가 국문학 연구의 발전을 더욱 촉구하였다.

이후 국문학 연구사를 장르 혹은 범주의 측면으로 국한시켜 단순하게 표현한다면, '확장의 역사'라고 해도 과언이 아니다. 민족어에 대한 애정으로 인해 한때 소외될 뻔 했던 한문학이 다시 국문학의 중심 영역으로 복귀하였고, 구비문학의 광활한 영역이 적극적으로 개척되었다. 특히 후자는 국문학의 약점처럼 여겨졌던 극예술(희곡)의 공백을 훌륭히 메우면서 문학이 결코 상층의 전유물이 아님을 입증하는 커다란 성과를 이룩하였다. 또 이와 함께 고양된 기층에 대한 관심이 한문학 연구에도 영향을 끼쳤음은 주지의 사실이다.

국문학 연구에서 제4장르에 대한 관심은 이와 같은 감정적 기반 아래 형성되었고, 이것이 미치는 영향력은 지금도 별로 줄지 않았다. 조동일의

4분법은 교술 장르를 기존의 3분 체계인 서정, 서사, 희곡 장르에 첨가시켰다는 데 주된 특징이 있다. 이 점에서 조동일의 4분법은 뵈크, 플레밍, 젠글레, 자이들러, 루트코프스키 등으로 대표되는 독일 낭만파 비평가들이 명상문학, 교훈문학, 목적문학으로 지칭되는 또 한 묶음의 장르를 종전의 3분법에 포함시켜 만든 4분법과 맥을 같이 한다는 점에서 차의적이다.

가. 서정(작품 외적 세계의 개입이 없는 세계의 자아화)장르 : 서정민요, 고대가요, 향가, 고려속요, 시조, 잡가, 신체시, 현대시, 대중가요 등
나. 교술(작품 외적 세계의 개입이 있는 자아의 세계화)장르 : 교술민요, 경기체가, 악장, 가사, 창가, 가전체, 몽유록, 수필, 서간, 일기, 기행문, 비평문 등
다. 서사(작품 외적 자아의 개입이 있는 자아와 세계의 대결)장르 : 서사민요, 서사무가, 판소리, 신화, 전설, 민담, 야담, 소설 등
라. 희곡(작품 외적 자아의 개입이 없는 자아와 세계의 대결)장르 : 가면극, 인형극, 무극, 창극, 신파극, 현대극 등

융합 장르를 논의할 수 있다. 기존에 제기된 분류 체계가 문학 작품을 주로 명백한 자아 표현의 산물로 간주하고 작품과 이를 쓴 작가 사이의 관계를 강조하는 표현론적 입장에서 장르 구분을 한 것에 반해, 조동일은 작가와 독자에 모두 관심을 갖고 작품 자체의 구조와 작품의 대상(세계)을 모두 고려해 표현론, 효용론, 구조론, 모방론의 네 가지 입장을 모두 수용한 상태에서 '교술' 개념을 정립시켰다는 데 의의가 있다. 이는 작품을 통해 구분되는 작품 내적 공간과 작품 외적 공간의 자아와 세계를 모두 고려하였음을 의미하는 것이기에 가능한 모든 관점을 통합하려는 현대 장르 이론의 조류와도 일맥상통하는 장르론이라고 할 수 있다.

박희병은 조동일의 4분법을 지지하여 "한문학의 장르에는 이외에도 소위 '강론(講論)의 문(文)'에 해당하는 것으로서 논(論), 설(說), 원(原),

의(議), 변(辯), 해(解) 등 여러 종류가 존재한다. 이들은 엄연히 문학의 한 장르이기에 장르 체계 속에 적극적으로 포섭될 필요가 있다. 그러나 3분법에는 이들 장르를 넣어 줄 자리가 없다. 4분법의 필요성은 그래서 제기된다. 이러한 이유에서 필자는 4분법을 지지하는 입장에 선다."라고 하였다. 그리고 성기옥도 "겉보기에 조동일의 4분법 체계는 기존의 3분법에 교술장르를 하나 더 추가한 보완의 수준 이상의 의미를 지니지 않는 것으로 볼 수도 있다. 그러나 그의 장르론이 지니는 의미는 결코 이처럼 단순한 것이 아니었다. 우선 교술 장르류의 설정을 통해 분류체계를 광의의 문학에까지 확장시킴으로써, 국문학의 모든 영역－예컨대 국문문학만이 아니라 한문문학, 구비문학까지 그리고 고전문학만 아니라 현대문학까지－을 포용할 수 있는 길이 열리게 되었다. 이는 국문학의 현상만 아니라 동양의 문학, 나아가 세계문학의 현상까지 포용할 수 있는 이론의 일반성을 확보하고 있다는 점에서 그 의의는 확대될 수 있다."라고 하였다. 북한문학도 예외가 아니다.

3) 장르와 글쓰기 － 쓰기 교육과 장르의 개방 및 통합

작품을 쓰는 행위는 장르적인 인식을 바닥에 깔고 출발한다. 누구나 시를 쓴다든지 소설을 쓴다든지 하는 장르 인식을 가지고 작업을 하게 된다. 작품을 쓰는 것은 그가 처한 문학적인 전통 안에서 작업을 하는 것이 되고, 문학의 각 영역에서 기왕에 있어 왔던 형식개념을 무시할 수 없다. 글쓰는 이가 처한 문화 맥락에서 문화적인 압력으로부터 자유로울 수 없기 때문이다. 예컨대 작가가 한 편의 소설을 쓰기 위해서는 그가 읽은 소설들의 기본적인 문법을 암암리에 의식하지 않을 수 없고, 그 문법에 대한 창조적 변용을 의도하게 된다. 그러나 일련의 과정을 통하여 제도로서 존재하는 문학은 자기변혁을 수행해 나아가게 된다. 여기에 문학의 제도적인 압력과 창조의 역동적인 발전이 이루어진다. 이는 다른 장르의 경우도 마찬가지이다. 글을 쓰는 행위는 장르적인 것이란 점이 이로써 이해가 된다.

그러나 기존의 장르 교육, 과정 중심의 쓰기 교육은 학습자의 현실적인 언어문화를 교육에 수용하려고 노력하였다기보다, 학자나 교사에 의해 이미 제도화된 언어문화들을 학습자에게 전달하고자 애써 왔다. 하지만 쓰기 교육의 흐름이 점차 언어 사용의 현실적 맥락, 그리고 구조나 지식이 아닌 주체의 '실제의 언어'를 포괄하는 방향으로 흘러가고 있다는 점을 고려한다면 장르의 개방과 확장, 통합의 문제는 중요한 화두가 아닐 수 없다. 실제 언어는 장르의 '다양성'과 '혼합성'으로 이루어져 있기 때문이다. 특히 현대사회는 놀라운 속도로 변화하면서 언어의 변화 를 수반하고 있다. 이 변화는 문화적인 차이에 의한 다양한 분화와 다양한 교류와 혼합을 내포하고 있다. 교육의 당대적 현실에 대한 대응이라는 측면에서도 이런 현상은 국어 교육, 문학 교육의 변화를 요구하는 사항이 아닐 수 없다.

먼저 장르의 개방 · 확장에 대해 살펴보도록 한다. 사실 기존에 교육되어 온 장르들은 체계적인 분류화와 위계화를 거친 제도화된 장르라고 할 수 있다. 국어 교육의 경우, 야콥슨의 논리를 수용한 여섯 가지 언어 장르, 문학 교육의 경우 장르 4분법은 가장 기본적인 장르 분류법이다. 하지만 문제는 그러한 분류법에 대한 교육적 검토가 충분히 이루어진 바 없고, 따라서 과연 학습자의 언어적 경험과 당대적 언어문화를 충실히 반영하고 있는가에 대한 반성도 이루어지지 않았다는 점이다. 혹 장르론의 내적 체계에 갇혀 담론 공동체 구성원들이 자신의 사회적 삶을 통해 독특한 언어문화를 도외시한 것은 아닌지, 아니면 화석화된 장르를 그대로 고수하고 있거나, 자본의 논리에 매여 상품화 가능한 문식 능력만을 교육하는 것은 아닌가 하는 근본적인 반성이 필요한 것도 사실이다.

장르 확장의 문제는 두 가지 방향으로 생각할 수 있다. 하나는 매체의 변화, 저널리즘의 발 빠른 변화, 변화된 사회관계 등에 의해 새로이 생성된 장르들의 수용 문제이다. 컴퓨터나 대중매체 등과 관련된 장르들－급속히 확산되는 유머 장르, 광고 장르, 각종 기록 장르, 인터넷 장르, 편지 장르 등－을 고려해 볼 수 있다.

또 다른 방향은 문화적 차이와 이념적 사이에 의한 이질적 장르들의 수용 문제이다. 전자보다는 본질적인 문제일 것인데 이는 계급, 지역, 성, 세대, 다양한 사회적 행위 주체들의 경쟁적이고 이질적인 장르들을 수용하자는 것이다. 예컨대 동일한 자전적 글쓰기라고 하더라도 여성이냐 남성이냐에 따라, 그 사회의 기득권층이냐 아니면 소외층이냐에 따라 장르적 양상은 달라진다. 글 쓰는 이들은 '자아', '정체성', '사회문화적 가치' 등에 대한 각기 다른 판단을 포함하고 있다. 따라서 단일 장르 개념만을 교육한다면, 이는 문화적 다양성과 이에 따른 언어적 다양성을 교육에서 수용하지 못하는 것이 될 터이다. 물론 이것이 다양성을 무차별적으로 수용하자는 논리는 아니다. 권력 관계에 의해 선택 혹은 배제된 정치적이고 이데올로기적인 문제를 고려하여, 주변화 되고 배제된 장르들을 복원하자는 것이다. 특히 우리 사회에서 세대별 문화 이질성이 강하다는 점에서, 세대별 이질 장르들의 경쟁적 수용을 제안할 수 있다. 또 서구식 전통과 구별되는 우리 사회의 언어문화 전통에 대한 적극적인 고려 역시 필요하다.

둘째 장르 통합의 문제다. 여기서 핵심적으로 문제가 되는 작문 교육과 창작 교육, 혹은 표현 교육과 창작 교육의 통합 가능성이다. 일반적으로 작문 교육은 수렴적 글쓰기로, 창작 교육은 확산적 글쓰기로, 또 작문 교육은 규범 준수적이고, 창작 교육은 규범 창안적인 것으로 이해되면서 거리를 넓혀 왔다. 하지만 문학 장르이든 비문학 장르이든, 장르는 고정된 것이 아니라 역동적으로 변화된다는 점에서 규범 준수와 규범 창안은 중요한 변별 요소가 될 수 없다. 문학 장르는 일상 언어 장르와 밀착되어 있어 창작 행위는 일상 언어에 대한 메타적 고찰 속에서 가능하다는 점에서 창작 교육과 표현 교육은 장르를 매개로 결합 가능하다. 예컨대 결혼과 같은 통과잔치 안내문 글쓰기가 있다고 하자. 이는 실용적인 작문 교육뿐 아니라 소설 창작이나 극 창작의 한 과정, 곧 특정 상황에서 등장인물의 행위 표현으로 활용될 수 있다. 이런 점에서 소설 창작 교육은 일상 언어들에 대한 교육적 숙련 속에서 가능하다. 특히 창작 교육에서는 실용적 목적에 얽매이는 일상생활의 맥락과는 달리 광범위한 반성적 맥락이 개입함으로써 기존 장르들의 변혁, 혁신할 수 있는 계기가 마련되기도 한다.

이제는 학교에서 제도화된 장르만을 동화시키겠다는 발상을 버릴 필요가 있다. 체계가 아닌 언어적 실체의 입장에서 보면 언어는 사회적 행위와 무관한 채 이루어지지 않았다는 점에서 사회적 활동의 다양한 양상만큼이나 장르도 다양하기 때문이다. 문화적 다양성의 차원에서 이 다양한 장르들은 교육적으로 수용될 필요가 있으며, 이는 체계화의 틀 속에서가 아니라 학습 주체가 스스로 장르를 변화하는 생명체라고 인식하는 열린 시각이 요구된다. 범주론 역시 혁신시켜 보는 활동 속에서 가능하다. 이러한 과정에서 작문 교육과 창작 교육, 문화콘텐츠 창작, 장르 인식과 언어활동은 통합 교육이 구체적으로 이루어질 수 있으며, 이는 다시 쓰기 능력의 위계화로 이어질 수 있다. 21세기 한국문학의 지속과 변화에 창조적으로 대응할 수 있다.

4) 한국문학의 기본적 이해와 범주

한국문학은 한글로 된 문학만이 아니다. 중국문화권 속에서 차자(借字)

문학, 한문문학을 포함한 한국인이 다른 나라에 가서 쓴 문학도 넓게 보면 한국문학이다. 외국인에게 한국문학을 가르치는 행위는 문화적 소통을 넘어서는 방식이다. 한국어교육자는 한국문학의 지식정보와 함께 문학과 삶의 관계에서 오는 미학적 가치와 정체성을 이해시켜야 한다. 따라서 한국문학을 이해시키며 한국어를 가르칠 경우, 한국인, 한국문학의 형상적 인식의 특성을 강조해야 할 것이다.

한국어 기록문학은 한자를 활용해서 한국어를 표기하면서 시작되었다. 한자를 받아들여 널리 사용하게 되자, 한자를 활용해서 한국어를 표기하는 향찰(鄕札)을 고안할 수 있었다. 향찰은 일본의 가나(假名)형성에 영향을 끼쳤으며, 베트남의 쯔놈(字南, chunom)과도 사정이 비슷하다. 그런데 그 세 가지 표기법이 후대에는 운명이 갈라졌다. 일본에서는 한자의 자획을 간략하게 하고 표음문자로 바꾼 가나문자를 오늘날까지 사용하고, 베트남에서는 사용하기 어려운 쯔놈 문자를 버리고 마침내 로마자를 채택하였는데, 대한민국에서는 15세기에 훈민정음(訓民正音)이라는 이름의 독자적인 문자를 창안하여 독자적인 길을 보여 왔다.

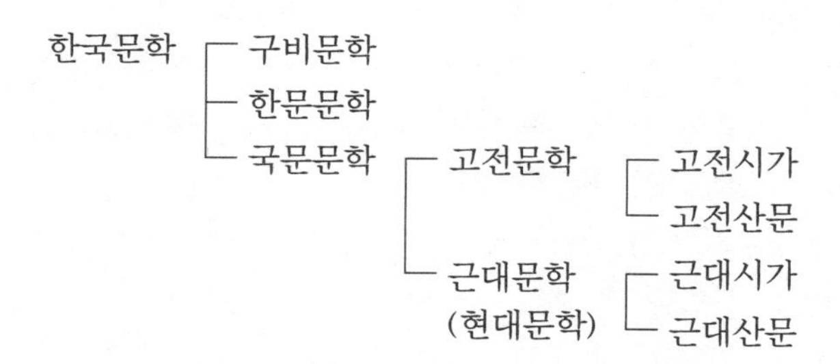

한국문학은 한민족에 의해 면면히 이어져 내려온 문학적 창조와 그 나눔의 시간적 · 공간적 총체물이다. 한국문학은 수천 년에 걸치는 역사에서 각 시대마다 다양하게 나타난 표현방식(구비전승, 借字표기, 한문, 한글)의 차이에도 불구하고 그 모두를 한국문학의 영역 안에 포괄하고자

한다. 이에 따라 현재와 과거의 문학을 그 전폭에 걸쳐 이해의 대상으로 삼게 될 뿐 아니라 한국문학의 역사적 발전과 변모 과정에서 여러 층위의 문학 사이에 일어난 상호교섭과 갈등을 임시방편적인 예외 논리에 의존하지 않고 온전하게 다룰 수 있다. 그리고 그것은 우리 문화의 전체상을 충실하게 파악하는 데에도 기여할 것이다.

한국문학의 영역을 구비문학, 한문문학, 국문문학의 총합으로 볼 때 뒤따르는 과제는 이들 각 영역의 특징과 역사적 상관관계에 대해 종합적으로 이해하는 것이다. 이들 세 영역은 표현 · 전승 방식과 사회적 배경의 차이에 따른 개별성을 지니는 한편, 우리 문화의 전체 구조 안에서 끊임없는 상호작용을 계속하면서 각 시대마다의 역사적 조건에 따라 그 역할을 달리해 왔다. 이를 살피기 위해 구비문학, 국문문학, 한문문학의 전개 양상에 따라 한국 문학사를 다음과 같이 여섯 단계로 나눌 수 있다.

가. 구비문학만이 있던 시대
나. 구비문학이 문학의 대부분을 차지하되, 한문의 전래에 의해 일부 구비문학이 문자로 기록되고 한문문학이 부분적으로 출현한 시대
다. 구비문학과 병행하여 향가(鄕歌)와 같은 차자표기(借字表記) 문학이 형성 · 발달하고, 제한된 사회계층에서 한문문학이 성장한 시대
라. 문인 · 지식층의 한문 사용이 보편화되어, 사회 상층의 한문문학과 하층의 구비문학이 병존한 시대
마. 한글이 창제되어 한문문학, 국문문학, 구비문학이 사회 계층적 구조와 긴밀한 관련을 맺으면서 공존한 시대(조선시대)
바. 신분제적 사회체제의 붕괴로 인해 한문문학이 존재 기반을 상실하고, 인쇄문화의 발달에 따라 구비문학의 의의도 크게 약화되면서 국문문학이 한국문학의 거의 전 영역으로 확대된 시대(20세기 이후)

02 고전문학과 문화콘텐츠

1) 한국문학과 현대적 활용

근래 4~5년간 겨울이면 기다리는 영화가 있다. 한 학년이 올라감에 더불어 극중 주인공들뿐만 아니라 배우의 외모도 변해가는 재미를 동반한 「해리포터」 시리즈는 전 세계가 주목한다. 잊을만하면 다시 관객과 독자를 설레게 하고 영화예매표를 매진시키고, 발행되기도 전의 책을 예약한다. 실로 엄청난 문화의 힘이다.

또한 영화 「반지의 제왕」 시리즈도 전 세계를 휩쓸고 게임계에도 엄청난 영향력을 미쳤다. 불과 10년 전에만 해도 판타지소설은 쓰레기거나 이해할 수 없는 괴물 정도로 평가되었다. 그러나 그 유희에 불과하던 판타지는 전 세계를 들썩이는 유전이 된 것이다. 그 힘은 과연 어디에 있을까? 그들은 그 힘의 원천을 어디에서 찾아낸 것일까? 그리고 그 힘은 우리에게는 없는 것일까?

우리는 한 편의 소설이 영화를 만들고, 게임을 만들고, 캐릭터를 개발하고 그로 인한 부가가치 사업들이 문어발처럼 뻗을 수 있는 시대에 선 것이다. 3, 4년에 걸쳐 번역해도 될까싶은 고전도 데이터베이스 구축으로 인해 누구든지 손쉽게 읽을 수 있는 시대에 과연 정통을 고수해야 한다는 사고와 아날로그식 독해를 주로 하는 국문학은 언제까지 학문의 맏이로서 자리를 견뎌낼 수 있을지 자문할 수밖에 없다.

멀티미디어가 이미 더 이상 새로운 매체가 아니며, 익숙한 의사소통 수단이 된 지금 고전 연구는 세상의 변화에 발맞출 준비를 서둘러야 할 때가 되었다. 다행히 고전 문학의 하위 부류에서는 다양한 측면으로 그 준비를 차근차근하고 있다. 가장 선두주자로서 구비문학 연구자들은 민요, 설화 등을 이용한 문화산업의 육성을 체계화시키고 있으며, 고소설 연구자들 또한 문화산업의 중요성을 인식하고 새롭게 보기를 시작하였다. 그들의 공통적인 견해는 문화산업의 원형은 우리 민족의 정신적인 뿌리인 고전 문학에 있다는 것이다. 우리 고전 문학의 특징인 시대를 넘어 온 적층성과 시공간을 초월한 상상력이 디지털 기술력과 조화를 이룰 때 창조되는 문화의 힘은 「해리포터」 시리즈도 「반지의 제왕」 시리즈도 압도할 수 있게 된다. 그러므로 고전 문학이 문화적 부가가치를 가지고 있음을 확신하기 때문에 고전 문학이 더 나아가 국문학 전부가 문화 산업의 대상이 될 수 있는 것이다.

2) 문화의 원형인 국문학 새롭게 읽기

「반지의 제왕」에 대한 찬사가 감독 피터 잭슨에게 쏠리고 국내 관객 천만 명을 돌파한 「왕의 남자」가 감독 이준익에게 쏠리고 있지만 그 이전에 작가 톨킨과 김태웅(극단 우인대표)을 만나게 된다. 2005년 겨울 방학 아이들을 극장가로 끌어들인 「찰리와 초콜릿 공장」 또한 팀 버튼 감독 이전에 영국 작가 퀸틴 블레이크가 있음을 간과해서는 안 된다. 이처럼 급물살을 타는 문화산업의 원자재는 '이야기' 속에 있다. 그 '이야기'는 우리들 가슴속에 침잠되어 있다가 영상의 자극을 통해 드러난 것이다.

애니메이션 「날아라 슈퍼보드」, 게임 「삼국지」, 동화로 읽는 삼국지(파랑새 어린이), 고우영의 만화 「삼국지」 등은 중국의 고소설 「삼국지」를 원자재로 하고 있다. 영화 「스타워즈」는 아더왕 이야기를 바탕으로 하였으며, 조앤 롤랭의 「해리포터」와 톨킨의 「반지의 제왕」은 영화는 물론 게임, 캐릭터, 학용품, 크리스마스 선물 등으로 문화산업화되었다. 요즘 한류의 열풍으로 수출되고 있는 드라마 「대장금」은 조선시대 중종실록에서 그 원형을 찾을 수 있으며, 요구르트 광고 「쿠퍼스」는 「토끼전」에서, 영화 「장화 홍련」은 고소설 「장화홍련전」에서, 남북합작 애니메이션 「왕후 심청」은 고소설 「심청전」에서 그 원소스를 찾고 있다.

한국의 지하자원이 거의 고갈된 것에 비해 한국문학의 문화자원은 무궁무진하다. 그렇다고 그 많은 자원이 모두 제품이 되는 것은 아니다. 자원을 어떻게 개발하고 상품화시키느냐 하는 방법이 경쟁력을 낳듯이 문화자원을 어떻게 콘텐츠화시킬 것인가 하는 고민과 더불어 문학을 상업화하는 그 자체를 정통학문에서 벗어나 장사꾼이 되는 듯 바라보는 시각의 전환이 필요하다. 멀티미디어시대라고 해서 문학 그 자체가 달라지는 것은 결코 아니며 깊이 있는 문학 연구 없이는 좋은 문화콘텐츠로서의 가치가 없어지기 때문이다.

이렇게 볼 때 가장 시급하고 필요한 작업은 고전 문학을 현대적 관점으로 재해석하는 일일 것이다. 재해석의 과정에서 동반되어야 하는 것이 상상력이라고 할 수 있다. 영화 「왕의 남자」는 이미 김태웅의 「이(爾)」라는 연극 대본이 있었지만 이준익 감독의 새로운 상상력을 현대인의 삶과 잘 융합하여 최고의 영화로 즉 엄청난 부가가치를 창출하는 문화산업으로 탈바꿈시켰다. 고전 문학 작품들을 재미있게 현대적 관점으로 재구성한다면 멀티미디어 콘텐츠로 다시 향유할 수 있을 것이다. 주요 인물, 주요 사건을 중심으로 한 기존의 연구에서 벗어나 눈여겨보지 않았던 부분에 대한 연구를 통해 고전 작품을 다양한 영역에서 상품화시킬 수 있도록 도와 줘야 한다. 예를 들어 고소설의 유통과정에서 살펴볼 수 있는 강창사나 책비(冊婢)의 에피소드를 드라마나 영화로 제작할 수 있다. 이야기를 듣던 청객들의 다양한 반응에 의해 제2의 작가가 되는 강창사들의 눈으로 세상을 바라보는 스토리 개발이라든지, 여염집 안방으로 책을 읽어주러 갔던 책비들의 이야기를 통해 비밀스럽게 닫혀 있던 조선시대 여인들의 삶을 엿보는 과정 또한 새로운 흥미를 유도할 것으로 본다.

단일 매체인 책과 다중 매체인 멀티미디어 콘텐츠의 차이는 두 매체 간의 이야기 및 이야기하기에 대한 차이에서 비롯된다. 따라서 멀티미디어 콘텐츠를 이해함에 있어 중요한 부분 중의 하나는 멀티미디어 스토리텔링, 즉 디지털 스토리텔링에 대한 이해이다. 창작한 작가와 시대적으로 점점 멀어지고 있으며 적극적으로 읽기에 참여하는 독자들도 점점 줄어드는 이 시점에서 디지털 스토리텔링의 이해와 활용은 필요하기 때문이다.

3) 한국문학 작품의 문화콘텐츠 활용방안

(1) 구비문학(민속학) 분야

아직도 구비 전승되고 있거나 수집된 구비문학적 요소는 집약된 이야기 형식을 가지고 있기 때문에 다양한 시각으로 스토리텔링할 수 있는 가능성을 내포하고 있다. 특히 설화부분에서 '신화'는 아직도 미개척 분야이다. 단군신화에서 삼국시대의 건국신화에 머물러 있는 상태이기 때문이다. 그리스로마신화나 중국신화처럼 다수의 인물과 사건을 '이야기하기'를 시도해 본다면 어떨까? 중국신화의 일부분으로 나오는 머리는 소모양이고 신체는 사람의 형상을 갖고 있다는 치우는 분명 고조선 신화 속에 삽입시킬 수 있으며, 고구려 벽화 속의 다양한 신들을 통해 스토리를 구성한다면 그리스로마신화를 몇 번이고 반복해서 읽는 우리 아이들에게도 우리 조상들에 대한 자부심을 고취시킬 수 있을 것이다.

또한 학교 역사서에서 배제된 부분에 대한 스토리 구성은 새로운 신화 창조를 돕는다. 예를 들어 고구려의 역사에서 제 2대왕의 삶이 어떠했을지 상상해 본다면 지금까지 알려진 칠각모의 바위위에 소나무를 찾던 유리에서 아버지를 찾아 왕이 되고 후손을 번창시켜 나가는 과정에서의 외로움과 권력다툼과 시기와 음모가 숨어 있을 것이다. 유리가 나타나기 전까지 자신들이 왕위를 계승할 것이라고 믿었던 비류와 온조는 아무 반항도 하지 않고 순순히 새로운 왕국을 건설했을까? 제 2대 유리왕 다음에는 어떠한 왕들이 고구려를 지켜온 것일까? 요즘 들어 역사에 부쩍 관심이 많아진 독자들을 겨냥한 신화의 재창조는 기대해 봄 직하지 않을까 싶다.

전설은 증거물이 있다는 장점이 있다. 이야기가 있는 답사사업이 충분히 이루어질 수 있다. 지금까지 학생들의 체험학습이 깃발 아래 이동하는 지루한 역사 유적지 답사위주로 진행되고 있다. 이야기가 있는 혹은 역사적 사실을 바탕으로 한 이야기를 창출한 아이템으로 현장학습을 유도하는 교육적 사업도 권할 수 있다. 예를 들어 단양의 '온달산성'을 이용하여 1박2일의 고구려 문화를 체험할 수 있다. 현재 단양군에서는 지역의 관광산업을 활성화시키기 위하여 군·관·학이 합동하여 새로운 문화사업을 추진하고 있다. 그들의 계획대로 된다면 학생들뿐만 아니라 세계적으로 단양군에만 오면 시대를 넘나드는 타임머신적 경험을 할 수 있을 것으로 기대된다. 고구려 벽화 속에 나오는 거리를 걸을 것이며, 그들이 입던 옷을 입고, 먹던 음식을 먹음으로써 요동반도를 호령하던 고구려의 기상을 느낄 수 있을 것이다. 몇 주에 걸친 역사 수업은 1박2일의 고구려 체험학습으로 끝날 수 있기 때문이다. 이러한 사업은 학생뿐만 아니라 세계 관광객을 끌어 들일 수 있으며 동북공정으로 일그러진 고구려 역사를 바로 잡을 수 있을 것이다.

전설은 모바일 게임의 시나리오로도 적합하다. 대체적으로 전해져 내려오는 전설은 아주 간략하게 되어 있다. 예를 들어 치악산의 '구룡사' 전설의 경우 절을 지으려는 의장대사와 지금까지 살아왔던 연못을 지키려는 아홉 마리의 용이 한 바탕 싸움을 벌이는 이야기이다. 싸움 장면은 게임의 가장 중요한 요소가 된다. 전설속의 싸움의 과정은 상상력이 총동원된 판타지의 세계이다. 영상화되었을 때 무한한 양상으로 나타날 수 있다. 실제 학생들에게 리포트를 내 준 결과 아홉 마리의 용이 몬스터로 변하면서 다양한 유닛을 이용하는 게임을 만들었다. 의장대사는 서유기에 나올 법한 신기한 도술을 사용한다. 개인의 능력에 따라 점수를 많이 획득할 것이며, 그에 따른 무기와 외형적 변화를 초래할 수도 있고, 급기야는 의장대사가 그곳에 절을 짓지 못할 수도 있다. 요즘은 컴퓨터 게임보다 이동하면서 즐길 수 있는 모바일 게임을 선호하는 추세이므로 전설은 다양한 게임의 원자재로서 적격이라고 하겠다.

다음으로 민요의 활용을 살펴보자. 민요는 주제가 다양한 노래양식이며 한 작가의 노래가 아니라 개인이나 집단에 의해 변화 가능성이 큰 장점을 가지고 있다. 즉 문화콘텐츠로서 좋은 조건을 가지고 있다. 그러나 민요의 원형 그대로를 유지하면서 현대인에게 다가설 수 는 없다. 그러나 애국가의 저변, 붉은 악마 응원가의 기반, 브라질 빌라 로보스 음악의 창조 등에서 민요의 잠재력을 찾을 수 있다. 더 나아가 한류의 열풍으로 수출되는 드라마 '대장금'의 오프닝곡과 엔딩곡에서도 민요의 활용 가능성은 입증되었다. 말도 제대로 되지 않는 아기의 입에서 옹알이하듯 부르는 "오나라, 오나라-"라는 노래는 누가 말을 하지 않아도 한 민족에 흐르는 정신의 뿌리를 흔들고 함께 느낄 수 있게 한다. 그러므로 반감보다는 동질적 의식으로 자연스럽게 받아들이게 된다.

이러한 점을 바탕으로 콘텐츠 방안을 창출해 보자. 대중가요, 학교 체조 시간, 게임의 배경음악, 드라마나 영화의 삽입곡, 광고 배경음악, 마당극,

스포츠 경기 중 응원가, 공익광고의 배경음악, 심리치료의 한 방법 등 다양한 측면에서 활용할 수 있을 것이다. 대중가요의 경우 장르에 따라 이별의 노래, 한의 노래, 해학적인 노래 등을 응용할 수 있으며, 학교 체육시간의 경우 기존의 국민체조에서 벗어나 좀 더 활발하고 기운찬 곡조를 이용할 수 있을 것이다. 게임의 배경음악은 서구적인 것이 압도적인 상황이지만 게임의 시나리오를 한국적 정서에 맞춘다면 배경음악도 민요조에서 찾는 것이 불가능하지는 않을 것이다. 드라마나 영화의 삽입곡은 이미 진행되고 있는 중이며, 음악적 요소가 작품의 전달에 커다란 영향을 미친 것은 언급할 필요도 없다. 광고 배경음악으로 적합한 것은 민요의 반복되는 리듬이다. 빠른 시간 안에 제품의 이미지를 전달하는 것이 광고의 목적인만큼 3.4조나 7.5조의 리듬으로 카피를 만든다면 어떨까? 마당극이나 탈춤 등의 공연에서는 민요를 원형 그대로 보존할 수 있는 기회를 가질 수 있다. 그러나 관객의 다양한 계층을 유도하기 위해서는 어쩔 수 없는 변형이 필요하다.

스포츠 경기 중의 응원가로는 어느 정도 활용하고 있는데 그 중 붉은 악마의 응원가는 세계인의 응원가가 되었다. 스포츠의 종류도 다양하고, 스포츠에 대한 관심도 높아지면서 응원도 개인의 차원을 넘어 집단화되고 있는 경향을 보인다. 노동요의 특징을 이용하여 힘든 경기를 잘 견딜 수 있는 힘을 주는 응원가의 활용도 해 봄 직하다. 공익광고의 배경음악은 그 내용에 따라 다양하게 선택할 수 있는데 예를 들어 '식목일'에 한 그루의 나무라도 자신의 나무를 심기를 권하는 내용이라면 '나무타령'의 흥겨움을 통해 광고해 볼 수 있다. 마지막으로 심리치료의 방법으로도 활용할 수 있다. 예를 들어 요즘 우울증이나 화병은 여자들만의 병이 아니라 아이들도 스트레스로 인해 발생하고 있는 한국병이다. 오늘날의 주부들은 옛날처럼 고된 시집살이는 없어졌지만 가족 간의 대화부족과 바쁜 일상으로 인하여 한 공간 안에서도 외로움을 느낄 수 있으며, 그 외로움은 우울증으로 변하여 아파트에서 떨어져 자살하는 사람들이 늘고 있다. 이웃 간에도 마음의 벽이 높기 때문에 나타나는 정신적 소외감은 육체적인 병보다도 더욱 심각한 병을 초래한다. 이제 신경정신과 치료는 어느 정도 보편화되고 있는 실정이다. 치료 시 민요의 음률과 사설을 이용해 보자. 누군가 자신의 마음을 이해해 주고 자신을 위해 노래를 만든 것 같은 느낌을 통해 위로하는 것이다. 영상과 함께라면 더욱 좋은 것이다. 시댁과의 갈등을 가진 주부는 시집살이 노래를, 삶의 낙오자가 된 듯 좌절하는 젊은이는 희망적인 노랫가락을 들려주자.

그러나 이러한 민요의 활용은 민요를 이미 죽은 분야로 생각하는 사고에서는 도저히 개발될 수 없다. 민요를 잘 정리하고 필요한 분야에 맞춰 적용할 수 있는 시스템이 필요하다. 민요는 단순히 지나간 노래양식으로 묻혀두지 말고 새로운 문화콘텐츠로 활용하고자 하는 노력이 필요하다.

또 다른 콘텐츠의 자원은 민속놀이를 들 수 있다. 공휴일에 어린이날이 빠지며, 주 5일제 근무가 활성화되면서 아이들의 놀이문화에 관심이 많아졌다. 각 가정마다 거의 한두 명의 자녀만 두는 '소황제 시대'가 도래하고, 놀이터 문화보다는 인터넷 문화에 익숙해져 가는 아이들을 위한 콘텐츠 방안이다. 사회체육학과 학생들을 지도하면서 가능성을 확인하였다. 자치기나 비석치기, 구슬치기, 팽이 돌리기, 연날리기, 널뛰기 등의 놀이를 할 때 사용되는 운동의 양을 측정하고, 신체부위의 어느 면의 운동을 가장 많이 활용하는지를 분석하였다. 운동의 부위가 한 쪽으로 몰린 경우라면 두 가지 이상의 놀이를 연계하여 구성하였다. 이러한 콘텐츠의 효과는 단순히 옴 몸의 근육을 사용하는 신체놀이에서 뿐만 아니라 함께 할 수 있는 단체 놀이라는 점에서 그 의미는 크다고 하겠다. 개인주의가 보편화되어 가는 아이들의 세계를 놀이를 통해 협동심과 인내를 가르칠 수 있는 기회를 제공할 수 있을 것이다. 사회체육학과의 새로운 전망을 예지할 수 있었다.

(2) 고전산문 분야

가장 '옛 것'이라는 고전문학의 자원을 가장 '현대적인 것'이라는 상품으로 창출해낼 때 가장 큰 규모의 시너지 효과를 낼 수 있는 분야는 '고소설'이라고 하겠다. 우리는 고소설의 작품 수를 말할 때 '편'이라는 용어보다는 '종'이라는 용어를 쓴다. 한 작품에 수십 가지의 이본이 존재하기 때문이다. 즉 작가의 不在, 도리어 다수의 작가를 갖는 특징을 지닌다. 작품을 즐기는 계층에 따라, 지역에 따라 수용하고자 하는 방식이 달랐던 것이다. 이렇게 다양해질 수 있었던 요인 중의 하나는 책 읽어 주는 직업이 있었다는 점이다. 앞에서도 언뜻 언급했지만 '전기수' 혹은 '강창사'로 불리는 책 읽어 주는 사람들은 독자들의 반응을 현장에서 실감할 수 있었다. 예를 들어 「유충렬전」을 읽어 줄 때 유충렬이 죽음의 위기에 이르자 듣고 있던 한 농부는 옆에 있던 낫으로 전기수를 찔러 죽이는 사건이 있었다. 작품에 몰입하여 전기수를 유충렬을 모해하는 인물로 생각했던 것이다. 여염집 안방에는 책 읽어 주는 '책비(冊婢)'들의 활동이 두드러진다. 그들은 소위 '짠보'라는 별명이 있었는데 독자(청자)들이 자신이 읽어 주는 내용에 몇 번을 울게 하느냐에 따라 등급을 매기기도 했다. 그들의 책에는 동화 구연하는 교재처럼 억양, 높낮이, 장단 등을 표시해 두었으며, 그들 또한 독자의 반응을 연구하여 새로운 글 읽기를 시도했을 것이다.

이러한 특징은 문화콘텐츠로 활용할 수 있는 좋은 조건을 갖고 있다. 일정한 작가에 의한 글쓰기가 아니라 수많은 독자와 유통자에 의해 쌓여진 민족문학이기 때문이다. 즉 어떠한 독자층이든 수용할 여지가 충분한 영역이라는 점이다. 고소설에 대한 콘텐츠 방안에 대한 연구는 활발해지고 있다. 연구자들 나름대로 대안을 제시하고 있다.공통적인 면은 현대적인 재해석의 필요성과 다양한 측면으로 가공될 수 있는 가능성이 풍부하다는 점이다. 필자는 2005년도 고등학교 1학년을 대상으로 '콩쥐팥쥐전'

을 현대적으로 재해석했을 때 나타나는 다양한 주제를 찾아본 적이 있었다. 콩쥐와 팥쥐 그리고 팥쥐 엄마의 성격을 나름대로 정해 보았다.

① 콩쥐(선하다), 팥쥐(선하다), 팥쥐 엄마(선하다)
② 콩쥐(선하다), 팥쥐(선하다), 팥쥐 엄마(악하다)
③ 콩쥐(선하다), 팥쥐(악하다), 팥쥐 엄마(선하다)
④ 콩쥐(선하다), 팥쥐(악하다), 팥쥐 엄마(악하다)
⑤ 콩쥐(악하다), 팥쥐(악하다), 팥쥐 엄마(악하다)
⑥ 콩쥐(악하다), 팥쥐(악하다), 팥쥐 엄마(선하다)
⑦ 콩쥐(악하다), 팥쥐(선하다), 팥쥐 엄마(악하다)
⑧ 콩쥐(악하다), 팥쥐(선하다), 팥쥐 엄마(선하다)

학생들의 반응은 각양각색이었다. 가장 흥미로운 부분은 팥쥐 엄마가 왜 그렇게 악독하게 콩쥐를 괴롭혔는지에 대한 이야기였다. 재혼이 허락되지 않은 조선시대를 배경으로 한다면 팥쥐 엄마는 팥쥐라는 다른 남자의 아이까지 데리고 시집온 정상적이지 못한 여인이다. 모든 부분이 안정적이지 못한 상황에서 자신과 그녀의 딸을 보호할 수 있는 자구책을 세워야 했을 것이다. 팥쥐 엄마는 현명하지 못한 여인이다. 착한 콩쥐를 조금만 자신의 편으로 만들었다면 자신이 콩쥐 집안에 뿌리내리기 쉬웠을 텐데 그녀는 콩쥐를 괴롭히는 방법을 택했던 것이다. 21세에 새로 성황을 이루는 직업이 재혼 상담소이다. 이혼율이 높아지고 편부모가정이 늘어난다는 것은 재혼을 통한 가정이 늘어난다는 것을 의미한다. 새엄마가 또는 새아버지가 생길 수 있다는 뜻이다. 이미 드라마에서도 이러한 재혼을 통한 소재는 많이 다루었다. 그러나 이미 보편화되어가는 이혼과 재혼 문화를 단순히 악덕한 팥쥐 엄마의 관점으로만 바라볼 것이 아니라 팥쥐 엄마의 내면에 들어가 바람직한 인간의 모습으로 새로운 인물을 재창출해야 한다.

또 한 가지 흥미로운 점은 작품에 나타나 있지 않은 콩쥐의 이웃이었다. 작품 속 콩쥐는 팥쥐와 새엄마에게 모진 고통을 받지만 그 이웃들은 그녀를 돕기 위해 어떠한 행동도 취하지 않았다는 것이다. 얼마 전 신생아를 데리고 장난을 친 간호조무사들의 사진이 공개되어 파문을 일으킨 사건이 있었다. 가장 큰 문제는 신생아의 인권이다. 현대사회에서는 아이들이 부모의 소유가 아니라는 인식이 크다. 인간으로서 갖는 인권을 크게 강조한다. 이런 관점에서 본다면 가혹한 행위를 한 팥쥐 모녀뿐만 아니라 그냥 지켜본 이웃의 인권 유린도 생각해 봐야 할 주제이다.

또한 가부장제도에서의 가부장 즉 콩쥐 아버지의 무능력이다. 가부장은 위엄을 내세우는 존재 이전에 가정의 화목을 이끌 수 있어야 한다. 콩쥐 아버지는 자신이 딸이 겪어야 할 신체적 정신적 고통을 제공한 사람이 되어 버렸다. 현대 사회에서 문제점이 제기되고 있는 부분과 일맥상통한다.

이렇듯 고전 작품을 어떤 시각으로 보느냐에 따라 다양한 주제를 엿볼 수 있다. 기존의 국어 교육처럼 '콩쥐팥쥐' 이야기의 주제는 권선징악만이 아니라는 점은 콘텐츠의 무한한 가능성을 묵언으로 말하고 있는 것이다. 문화콘텐츠를 염두에 두고 고전 작품을 읽게 되면 작품을 다양한 각도 즉 주제의 다양성, 인물의 독특한 성격, 배경의 창의성, 배경의 참신성 등으로 감상의 폭이 확대된다. 또는 작품의 전체적인 면보다 독특한 부분을 확대하여 자원화 시킬 수도 있다. 예를 들어 「홍계월전」 등의 여성영웅소설에서는 다소곳한 전통여성상보다는 갑옷을 입고 큰 칼을 휘두르며 병법을 사용하는 여장군의 모습을 부각시킬 때 현대적인 사고에 접목될 수 있다. 수려한 외모와 고난을 극복할 수 있는 힘과 명석한 두뇌까지 지닌 여성영웅은 가장 현대인다운 캐릭터를 지녔기 때문이다. 게임, 애니메이션, 문학, 영화, 연극 등 어느 분야에서도 활용할 만한 가치를 지녔다.

4) 한국문학의 문화콘텐츠 활용

20세기말 학자들은 인문학의 위기를 외쳐왔다. 대학에서 '국어'강좌가 사라지기 시작했으며, 인문학을 지원하는 학생 수도 현저히 줄어드는 것도 사실이다. 하지만 인문학이 없는 학문은 성립할 수 없다는 사실도 모두 인지한다. 문화콘텐츠도 마찬가지다. 가장 원소스가 될 수 있는 부분은 인문학에 있음은 모두 인지한다. 하지만 그것을 어떤 방법으로 가공할 것인지에 대한 뚜렷한 방법론이나 활용통로가 뚫려있지 않다. 이것은 문화콘텐츠의 활용이 인문학 연구자만이 아니라 다른 영역의 연구자와 기술력이 함께할 때 가능하다는 것을 말해 준다. 이공계열 학생들과 콘텐츠 수업을 한 적이 있었는데 가장 기억에 남는 학생의 작품이 '박달재 전설'을 통한 제천시 홈페이지 오픈장면을 만드는 것이었다. 대부분의 홈페이지 오픈 장면은 그 도시의 대표적인 문화재나 역사적 사건을 사진이나 동영상을 제시한다. 그러나 이 학생은 사랑을 이루지 못하고 죽은 박달과 금봉이의 손을 꼭 잡고 제천 10경을 소개하는 사다리 타기 놀이를 제안하였다. 자신이 선택한 인물을 따라 내려가다 보면 제천의 명소가 나오고 간단한 소개를 통해 제천을 알린다. 그러나 처음에는 학생의 기술적 부족으로 사다리 게임의 속도가 느려 다른 학생들의 관심을 끌지 못했다. 종강 무렵 그 학생은 전공 교수의 기술적 도움을 받아 아주 빠르고 흥미로운 게임으로 바꾸어놓았다. 인문학에서는 시나리오적 자원을 제공하고, 게임을 프로그램화 하는 사람들은 기술을 제공할 것이며, 기타 음악적 기능과 창의적인 캐릭터 생성 기능 등등이 함께해야만 가능하다는 것을 보여준 일례이다.

인문학적 요소 중 고전문학적 요소를 제공하는 연구자들은 자신이 연구하는 분야에 대해 깊은 연구를 마쳐야 한다. 아직도 학문의 정통성만을 강조하는 시각에서 볼 때 깊이 없는 학문의 퓨전으로 보일 수 있기 때문이다. 고전문학을 연구하는 이유는 우리 고전 속에 품어져 있는 우리 민족의 모습을 통해 오늘의 우리 사회의 모습을 발전시켜 나가기 위함이다. 옛것에 얽매여 오늘날과 괴리된 학문은 이제 사장될 수밖에 없는 것은 당연한 이치다. 고전문학을 통한 문화콘텐츠로의 활용은 고전문학의 변이가 아니라 새로운 발전임을 깨달을 때가 된 것이다.

5) 한국문학의 연구방법

(1) 역사주의적 방법

역사주의 관점에서의 문학읽기는 문학작품과 그것이 둘러싸고 있는 사회적 · 문화적 맥락을 다루는 방법으로, 작품의 근원을 밝히려 하는 방법론이다. 작품이 생산된 역사적 맥락과 사회적 소산으로서의 작품, 그 작품이 그 시대의 사회적 · 문화적 요소들에 준 충격, 후세의 독자가 지닌 그 작품에 대한 의의 등의 상호관계를 밝힌다.

역사주의의 중심적 영역은 작가연구라 볼 수도 있다. 문학을 어떠한 원인에 따른 결과로 볼 때, 한 작품의 명백한 원인이 있다면 그것은 바로 생산자인 작가이다. 작가야말로 작품의 근원, 출발, 원인이 되기 때문에 작가에 대한 전기적 연구가 중요하게 대두한다.

역사주의적 방법론자들은 가장 객관성 있는 민요의 성격을 규명하려고 노력하였는데, 자료를 수집하는 과정에서 설화의 범주가 범세계적임을 알게 되었다. 따라서 설화의 지리적 발생지역이나 설화 자체의 역사성에 대한 연구가 이루어졌다. 그 결과 '중심지에서 멀리 갈수록 원형의 변화가 심하다. 그리고 자연적인 현상이 파괴되지 않은 형태를 가진 것이 원형에 가깝다. 또 전파는 주로 문헌이나 여행자에 의해 이루어진다' 등의 연구

진전을 보였다. 또한 설화의 모티브와 유형 분류를 통해 전 세계적인 이야기 자료의 모티브 색인과 유형 색인 업적을 이루었다. 이 방법은 인물전설, 수수께끼, 국문놀이, 국문무용 등에도 적용되었다.

역사주의 관점에서 이육사의 시, 『광야』를 비평하고자 할 때, 먼저 이육사 시인과 시가 쓰인 시대적 배경에 대한 연구에 초점을 둬야 할 것이다. 이육사는 1935년 <신조선>에 시 <황혼>을 발표하며 등단한 이후 1937년 신석초, 윤곤강, 김광균과 함께 동인지 <자오선>을 발간하는 등, 상징적이면서도 서정성이 풍부한 목가풍의 시를 발표하였다. 그의 시작 발표는 주로 <조광(朝光)>을 통하여 1941년까지 계속되었으나, 시작 활동 못지않게 독립 투쟁에도 헌신, 전 생애를 통해 17회나 투옥되었으며, 40세에 북경 감옥에서 옥사하였다. 그의 작품은 대부분이 1935년부터 1941년까지의 기간 중에 씌어졌는데, 이때는 그가 중국과 만주 등지를 전전하던 때인 만큼 광활한 대륙을 배경으로 한 침울한 북방의 정조(情調)와 함께 전통적인 민족 정서가 작품에 깃들어 있다. 대표작인 <광야>에서 보듯이 그의 시는 식민지 치하의 민족적 비운(悲運)을 소재로 삼아 강렬한 저항 의지를 나타내고 있으며, 꺼지지 않는 민족정신을 장엄하게 노래한 점이 특징이라 하겠다.

(2) 형식주의 방법

형식주의는 현대 비평의 가장 뚜렷한 방법이라고 볼 수 있다. 운문에서 의미와 음성의 결합 양식의 특징적인 것을 살피고, 산문시에서 리듬의 패턴을 알아내고, 장편 문학에서는 성격(인물), 배경, 테마의 기틀로 삼아 해석하는 등을 이른다.

형식주의자는 작품의 작자의 자서전으로 오해하지 않는다. 어떤 특정한 정황에서 부르짖는 특정한 목소리로 듣는다. 한 마디로 해서 연극이라는 허구(fiction)인 것이다. 이런 관점에서 볼 때 중요한 것은 그 목소리, 정황의 인물이 흥미 있느냐, 의미 있느냐, 믿을만하게 만들어졌느냐 하는 부분들이다. 형식은 결국 조직된 의미의 완전한 형상이다. 그렇기에 다수의 형식주의자는 문학유기체론(organcism)을 믿는다. 이 의미의 조직체를 알아보기 위해서는 분석, 해부, 비교 등의 반생명적, 반유기체적 작업을 할 수 없다. 비유와 함축적 의미의 언어적 경제성(복합성)을 파헤치고, 다시 그 모든 부분들의 전체적 단일성, 통일성을 이해하는 것이 형식주의자의 최대 과제이다.

김소월의 시 「진달래꽃」에서 작가 김소월이 아닌, 그리움의 정조가 담긴 여인의 목소리를 듣는 것이 이와 같다. 형식주의자는 작가-작품-독자의 관계가 연출가-배우-관객과 같이 하나의 무대(작품)안에서 완성되고 해석하기를 원한다.

한용운의 「님의 침묵」은 인간의 보편적 정서인 사랑과 이별을 다루고 있다. 사랑의 대상인 '님'의 계속되는 '침묵'과 그 침묵에 대한 서정적 자아의 끊임없는 설명은 <님은 갔지마는 나는 님을 보내지 아니하였다>라는 패러독스에 의해서 절정을 이루게 된다. 이러한 역설법은 곧 이 시 전체의 구조에 관계된다. 가버린 님이 존재하지 않는 상황에서 그 님의 존재를 확인하고자 한다는 것이다. 님의 상실과 거기에서 비롯되는 비극적 상황을 극복하려는 서정적 자아의 존재론적 물음은 각각의 행에 사용된 수사법, 특히 역설법과 결합하여 창조적인 새로운 만남을 기대하게 한다. 이별을 만남으로, 절망을 희망으로, 슬픔을 기쁨으로 승화시키는 이 시는 견고한 시적 구조와 논리, 변화무쌍한 수사법, 시공을 초월하는 상상력을 바탕으로 한다.

(3) 구조주의 방법

구조주의는 모든 문화적 현상이나 활동 또는 국문의 소산물들을 내적 상호작용의 자족적이고도 자결적인 구조로 이루어진 하나의 '사회적 관습' 또는 '의미체계'로 보는 연구방법이다. 문학작품이 어떤 일정한 코드, 구조, 체계에 의해서 형성되었다고 간주하여 그 작품의 기호체계를 밝히는 것을 목적으로 한다. 따라서 구조주의 비평이라고 했을 때, 그것은 의사소통체계를 일련의 기호와 그 결합법칙에 의해서 설명하고자 하는 몇 가지 해석방법을 종합한다고 볼 수 있다. 이 체계의 기본 단위들은 독자적 의미를 지닌 객관적 사실들이 아니라 순전히 상대적 사실들에 지나지 않는다. 다시 말해 그것들의 정체는 그 체계 내의 다른 요소들과의 상반관계 또는 다른 요소들과의 대립관계에 의해 생겨난 것이다.

구조주의 방법에서 문학 전승물은 순전히 문화적 관습과 법칙들에 따라 다양한 요소들의 작용으로 이루어진 기술의 한 방식이다. 이런 요소들은 문화적 관습 속에서 그 체계 밖에 존재하는 어떠한 현실과도 관계없이 문화적 효과를 빚어낸다. 개별 주체자는 전승물을 창작하는데 있어서 주도권이나 표현의사도 없으며 구성과도 무관하다. 창작자의 정신은 그 안에서 문화적 관습, 규약, 결합법칙들의 비개인적 체계(또는 랑그)가 특정한 텍스트로 변신하는 장소인, 하나의 전가된 '공간'으로 묘사된다. 의식적이고 감지적인 개인으로서의 존재도 '참여'라고 하는 비개인적 활동으로 와해된다. 그리고 습득된 내용은 의미가 불어넣어진 텍스트가 아니고 그냥 기술된 것에 불과하다.

구조주의 문학비평에 의해서 한용운의 「님의 침묵」을 분석할 때, 그것은 과거, 현재, 미래라는 시간구조에 관계되며 그 각각은 또 추억, 소멸, 기대로 이루어져 있음을 알 수 있다. 공간은 제2행에 근거하여 '중산'이라고 볼 수 있다. 제1행부터 제9행까지의 모든 진술과 비유는 결국 제10행에 나오는 '사랑의 노래'이다. 이를 구조언어학에 적용하면 <님의 침묵>은 기의에 해당하고 '사랑의 노래'는 기표에 해당한다.

이은미(2011)는 서정주의 「신부」의 분석에서, 수십 년의 세월을 말 한마디 없이 인고해 온 신부는 매운 재가 되어 신랑을 깨우쳐 주는데 이러한 설화의 핵심 모형은 설화와 속신의 구조 관계를 통해 "전통적으로 한(恨)을 지닌 여성의 이미지와 관련한 이야기의 구조, 혹은 신화적인 고낸극복의 구조를 보여준다"고 하였다. 「신부」안에 드러나는 '色'의 이미지는 무엇보다도 강렬한데, 초록 저고리와 다홍치마는 선명한 대비를 보여준다. 신부임을 한눈에 알아볼수 있는 외부세계로부터의 현저한 드러남이며, 초록 재와 다홍 재가 되어 내려앉은 색채는 여전히 붉은 신무의 마음과 싸늘히 식어버린 원망의 서슬이 퍼렇게 내비치기도 한다.

「신부」는 그 형식에 있어서 상반되는 두 가지 성격을 모두 지니고 있는데, 처음 연에서는 신부가 가슴에 한을 담고 죽게 된 과정을 인과적으로 나타내고 있으며, 두 번째 연에서는 죽어도 죽지 못한 채 마침내 재로 남게 된 신부의 최후를 보여준다.

구조를 염두에 두고 작품을 대하면 작품을 하나의 완전한 통일체로 생각할 수 있게 된다. 문학의 장르 중에서 가장 과감한 언어의 마법을 구사하는 시 텍스트에서도 예외는 아니다. 시의 각 부분들은 마치 약속된 듯이 일관성 있고 세심하게 짜인 구조의 일부가 된다.

(4) 신화비평적 방법

신화비평은 문학작품에 나타난 신화적인 요소를 파악하여 그 원형과 원형의 패턴이 지니고 있는 특징과 의미를 밝히는 비평의 한 양식이다. 신화는 전설이나 민담과는 다르다. 신화는 일상적인 경험 이전에 일어난 것으로 신성성을 바탕으로 하며 신성한 장소를 배경으로 한다. 아사달과 태백산을 배경으로 하는 단군신화는 신화의 영역에 속한다.

국문학 연구의 여러 방법론을 다 포함하면서도 국문자료를 단일한 근원으로 환원시키려는 야심만만한 의도를 지니고 나선 것이 신화론적 방법론이다. 이러한 신화론적 방법론이 국문학 전반에 대한 뚜렷하고도 자의식을 갖춘 방법론으로서 골격을 갖추게 된 지는 불과 얼마되지 않지만, 인간 집합정신의 심부에서 솟아오르는 생기차고 통합적인 힘의 현시로서 국문 전반을 총체적으로 살펴보고자 하는 연구가들에게 보다 큰 관심의 대상이 되고 있다.

신화의 의미는 그 기원에 있지 않고, 오히려 그 후의 전승물 속에서 찾아볼 수 있다고 믿는다. 신화는 언제나 원형을 유지하며 전승과 더불어 재현된다는 신념을 신화론적 방법론가들은 견지하고 있다. 여기서 원형은 국문학 전반에만 국한되지 않고 꿈이나 제의에서까지도 찾아볼 수 있는 서술의 짜임새나, 인물, 유형, 이미지 등에 적용되는 일련의 보편적이고 원초적이며 기본적인 형태의 체계를 의미한다.

신화론적 방법론은 국문 자체의 연구보다는 심층심리학의 분석을 전제하기 때문에 국문연구의 방법론으로는 한계를 지닐 수밖에 없다. 원형이나 단일 신화 또는 우주의 대 원리를 추구하다 보면 획일적이고 일정한 동일성이나 예상성 또는 복음주의에 빠질 수 있으며, 국문물이 원형이나 제식의 매개체 이상의 것임을 망각하기 쉽고, 신화나 원형의 적용이 어떤 것이 되어야 하는가 하는 문제에 관한 그들의 어떤 통일된 견해를 거의 기대할 수 없다는 등의 문제를 안고 있다.

『비평의 해부』에서 신화 단계인 원형을 중요시한 프라이는 원형을 이렇게 설명하였다. “원형은 여러 가지 의미가 모여 이루어진 복합체로서 복잡한 다양성을 지니고 있기 때문에 기호와는 다르다. 이러한 복합체 내에는 수많은 특별한 지식의 결합체가 있다. 왜냐하면 주어진 문화 내에서 생활하는 많은 사람들은 그러한 결합체에 익숙해 있어서 서로 의사소통할 수 있기 때문이다.”

한용운의 「님의 침묵」에서 ‘님’의 원형은 분명히 여러 가지 의미가 결합된 복합체임에 틀림없다. ‘님’을 절대자나 연인이나 조국 광복으로 볼 수도 있고, 이 모두를 종합하고 또 초월하는 불교의 도를 깨달음으로 볼 수도 있다. 여기서의 ‘님’은 진리의 핵심을 의미한다.

구수경(2004)의 「박상룡의 『죽음의 한 硏究』에 대한 신화비평적 고찰」은 『죽음의 한 硏究』는 모든 종교와 신화가 죽음의 재생적 의미를 강조함으로써 죽음으로 인한 인간의 한계와 절망적 인식을 극복하고 있음을 천착하고 있는 소설이라 하였다. 수행승 ‘나’의 유리에서의 40일간의 구도는 불교, 기독교, 연금술, 『티벳 사자의 서』, 인도 밀교인 탄트라, 인류학, 원시신화 등에서 발견되는 종교적 · 신화적 모티브와 상징물들을 탐색하고, 그것들을 ‘죽음과 재생의 상징’이라는 일관된 시각에서 통합하고, 질서화하는 사유의 과정으로 이루어져 있다. 아울러 스스로 영생과 구원, 자기실현을 위한 죽음의 제의를 행함으로써 자신이 터득한 깨달음의 세계를 증명하고 있다.

(5) 비교국문학적 방법

문학의 역사는 비교문학의 역사이다. 여기서 말하는 비교문학은 비교보다는 문학을 더 강조한다. 비교국문학적 방법론은 인문과학분야에서 흔히 쓰이는 방법인데, 특히 국문학에서는 전파와 문화수용 또는 문화변용으로 인한 과정을 규명하기 위해 활용된다. 국문사상은 발생부터 다양한 변이 과정을 거치는 역사적 산물이다. 따라서 국문사상을 어느 시점에서 공간적으로 재단하면 어떤 것은 최근에, 어떤 것은 꽤 이른 시기에 생성되어 오늘날에 이르고 있다. 이것들을 정리하여 포개보면 통시적인 전후의 관계도 어느 정도 파악할 수 있고 아울러 어떻게 변이되었는지를 짐작할 수 있다.

국문학이 주로 비교연구법을 채용하는 것은 그 학문의 목적과 성질에 가장 부합하기 때문이다. 국문학의 자료인 민간전승의 현저한 특질은 그것이 기록에 의하지 않고 전승되어 왔다는 점이다. 오랜 세월에 걸쳐 전승되는 동안 그 전승이 조금씩 개변되어 오늘날에 이르고 있다. 같은 민간전승에 대하여 각 지역의 자료를 가능한 많이 수집할 경우 그 유사와 차이가 매우 중요한 관건이 된다. 자료 비교에 의하여 그 전승의 변천과정을 가늠할 수 있기 때문이다.

윤호병(2001)의 「한국 현대시에 수용된 마르크 샤갈 그림 - 김영태 시집 "유태인 사는 마을의 겨울" 김춘수 시 "샤갈의 마을에 내리는 눈" 이승훈 시집 「시집 샤갈에 수용된 샤갈의 그림세계」은 김춘수 시 「샤갈의 마을에 내리는 눈」과 샤갈 그림 「나와 마을」을 비교국문학적 관점에서 분석하였다. 김춘수 시는 네 부분으로 이루어져 있는데, 그 첫부분인 '샤갈의 마을에는/3월에 눈이 온다'라는 표현에는 시인 자신의 말을 빌리면 샤갈 그림이 갖는 비현실적이고 서정적인 분위기를 연출하기 위해서 '3월'이 나타내는 '봄'과 '눈'이 나타내는 '겨울'을 동일 시간과 공간 속에 배치하였다. 이러한 배치는 「나와 마을」에 나타나는 다양한 색채의 통합과 동식물과 인간의 공간 배치 및 곧바로 걷는 농부와 거꾸로 걷는 아내, 투명한 당나귀 머리와 그 속에서 우유를 짜는 여인이 자아내는 환상적인 몽환의 세계와 일치한다. 아울러 소녀이 조심스러우면서도 경건하게 들고 있는 작은 꽃가지와 분홍색과 초록색의 대비가 암시하는 바를 '3월'로 구체화하였다고 볼 수 있다.

두 번째 부분인 3,4,5행에 나타나는 '사나이'에 대해 김춘수는 "봄이 다가오고 있는데 눈이 내린다는 아이러니컬한 정격을 배경으로 한 사나이의 마음의 동요를 그린 것이다"라고 하였다. 두 번째 부분의 사나이는 또 샤갈이 되기를 바라는 시인 자신일 수도 있고, 샤갈 그림에 나오는 사원 안에서 정면을 바라보고 있는 성직자일 수도 있다.

샤갈의 전기와 그의 그림에서 감동을 김춘수는 자신의 시 마지막 부분에서 고향에 대한 추억과 고향집에 대한 정감으로 전환하였다. 그에 의하면 "한국적이면서, 어딘가 북국적(슬라브적)이기도 하다. 샤갈의 이미지를 한국적 풍속과 분위기로 옮겨보았다"고 할 수 있다. 아낙네들이 지피는 아궁이의 불은 샤갈 그림에서의 분홍색조와 잘 어울린다. 과거 유년시절에 대한 따뜻하고 다정다감한 추억을 이 시는 전달하고 있다. 유년의 추억 중에서도 고향집 담벼락에 붙어있던 올리브빛 열매인 '망개'를 회상하는 시인에게 있어서 그것은 바로 '다채로운 꿈'과 '인생에 대한 기대'가 가득했던 시절에 해당한다. 이 마지막 부분에서 김춘수는 적어도 샤갈에게 있어서 아버지로 대표되는 러시아적 회상을 어머니로 대표되는 한국적인 회상으로 전환하였다.

(6) 현장론적 방법

현장론적 방법은 문학현장의 연행결과인 자료만을 대상으로 삼는 것이 아니라 현장상황과 연행과정의 주목을 통해서 자료를 이해하는 것이다. 국문학의 특성상 현지조사는 필수적인데 이 과정에서 분석모형을 찾고 집요한 현지관찰을 통해 자료의 깊이를 발견하는 연구다. 그러나 현지조사 자료를 취급한다고 해서 이 방법이 구체화되는 것은 아니다. 현지조사 작업을 바탕으로 하되 대상 자료에 대한 체계화를 고려하여 분석 모형은 물론 집약적인 '현장성' 해석학의 면밀함이 이루어져야 한다.

현장론의 장점은 자료의 현장성이 무엇보다 강조되다 보니 자료의 포괄성과 관점의 통합성이 내세워지고, 특히 국문 사실을 기술함에 있어서 자료 내외적 의미에 대한 집약성을 강조할 수 있다는 점이다. 민족자료의 연행 현장성은 국문의 본질적 의미를 파악하는 데 깊숙이 인식되어야 할 핵심적 특징이다.

현장론의 한계는 많다. 이 방법의 활용은 기호성과 유행성을 가지고 문학을 조사하고 정리하는 경우에는 통하지 않는다. 답사기록과 저널리즘 국문소개가 그것인데 자료 정보에는 기여할지 몰라도 국문학의 학문성에는 회의적이다. 이러한 점에서 국문 또는 국문학의 개념과 맞물려 있지만 문학자료가 특정 부류의 골동품화 된 유산이 아니라면 기왕 제시된 자료는 끊임없이 조사되거나 새롭게 검증되는 가치체계라는 점에서 현장론적 인식은 소중하다.

현장론의 확장은 구비전승의 범위에서만 국한해서는 안 된다. 기록문건이나 물질전승에까지 확대하여 국문자료의 공시적 국문태와 통시적 전통성을 동시에 긴밀하게 읽는 데까지 나아가야 한다.

조춘호(1998)의 「『元曉不羈』條의 현장론적 연구」에서는 일연의 삼국유사 진술 태도가 현장 확인적이며 실증적이었다는 점에 주안을 두고 초개사, 사라사 등의 위치비정과 그 창건의미 등을 살폈다. 또한 이러한 사실을 유일하게 기록하고 있는 원효불기 조의 서사적 문맥을 검토하여 원효의 신비한 출생과 출가수행, <천주요>와 요석궁 공주와의 결연, 설총의 출생과 <무애가>의 상징적 의미를 밝혔다. 삼국통일의 전후시기에 신라인에게 요청되는 가치덕목과 그것의 구현을 위해 신라땅을 쟁토(爭土)로 만들어 불국토화하기 위한 원효의 위대한 삶의 자취와 그 상징적 의미를 살폈다.

박호영(2001)의 「이육사의 『광야』에 대한 실증적 접근」 연구 논문에서는 이육사의 시 「광야」의 현장과 육사의 고향을 연결시켰다. '광야'는 그의 고향 안동군 도산명 원촌리를 배경으로 하여 예전의 풍요롭고 자랑스럽던 공간이 불모지로 된 데에 대한 복원의 의지를 꿈꾼 작품이라고 할 수 있다. 그의 시 「자야곡」이나 수필 「은하수」, 「계절의 오행」은 그것은 단서를 제공해 준다. 또 지정학적 위치로 볼 때도 안동군 도산면은 시의 내용처럼 산맥들이 바다로 뻗어나가면서 범하지 않은 지역이면서 낙동강이란 큰 강이 흐르는 곳이다. “어데 닭우는 소리 들렷스랴”는 이육사의 경험적 인식이나 문맥상의 흐름을 고려할 때 “어딘가에 닭 우는 소리 들렸으리라”로 해석하며, 닭우는 소리를 들리지 않는 부정적인 상황으로 인식하는 것은 맞지 않다. ‘씨를 뿌리는’ 행위는 풍요로움에 대한 기대라고 볼 수 있다. 불모지로 변한 그의 고향을 예전과 같은 풍요로운 공간으로 바꾸기 위해 찬란한 열매를 가져다 줄 씨를 뿌리는 것이다. ‘백마타고 오는 초인’역시 그의 고향 출신으로서 지금의 고향을 옛날의 고향처럼 복원시켜줄 존재로 받아들여진다. 육사 스스로는 현재의 처지로 고향의 복원에 한계를 느끼고 있고, 미래의 어느 시점인 ‘천고의 뒤’에 초인이 그의 고향을 복원시켜줄 것을 바라고 있는 것이다.

03 한국문학사의 전개와 문학 갈래

한국문학의 흐름으로 보아 한국문학사를 여섯 단계의 시대별로 나눠서 범주를 살폈다. 구체적인 시대구분의 개요보다는 전체적인 흐름에 따라 '외국인을 위한 한국문학' 수업에서 활용할 수 있는 방향으로 한국문학사를 짚어보기로 한다. 크게 고대의 문학, 고려시대의 문학, 조선전기의 문학, 조선후기의 문학으로 볼 수 있다. 효과적인 전달체계는 문학의 역사, 주요 갈래, 갈래별 대표작, 작품과 삶 등을 소개하면 좋다.

1) 고대시대의 문학

고대문학이란, 우리 민족이 한반도에 정착한 상고(上古)시대로부터 고려시대 이전까지 우리 문학이 태동되고 형성된 시기에 이루어진 문학을 말한다. 고대의 우리 선인들은 다른 원시 민족과 마찬가지로 음악, 무용, 시가가 분화되지 않은 원시종합예술을 즐겼다. 이러한 종합예술은 인간 생활이 복잡해지고 생활이 분화되면서 시가 형태로 분리되고, 이 시가는 다시 신화와 전설이 주가 되는 서사문학(설화)과, 축도(祝禱)와 기원을 내용으로 하는 서정시로 분화되었다. 그리고 통일신라에 이르러서는 우리

고유의 정서를 바탕으로 외래의 것을 소화하여 우리 문학의 정화라 할 수 있는 향가가 꽃을 피웠다. 향가는 한자의 음(音)과 훈(訓)을 빌려 쓴 향찰이라는 표기 체계에 의하여 표현되었다. 또 한자가 유입되고 중국과의 교류가 활발하게 이루어지면서 삼국시대에는 한문학이 발달하기도 하였다.

(1) 상대가요(上代歌謠)

상대가요는 우리 민족의 선조격인 예(濊)·맥(貊)이 한반도와 남만주 일대에 삶의 터전을 잡고 생활을 영위하기 시작하면서부터 향찰 표기의 향가가 발생하기 이전까지 존재하였던 시가를 총칭한다.

상대가요는 집단적이고 서사적인 종합예술에서 출발한 뒤, 개인적이고 서정적인 시가로 분리되면서 생성, 발전하게 되었다. 그 과정을 좀 더 세밀히 분석하여 보면 먼저 집단적인 행사에서 불리거나, 의식요 또는 노동요의 형태로 불려지다가, 이어서 개인적인 서정문학이 점차 발달하게 된 것으로 보인다. 이는 우리 시가문학 가운데서 가장 오래된 「공무도하가(公無渡河歌)」와 「구지가(龜旨歌)」가 집단의 생활과 관련된 성격을 짙게 지니고 있다는 데서도 유추할 수 있다. 개인의 서정을 읊은 「황조가(黃鳥歌)」나 「정읍사(井邑詞)」가 개인적은 삶의 애환과 관련된다면, 그 이전의 시가들은 집단의 삶에서 빚어지는 여러 가지 일들과 의식, 주술, 기원 등과 긴밀한 연계를 지니고 있는 것이다.

(2) 향가(鄕歌)

향가는 삼국시대 말엽에 발생하여 통일신라 때 성행하다가 그 말기부터 쇠퇴하기 시작하여 고려 초에 소멸된 우리나라 고유의 정형 시가이다.

순수한 우리글이 없었던 때에 우리말로 된 노래를 기록해야 하였기 때문에, 향가는 한자의 음과 뜻을 빌려서 쓰는 향찰로 표기되어 전한다. 향찰의 표현 방식을 살펴보면, 「서동요」의 첫 구절 '善花公主主隱'은 '선화공주님은'으로 해독한다. '주(主)'는 뜻을 빌려서 '님'으로 해석하고 '숨을 은(隱)'은 음을 빌린 것이기에 그대로 읽는다. 즉, 조사나 종결어미의 경우 음을 빌리고 단어의 경우 뜻을 그대로 사용한다. 기록된 바에 의하면 향가 최초의 작품은 진평왕대(579~631)의 「서동요(薯童謠)」와 「혜성가(彗星歌)」이며, 마지막 작품은 고려 광종(917~973) 때의 「보현십원가(普賢十願歌)」이다.

향가의 형식에는 4구체, 8구체, 10구체가 있다. 4구체는 전래의 민요가 정착된 노래로 「서동요」, 「풍요」, 「헌화가」, 「도솔가」 등이 있다. 8구체는 4구체가 발전된 형태이다. 「모죽지랑가」, 「처용가」 2수가 이에 해당한다. 10구체 향가는 '사뇌가(詞腦歌)'라고 따로 지칭한다. 10구체 향가를 사뇌가라고 특별히 지정한 것은 10구체 형식이 다른 형식에 비해 완전하고 감정을 표현하는데 있어서 뛰어나기 때문이다. 따라서 10구체 형식에 향가의 으뜸으로 꼽히는 작품들이 다른 것에 비해 많다. 「찬기파랑가」, 「제망매가」를 10구체 향가 중 으뜸으로 꼽을 수 있다.

향가의 작자층은 평민으로부터 승려, 귀족, 왕에 이르기까지 폭넓게 분포되어 있다. 현전하는 향가의 작자로는 승려가 가장 많다. 일찍이 그 가치를 높이 인식한 신라 제 51대 진성여왕은 각간 위홍과 대구 화상에게 명하여 흩어져 있는 향가를 모아 책으로 묶게 하였다. 그리하여 각간 위홍과 대구 화상은 그 향가들을 전국에서 찾아 모아 「삼대목(三代目)」이란 책으로 엮었다. 그러나 향가집 「삼대목」은 오랜 세월이 흐르는 동안 없어져 지금은 전하지 않는다.

작자층이 다양한 만큼 내용도 다양하다. 향가가 불교사상이 한창인 시절에 쓰였기 때문에 불교에 관한 내용이 많고, 「모죽지랑가」나 「찬기파랑가」처럼 수준 높은 서정시가 있으며, 「서동요」와 같은 동요도 있고, 「풍요」와 같은 노동요도 있는 등 다양한 내용을 노래하고 있다.

향가는 통일신라 이후 한반도 전역에 걸쳐 널리 창작되고 향유된 우리의 민족문학이다. 우리글이 없었던 당시 부득이하게 한자의 음과 훈을 이용한 향찰 문자를 만들어 사용한 것을 보면 강한 민족적 주체성도 엿보인다. 향가는 우리 문학사상 최초의 정형화된 서정시라는 점에 중요한 의의가 있다. 또한, 그 가사는 신라어의 연구에 귀중한 자료가 되고, 그 표기법은 외래문화를 주체적으로 수용, 발전시킨 좋은 예가 된다. 숭고한 이상 추구를 주된 내용으로 하였던 이 문학 양식은 소박하면서도 깊이 있는 수사(修辭)로 원만하고 차원 높은 신라인의 정신세계를 잘 반영하고 있다.

(3) 설화(說話)

설화는 신화, 전설, 민담으로 나뉜다. 먼저 기본적으로 신화가 무엇인지부터 살펴보자. 신화란 신에 관한 신성에 대한 이야기로서 '기원을 설명하는 것으로 믿어지는 이야기'라고 정의할 수 있다. 신화는 신이나 영웅, 문화적 특징이나 신앙 등의 기원을 이야기한다. 신이 존재하게 된 이유를 전하는 것이 신화이기 때문에 신화는 신에 관련된 역사라 할 수 있다. 과학적인 관점에서 보면 신화는 매우 불합리하고 환상적이지만, 그것을 둘러싸고 있는 상징과 비유를 자세히 살펴보면 당시 사람들의 사고와 태도, 양식을 알 수 있다. 신화는 신앙을 중심으로 하여 만들어지고 믿어지는 것이기 때문에 종교적인 관계가 있다. 신화를 특성으로 들 수 있는 신비, 신성, 상징 등은 모두 종교적인 특성이기도 하다. 신화는 그것을 믿는 사람들에게 종교적인 가르침이다. 또한 신화는 하나의 이야기이기 때문에 문학작품으로 볼 수 있다. 신화는 많은 문학 갈래들 중에서도 가장 풍부한 문학적 상상력을 갖추고 있다.

한국의 신화를 내용에 따라 분류하자면, 건국신화, 성씨시조신화, 마을신화, 무속신화로 나눌 수 있다. 건국신화는 나라를 세울 때의 이야기이고, 성씨시조신화는 각 성의 시조에 대한 신화이다. 즉, 남평문씨, 창령조씨, 파평윤씨, 배씨, 서씨, 고령나씨, 단양장씨 등 한국의 최○○, 김○○처럼 성씨에 유래에 대한 이야기이다. 마을신화는 마을을 지켜주는 수호신에 대한 신화이다. 무속신화는 무당이 굿을 할 때 이야기 하던 신화이다.

신화는 글로서 전해지는지 아니면 입으로 전해지는지에 따라 둘로 나뉜다. 문자로 정착된 것을 문헌(文獻)설화라 한다. 입으로 전해져 오다가 국가나 왕족 또는 성씨 등의 역사로 기록하고자 문헌에 싣게 한 것이다. 『삼국사기』, 『삼국유사』, 『제왕운기』, 『동국이상국집』 등에 많은 건국신화, 시조신화들이 실려 있다. 반면 구비전승되는 것은 구비(口碑)설화라 한다. 지금까지 입으로 전해져오는 신화들로 굿판에서 불리는 무속신화, 공동체신앙인 동제의 기원담으로 말해져온 당신화, 민간 속에서 전해져 온 일반 구전신화 등이 있다.

전설은 특정한 장소나 인물에 관련되며 역사적인 사실의 이야기이다. 많은 특정 지방의 전설은 사실상 잘 알려진 민담들이 나중에 어떤 특별한 인물이나 장소와 관련이 있다. 한국의 전설 가운데 널리 알려진 것으로는 「장자못전설」, 「산이동전설」, 「홍수전설」, 「오뉘힘내기전설」, 「아기장수전설」, 「말무덤이야기」, 「쌀 나오는 구멍 이야기」 등이 있다. 전설은 다른 이야기들보다 과거 사실을 해명하는 성격이 강하며, 설득력을 위해서 구체적인 상황 속에서 증거물이 있다는 특징이 있다. 예를 들면, 충북 제천의 의림지 전설 중 뒤들 돌아보지 말라는 스님의 말을 어기고 뒤를 봤다가 어떤 여인이 돌이 되었다는 전설이 있다. 그리고 그 암석이 현재 어디 어디에 있더라 하고 이야기한다. 이처럼 특정 증거물을 통해서 이야기의 설득력을 얻고 있으며 증거물은 전설의 가장 중요한 특징이다.

민담은 이야기 하는 이나 듣는 이가 모두 신성하다고 여기지 않으며 참이라고 전제할 필요도 없는, 그래서 "옛날 옛적 호랑이 담배 먹던 시절에 말이지…"라는 식으로 시작하는 흥미 거리의 이야기이다. 민담의 주인공은 일반인이거나 혹은 바보스런 인물이지만, 갖가지 난관에 부딪혀도 운 좋게도 도움을 얻어 이를 극복하고 행복한 결말을 맺는다. 민담의 세계에 불가능이란 없다. 그것은 해맑은 천진함이 모든 어려움을 이겨내는 이야기로서 어떤 고난도 넘어설 수 있고 또 넘어서야 한다는 민중들의 긍정적인 마음의 표현이다. 민담의 종류로는 동물담, 본격담(本格談), 소담(笑談) 등이 있다. 동물유래담은 어떤 동물이 갖고 있는 독특한 겉모양이나 성격이 어떻게 형성되었는지를 설명한다. 동물들 사이의 특별한 관계에 대해서도 설명한다. 그러므로 여기에 등장하는 동물은 각각 개인적인 성격을 갖는 것이 아니라 동물의 전체적인 특징을 이야기한다. 본격동물담은 등장하는 동물들에게 인간의 마음을 심어놓고 인간세계에서 활동하게 한다. 따라서 등장하는 동물들은 다른 동물들에 대해서 뿐만 아니라 인간들에 대해서도 관계를 맺고 그들에게 좋고 나쁜 인상을 주게 된다. 동물우화는 완전한 동물세계에서 일어나는 사건을 다룬다. 이때 각각의 동물들은 어느 정도 그 동물의 특징을 나타내고 있지만 사실은 인간사회에서 특정 인간의 모습을 암시한다. 그리하여 인간사회에서 있을 수 있는 사람들의 행동방식, 인간관계 등에서 나타날 수 있는 문제점들을 비판하며 어떤 교훈을 제시한다. 그런 점에서 동물우화는 동물이 등장하는 민담 중에서 윤리적 성격이 가장 강하다.

소담은 다른 나라의 경우에 비해 우리 민담에서 훨씬 다채롭고 많은 비중을 차지하는 듯하다. 과장된 이야기, 치우이야기(痴愚談, 바보이야기), 사기이야기, 모방이야기, 투쟁이야기로 나눌 수 있다. 구두쇠 자린고비, 방귀 잘 뀌는 며느리, 바보 사위, 실수하는 사돈 등 전통사회에서 아직도 친숙한 평민적 민담으로부터 「고금소총(古今笑叢) - 한국설화집」

류의 골계담에 이르기까지 인간의 어리석음, 변덕스러움, 건망증, 실수 등 갖가지 결함에 관련된 소담들은 상당히 많은 비중을 차지한다. 이들 소화가 대체로 차가운 풍자의 공격성보다는 해학적 관용의 분위기를 띤다는 사실에서 우리는 한국인의 전통적 생활과 인간을 보는 시각의 한 단면을 짐작해 볼 수도 있을 것이다.

설화는 민족의 이야기로서, 우리 겨레의 정신문화의 근본이 된다. 고대 설화는 패관(稗官)문학과 가전(假傳)을 거쳐 소설로 발전되었다. 통일신라시대에 꽃을 피운 설화문학은 『삼국사기(三國史記)』와 『삼국유사(三國遺事)』를 통해 전해지며 다양한 특징과 개성을 지닌 작품들이 대거 등장한다. 조신이 꿈속에서 사랑하는 여인과 한평생을 살아보고 인생무상을 깨닫게 되는 「조신지몽(調信之夢)」, 호랑이에게 감동하여 절을 세우고 호녀의 명복을 빈 이야기 「김현감호(金現感虎)」 등을 들 수 있다.

(4) 한문학(漢文學)

한문학은 한국의 문사(文士)들이 한자를 매체로 쓴 문학작품을 부르는 말이다. 시대적으로 상고시대, 고려시대, 조선시대로 나누어 문학의 흐름을 살펴보도록 하겠다.

먼저 상고시대에 한문학이 전래된 시기는 확실하지 않으나 삼국시대 이전에 시작되었다고 본다. 고조선과 한사군 때 이미 한자를 사용한 것 같지만, 작품은「공무도하가(公無渡河歌)」만이 전한다. 삼국시대에는 국사를 기록하고 영토를 확장시킨 국가의 위업을 알리는데 한자의 역할이 두드러졌으며, 한문학권 내에서 공식적이거나 혹은 사적인 자리에서 시를 지어내는데 필수적인 도구가 되었고, 이를 통해 신라, 발해의 문인들은 문화적 역량을 과시하면서 발전을 하게 된다. 한자를 공식 기록문자로 삼은 것은 삼국이 고대국가 체제로 전환하여 불교를 승인하고 학교를 세워 유학을 권장한 시기 이후이다. 나라가 정비되면서 자부심을 나타내기 위한 비문을 지었는데, 고구려의 「광개토대왕비」가 대표적이다.

상고시대 한문학 중에서 꽃을 피운 시기는 신라 하대였다. 그것은 왕실의 붕괴와 신라 말에 이름을 떨친 최광유, 최승우, 박인범, 최치원은 6두품 출신과 관련이 있다. 이들 육두품의 출신들의 활약으로 한문학의 발전을 이루었다. 또한, 이들 중의 상당수가 당나라에 유학하여 급제하였기에 중국의 한문학을 빠른 속도로 수입할 수 있게 되었다.

고려시대의 한문학은 무인란(武人亂)을 기점으로 전기의 귀족계층 문학과 후기의 사대부계층 문학으로 나눌 수 있다. 고려 전기에는 아름다움을 중시하는 귀족문학이 지속되고 한시가 융성하였는데, 이자연, 김부식의 가문에 의한 문벌문학이 발달하였다. 무인란 이후 한문학의 새로운 경향은 하층민의 억압된 삶을 소재로 한 시, 몽골 항쟁의식의 소산인 영웅서사시, 승려들의 불교시, 사부의 등장과 시화집(詩話集)의 창작 등이 있다.

조선시대의 한문학은 조선 전기와 후기의 문학으로 나뉘며 임진왜란과 병자호란의 양란을 기점으로 나뉜다. 전기에는 사대부문학이 관각파문학, 사림파문학, 방외인문학으로 나누어지며, 후기에는 실학파문학이 나타나고 중인층의 등장으로 문학담당층도 넓어졌다.

한문학이 다른 나라의 글을 빌려 썼음에도 불구하고 한국에 있어서 중요한 이유는 신라시대의 이두(吏讀), 향가(鄕歌) 등의 한자 이용방식은 이미 육서(六書)와는 그 구성이 달랐으며, 고려·조선시대의 가사와 조선시대의 공용서식 등은 중국에서는 볼 수 없는 독특한 체제와 형태라고 할 것이다. 따라서 한국의 한문학은 같은 글자를 사용하였지만 중국이나 일본과는 달리 독자적인 민족정서와 문화를 독창적으로 이끌어 왔다는데 의의가 있다.

구비문학과는 달리 한문학이 국문학의 영역으로 자리 잡게 된 것은 삼국 정립 이후 중국과의 문물 교환이 활발해지고 한문이 일부계층에 널리 쓰이게 되면서부터라고 할 수 있다. 특히 통일신라시대 중국에 유학생을 파견한 것도 한문학 발전의 밑거름이 되었다. 고려인의 늠름한 기개를 드러낸 을지문덕의 「여수장우중문시」, 당나라의 태평을 찬양한 진덕여왕의 「치당태평송」, 꽃을 의인화하여 정치를 풍자한 설총의 「화왕계」, 황송의 난 때 황소에게 항복을 권한 최치원의 「토황소격문」이 대표적이다.

2) 고려시대의 문학

고려문학이란, 통일신라 멸망 후부터 조선이 건국되기까지의 약 500년 동안 지어진 문학을 이른다. 고려시대는 과거제도의 시행과 교육기관의 설립으로 한문학은 크게 융성한 반면, 국문학은 위축되었다. 문학적 내용보다는 교묘한 리듬을 통해 흥취를 돋우는 경기체가가 발달하였고 평민문학인 고려속요는 구전되다가 조선조에 문자로 기록되었는데, 이는 고려문학의 진수로 평가되고 있다. 설화의 정착으로 패관문학과 가전(假傳)문학이 발달하면서 소설의 기반을 마련하였다. 향가의 전통은 균여대사의 「보현십원가」를 거쳐 예종의 「도이장가」로 이어졌으나, 한문을 자유자재로 구사하게 되자 향가계 문학은 사라지게 되었다. 반면 한자에 의한 귀족들의 한시, 시화(詩話), 설화 등 다양한 한문학이 문학계를 지배하게 되었다. 시조는 고려 말에 발생한 3장 6구의 단가(短歌)로, 우리 고유의 노래이며 국문학의 대표적인 형식이다. 이때에 이루어진 것은 모두 구비문학이었으며, 이것도 조선조에 와서 비로소 문자로 정착되었다.

(1) 고려가요(高麗歌謠)

향가가 쇠퇴하면서 귀족층의 한문학이 고려의 문단을 이끌어가게 되자, 이와 상대적으로 평민층에서 새롭게 나타난 노래가 고려가요이다. 일명 속요(俗謠), 장가(長歌), 여요(麗謠)라고도 부른다. 구전되어 오다가 훈민정음 창제 이후 조선 성종 대에 이르러 문자로 정착되기 시작하였다. 이는 단순한 평민문학이 아니라, 고려시대 문학을 대표하는 시가 문학의 진수라고 할 수 있다.

속요라는 말은 민속가요라는 뜻이다. 상층문화권의 정통가요인 가곡(歌曲) 혹은 시조 등에 비해, 정제되지 못한 노래나 아정(雅正 : 아담하고 바름)함을 잃은 노래, 일반적으로 잡스럽거나 속된 하층문화권의 노래라는 뜻으로 속가(俗歌) 또는 잡가(雜歌)라고도 한다. 고려 속요 전체에 두루 드러나는 공통성으로 독특한 여음 혹은 후렴구가 있다.

속요의 형식적 특징은 대체로 다음과 같다. 연장체(聯章體)로 되어 있고, 3음보격의 분절체(分節體)를 중심으로 되어 있다. 또 후렴구(또는 여음구)를 지닌다. 후렴구는 「청산별곡」에서 "얄리 얄리 얄라셩"과 같이 반복적으로 쓰이는 노래 가사와 같은 말을 말하는 것이다. 속요는 대부분 작자가 알려져 있지 않다. 그것은 속요의 장르 생성이 재래의 민요를 새로운 궁중무악(宮中舞樂) 혹은 연악(宴樂)으로 재편하여 수용한 데에 기인하는 것으로 보인다. 속요의 내용은 남녀 간의 애정에 관한 것이 많고 그 정서의 표출에 거리낌이 없이 대담하다는 점이 고려시대 노래의 특징이다. 속요는 무엇보다 민요성을 가장 큰 특징으로 하였으므로 향유(享有) 계층도 자연히 민중층에 있었다. 고려 후기로 들어와 속요는 민중들만의 입에서 머무르지 않고 여러 경로를 통해 궁중으로 들어와 궁중의 속요로 수용 · 재편되었다.

고려속요는 조선시대 유학자들에 의해 문자로 정착되는 과정에서 '남녀상

열지사'라고 하여 개작 또는 삭제된 작품이 많았을 것으로 추측된다. 주로 남녀 간의 사랑, 자연에 대한 예찬, 이별의 아쉬움 등 평민들의 삶의 정서를 표현하였다. 대표적인 작품으로 「쌍화점(雙花店)」, 「청산별곡(青山別曲)」, 「만전춘(滿殿春)」, 「가시리」, 「동동(動動)」, 「정석가(鄭石歌)」 등이 있다.

(2) 경기체가(景幾體歌)

경기체가는 13세기 초에 「한림별곡(翰林別曲)」을 시작으로 조선시대까지 지어진 시가양식이다. 경기체가의 명칭은 노래에 "경(景)긔 엇더하니잇고" 혹은 "경기하여(景幾何如)"라는 구절이 되풀이되는 것을 두고 이를 줄여서 붙인 것이다. 경기체가의 성립에 주도적 역할을 하였던 작자와 향유층은 고려 후기의 신흥사대부 문인으로 알려져 있다. 신흥사대부는 고려 후기에 역사의 새로운 주도 세력으로 부상한 계층으로서 한시 창작에 한계를 느끼고 경기체가 형식을 사용하였다. 작품의 특징으로 문방사우에 대한 관심, 호탕하고 도도한 태도 등이 나타나 있다. 또한 유교적이고 도덕적인 뜻을 강조하며, 자연의 아름다움을 노래하였다. 여기에 현실에 대한 비판적 자세나 익살스러움 혹은 웃음을 자아내는 내용은 전혀 없다. 오직 사대부 계층의 자만과 신념에 찬 세계관을 보여줄 뿐이다. 불교적인 내용도 있어서 승려들의 작품은 아미타불을 찬양하는 내용으로 되어 있다.

경기체가의 형식은 연과 연이 구분되는 분연체(分聯體)의 형식이며, 전절(前節)과 후절(後節)의 구분이 있다. 대체로 3음보격을 취하면서 사물, 행위들을 순차적으로 나열하고 "위……경(景)긔엇더니잇고"와 같이 감탄형 문장을 쓴다. 경기체가의 성격상 조선조에 들어와서도 사대부들에 의해 창작되기도 하고 또 명맥을 유지할 수 있었다. 그러나 한자 표기로 된 사물의 나열에 후렴구를 덧붙이는 정도의 형식성에 얽매여 정서적 표현이 부적절해서 그 문학적 생명력을 잃게 되었다.

(3) 시조(時調)

고려후기에 새롭게 등장한 신흥사대부들이 경기체가만으로는 감당할 수 없는 유교적 이념을 표출하기 위해 새로운 표현 양식을 개척하는 과정에서 창안된 양식이다.

시조의 형식은 초장, 중장, 종장의 3장으로 되어 있으며, 각 장은 3~4자 정도로 된 네 개의 단어 또는 어절로 되어 있는데 이 말 덩어리를 마디 또는 음보라 부른다. 따라서 시조의 한 장은 대체로 15자 안팎이 되며, 작품 한 편은 대체로 45자 안팎이 되지만, 이런 형식을 글자 수로 엄격하게 제한하는 규칙은 없었기 때문에 글자 수에 변화가 많은 것도 형식적인 특징이 된다. 다만, 종장의 첫째마디는 반드시 3자로, 종장의 둘째 마디는 대체로 5자가 넘도록 표현하는 것이 특징이다. 시조는 또 평시조와 연시조, 사설시조로 나눌 수 있는데 평시조는 45자의 전형적인 시조를 말하는 것이고, 연시조는 연작(連作)들이 모여서 한 편의 시조가 되는 경우를 말하는 것이다. 사설시조는 평시조의 형태에서 중장이 유독 길어진 시조로 종장의 첫째마디 3자를 지키는 것을 제외하고는 어느 장의 어느 마디든지 마음껏 길어질 수 있으며, 그 길이에 제한이 없듯이 정해진 통일성도 없어서 작품에 따라 그 길이가 매우 다양하다는 특징을 갖고 있다.

시조는 사대부 계층과 함께 성장해왔기 때문에, 작품세계가 사대부계층의 역사적 사실과 밀접하게 관련되어 있다. 사대부 계층의 미의식을 반영한 시조는 16세기 사림파들의 시조로서, 이것들은 대개 문집에 덧붙어 전해오고 있다. 이들의 시조는 대개 자연을 벗 삼아 심성을 갈고 닦아 성리학적 이념을 추구하였다. 사림파 시조의 이러한 세계를 '강호가도(江湖歌道)'라고 부른다. 강호가도는 향촌사회에 기반을 둔 사대부들이 정치계에서 물러나와 고향의 산천에 은거하여 수양하는 과정에서 형성된 것이다.

시조의 기원은 신라 향가에서 시작하여 고려말기에 3장 12구체로 정형화되었으리라 믿어진다. 16세기에 들어와 송순, 황진이 등에 의하여 문학성이 심화되었고, 정철도 뛰어난 시조 작품을 창작하였다. 유학자들의 작품이 관념적인 경향으로 흐른데 비하여, 기녀들의 작품은 고독과 한(恨)의 정서를 정교하고도 아름답게 표현하였다. 시조는 조선시대로 끝나지 않고 현재에도 창작이 지속되고 있다.

(4) 패관문학(稗官文學)

민간에 떠도는 이야기를 채록하여 창의성을 가미, 윤색하여 기록한 문학으로 비평, 일화, 설화 등이 혼합되어 있는 형태다. 패관은 항간에 떠도는 소문들을 수집, 기록하는 벼슬이다.

패관문학은 후에 국문학 연구자들에 의해 논의되어왔는데 그 개념은 대개 ① 설화문학, ② 설화문학과 소설문학을 연결하는 과도기적인 문학 형식, ③ 고려 후기의 가전체(사물이나 동물을 의인화한 허구의 이야기) 작품, ④ 잡록(雜錄) 또는 견문을 통해 알게 된 잡다한 지식을 글로 표현한 수필문학, ⑤ 패사 · 패설 · 패관소설 등으로 불리는 고전소설, ⑥ 고려 중엽에 등장한 시화문학(詩話文學) 등으로 정리할 수 있다. 고려시대의 대표적인 패관문학으로 규정된 「백운소설」, 「파한집」, 「보한집」, 「역옹패설」 등을 살펴보면 이 책들의 성격은 시화나 잡록이라 할 수 있다. 시화와 잡록은 시(詩) · 문(文)과 함께 중요한 문학양식으로 맥이 이어지고 있다. 패관문학은 초기에는 시화 중심이었으나 후기로 내려올수록 설화 중심으로 변질되어가는 양상을 띠고 있다. 패관문학은 한문학이 융성하던 고종 때를 중심으로 발달하였으며 후대 소설의 모태가 되었다.

(5) 가전(假傳)

교훈을 목적으로 사람의 일생을 압축, 서술한 교술문학으로 물건을 의인화하여 경계심을 일깨워 줄 목적으로 지어졌다. 고려 중기 이후 일부

문인들에 의해 창작되었는데, 가전체(假傳體) 또는 의인전기체(擬人傳記體)라고도 불린다. 어떤 사물을 역사적 인물처럼 의인화시켜서 그 가계(家系), 생애, 성품, 공과 등을 기록하는 전기(傳記)의 형식을 빌렸기 때문에 사실에 반대되는 개념으로 가전이라 하였다. 한국에서는 8세기 설총(薛聰)의 「화왕계(花王戒)」에서 그 유래를 찾을 수 있다. 고려 후기에 가전이 발달하게 된 까닭은 창작계층인 사대부들이 옛 귀족들과 달리 실제적인 사물에 깊은 관심을 가지고 합리적으로 이해하려 하였고, 사물과 관념을 긴밀하게 이해하는 양식인 가전이 등장하게 된 것이라 할 수 있다. 이처럼 가전은 구체적 사물과 경험을 중시하되 이념적 해석으로 걸러내려 하는 점에서 교술적이며, 그것을 단순한 지식 또는 이념으로 전달하지 않고 어떤 인물의 구체화된 생애로 서술한다는 점에서 서사적이다. 때문에 가전은 서사적 갈래와 교술적 갈래의 성격을 통합시키고 있는 중간 갈래라고 이해할 수 있다. 그러나 가전과 그 확대형인 심성가전은 이처럼 오랫동안 유지되었는데도 가전과 몇몇 사대부 문인들 사이에서만 창작, 향유되는 한계를 벗어나지 못하였다.

어떤 인물의 가치 있는 행적을 기록한 이승인(李崇仁)의 「배열부전(裵烈婦傳)」, 이곡(李穀)의 「절부조씨전」 등이 이에 속한다. 패관문학이 개인의 창작이 아님에 비하여, 가전은 개인의 창작물이어서 소설에 한 발 접근한 형태로 볼 수 있다.

3) 조선전기의 문학

조선건국으로부터 임진왜란까지 약 200년간의 문학을 이른다. 훈민정음 창제는 진정한 의미에서의 국문학의 출발을 가져왔으며, 문자 생활의 일대변혁을 가져왔다. 형식면에서는 율문문학(律文文學)이 주류를 이루어 시조, 악장, 경기체가, 가사 등이 지어졌고, 내용면에서는 유교적인 이념과 상류 사회의 생활이 중심이 되었다. 훈민정음 창제에 힘입은 번역 사업의 전개는 지식의 대중화에 크게 기여하였다. 문화의 향유 계급은 주로 상류층인 귀족 양반들이었으며, 설화문학의 발전과 중국소설의 영향으로 소설이 발생하여 산문문학이 태동하였다. 김시습(金時習)이 지은 「금오신화」는 한국 고소설의 출발을 보여주는 작품으로, 소설 형식을 갖춘 작품의 효시가 된다. 또 『악학궤범(樂學軌範)』, 『악장가사(樂章歌詞)』와 같은 노래집을 편찬하여 구전되어오던 작품을 정착시켰으며, 고려시대에 발생하였던 시조문학은 조선조에 들어와 더욱 활기를 띠어 가사와 더불어 조선 시가문학의 대표적 장르가 되었다.

(1) 악장 문학의 대두

한국 문학에서 악장이란 조선조 초기에 궁중의 행사나 연회의 음악에 맞추어 노래하였던 시가들을 가리킨다. 악장은 종묘제향(宗廟祭享)이나 공사연향(公私宴享)에 사용되는 악가로서 '조선의 건국, 문물제도'를 찬양하고 '임금의 만수무강'을 기원하며 후왕들에 대한 권계를 내용으로 한 일종의 송축가이다. 이 악장들 역시 궁중에서 사용된 것이기에 개국의 호방한 기상을 드러내면서 왕조의 무궁한 번영을 기원하고 축복하는 목적을 지녔다. 그러기에 그 내용도 왕조 개국의 필연성을 말하고 도덕성을 드러내면서 발전을 기원하는 이념성과 교훈성을 아울러 지녔다. 악장의 핵심 담당층은 조선의 개국에 참여하였던 신흥사대부로, 정도전 · 하륜 등이 대표적 인물이다. 이들은 새 왕조의 유지와 발전을 위한 이념적 기반의 구축으로서 악장의 효용성에 의미를 두었다.

신흥왕조에 대한 과장된 찬양과 송축으로 일관되어 있는 악장은 건국 초에 유행하다가 사라졌다. 악장은 그 기능이나 지향이 왕실과 국가의 찬양과 기원에 있었던 것이기에 국가의 기틀이 확립됨과 동시에 신흥국가의 참신한 기운이 사라지자 그 필요성도 감소되었을 것이다. 따라서 조선조 초기 이후에는 새로운 악장이 더 이상 창작되지 않았으며, 그런 찬양과 기원이 왕실이나 국가보다는 개인 차원의 것으로 인식되면서 임금님 은혜에 대한 감사를 표현하는 식으로 바뀌게 된다. 대표적인 작품으로는 조선 건국의 당위성과 축원을 담은 「용비어천가」와 찬불가인 「월인천강지곡」 있다.

(2) 한시(漢詩)

한시는 원래 중국의 전통시를 말하는데, 한자 교육을 받은 상류층에서 주로 향유되었다. 당나라 이전의 고체시와 이후의 근체시로 구분되는데 선조 무렵 송시풍(宋詩風)에서 당시풍(唐詩風)으로 일대 전환이 일어났다. 고시, 절구, 율시 등의 형식이 대표적이다. 한국 한시의 역사는 상당히 오래되었을 것으로 추정된다. 최초의 한국 한시로 인정되어온 기자(箕子)의 「맥수가(麥秀歌)」는 BC 11세기경의 작품이며, 고대 한국 민족의 한 여인의 작품으로 판정되는 「공무도하가(公無渡河歌)」도 BC 3~2세기경의 것으로 추정되고 있다.

한시는 오언절구 · 칠언율시 등과 같은 형식과 평측(平仄), 압운(押韻)의 규칙을 지켜야 한다. 절구란 4구 형식의 한시를 말하고 기승전결로 구성되며, 오언절구란 한 구가 다섯 글자로 된 절구를 말하는 것이다. 율시란 8구 형식의 한시를 말하고, 칠언율시란 한 구가 일곱 글자로 된 율시를 말하는 것이다. 우리나라에서는 전반적으로 7언이 5언보다 우세하며, 7언중에서도 율시가 우세하다. 이순신 장군의 「한산도야음(閑山島夜吟)」, 정약용의 「보리타작(打麥行－타맥행)」, 이백의 「산중문답(山中問答)」 등이 한시 작품이다.

(3) 언해(諺解)

훈민정음(訓民正音) 창제 이후 수많은 문헌을 조정에서 직접 관장하여 번역 사업을 추진하였다. 불교나 유교의 경전은 물론 운서(韻書), 문학서(文學書) 등이 번역되어 학습의 길잡이가 되었을 뿐만 아니라, 학문과 문화의 발전에 크게 기여하였다.

언해는 다음의 두 요건을 갖춘 번역이라 할 수 있다. 첫째, 한문이나 백화문의 원전을 대상으로 하는 번역이다. 조선시대 사역원에서 사용되던 몽고어와 만주어 또는 일본어의 학습서를 한글로 번역하는 일이나 번역한 책은 언해가 아니다. 둘째, 한글로 행해진 번역이다. 한글에 한자가 혼용된 번역도 언해가 되나, 이두로 번역된 것은 언해라 할 수 없다. 이두에는 새김과 음이 차용된 한자만 쓰이고 한글은 나타나지 않기 때문이다. 이 밖에 언해의 특징으로 한글로 된 번역과 함께 대문, 곧 문단으로 나누어진 원문이 대조되어 있다.

(4) 가사(歌辭)

가사는 고려 말기에 경기체가가 쇠퇴하고 시조가 그 형태를 갖추어 갈 무렵을 전후하여 나타난 문학양식으로서 조선시대에 들어와 본격적으로 창작된 뒤, 주로 사대부 사회에서 널리 유행하였던 4음보 연속체의 운문문학이다. 가사는 두 마디씩 짝을 이루는 율문의 구조만 갖추면 내용이 무엇이든지 노래하였던 양식이다. 노래를 부르기 위해 짓는 음악의 가사(歌詞)에 대하여, 주로 문장으로 읽힐 것을 전제하고 쓴 운문을 가사(歌辭)라고 한다. 가사는 교술적인 장르로 이야기를 길게 들려주는 형식을 취하고 있다. 가사는 그 길이도 자유롭게 길어질 수 있었으므로 장가(長歌)라고도 하였다. 형식적 요건이 단순하기 때문에 향유층도 매우 다양할 수 있었으며, 이 점이 가사의 내용을 다채롭게 하였다. 가사의 형식은

3·4조, 4·4조로 구성되며 정격 가사인 경우 마지막 행은 3·5·4·3의 음수율로 시조의 종장과 동일하다.

가사를 내용에 따라 분류해 보면, 사대부 층이 주로 지은 가사, 규방에서 부녀자들에게 향유된 가사, 종교 가사 등이 있다. 사대부 가사는 강호생활(江湖生活)을 주제로 하여 자연과 합일을 표방하면서 강호의 즐거움을 노래한 작품들이 있다. 강호한정(江湖閑情)과 안빈낙도(安貧樂道)가 주된 주제이다. 또 연군(戀君)과 유배(流配)에 관한 내용의 가사도 있었는데, 정치현실을 배경으로 사대부의 갈등을 읊은 가사에는 임금에 대한 그리움을 나타낸 연군가사(戀君歌辭)와 정치적 패배로 인해 유배를 당해 유배지에서 겪는 고난의 생활상을 기술하면서 우국지정(憂國之情)을 토로한 유배가사(流配歌辭)가 있다. 유교이념과 교훈적 내용의 가사는 유교적 실천 윤리를 규범적으로 제시하거나 경세적(警世的) 교훈을 주제로 한 작품들은 특히 봉건사회질서가 흔들리던 조선 중·후기에 지배질서의 유지나 이념 강화를 목적으로 많이 지어졌다. 끝으로 기행(紀行)에 관한 내용의 가사는 일상적 주거 환경을 벗어나 명승지나 사행지(使行地)를 기행하고 여정(旅程)을 중심으로 견문과 감회를 읊은 가사다. 대표적인 사대부 가사로 정철의 「관동별곡(關東別曲)」이 있다. 규방가사는 부녀자들에게 향유된 가사로 '내방가사(內房歌辭)'라고도 한다. 규방가사의 내용별 유형 구분 역시 논자에 따라 차이가 있으나 크게 '교훈가사'와 '생활 체험가사'로 나눌 수 있다. 규방가사로 「한별곡(恨別曲)」·「원별가(怨別曲)」 등이 있다. 종교가사는 종교의 교리를 세상에 널리 펴는 것을 주제로 한 가사로 경전 교리를 가사체로 서술한 것, 신앙정신에 입각하여 창작한 것, 전도를 목적으로 지은 것 등 모두 포함된다. 종교가사에는 불교가사, 천주교가사, 동학가사, 유교가사 등이 있다. 종교가사 중 대표적으로 나옹화상(懶翁和尙)의 「서왕가(西往歌)」가 유명하다.

(5) 고전소설

패관문학과 가전의 발전으로 마련된 소설의 바탕 뒤에 명나라에서 들어온 소설의 영향을 받음으로써 한문소설이 발생하였다. 고전소설은 설화적인 단순성을 지양하고 소설의 조건인 허구성을 갖춘 것으로, 최초의 작품은 김시습의 「금오신화」이다. 「금오신화」는 다섯 편의 단편이 수록된 작품집인데, 죽은 사람과 사랑을 하고 꿈에서 소원을 이룬다는 소재를 지닌 이야기를 한문으로 다루었다. 국문소설은 허균(許筠)이 17세기 초에 지었을 것으로 보이는 「홍길동전」에서 시작되었다. 서자로서 받는 설움에 불만을 품고 출가한 홍길동이 도둑의 무리를 이끌고 나라에 반역하다가 섬나라 왕이 된다는 내용이다.

고소설은 약 600여 종 쯤 될 것으로 추정된다. 그런데 작자를 알 수 있는 것은 한문본이나 한문 · 국문 혼합본만 있다. 국문소설이 명예롭지 못하다는 생각에서 자신의 이름을 밝히기를 꺼렸다. 소설 유통의 일반적인 방법은 필사본으로 전달되어 읽히는 것이었다. 필사본은 독자가 늘어나면서 거듭 필사되었는데, 필사자가 개작을 할 수 있어서 인기의 정도에 비례해서 이본(異本)이 늘어났다. 읽을 때는 소리내어서 낭독하면 여러 사람이 듣는 경우가 흔하였다. 평민 중에 글을 아는 사람이 적었기 때문이다. 필사본 소설을 많이 모아놓고 빌려주면서 돈을 버는 세책가(貰册家)의 영업도 서울에서 번창하였다. 이는 새로운 작품이 다수 창작되게 하는 구실을 하였다. 소설 유통이 확대되었다.

초기의 소설은 크게 발전하지 못하였으나, 임진 · 병자의 두 전란이후 수많은 전쟁 영웅 소설이 창작되었고, 숙종 때 김만중(金萬重)이 「구운몽(九雲夢)」, 「사씨남정기(謝氏南征記)」 등의 작품을 써서 소설을 본격적인 궤도에 올려놓았다. 이때부터 본격화된 소설은 영 · 정조 시대에 황금기를 맞이하게 되었고 비로소 중국적인 요소에서 벗어나 실질적인 우리 민족의 삶과 결합된 작품이 대거 등장하게 되었으며, 나아가 사회 전반의 모순과 불합리를 비판하기에까지 이른다.

4) 조선후기의 문학

임진왜란(1592) 이후부터 갑오개혁(1894)에 이르는 약 300년 간의 문학으로, 근대문학의 생명인 산문성과 서민의식의 반영으로 그 특징을 규정지을 수 있다. 주자학의 완고한 학풍과 당쟁의 병폐, 그리고 임진왜란과 정유재란, 병자호란으로 이어지는 전란으로 사대부의 권위는 땅에 떨어지고 조선왕조는 커다란 위기를 맞는다. 정치적 혼란, 경제적 피폐와 서민의식의 성장, 실사구시(實事求是)의 학풍과 서학의 도래 등의 요인이 복합적으로 작용하여 근대화의 싹이 텄다. 이 시기의 문학은 중세에서 근대로의 이행기가 시작될 수 있는 계기를 마련하였다고 할 수 있으며, 임진왜란과 병자호란 후 사대부의 권위가 실추되고 현실 비판과 평민의식을 소재로 하는 새로운 내용이 작품 속에 투영되었다. 비현실적, 소극적인 유교문학에서 현실적이고 구체적인 삶의 의미를 추구하는 실학문학(實學文學)으로 발전되었으며, 작품의 제재 및 주제의 변화와 함께 작가의 범위가 확대되었다. 평민 의식의 성장은 사설시조의 발달과 여류 내간체 수필, 내방가사의 등장을 가져왔다.

(1) 시조

임진왜란 이후 새롭게 나타나기 시작한 산문정신에 힘입어 시조문학은 그 형식이 길어져 사설시조의 등장을 가져왔고, 서민의식의 성장에 영향을 받아 자연에서 눈을 돌려 서민들의 실생활에서 소재를 구함으로써 그들의 솔직담백한 서민적 체취를 담은 작품이 창작되었다. 조선후기 새롭게 등장한 가객(歌客)들은 가단을 형성하고 창법, 작시 등을 연구하는 한편, 가집의 편찬 활동을 전개하였다. 이 시기에 시조를 대표하는 인물로 신흠과 윤선도가 있다.

특히 윤선도는 가장 뛰어난 시인으로 손꼽힌다. 그의 작품 「어부사시사(漁夫四時詞)」는 각 계절마다 각 10수씩, 사계절에 총 40수로 된 연시조이다. 우리 말의 아름다움을 갈고 닦아 간결하면서도 품격이 있으며, 자연을 시로써 승화시킨 대표작이다.

조선 후기에 사설시조가 성행한 것이 특징이다. 사설시조는 모든 문학 예술의 형식이 산문화하는 방향으로 전환하던 이 시기의 산물이다. 시조가 지닌 3장체의 형식적 특성은 살리면서, 초장과 중장에는 그리 큰 변화를 가져오지 않는 범위지만, 일부 비판적 유학도들은 정형률을 깨고 새로운 가치관에 의하여 사설시조를 창작하게 되었다.

그러나 사설시조는 서민들의 적극적인 참여에 의하여 더욱 새롭게 발전한다. 서민들은 양반들과는 달리 가치관이 다르기 때문에 사설시조에 자신들만의 색을 표현하는 데에 보다 적극적으로 참여하여 특유의 창법(唱法)과 작법(作法)을 개발할 수 있었다. 일부 비판적인 유학도에 못지않게 날카로운 현실의식으로 시조의 전통적인 미학을 변혁하고 극복해 나갔던 것이다. 대부분의 사설시조는 일상적이고 현실적인 소재에 의한 희극미를 창조하고 있다. 또한 애정, 거래(去來), 수탈(收奪), 패륜(悖倫), 육감(肉感) 등 다채로운 주제를 다루면서 지난 시대의 충의사상에 대한 시조와 차이를 보인다.

(2) 가사

가사는 이 시기에 와서 작자층이 다양화되면서 작품 계열도 여러 방향으로 분화하였다. 이는 조선 후기의 사회, 경제 등 여러 방면의 변화에서 비롯된 것으로 보인다. 주로 현실적인 문제에 많은 관심을 기울였고 여성 및 평민 작가층이 성장하였으며 주제와 표현 양식이 다채로워졌다. 따라서 내용에 있어서도 여성 및 평민 작자층의 성장에 힘입어 첫째 조선시대의 모순과 가혹한 통치로 인한 민중의 고통, 둘째 추하고 탐욕스러운 인물의 풍자, 셋째 남녀 간의 애정을 중심으로 한 욕구의 좌절 및 성취와 그 주제를 구현하거나 표현하는 등 이전과는 다른 변모를 보였다. 사대부의 가사는 서정적인 기풍이 퇴조하였으며, 기행가사 · 유배가사류 등에서 생기 있게 나타나고 있듯이 구체적인 현실을 담아내려는 경향이 보인다. 이 시절에는 수필에 가까운 장편가사와 민요형식의 잡가가 등장하기도 하였다.

(3) 수필과 비평

고대수필과 비평은 독자적 문학 장르로서의 인식을 가지고 출발한 것은 아니므로 장르 의식에 따른 격식이 제대로 갖춰진 것은 아니다. 한문수필은 고려시대 이후 많은 문집, 설화집 등에 수록된 야담(野談), 기담(奇談), 일화(逸話), 수상물(隨想物), 인물평(人物評), 시문평(詩文評) 등의 형식으로 아 있다. 이인로의 「파한집(破閑集)」, 서거정의 「태평한화골계전(太平閒話滑稽傳)」과 같은 작품들이 있다. 국문수필은 훈민정음 창제 이후 주로 여인들에 의해 쓰여진 수필이다. 물론, 조선 초기에는 운문(韻文)이 성하였으나 서민문학이 흥성해진 이후에는 주로 여인들에 의해 기행문이나 일기문 형식의 국문수필이 많이 등장한다. 궁정수필은 궁중에서 생활하던 여인들에 의해 쓰여진 수필로, 국문수필 중 그 분량이 가장 많고 또한 뛰어난 작품도 많다. 광해군이 영창대군을 모함하여 인목대비를 유폐시키던 실상을 나인들이 기록한 「계축일기(癸丑日記)」, 혜경궁 홍씨가 남편사도세자의 죽음과 정조의 등극 등 궁중 생활을 기록한 「한중록(恨中錄)」과 같은 것은 우아한 용어와 여인만이 표현할 수 있는 섬세한 감정을 그리고 있다.

조선후기의 수필들은 일기, 기행, 내간, 평론, 기타의 글들로 분류할 수 있을 정도로 다양한 성격을 지니고 있으며 운문 투를 벗어나려고 노력한 흔적이 보인다. 초기에는 한문으로 된 수필이 많았지만 후기로 오면서 차자 한글로 된 작품이 압도적으로 많아졌으며 민간과 궁중에서 함께 쓰였다. 고려시대부터 출발한 비평문학은 문학을 인간교화의 계몽적 성격으로 파악하는 특징을 갖는다.

(4) 판소리

판소리는 직업적인 소리꾼이 고수의 북장단에 맞추어 긴 이야기를 관중들 앞에서 구연하는 한국의 전통적 구비문학이다. '판소리'라는 말은 '판'이라는 말과 '소리'라는 말의 합성으로서, '판'의 의미는 장면이나 무대 또는 여러 사람이 모인 곳이라는 뜻도 있으나 판을 짠다는 말에서 유래한 것이다. 즉 판소리는 판을 짜서 부르는 소리를 말하는데 판을 짠다는 것은 내적으로 사설과 악조 장단을 배합해서 작품을 구성한다는 의미도 되고, 외적으로 소리를 하는 명창과 이를 구경하는 관중이 어울리는 소리판을 짠다는 의미로도 확대될 수 있다.

판소리는 관아나 마을 또는 집안의 잔치에서 불렸다. 판소리를 벌이는 놀이판을 소리판 또는 소리청이라 하였는데, 소리판은 관아, 마을, 사가의 마당이나 큰 대청마루에서 벌어졌다. 줄타기, 땅재주, 무동춤과 함께 판놀음으로 벌이기도 하고 또 판소리 홀로 소리판놀음으로 벌이기도 하며 조선 말기에는 방안놀음으로 벌이는 경우도 많았다.

판소리의 유파(類派)로 동편제, 서편제, 중고제가 있는데, 전라도 동북

지역의 소리제를 동편제(東便制)라 하고, 전라도 서남지역의 소리제를 서편제(西便制)라 하며, 경기도와 충청도의 소리제를 중고제(中高制)라 한다. 유파에 따라 발성법이나 새김새들에 차이가 있다.

판소리의 장단에는 여러 가지 조, 장단, 붙임새, 시김새, 발성(發聲)에 있어서 음악적으로 다채롭고 정교한 표현을 할 수 있을 뿐만 아니라 판소리 사설에 나타난 여러 극적 상황에 따른 음악적 표출을 할 수 있어서 훌륭한 극적 음악으로 꼽히고 있다. 판소리에는 느린 장단인 진양, 보통 빠른 중모리, 조금 빠른 중중모리, 빠른 자진모리, 매우 빠른 휘모리가 있다. 이렇게 느리고 빠른 여러 장단이 있어 사설에 나타난 긴박하고 한가한 여러 극적 상황에 따라 쓰임이 다르다.

판소리의 선율에는 슬픈 느낌을 주는 계면조, 밝고 화평한 느낌을 주는 평조, 웅장한 느낌을 주는 우조, 경쾌한 느낌을 주는 경드름, 씩씩한 느낌을 주는 설렁제, 그 밖에 추천목, 강산제, 석화제, 메나리조 등 슬프고 즐거운 여러 조가 있어 사설에 나타난 여러 극적인 정황에 따라 가려서 쓴다.

판소리는 비장한 대목과 익살스러운 장면, 재미있는 말을 중간 중간 배치하여 청중들을 작중현실에 몰입시켰다가 해방하는 방식이 특징이다. 이를 통해 정서적 긴장과 이완이 반복됨으로써 얻어지는 효과는 매우 특이한 심리적 · 미학적 의의를 가지는 것으로 해석된다.

판소리에 등장하는 인물들은 매우 다채로울 뿐 아니라 생생한 입체감과 현실성을 띠고 있다. 판소리에서 설정되는 사건 공간은 대개 당대의 생활 현실이거나 딴 사물(事物)에 빗대어서 교훈적, 풍자적 내용을 엮은 이야기이며, 이 속에 움직이는 인물들 역시 당대의 현실상을 반영하는 일상적인 존재들로 나타난다. 판소리에서는 비록 우월한 능력을 갖춘 선인(善人)이라 해도 완벽한 영웅상으로 그려지지 않고, 흔히 풍자 · 희롱의 대상이 되기도 한다. 또한, 부정적인 인물들이라 해서 철저한 악의 표상으로만 그려지지는 않는다. 표면적 주제와 이면적 주제가 다르다.

조선후기 민중의식과 산문정신이 시대의 주류를 형성하면서 등장한 양식으로 하층민의 생활을 주로 그리고 있으며 극적 내용이 많고 풍자와 해학이 풍부하다. 창자인 광대는 반주자인 고수의 장단에 맞춰 창과 아니리를 섞어가며 노래를 하면서 사설에 맞춰 너름새를 곁들이고, 고수는 추임새로 광대의 흥을 돋우어 준다. 사건의 전개에 꼭 필요한 서사 부분은 주로 아니리로 하며, 서정이나 묘사 부분은 창으로 한다. 이 시기 판소리계 소설은 설화에서 비롯된 판소리 사설이 소설로 정착한 형태로 「춘향전」, 「흥부전」, 「심청전」, 등을 비롯하여 「배비장전」, 「옹고집전」, 「장끼전」, 「토끼전」 등이 해당된다.

(5) 민속극

민속극은 가면극, 탈춤, 탈놀이 등으로 불리는 민간전승의 연극이다. 민속극은 민중의식이 강렬하게 표출되고, 보다 신앙적이고, 민중의 소박한 심성과 생활이 잘 드러난 민속예술이라 할 수 있다. 특히 민속극은 흡인력이 대단히 강하다.

가면극은 가면(탈)을 쓰고 춤과 대사의 형식으로 연극을 하는 예술이다. 그리고 가면은 등장인물의 성격이나 동물 또는 신격(神格)의 특징을 잘 포착하여 표현하고 있기 때문에 조형예술품으로서 가치가 매우 높다. 탈은 애초 원시적인 제천의식에서 사용되었을 만큼 오랜 기간 동안 주술적인 위력을 발휘하였지만, 후에 예능 가면으로 발전하면서 주술력이 사라지게 되었다. 탈춤은 원래 농촌 중심의 마을굿으로 시작되었는데 18세기 중엽 이후 새로운 상업 도시가 등장하면서 그 도시의 주민과 상인이 주동이 되어 도시탈춤으로 변모하게 된다. 대표적인 것으로 양주별산대놀이, 송파산대놀이, 봉산탈춤, 고성오광대, 동래야류 등이 있다. 민속극은 서민대중들의 생활감정이 강렬히 반영되어 있는 대동놀이를 기반으로 하고 있다. 등장인물 사이의 갈등이 박진감 있게 구현되어 있으며 민중의 생활의지와 어긋나는 지배 체제와 허위의식을 다각도로 비판하였다는 점에서 민속극은 18세기 이후에 대두한 혁신 운동의 성격이 가장 극명하게 나타난 예술형태라고 할 수 있다.

탈춤과 더불어 민속극 중 하나인 인형극이 있다. 인형극은 흔히 꼭두각시놀음이라고 하는데 꼭두각시놀음은 남사당패의 여러 놀이 중에 '덜미'라 부르는 인형극 놀이다. 이 인형극은 18세기 중엽 이후에는 세속화된 인형극으로 유랑연예인 집단이었던 남사당패로 옮겨져서 정착되었다. 조선 후기 사회가 변화되면서 남사당패 활동의 전성기를 맞았다. 수십명씩 무리를 지어 전국의 장터를 돌면서 놀이판을 벌였는데 놀이 중 덜미는 이들만이 연행한 고유의 놀이로 인기가 있었다. 꼭두각시놀음의 주제로 타락한 중(僧)에 대한 풍자와 비판, 일부다처제(一夫多妻制)의 모순고발, 지배계층의 횡포 고발 등이 주를 이루었다.

5) 현대문학의 전개

(1) 현대시의 흐름

개화기에는 고전시가 양식과 근대시 양식이 공존하였다. 시조, 가사, 한시 등과 같은 고전시가 양식은 나라와 국민을 걱정하는 선각자들이 국민 계몽을 위한 수단으로 사용하였다. 다시 말해, 선각자들은 한국인에게 친숙한 고전 시가 양식을 빌려 와 국민 계몽의 효과를 높이려 하였다. 수백 편의 개화 가사, 개화기 시조 등이 신문을 통해 발표 되었는데, 애국, 개화사상, 현실 비판을 주요 내용으로 다루었다. 그런가 하면, 한국 근대

최초의 신문인 『독립신문』에는 충군, 애국, 진보 사상, 대동단결 등을 노래한 창가가 십여 편 실렸다. 창가는 찬송가와 같은 서양 음악의 가사를 적어 놓은 것으로, 4·4조의 정형성을 보여 주었다.

창가의 뒤를 이어 새로운 시가 양식인 신체시가 나타났다. 최남선의 「해에게서 소년에게」가 그 대표적인 작품인데, 새 시대와 문명을 향한 포부를 노래하였다. 고전시가 양식이 현실 비판과 애국 사상을 주요 내용으로 삼는 것에 비해, 신체시는 계몽사상을 담고자 하였으며, 전통 시가 양식과 근대시를 연결하는 징검다리 역할을 하였다.

1919년 3·1운동 이후 여러 신문과 문예지가 발간됨에 따라 한국 현대 시문학은 크게 달라진 모습을 보이게 되었다. 1920년대 초에는 『백조』, 『폐허』와 같은 동인지를 무대로 하여 주요한, 홍사용 등과 같은 시인은 허무, 병, 꿈, 눈물 등의 어두운 이미지를 담은 시를 써내었다.

1920년대 중반, 이상화는 「빼앗긴 들에도 봄은 오는가」에서 나라 잃은 슬픔을 적극적인 저항 정신으로 바꾸어 놓았으며, 김병기 등은 시조 부흥 운동을 일으켜 우리 민족 고유의 언어와 사상을 지키고자 하였다. 이 시기에 독자적인 시 세계를 펼치며 활동한 중요한 시인으로 한용운과 김소월이 있었다. 한용운은 시집『님의 침묵』에서, 임을 상실한 슬픔을 기다림의 의지로 승화시켜 독특한 사상시의 세계를 개척하였다. 김소월은 시집 『진달래꽃』에서 민요적 율격에 우리 민족 고유의 서정을 잘 담아내어 서정시의 기틀을 다져 놓았다.

1920년 중반에는 경향시가 등장한다. 경향시는 후에 선동시로 빠지기는 하였으나, 시인 의식을 적극적으로 정치 투쟁 의지에까지 연결시켜 시의 기능을 확대하였다. 1930년대에 오면, 우리 시는 한결 더 성숙한 표현 방법과 다양한 정신세계를 보여주게 된다. 『시문학』이라는 잡지를 무대로 하여 박용철, 김영랑은 순수시를 내세우면서 언어와 리듬에 큰 관심을 가지고 개인적이며 일상적인 정서를 섬세하게 표현해 내었다.

김영랑의 「모란이 피기까지는」은 대표적인 순수시로, 1920년대 시가 보여 준 감상성과 이념성을 거부하고 순수 서정의 세계를 열어 보였다.

1930년대 시는 곧 모더니즘 시라고 할 정도로 많은 작품들이 발표되었다. 김광균은 시집 『와사등』에서 대상을 주로 시각적 이미지와 감각으로 표현하는 이미지즘의 경향을 보여 주었다. 이상은 「오감도」 연작시에서처럼 내면세계를 초현실주의 기법을 사용하여 파헤치는 시를 썼다. 정지용은 서구 시의 시각과 표현 방식을 수용하는 데서 출발하였으나, 나중에는 카톨릭주의, 동양적 세계, 자연시 쪽으로 접어든다.

1930년대 후반, 흔히 '생명파'로 불리는 서정주와 유치환은 주로 인간과 생명의 탐구에 주력하였다. 서정주는 「화사」와 「자화상」 등의 시에서 생명이란 무엇인가라는 물음을 던지면서 주로 본능과 무의식을 탐구하였다. 유치환은 「깃발」과 「생명의 서」 등과 같은 시에서 인간의 의지와 사유의 문제에 관심을 집중시켰다.

이 무렵, 일본의 탄압이 더욱 심해져 많은 문인들이 절필하였으나, 지식인으로서의 양심을 시에 담아 낸 시인들도 있었다. 윤동주는 「서시」, 「쉽게 쓰여진 시」 등과 같은 작품을 통해 부끄러움을 강조하면서 식민지 지식인으로서의 자기 성찰을 보여 주었다. 「광야」, 「절정」 등의 시를 통해 조국 독립에의 강한 의지를 드러낸 이육사는 이상화, 윤동주와 함께 저항시의 범주를 형성하였다.

죽는 날까지 하늘을 우러러
한점 부끄럼이 없기를
잎새에 이는 바람에도
나는 괴로와하였다
별을 노래하는 마음으로
모든 죽어가는 것들을 사랑해야지
그리고 나한테 주어진 길을

걸어가야겠다.
오늘밤에도 별이 바람에 스치운다.

「서시(序詩)」 윤동주

「서시」는 1941년 11월 20일에 창작되었고 그의 시집 『하늘과 바람과 별과 시(詩)』(1948)에 수록되어 있다. 이 시는 윤동주의 생애와 시의 전모를 단적으로 암시해주는 상징적인 작품이다. 이 시는 윤동주의 좌우명격 시(詩)이며, 또한 '하늘'과 '바람'과 '별'의 세 가지 천체가 서로 조화되어 당시의 윤동주 자신의 마음과 대비를 이루고 있기 때문이다. 「서시」는 내용적인 면에서 세 연으로 나눌 수 있는데, 첫째 연은 '하늘－부끄럼', 둘째 연은 '바람－괴로움', 셋째 연은 '별－사랑'을 중심으로 짜여져 있다. 1, 2행의 표현은 인간이 저지를 수 있는 '한 점'의 잘못조차 허용하지 않고, 부끄럼 없는 삶을 위해 고뇌하고 있다. 특히 3행의 '잎새에 이는 바람'은 2행의 '한 점 부끄럼'을 비유하고 있는 시구로 '부끄럼'이란 추상적인 관념을 시각화시켜 감각적으로 훌륭하게 표현하고 있다. 이러한 시인의 도덕적인 순결과 양심의 추구는 5, 6행의 다짐과 7, 8행의 강한 결의로 이어진다. 5~8행에서 나타난 운명에 대한의 결의와 다짐은 험난한 현실에서 도피하지 않고 운명과 맞서서 절망을 극복하려는 자기 구원과 사랑에 있어 최선의 방법이다. 절망의 환경일수록 스스로를 구원할 수 있는 것은 자기자신일 수밖에 없다. 여기에서 윤동주가 택한 자기 구원의 방법은 운명에 대한 긍정과 따뜻한 사랑이었던 것이다. 그러나 시인은 단순한 운명을 감수하는 태도에 머물지 않고 그 극복과 초월에 목표를 둔다. 시집 『하늘과 바람과 별과 시』의 서시인 이 작품은, 시집의 전체적인 내용을 암시하고 있으며, 자신에 대한 고뇌를 시로서 표현함으로써 현재에도 방황하는 이 땅의 많은 젊은이들에게 따뜻한 위안과 아름다운 감동을 불러일으킨 작품이라 할 수 있다.

광복 직후에는 박목월, 박두진, 조지훈의 합동 시집 『청록집』, 윤동주의 유고 시집 『하늘과 바람과 별과 시』가 간행되었다.

6·25 전쟁은 시인과 시에 엄청난 영향을 주었는데, 이 무렵에는 전쟁시와 애국시가 주류를 이루었다. 조지훈의 시집 『역사 앞에서』, 유치환의 『보병과 더불어』는 종군 체험이 낳은 대표적인 시집이다. 한편으로는 '후반기' 동인이 결성되면서 박인환, 김수영, 전봉건 등을 중심으로 하여 모더니즘이 전개되었다. 박인환의 「목마와 숙녀」는 전후의 허무감을 잘 드러내었다.

1960년대는 부조리한 현실을 비판하고 고발하는 현실 참여시가 많이 창작되었으며, 대표 시인에는 김수영, 신동엽, 고은, 김지하 등이 있다. 1970년대에 들어 현실 참여시는 더욱 암담해진 정치 상황에 더 적극적으로 저항하면서 '민중시'라는 이름으로 바뀌었다.

(2) 현대소설의 흐름

개화기소설은 고전소설과 현대소설의 징검다리 역할을 하였는데, 대부분 작품은 을사조약에서 경술국치 직후 사이에 발표 되었다. 이인직의 「혈의 누」, 이해조의 「자유종」 등의 신소설은 개화사상, 교육입국 등을 적극적으로 수용할 것을 권장하면서 소설 양식의 사회적 기능을 확대시켰다. 그러나 국권 상실 이후 정치적 성격은 줄어들고 가정 문제에 더 큰 관심을 두면서 흥미 위주로 변질되었다.

개화기 소설과 리얼리즘을 기반으로 한 1920년대 소설 사이에 이광수의 「무정」이 있다. 이광수는 「무정」에서 동학과 기독교, 정절 중심의 고전적 관념과 자유연애 사상을 대립시키면서 후자의 삶을 긍정적인 시각으로 바라보았다. 소설 「무정」에 대해 간략하게 살펴보자. 이 소설은 작자의 첫 장편소설로 1917년 1월 1일부터 6월 14일까지 126회에 걸쳐 『매일신보

(每日申報)』에 연재되었으며, 최초의 근대문학작품으로 불리우기도 하고 작가가 유명해지게 된 계기가 된 작품이기도 하다.「무정」은 다른 신소설에 비하여 남녀 간의 애정 문제를 구체화하였고, 섬세한 심리묘사로까지 발전하였다. 가부장적 윤리에 매인 영채와 가부장적인 것을 탈피하고 주도적인 삶을 사는 신여성인 선형의 사이를 오가는 이야기는 전통 대 근대라는 두개의 상반하는 시대질서에 따른 구도에 의하여 전개된다. 낡은 체제를 해체하고 새 질서를 받아들이고자 하는 인간상으로서의 이형식과, 예속적 존재에서 독립적 존재로 해방되는 박영채라는 두 인물을 중심으로 인물 · 구성 · 주제 등 다각도로 다룬 작품이다. 연애 문제, 새로운 결혼관 등을 통하여 당대의 문명개화를 표현한 문학적 기념비가 되는 작품이다.

1920년대에는 가난을 소재로 한 소설들이 많이 창작되었다. 이러한 작품에는 일제 강점 아래서의 한국인의 비참한 삶을 그린 현진건의「운수 좋은 날」, 염상섭의「만세전」, 농민의 굶주린 모습을 그린 이기영의「가난한 사람들」, 도시 노동자들의 고통스러운 삶을 그린 주요섭의「인력거꾼」등이 있다. 1920년대 중반에 조명희, 최학송 등이 중심이 된 경향소설이 등장하였다. 이 소설은 노동자가 주인공인 소설과 농민이 주인공인 소설을 포괄한다. 1920년대 전반기는 가난하고 억압받는 모습을 그려낸 작품이, 후반기는 급진적 태도로 억압적 현실로부터 벗어나고자 하는 작품이 많이 나왔다.

이번에는 현진건의「운수 좋은 날」을 살펴보도록 하자. 현진건의「운수 좋은 날」은 1924년 6월『개벽』48호에 발표되었다. 한 인력거꾼에게 비오는 날 불어 닥친 행운이 결국 아내의 죽음이라는 불행으로 역전되고 만다는, 제목부터 반어적(反語的)인 소설이다. 이 소설은 반어(反語)에 의하여 그 비극적 효과를 더 분명하게 드러내고, 하나의 주제를 향하여 매우 치밀하게 구성된 작품이다. 또한, 비가 내리는 배경도 아주 깊은 의미가 있다. 끊임없이 주인공에게 내리는 불결한 겨울비의 이미지는 아내의 죽음을 암시하는 이야기의 장치일 뿐만 아니라, 김 첨지가 놓인 삶을 상징하기도 한다. 그것은 식민지 도시의 하층민의 열악한 삶을 그대로 표상하는 것이다. 이는 바로 작가가 이야기를 자신의 현실에서 파악하고 있음을 보여준다. 결국 김 첨지는 특수한 개인이 아니라, 식민지 민중이 겪는 고난의 일반적인 모습을 반영한 것이다. 무엇보다도 이 작품은 현진건의 소설 중 사회의식과 반어적 단편 양식이 가장 적절히 결합된 것으로서 1920년대 사실주의적 단편소설의 백미로 평가된다.

1920년대 소설이 리얼리즘이 주류를 이루었던 것과는 달리, 1930년대 소설은 리얼리즘 경향과 모더니즘 경향이 비슷한 힘으로 양분된다. 이기영, 김남천 등과 같은 작가는 두 차례에 걸친 감옥살이를 하면서도 당시의 비참한 현실을 있는 그대로 그려 내고자 하였다. 모더니즘 소설에는 인간 내면의 분열을 그리는데 치중한 이상의 「날개」, 도시인의 삶을 그리는데 힘쓴 박태원의 「소설가 구보씨의 일일」 등이 있다.

1930년대 소설이 보여 준 또 하나의 큰 특징으로 역사 소설, 가족 소설, 농촌 소설 등 다양한 소설 유형이 나타났다는 점을 들 수 있다. 역사소설에는 김동인의 「운현궁의 봄」, 현진건의 「무영탑」 등이 있는데, 작가에 따라 역사를 바라보는 눈과 창작 방법은 다양하게 나타났다. 우리 민족의 역사가 압축되어 나타나는 가족사 소설에서 염상섭의 「삼대」는 할아버지 세대의 봉건적 사고와 탐욕, 아버지 세대의 좌절과 타락을 딛고 새로운 세대가 취해야 할 삶의 길을 제시하고 있다. 농촌소설을 쓴 대표적인 작가로 「상록수」의 심훈, 「고향」의 이기영, 「만무방」의 김유정이 있다. 「상록수」는 일제 강점기 한국 농촌의 비참하고도 고통스러운 현실을 그리는 데 멈추지 않고, 야학, 문맹 퇴치, 이상촌 건설 등과 같은 적극적인 현실 타개책까지 제시한다.

『상록수』는 심훈(沈熏)이 지은 장편소설로서 1935년 동아일보사의 '창간15주년기념 장편소설 특별공모'에 당선되었고, 같은 해 9월 10일부터 1936년 2월 15일까지 『동아일보(東亞日報)』에 연재되었다. 1930년대 우리 농촌은 일제의 극악한 식민지 수탈로 인하여 극도로 피폐해졌고, 이것이 심각한 국내문제로 대두되자 관에서 농촌 문제에 관심을 보이기 시작하였다.

이를 계기로 우리 언론기관에서도 대대적인 농촌계몽운동을 전개하였는데, 『조선일보』의 '문맹퇴치 운동'과 『동아일보』의 '브나로드운동'이 바로 그것이다. '브나로드운동'은 1870년대 러시아에서 청년 귀족과 학생들이 농민을 대상으로 사회 개혁을 이루고자 일으킨 계몽 운동이다. '브나로드'는 '민중 속으로'라는 뜻으로 우리나라에서는 1930년대에 크게 성행하였다. 이 운동들에서 소설의 소재를 얻고, 또 이 운동들을 고무한 대표적인 작품이 이광수(李光洙)의 「흙」과 심훈의 「상록수」이다. 세속적 성공을 포기한 농촌운동가의 희생적 봉사와 추악한 이기주의자들의 비인간성의 대비를 통해서 민족주의와 휴머니즘 및 저항의식을 불러일으킨 작품이다. 이광수의 「흙」과 더불어 일제 당시의 농촌사업과 민족주의를 널리 알린 공로로 한국 농촌소설의 쌍벽으로 평가된다. 식민지 현실을 의식한 이 작품은 계몽운동자의 저항 의식을 드러냄으로써 비현실적인 생각에서 벗어나 구체적인 현실을 통해 농민문학의 기틀을 확립하는 데 공헌하였다.

광복 직후 소설에는 일제의 포악함과 당시 한국인의 참혹한 삶의 실상을 드러낸 작품, 채만식의 「민족의 죄인」처럼 일제 강점기 때 자신의 친일 행위를 비판한 작품, 염상섭의 「효풍」 등과 같이 38선이 그어진 현실에 불안감과 단절감을 표현한 작품 등이 있었다.

1950년대 소설은 전시소설(1950~1953)과 전후소설(1954~1959)로 나누어진다. 전시소설은 보고 문학의 형식을 통해 적개심 표출, 반공주의 등의 내용을 주로 다루었으나, 황순원의 「학」은 이념보다 우정을 강조하였다. 전후소설에는 1954년 북한의 토지 개혁 시기를 배경으로 젊은 지주의 위기와 사랑을 다룬 황순원의 「카인의 후예」, 이념 대립보다는 인간과 사랑이 더욱 소중한 것이라고 말하는 선우휘의 「불꽃」 등이 있으며, 이범선이 「오발탄」처럼 전쟁이 끝난 후 절망적인 상황에 빠져 병적인 심리 상태와 행동을 보이는 한국인의 모습을 그려 낸 작품도 있다. 1950년대 문제작들이 그려낸 것은 가난, 부조리, 병, 불신 등이었다.

소설 「오발탄」은 이범선(李範宣)이 지은 단편소설로 1959년 10월 『현대문학』에 발표되었고, 같은 해 작자의 제2창작집 『오발탄』에 수록되었다. 6·25 후의 암담한 현실을 리얼하게 부각시킨 작품이다. 이 작품에서 양심을 지켜 성실하게 살아야 그것이 진정한 삶이라고 믿었던 선량한 주인공이 현실에서 감당할 수 없는 패배와 굴욕을 감수해야 하는 현실에 비극을 맛보게 된다. 이 작품은 이범선의 초기의 작품과는 달리 사회의 어두운 면을 리얼하게 그려냄으로써 사회에 대한 고발을 담고 있다. 작가의 초기의 작품에서는 주로 깨끗하고 고고하고 소극적인 인물들이 등장하였으나 「오발탄」 이후 점차 사회와 현실에 대하여 비판적인 입장을 보여준다. 이 과정에서 「오발탄」·「냉혈동물」·「환상」·「사직(辭職) 고개」 등을 묶어 1959년 『오발탄』을 출간하였다.

전후소설이 내보인 상처, 한, 죄의식, 허무감 등은 1960년대와 1970년대 작가들이 계속 다루었다. 그러면서도 작가들은 한편으로는 휴머니즘이라든가 윤리의식을 우리 사회의 회복을 꾀하였다.

황순원의 「나무들 비탈에 서다」와 최인훈의 「광장」은 전후 소설의 완결편이면서 한과 이념으로부터 자유로워진 소설의 출현을 알리는 작품이다. 「나무들 비탈에 서다」는 참전하였던 젊은이들의 파탄과 방황을 감동적으로 그려 내었고, 「광장」은 남과 북의 갈등, 이념의 대립을 날카롭게 그리면서 남북 모두에 대해 비판적인 입장을 취하였다.

소설 「광장」은 최인훈(崔仁勳)이 지은 장편소설로 1960년 『새벽』지 10월호에 발표되었다. 주인공 이명준을 통하여 남북 간 이데올로기의 대립 속에서 고통 받고 갈등하는 지식인상을 보여 준 작품으로, 우리나라 현대 소설에서 금기시되어 온 이데올로기와 남북 분단의 비극을 정면으로 다루었다는 점에서 의의가 있다. 이 작품은 광복과 동시에 남북이 분단됨으로써 야기되는 민족이 이념 때문에 겪은 분단을 주제로 하였다. 이 작품은 남북 분단의 근본적인 문제를 분석하고 정직하게 비판한 작품으로서, 개인과 시대에서 실패한 이념의 모순을 적절히 묘사한 작품이라 할 수 있다.

1960년대 전반기에서 나온 전광용의 「꺼삐딴 리」, 박경리의 「시장과 전장」 등은 한국인의 운명에 검은 그림자를 던진 전쟁의 의미를 묻고 있으며, 개인의 파괴와 몰락을 그렸다. 1960년대 후반, 김승옥의 「서울 1964년 겨울」, 이청준의 「병신과 머저리」는 새로운 감성과 시각으로 한국인의 삶을 그렸다. 전쟁이라는 소재를 오랫동안 다룬 작가들은 전쟁이 한국인에게 가져다 준 상처, 한, 공포심, 죄의식 등을 깊이 있게 파헤쳐 내었을 뿐만 아니라 소설의 수준을 좀 더 높게 끌어올렸다.

소설 「꺼삐딴리」는 전광용(全光鏞)이 지은 단편소설로 1962년 『사상계(思想界)』 7월호에 발표되었고, 같은 해에 제7회 동인문학상(東仁文學賞)을 수상하였다. 그의 대표작들과는 달리 사회적 존재로서 한 개인의 이기적 · 속물적 근성의 일부를 표현한 소설이다. 작중인물 이인국을 통해 왜곡된 현실 인식의 한 단면을 보게 되며, 이는 곧 당시의 사회 구석구석에 가득 차 있던 소시민 내지 식민 근성의 단적인 표현이 되고 있다. 이는 현대 자본주의사회가 안고 있는, 이기적 욕망에 의하여 개인의 행위가 지배세력에 따라 변해 가는 과정을 보인 것이며, 한편으로는 급변하는 사회변동에 무조건적인 수용으로 인해 주체성을 상실해 버린 근대 우리나라 지식인에 대한 신랄한 비판을 담고 있다.

(3) 희곡과 수필

희곡의 경우, 개화기 이후로 서양의 영향을 받으면서 독자적인 길을 모색하였다. 1920년대에는 김우진이 「이영녀」, 「산돼지」 등의 작품을 발표하면서 근대 희곡을 확립하였다. 1930년대에는 유치진이 「토막」과 같은 리얼리즘 희곡을 썼고, 광복 이후에는 「자명고」와 같은 역사극으로 방향을 돌렸다. 한국전쟁 후에는 차범석, 이근삼 등이 풍자극과 고발극을 썼다.

수필의 경우 광복 이전에는 김진섭 등이 주목할 만한 작품을 써내었고, 1945년 이후에는 이희승, 김소운의 「목근통신」, 이어령, 법정의 「무소유」 등이 있다.

수필 「목근통신」은 김소운(金素雲)이 쓴 서간수필이다. '일본에 보내는 편지'라는 부제(副題)가 있다. 일제강점기와 6 · 25를 겪으면서 일본에 대하여 느낀 바를 진솔하게 써 내려갔다. 처음 쓰인 날짜와 장소는 본문에 '1951. 8. 부산'으로 되어 있으며, 일역(日譯)되어 일본의 『중앙공론(中央公論)』 1951년 11월호에 전재(轉載)되어 큰 물의를 일으켰다. 소설의 주 내용은 한국 사람들이 일본인으로부터 받은 모멸과 학대에 대한 항의, 일본인의 습성 속에 배어 있는 허위와 약점에 대한 예리한 지적, 한국에 대한 깊은 애정과 연민 등으로 이루어져 있다. 문학성도 담보되어 있다.

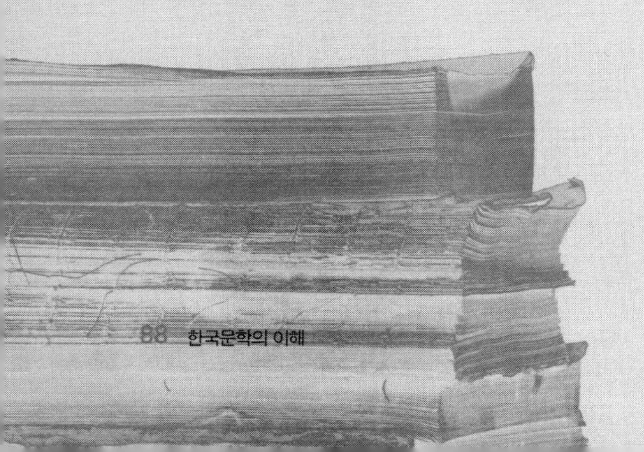

제2부

한국문학의 현상과 세계

01 고전시가의 실제

1) 고전시가

(1) 고전시가의 개념

시가(時歌)라는 용어는, '시(時)'와 '가(歌)'의 합성이다. 시는 창작성이 강하되 공유성이 약하다. 가는 음악성이 강하나 개인의 독자성이 약하다. 시가는 시성(詩性)과 가요성(歌謠性)을 융합하고 있는 속성을 지니고 있다. 시가의 개념을 명확하게 파악하기 위해 '시'와 '가'의 뜻을 사전에서 살펴볼 필요가 있다. 우선 중국의 한문대사전(漢文大辭典) (경인문화사, 1981)에서 '시'와 '가'의 개념을 찾아보면 다음과 같다.

· 시(時) : ① 성운이 있고 가영(歌詠)할 수 있는 글. ② 시경의 약칭. ③ 악장. ④ 현가풍송(弦歌諷誦)의 소리. ⑤ 암송. ⑥ 가짐, 이음. ⑦ 생각. ⑧ 말. ⑨ 나라 이름. ⑩ 성.
· 가 : ① 노래, 소리를 길게 이끌어 그것을 노래함. ② 곡이 악에 합함. ③ 작시. ④ 새가 지저귐. ⑤ 시문을 노래할 수 있는 것. ⑥ 고시체의 하나. ⑦ 운의 하나. ⑧ 종 이름. ⑨ 산 이름. ⑩ 성
· 시가 : ① 시와 가.

일본의 『대한화사전(大漢和辭典)』(대수관서점, 1985)에서 '시'와 '가'의 개념을 찾아보면 다음과 같다.

· 시 : ① 시. ② 오경의 하나. ③ 악보. ④ 악기의 소리. ⑤ 노래하다. ⑥ 가지다. ⑦ 생각하다. ⑧ 말. ⑨ 나라 이름. ⑩ 성.
· 가 : ① 노래. ② 시의 한 체. ③ 가. ④ 운의 하나. ⑤ 성.
· 시가 : ① 시와 가. ② 한시와 일본 노래.

한국의 『대한한사전(大漢韓辭典)』(삼영출판사, 1985)에서 '시'와 '가'의 개념을 찾아보면 다음과 같다.

· 시 : ① 귀글 시. ② 풍류가락 시(樂章). ③ 받들 시.
· 가 : ① 노래가. ② 읊조릴 가. ③ 장단맞출 가.
· 시가 : ① 시와 노래. ② 언어의 특성을 교묘하게 구사하여 표현한 문학의 한 형태.

한중일 세 나라 사전에서 다같이 '시'는 글로 된 읊조리는 형태의 예술이고, '가'는 가락으로 이루어져 부르는 형태의 연행예술이라 지칭하고 있다. 곧 시는 쓰고 읽는 문학으로, 가는 부르고 듣는 노래문학으로 보고 있는 것이다. 두 갈래의 예술을 아울러 지칭하는 말로 '시가'란 말을 사용하였음을 확인할 수 있다. 그밖에 일본에서 '시가'는 한시와 일본 노래를 가리키는 말로 사용되었다. 이 같은 의미는 한국의 가집(歌集)이나 문집(文集)에서도 자주 발견되지만, 한국 사전에서는 그보다 더 일반적인 용어로 규정하고 있다. 그러나 시와 가는 명백하게 구분되지 않고 유사성을 띠고 있다.

이렇게 볼 때, 고전시가(古典詩歌)는 고전의 시가예술[시가문학]이라고 정의할 수 있다. 그렇다면 이제 '고전'이라는 시간의 개념을 명확하게 해명해야 할 필요가 있다. 고전이란 원래 시대적, 역사적 구획성을 이미 전제하고서 사용되는 용어이다. 이와 결부하여 고전시가는 근대문학 형성 이전에 존재하였던 시가 문학을 뜻하는 것으로 사용되어 왔다. 그런데 일반적인 개념으로 고전시가를 정의하면, 근대와 전근대의 구분 문제가 중요한 논점으로 대두된다. 곧 근대문학의 형성 시기를 어느 때로 설정하느냐에 따라 고전시가의 범주, 곧 고전시가의 시대적 하한선이 설정된다.

종래의 국문학계에서는 일반적으로 갑오개혁(1984)을 근대의 기점으로 잡고서 개략적으로 19세기 이전의 문학을 '고전문학', 그 이후의 문학을 '근대문학' 내지 '현대문학'이라고 불러왔다. 그러나 근래에 와서는 이와 같은 통념적 시대구분에 대한 회의와 더불어 근대문학의 기점을 달리 설정해야 한다는 견해가 자주 대두되고 있다. 대표적으로 근대문학의 성립 시기를 영. 정조 때로 소급해서 설정해야 한다는 견해가 있다. 이 대목도 철학적 통찰이 요구된다. 필자는 고전시가도 현대시의 시학이 두루 통한다고 본다.

그러나 갑오개혁을 분기점으로 보는 종래의 통설은 아직도 일반적인 논의에서는 유효성을 지니고 있다. 암묵적으로 근대이행기 이후의 후대 시가문학을 고전시가의 범주에서 제외하는 것도 바로 이와 같은 관점을 바탕으로 하고 있다. 다만 근대이행기 이후까지 창작된 시조(時調)나 잡가(雜歌)는 전대에 성립된 시가양식을 고수하거나 계승한 것이고, 또 전대의 시가문학의 특질을 그대로 유지하고 있는 만큼 고전시가의 범주에서 다룬다.

결국 용어가 한국문학사에서 학문적 정체성(正體性)을 명확하게 하는 것은 아니지만, 시학(詩學)의 심화를 위해 반드시 유념해야 한다. 다만 '고전'이라는 말에는 오래된 미래의 가치와 누구나 공감하는 진리의 통섭이 내재되어 있다는 점이다.

(2) 한국문학의 초창기 모습

옛날부터 우리 조상들은 농사를 짓고 살아 순박하고 낙천적이었다. 그래서 씨뿌리기가 끝나는 음력 5월과 가을걷이가 끝나는 음력 10월 큰 모임을 열고, 하늘에 축원하고 감사하는 고사를 지냈다. 이른바 고대국가의 영고(迎鼓), 동맹(東盟), 무천(舞天) 등이 그 연중행사의 명칭이다. 그때, 사람들은 음식을 나누어 먹으며 함께 어울려서 노래와 춤으로 밤낮을 즐겼는데, 그 노래의 가사는 지금 전해지지 않는다. 다만, 많은 사람들이 함께 부르는 노래였으므로, 그 내용은 개인적인 느낌이나 사상을 담은 것이 아니고, 모든 사람이 공통적으로 바라고 즐긴 집단적인 내용의 것이었다고 보아야 할 것이다. 가령, 「가락국기(駕'洛國記)」에 나오는 「구지가(龜旨歌)」도 이런 모임의 노래였을 것이라고 추측된다.

이러한 시기가 다소 지나면서 차차 개인적인 감정을 노래하는 서정시가 나타났으니, 「황조가(黃鳥歌)」나 「공무도하가(公無渡河歌)」 등은 그 좋은 보기라 할 것이다.

「구지가(龜旨歌)」
龜何龜何 거북아 거북아
首其現也 머리를 내 놓아라
若不現也 그렇지 않으면
燔灼而喫也 구워 먹으리라

「배경설화」 후한의 세조 광무제 건무 18년 액을 덜기 위해 목욕하고 술을 마시던 계욕일에 그들이 사는 북쪽 구지(이는 산의 이름인데 열 붕새가 엎드린 모습이기 때문에 구지라고 불렀다.)에서 누군가를 부르는 이상한 소리가 들려왔다. 2, 3백 명의 사람들이 모여들었는데, 사람 소리는 있는 것 같으나 모습은 보이지 않고 "여기에 사람이 있느냐?" 하는 말소리만 들렸다. 구간 등이 "우리들이 있습니다"하자, "내가 있는

데가 어디냐?" 하였다. "구지입니다" 하자, 또 "하늘이 내게 명하여 이곳에 나라를 세우고 임금이 되라 하시므로 여기에 왔으니, 너희는 이 봉우리의 흙을 파서 모으면서 노래하여라. '거북아 거북아 머리를 내 놓아라 그렇지 않으면 구워 먹으리라'라고 하면서 춤을 추면 이것이 대왕을 맞이하면서 기뻐 날뛰는 것이라" 하였다. 구간 등이 그 말대로 즐거이 노래하며 춤추다가 얼마 후 우러러보니 하늘에서 자주색 줄이 늘어져 땅에까지 닿았다. 줄 끝을 찾아보니 붉은 보자기에 금합을 싼 것이 있었다. 합을 열어보니 알 여섯 개가 있는데 태양처럼 황금빛으로 빛났다. 여러 사람들이 모두 놀라 기뻐하며 백 번 절하고 다시 싸서 아도간의 집으로 돌아갔다. 책상 위에 모셔 두고 흩어졌다가 12일쯤 지나 그 다음날 아침에 사람들이 다시 모여 합을 열어보니 알 여섯 개가 모두 남자로 변하였고, 용모가 매우 거룩하였다. 이어 의자에 앉히고 공손히 하례하였다.

『삼국유사』 권2. 「가락국기」

「구지가」는 영신군가(迎神君歌) 또는 구지봉영신가(龜旨峰迎神歌)라고도 한다. 노래의 전반적인 내용은 거북의 머리를 내놓으라고 위협하는 짧은 노래이다. 『삼국유사』 제2권 「기이(紀異)」 제2 가락국기(駕洛國記)에 의하면 '가락국에 아직 임금이 없어 9명의 추장(酋長)이 백성들을 다스리던 42년(후한 건무 18) 3월, 김해(金海) 구지봉(龜旨峰)에서 신(神)의 소리가 들려 추장들은 모든 백성들을 구지봉에 모아 놓고 신의 계시대로 흙을 파헤치며, "거북아, 거북아, 머리를 내놓아라. 만약에 내놓지 않으면 구워 먹으리"라는 노래를 합창시켰다. 이 노래를 300여 명의 군중이 춤추며 불렀다. 이윽고 하늘에서 6개의 황금알이 내려와 6명의 귀공자(貴公子)로 변하여 각각 6가야(伽倻)의 왕이 되었는데, 그 중 제일 큰 알에서 나온 사람이 수로왕이었다.'고 전하고 있다.

이 노래는 임금을 맞이하기 위한 집단적 민중의 노래이면서, 동시에 무가적(巫歌的)인 주술성(呪術性)을 지니고 있는 서사시의 형태다. 이 노래에 대한 해석은 학자들 간에 상당한 견해 차이를 보이고 있다. 첫째, 잡귀를 쫓는 주문(呪文)으로 보는 견해, 둘째 거북을 신적인 의미로 보고 우두머리의 상징인 머리를 내어놓으라는 견해, 셋째 거북은 신을 상징하는 것이 아니라 영신제(迎神祭)의 절차 중에서 가장 중심이 되는 희생무용(犧牲舞踊)에서 가창(歌唱)된 노래라는 견해, 넷째 거북의 머리와 목은 남성의 성기(性器)를 상징하고 이를 구워 먹겠다[燔灼而喫也]는 여성의 성기를 은유(隱喩)한 것으로 보고 원시인들의 강렬한 성욕을 표현한 노래로 보는 등 견해가 다양하다.

다음 작품으로 살펴볼 작품은 한 개인의 애틋한 심정을 노래한 「황조가」다.

「황조가(黃鳥歌)」
翩翩黃鳥 펄펄 나는 저 꾀꼬리는
雌雄相依 암수가 서로 노니는데
念我之獨 외로울 사 이내 몸은
誰其與歸 뉘와 함께 돌아갈꼬

「배경설화」 3년 7월에 이궁(離宮)을 골천에 지었다. 시월에 왕비 송씨가 돌아갔으므로 왕은 다시 두 여자를 계실(繼室)로 얻었는데 하나는 화희(禾姬)로 골천 사람의 딸이고, 하나는 치희(雉姬)로 한인(漢人)의 딸이었는데 두 여자는 사랑을 다투어 서로 화목하지 못하였으므로 왕은 양곡의 동서에 이궁(二宮)을 짓고 각각 두었다. 뒷날 왕은 기산에 전렵(田獵)을 나가서 칠일 동안 돌아오지 않았는데 두 여자는 서로 쟁투하여 화희는 치희를 꾸짖기를 '너는 한가(漢家)의 비첩(婢妾)으로 어찌 무례함이 심한가?'하니 치희는 부끄러워하면서 원한을 품고 집으로 돌아가 버렸다. 왕은 이 말을 듣고 곧 말을 달려 쫓아갔으나 치희는 노하며 돌아오지 아니하였다. 이때 왕은 잠깐 나무 밑에서 쉬는데 꾀꼬리들이 모여들므로 이에 느끼어 노래하기를 '펄펄 나는 저 꾀꼬리는 암수가 서로 노니는데 외로울 사 이내 몸은 뉘와 함께 돌아갈꼬'라 하며 탄식하였다.

『삼국사기』 권13. 「고구려본기1. 유리왕」

이 노래가 불리어진 까닭은 이렇다. 고구려 제2대 왕인 유리왕에게는 두 아내가 있었는데 하나는 화희(禾姬)로 골천인(鶻川人)의 딸이고, 또 하나는 치희(稚姬)인데 한나라(漢) 사람의 딸이다. 두 부인이 서로 다투는 일이 잦아 한(漢)나라 사람인 아내가 달아나 버렸다. 왕이 사냥에 돌아와 이 사실을 알고 좇아가 부인을 만났으나 돌아오지 않겠다고 하였다. 홀로 쓸쓸히 돌아오는 길에 꾀꼬리 한 쌍이 어울려 정답게 노니는 모습을 보고 자신의 모습을 한탄하며 이 노래를 지었다는 이야기가 있다.

「황조가」에 대한 견해도 다양하다. 노래가 한 개인의 서정을 담은 서정시라는 주장이 있는가 하면, 임금의 지위에서 서정을 노래한다는 것이 이치에 맞지 않으므로, 정치적인 다툼 속에서 임금으로서의 고뇌와 정치적 어려움을 토로하는 글이라는 견해가 있다. 또, 본래 사랑하는 사람을 구하는 노래였는데 이것이 나중에 유리왕 이야기에 삽입된 것으로 보는가 하면, 수렵생활의 사회로부터 – 치희의 치(稚)가 수렵을 상징 – 농경생활의 사회 – 화희의 화(和)가 농경을 상징 – 로 옮겨가는 과정을 표현한 것으로 보기도 한다.

「황조가」는 우리나라 최초의 서정시로 개인의 감정을 표현한 모습에서 집단적, 주술적인 문화에서 개인적인 것으로 흐름의 시각이 옮겨오고 있는 시기임을 알 수 있다.

마지막으로 살펴볼 작품은 「공무도하가」이다.

「공무도하가(公無渡河歌)」
公將奈何 저 님아 물을 건너지 마오.
墮河而死 임은 그예 물을 건너셨네.

公竟渡河 물에 쓸려 돌아가시니
公無渡河 가신님을 어이할까.

「배경설화」 공후인은 조선(朝鮮)의 진졸(津卒) 곽리자고(霍里子高)의 아내 여옥(麗玉)이 지은 것이다. 자고(子高)가 새벽에 일어나 배를 저어 가는데, 머리가 흰 미친 사람이 머리를 풀어헤치고 호리병을 들고 어지러이 물을 건너고 있었다. 그의 아내가 뒤쫓아 외치며 막았으나, 다다르기도 전에 그 사람은 결국 물에 빠져 죽었다.

이에 그의 아내는 공후(箜篌)를 타며 '공무도하(公無渡河)'의 노래를 지으니, 그 소리는 심히 구슬펐다. 그의 아내는 노래가 끝나자 스스로 몸을 물에 던져 죽었다.

자고가 돌아와 아내 여옥(麗玉)에게 그 광경을 이야기하고 노래를 들려주니, 여옥이 슬퍼하며, 곧 공후로 그 소리를 본받아 타니, 듣는 자가 눈물을 흘리지 않는 이가 없었다. 여옥은 그 소리를 이웃 여자 여용(麗容)에게 전하니 일컬어 공후인이라 한다.

『해동역사』, 「고금주」

이 노래의 배경은 이렇다. 어느 날 곽리자고(목격자)가 강가에 나갔다가 강기슭으로 달려오는 백수광부(白首狂夫－머리가 하얗게 센 사나이 혹은 미치광이)를 보게 된다. 그런데 그 사나이는 아내의 만류를 뿌리치고 미친 듯이 강으로 뛰어 들어가 물에 빠져 죽고 뒤따르던 아내는 공후를 타면서 슬피 노래하다가 남편을 따라 강물에 몸을 던져 죽는다. 곽리자고가 집에 돌아와 아내 여옥에게 그 부부의 슬픈 운명을 이야기하니, 여옥이 이를 공후에 담아 노래한 것이 공후인(箜篌引) 또는 공무도하가(公無渡河歌)라 부른다.

이 시가에서 가장 중요한 소재는 '물'이다. 이 물을 중심으로 하여 죽음, 이별이라는 이미지가 형성되고 있다. 1행은 사랑하는 남편이 끝없는 명상과 추억을 안고 충만한 깊이의 물속으로 뛰어들려는 순간을 노래하고 있다. 2행에서는 물은 사랑의 종말을 뜻함과 동시에 임의 부재를 뜻하며, 3행에서는 물이 임의 부재라는 소극적인 이미지가 아니라, 죽음의 의미로 확대되고 있다. 「공무도하가」의 이러한 물의 이미지는 훗날 고려 속요의 「서경별곡」이나 정지상의 한시 「송인(送人)」 등 많은 이별가에 등장하고 있다.

공후인은 연대적으로 보아 한국 문학사(文學史上)에서 가장 오래된 작품으로 널리 알려져 왔으나 확실한 제작 연대와 원가(原歌)는 알 수 없고, 이 노래의 한역가(漢譯歌)인 듯한 4구(句)로 된 한문 표기의 짧은 노래로 전하고 있다.

위에서 살펴보았듯이 상고시대의 노래는 모두 다양한 견해를 지니고 있다. 그러한 특징을 갖는 이유 중 하나가 상대가요가 입으로 전해져 오다 기록에 남았기 때문이다. 또한 이 세 노래가 현재까지 전해지는 것을 보면 충분히 가치 있는 작품이었기 때문이고, 당대에 가치 있는 것이라면 의식적인 노래로서의 가치가 뛰어났음을 알 수 있다. 따라서 주술 또는 제의의 생활상을 반영한 작품으로 이해할 수 있다.

2) 향가(鄕歌)

향가는 더러 '사뇌가'라고도 일컬어지며, 신라 때에 생겨나 고려 초기까지 불리어지다가 없어진 노래를 말한다. 그때, 우리 조상들은 우리 글자가 없었기 때문에 한자의 음과 뜻을 활용하여 노래를 적어 남겼다. 당시의 노래를 모아서 『삼대목(三代目)』이라는 책을 엮어 냈다고 하나, 지금은 전해지지 않는다. 다만, 『삼국유사(三國遺事)』에 14수와 『균여전(均如傳)』에 11수가 남아 있어서 그 대강을 짐작할 따름이다.

지금 전해지는 향가의 형식을 보면, 넉 줄로 된 4구체(4수), 여덟 줄로 된 8구체(2수), 열 줄로 된 10구체(19수) 들이 있고, 그 내용을 보면, 신라인의 생활과 정신세계를 보여 주는 노래가 많다. 그 중에서 「제망매가(祭亡妹歌)」, 「찬기파랑가(讚耆婆郎歌)」, 「헌화가(獻花歌)」등은 대표작이다. 이를 주제별로 분류하면 아래와 같다.

① 불교적인 노래
「제망매가」, 「우적가」, 「도천수대비가」, 「원왕생가」, 「보현십원가」
② 주술적인 노래
「도솔가」, 「헌화가」, 「안민가」, 「처용가」
③ 화랑 관련 삶의 노래
「혜성가」, 「모죽지랑가」, 「찬기파랑가」, 「원가」
④ 기대감을 담은 민요
「서동요」, 「풍요」

ㄱ. 4구체 향가

4구체로 된 작품은 비교적 초기 형태에 가까운 것으로, 「서동요」, 「풍요」, 「헌화가」, 「도솔가」 등의 4편이 있다. 이 중 「서동요」와 「풍요」는 발생설화, 창자(唱者)나 내용상으로 보아 민요적 성격이 강하다. 「도솔가」나 「헌화가」는 그 자체로는 민요가 아니지만, 민요형식으로 지어진 작품이다. 이들 작품을 민요형식으로 보는 이유는 신라의 가요형식을 이어받은 고려의 속요 역시 4구체였다는 점과 삼국시대 중엽까지 우리말로 된 노래 중에 상류계급과 서민층의 노래가 분리되지 않았다고 보기 때문이다. 「서동요」와 「헌화가」 작품을 살펴보도록 하겠다.

서동요

선화공주(善化公主)니믄(善化公主主隱)
놈 그스지 얼어 두고(他密只嫁良置古),

맛둥바올(薯童房乙)
바믜 몰 안고 가다(夜矣卯乙抱遣去如).

선화공주님은
남 몰래 정을 통해 두고
맛동(서동) 도련님을
밤에 몰래 안고 간다.

「서동요」는 현존하는 최고의 향가로서 민요가 4구체 향가로 정착한 유일한 노래이며, 동시에 향가 중 유일한 동요라는 데서 그 문학사적 의의를 찾을 수 있다. 신라 제 26대 진평왕 때 백제의 무왕(武王)이 지었다는 4구체 향가로 전래의 민요가 정착된 가장 오래된 작품인데, 이 노래와 같이 통일신라 이전의 작품으로서 원사가 전하는 것은 4구체인 「풍요」와 10구체인 「혜성가」가 있을 뿐이다. 『삼국유사』에 의하면 무왕이 신라의 선화공주를 아내로 맞이하기 위해 이 노래를 지어 아이들에게 부르게 하였다는 설화가 전하며, 사랑을 위해 목숨을 거는 정열과 순진하고 소박한 심성을 노래한 것으로 고대동요의 전형적 성격을 띠고 있다.

「서동요」는 민요 중에서도 동요이며, 선화공주와 서동의 결함을 암시하고 있는 의도적 특면을 고려할 때 참요적 성격도 띠고 있는 작품이다. 또한 서동의 잠재적 갈망을 선화공주란 상대편에 전가시키고 있으므로 주객을 전도시켰다는데 그 수사적 특징이 있으며, 『삼국유사』 권2, 무왕(武王)의 일대기에 그 내용이 전하고 있다.

헌화가

딛배 바회 갓해(紫布岩乎○希)
자바온손 암쇼(執音乎手母牛放敎遣)
나할 안디 븟하리샤단(吾○不喩慙○伊賜等)

곶할 것가 받자보리이다(花ㅇ折叱可獻乎理音如).

붉은 바위 끝에
잡고 있는 암소 놓게 하시고
나를 부끄러워하지 않으신다면
꽃을 꺾어 바치오리다.

「양주동 해독」

이 노래는 민요 형식을 본받은 4구로 된 서정적 향가로, 소를 몰고 가던 어느 노인이 수로부인에게 철쭉꽃을 꺾어 바치면서 불렀다는 노래이다. 배경 설화와 함께 『삼국유사』에 노랫말이 향찰로 표기되어 전하고 있는데, 아름다운 여인에게 꽃을 바치는 노인의 심정이 붉은 바위의 색깔 이미지에 조응되어 선명하게 묘사되었으며, 가정법과 도치법을 구사하여 헌신적이고 지극한 마음을 잘 드러내고 있다.

천 길 벼랑에 핀 꽃, 그 꽃을 탐하는 여심, 위험을 무릅쓰고 꺾어 오는 용기와 헌신, 꽃을 바치는 겸손하고 정성된 마음은 모두가 아름다운 모습들이다. 아름다운 귀부인과 소를 몰고 가는 노인을 대비시켜 귀함과 속됨, 젊은 여인의 아름다움과 노인의 원숙한 아름다움이 격조 높게 드러나면서 성(聖)과 속(俗), 미(美)와 추(醜)를 초월하는 숭고한 정신을 느끼게 하는 이 노래에서 신라인의 소박하면서도 고상한 정신세계를 엿볼 수 있다.

ㄴ. 8구체 향가

8구체는 전·후절의 구분 없이 8구로 되어 있으며 4구체가 발전된 형태이다. 「모죽지랑가」, 「처용가」 2수가 이에 해당한다.

모죽지랑가

간 봄 그리매(去隱春皆林米)

모ᄃᆞᆫ 것ᅀᅡ 우리 시름(毛冬居叱哭屋尸以憂音)
이ᄅᆞᆷ 나토샤온(阿冬音乃叱好支賜烏隱)
즈ᅀᅵ 샬쯈 디니져(貌史年數就音墮支行齊)
눈 돌칠 ᄉᆞ이예(目煙廻於尸七史伊衣)
맛보ᄋᆞᆸ디 지소리(逢烏支惡知作乎下是)
낭이여 그릴 ᄆᆞᅀᆞᄆᆡ 녀올 길(郎也慕理尸心未 行乎尸道尸)
다봊 굴허헤 잘 밤 이시리(蓬次叱巷中宿尸夜音有叱下是)

지나간 봄이 그리워서
모든 것이 울며 시름에 잠기는구나.
아름다움을 나타내실
얼굴에 주름살을 지니려 하는구나
눈 돌이킬 사이에나마
만나뵙도록 지으리이다.
죽지랑이여, 그리운 마음이 가는 길
다북쑥이 우거진 마을에서 함께 잘 밤이 있으리다.

득오가 죽지랑이란 화랑을 추모 또는 사모한 노래이다. 죽지랑은 이름난 화랑이며 장군으로, 진덕왕 때 김유신과 함께 국사를 논의하던 술종공의 아들이며 진골 출신이다. 아버지가 미륵상을 세운 뒤 그 공덕으로 태어났다고 하는데, 삼국 통일에 큰 공을 세우고 벼슬이 이찬에까지 올랐으며, 미륵의 화신으로 여겨질 정도로 높이 숭앙된 인물이다. 이 노래는 다음과 같은 배경설화가 전해져 온다.

신라 제 32대 효소왕 때에 죽지랑의 무리 가운데 득오(得烏)라고 하는 급간(級干 : 신라 관등의 제 9위)이 있었다. 화랑도의 명부에 이름을 올려놓고 매일 출근하더니, 한 열흘 동안 보이지 않았다. 죽지랑이 그의 어미를 불러 아들이 어디에 갔느냐고 물어 보았다. 그의 어머니는 "당전(幢典 : 오늘날의 부대장에 해당하는 신라 때의 군직) 모량부(牟梁部 – 사람이름)의

익선아간(益宣阿干 : 아간은 신라 관등의 제 6위)이 내 아들을 부산성(富山城)의 창직(倉直－곡식창고를 지키는 직책)으로 임명하였습니다. 그리하여 급히 가느라고 낭께 알리지 못하였습니다”라고 대답하는 것이었다.

죽지랑은 이 말을 듣고, “그대의 아들이 만일 사사로운 일로 그 곳에 갔다면 찾아 볼 필요가 없지마는 공사로 갔다니 마땅히 가서 위로하고 대접해야겠다.”고 하였다. 죽지랑은 익선의 밭으로 찾아가서 가지고 간 떡과 술을 득오에게 먹인 다음, 익선에게 휴가를 청하였으나 이를 거부하고 허락하지 않았다. 그때 마침 간진이라는 사람이 추화군(지금의 밀양) 능절(能節)의 조 30석을 거두어 성 안으로 싣고 가다가, 죽지랑의 선비를 존대하는 풍도를 아름답게 여기고, 익선의 막히고 변통성이 없는 것을 품위가 없고 천하게 생각하여, 가지고 가던 벼 30석을 익선에게 주면서 득오를 보내도록 청하였으나 허락하지 않았다. 그래서 또 진절사지(珍節舍知－신라 관직의 제13위)가 쓰는 말안장을 더 주었더니 드디어 허락하였다.

조정의 화주(花主－신라에서 화랑을 관장하는 관직)가 이 이야기를 듣고 익선을 잡아다가 그의 더럽고 추한 마음을 씻어 주고자 하였는데, 도망쳐 버렸으므로 그의 아들을 대신 잡아갔다. 때는 동짓달 몹시 추운 날인데 성 안의 못에서 목욕을 하게 하여 얼어 죽게 하였다.

대왕이 이 말을 듣고 모량리 사람은 모두 벼슬에서 몰아내게 하였고, 승복을 입지 못하게 하였다. 반면 간진의 자손에 대하여는 평정호손을 삼아서 표창하였다. 결국 죽지랑은 부산성 창직에서 고생하는 득오를 구하게 된 것이다.

「모죽지랑가」에는 죽지랑에 대한 사모의 정이 간절하게 나타나고 있다. 이 노래는 죽지랑과 고락을 같이하던 지난 시절을 그리워하면서 시작된다. 특히 ‘이미 가 버린 돌이킬 수 없는 봄’이란 은유적인 기법을 사용, 청춘 즉 죽지랑과 함께 지낸 시절에 대한 회상과 아쉬움을 강하게 묘사하고 있다. 죽지랑의 죽음에 대한 애도 또한 이 세상 모든 것이 슬퍼한다고 표현함으로써 죽지랑의 인품을 한 차원 높이고 있으며, 고매한 인품의 소유자임을 알 수 있게 한다.

특히, 마지막 7, 8행은 10구체 향가의 낙구인 9, 10구와 같은 감탄사를 가진 유사성을 보여 주는 동시에, 절묘한 은유적 표현으로 전개되어 있다. '그리워할 마음의 가는 길'이라는 감정의 구상화와 '다북쑥 마을'이 지니는 황촌(荒村)은 곧 작자 득오가 낭을 만날 수 없다는 인식에서 오는 정신적 초토(焦土)나 폐허의 은유적 표현인 것이다. 여기에서 우리는 작자의 정서적 처절성이 가열하면 해질수록 죽지랑이라는 화랑의 인품과 덕의 높음을 실감 있게 상상할 수 있을 것이다.

죽지랑을 사모하는 간절한 이러한 마음은 당시 의리에 충실하고 의리를 목숨보다 더 소중하게 생각하였던 화랑의 정신에서 비롯됨을 알 수 있다. 존경하는 재상, 나아가 자신이 어려운 처지에 있을 때 몸소 찾아와 자신을 구해준 사람의 죽음 앞에서 그를 추모하는 마음은 남다를 것이다.

처용가(處容歌)

ᄉᆡᄫᅳᆯ ᄇᆞᆯ긔 ᄃᆞ래(東京明期月良)
밤 드리 노니다가(夜入伊遊行如可)
드러ᅀᅡ 자리 보곤(入良沙寢矣見昆)
가ᄅᆞ리 네히어라(脚烏伊四是良羅)
둘흔 내해엇고(二隱吾下於叱古)
둘흔 뉘해언고(二隱誰支下焉古)
본ᄃᆡ 내해다마ᄅᆞᆫ(本矣吾下是如馬於隱)
아ᅀᅡᄂᆞᆯ 엇디ᄒᆞ릿고(奪叱良乙何如爲理古)

서울 밝은 달에
밤 깊도록 놀고 다니다가

들어와 잠자리를 보니
다리가 넷이로구나
둘은 내 것이었고
둘은 누구의 것인가
본디 내 것이지마는
빼앗긴 것을 어찌하리

「처용가」는 신라 헌강왕 때 처용이 지었다는 8구체 향가이다. 『삼국유사』에 따르면 '헌강왕이 개운포(開雲浦) 바닷가로 놀러 갔다가 용을 만나고 용이 자신의 일곱 아들 중 한 명에게 왕의 정사를 돕도록 하였다. 그가 처용이다. 처용의 아내는 매우 아름다워 역신(疫神)이 사모하였다. 역신은 사람으로 변해 처용이 없는 밤에 그의 아내를 찾아와 동침하였다. 처용이 외출하였다가 집으로 돌아와 보니 자기 아내의 잠자리에 두 사람이 누워 있었다. 이에 「처용가」를 지어 부르며 춤을 추면서 그 자리를 물러나왔다. 처용이 물러나자 역신은 모습을 드러내 무릎을 꿇고 "제가 공의 아내를 사모해 오늘 밤 범하였습니다. 그런데도 공은 성난 기색을 보이지 않으니 참으로 감복하였습니다. 맹세하건대 이후로는 공의 모습을 그린 화상만 보아도 그 문 안에는 들어가지 않겠습니다"라고 말하였다. 이 때문에 사람들은 문간에 처용의 얼굴을 그려 붙여 사귀(邪鬼)를 물리치고 경복(慶福)을 맞아들였다고 한다.'라는 배경설화가 있다.

「처용가」의 내용과 형식은 시적 화자가 역신의 화자 처 범접을 보고서 그 현장 상황과 그에 대한 화자의 대응태도를 일인칭 독백체 형식으로 노래하되, 노래에는 주가적 성격이 전혀 드러나 있지 않다. 그러나 처용이 이 노래를 부르고 춤을 추며 물러나니 역신이 노하지 않음에 감복하여 사죄하고 물러갔으므로 이 노래를 일반적으로 주가로 본다.

벽사진경(僻邪進慶 : 간사한 귀신을 물리치고 경사를 맞이함)의 소박한 민속에서 형성된 무가(巫歌)이다. 무격신앙과 관련하여 생각할 때 처용은 제웅(역신을 쫓기 위하여 음력 정월에 동구 밖에 내던져 액을 면하게 한다는 볏짚 인형. 처용과 제웅은 발음 및 축사의 기능이 같으므로 처용을 곧 제웅이라고도 한다.)과 연결시킬 수 있다. 「처용가」는 의식무, 또는 연희의 성격을 띠고 고려와 조선시대까지 계속 전승되었다. 더불어 고려 속요에도 '처용가'가 있어 향가 해독(解讀)의 계기를 마련해 주었다.

ㄷ. 10구체 향가

10구체는 가장 정제된 형태로서, 특히 낙구(落句)에 '아으' 등의 감탄사를 상투적으로 배치한 부분은 후대에 발생한 시조의 종장 첫 구에 흔히 나타나며, 가사의 낙구에도 그 흔적이 남아 있다. 10구체 향가에는 「혜성가」, 「원왕생가」, 「원가」, 「제망매가」, 「안민가」, 「찬기파랑가」, 「천수대비가」, 「우적가」, 「보현십원가」 등이 있다.

제망매가

죽고 사는 길은	生死路난
예 있음에 두려워하여	예 이샤매 저히고
나는 간다는 말도	나난 가나다 말ㅅ도
못 다 이르고 갔는가?	몯다 닏고 가나닛고
어느 가을 이른 바람에	어느 가살 이른 바라매
여기저기 떨어지는 나뭇잎처럼	이에 저에 떠딜 닙다이
같은 가지에 나고서도	하난 가재 나고
가는 곳을 모르겠구나	가논곧 모다온뎌
아아, 미타찰에 만나 볼 나는	아으 彌陀刹애 맛보올 내
도를 닦으며 기다리겠다.	道닷가 기드리고다

「제망매가」는 신라 경덕왕 때 월명사(月明師)가 지은 10구체 향가로 기록에 따르면 죽은 누이의 명복을 비는 노래이다. 작자인 월명사가 승려

신분인 점, 가사 내용에 미타찰(彌陀刹)에서 만나자고 기약하고 있는 점 등으로 미루어 볼 때 불교문학적 성격을 지니고 있다. 1행~4행까지는 죽은 누이에 대한 안타까움과 그리움이 잘 표현되어 있고, 5~8행까지는 인생의 무상함과 젊은 나이에 요절한 누이에 대한 한탄이 서려있다. 가을 · 바람 · 가지 · 잎 등의 자연물과 자연현상을 통해 인간의 삶과 죽음을 은유적으로 표현하였다. 마지막 9~10행에서는 불교적인 믿음을 통해서 다시 만나고자 하는 작가의 다짐이 표현되어 있다. 여기서 미타찰이라 하는 것은 극락세계의 아미타불이 있는 곳으로 도를 닦아서 누이와 함께 극락세계에서 다시 만나고자 하는 염원이 담겨 있다. 10구체 향가는 9행에서 낙구(落句)라는 것이 있는데, 그 첫머리에 '아야(阿耶)' 또는 그 밖의 감탄사를 쓰는 것이 특징이다. 이러한 표현을 사용해서 감정의 전환을 보임으로써 시의 완결성을 높여 주고 있다.

찬기파랑가

(구름 장막을)열치매	열치매
나타난 달이	나토얀 ᄃᆞ리
흰 구름 쫓아 떠가는 것 아니냐?	ᄒᆡᆫ구룸 조초 ᄠᅥ가ᄂᆞᆫ 안디하
새파란 시냇물에	새파ᄅᆞᆫ 나리여ᄒᆡ
기랑의 모습이 있구나.	耆郎ᄋᆡ ᄌᆞᅀᅵ 이슈라
이로 냇가 조약돌에	일로 나릿 ᄌᆡ벽ᄒᆡ
랑이 지니시던	낭ᄋᆡ 디니다샤온
마음의 끝을 따르련다.	ᄆᆞᅀᆞᄆᆡ ᄀᆞᇫ홀 좇누아져
아, 잣가지 드높아	아으, 잣ㅅ가지 노파
서리를 모를 화랑이여.	서리 몯누올 花判이여

충담사가 지은 두 편의 향가 가운데 하나인 「찬기파랑가」는 기파랑이라고 하는 화랑을 추모하는 내용의 10구체 향가이다. 이 노래를 지은 계기가

기파랑이 지금 곁에 없다는 아쉬움 때문인데, 기파랑을 하늘에 뜬 달로 혹은 물가의 수풀로 빗대면서 자신은 자갈벌에서 기파랑이 지녔던 마음의 끝을 쫓는 것으로 그려내고 있다. 1~5행에서 대상의 고결함과 드높은 기상을 나타내었다. 그리고 이어지는 6~8번째 줄에서는 자신을 자갈벌에서 있는 것으로 나타내어 기파랑의 고결한 모습과 대비시킴으로써 추모와 찬미의 대상을 한껏 높이는 기법이 무척 세련되게 표현하였다. 그런가하면 마지막 아홉째 - 열째 줄에서 '아아'라는 감탄사로 정서적 고양과 전환을 이루면서, 드높은 잣가지여서 눈이라도 덮지 못할 화랑임을 확신하고 있다. 단지 고결하고 광명한 달은 하늘의 것이어서 인간과 비교하기는 어렵지만 땅에 뿌리를 내리고 서서 하늘을 찌를 듯한 잣나무의 이미지로 기파랑의 위엄을 표현하였다.

위의 두 작품 「제망매가」, 「찬기파랑가」는 10구체 형식의 향가로 향가 작품 중에 매우 뛰어난 작품으로 알려져 있다.

3) 고려가요

고려가요(高麗歌謠)는 고려 때 불리어진 노래를 말한다. 이 노래는 널리 구전되다가 조선시대(朝鮮時代)로 접어들어서 훈민정음이 창제된 뒤에 비로소 우리 문자로 기록되었다. 그렇기 때문에 기록하는 사람들의 뜻에 맞지 않거나, 또는 도덕적으로 어긋나는 작품들은 많이 버려졌다. 지금은 『악학궤범(樂學軌範)』과 『악장가사(樂章歌詞)』, 그리고 『시용향악보(時用鄕樂譜)』에 30여 수가 전해지고 있다.

이들의 형식을 보면, 요즘 우리가 부르는 노래가 흔히 1절, 2절, 3절, …과 같이 되어 있는 것처럼 도막(절 또는 연)으로 나뉘었고, 거의 모든 작품에 여음(餘音)이 곁들여져 있다. 또, 그 내용은 평범하고 소박하나,

당시의 삶을 잘 나타내고 있다.

오늘에 전해진 작품으로는 「정과정(鄭瓜亭)」, 「청산별곡(青山別曲)」, 「서경별곡(西京別曲)」, 「정석가(鄭石歌)」, 「사모곡(思母曲)」, 「가시리」 등이 뛰어나며, 여러 선비들이 지은 「한림별곡(翰林別曲)」이 있다. 내용은 남녀의 사랑과 이별을 노래한 것이 대부분이다. 이를 시기별로 나누어 보면 아래와 같은 작품들이 있다.

① 발생기 「사모곡」, 「가시리」, 「상저가」
② 전환기 「서경별곡」, 「정석가」, 「청산별곡」
③ 전성기 「동동」, 「쌍화점」, 「이상곡」, 「만전춘별사」, 「처용가」

가시리

가시라 가시리잇고 나는
ᄇᆞ리고 가시리잇고 나는
위 증즐가 대평셩ᄃᆡ(大平盛代)

날러는 엇디 살라 ᄒᆞ고
ᄇᆞ리고 가시리잇고 나는
위 증즐가 대평셩ᄃᆡ(大平盛代)

잡ᄉᆞ와 두어리마ᄂᆞᄂᆞᆫ
선ᄒᆞ면 아니 올셰라.
위 증즐가 대평셩ᄃᆡ(大平盛代)

셜온 님 모내옵노니 나는
가시ᄂᆞᆫ ᄃᆞᆺ 도셔 오쇼셔 나는
위 증즐가 대평셩ᄃᆡ(大平盛代)

이 노래는 창작 연대와 작자가 알려지지 않은, 사랑하는 임을 떠나보내야만 하는 안타까운 심정을 노래한 고려속요이다. 사랑하는 임을 떠나보내는 여인의 애틋하고 서글픈 자기희생적인 정서가 함축적인 시어로 구사되었고 임과의 재회를 기약하고 있다. 이러한 이별의 정한은 민요인 「아리랑」과 정지상의 한시 「송인」, 황진이의 시조, 김소월의 「진달래꽃」 등에 이어졌다.

간결한 형식에 순 우리말의 소박한 시어로 이별의 정한과 재회에 대한 간절한 기원을 진솔하게 피력한 이 노래는 고려시대에 널리 유행한 민요라 하겠다. 사랑하는 임을 보내는 여인의 애틋하고 서글픈 정서가 함축적인 시어로 구사되고 있으며, 비교적 짧은 시 형식에 여인의 사려 깊은 마음이 잘 드러나 있다.

'애원 → 탄식 → 절재 → 기다림'의 시적 화자의 갈등 해결 구조를 지닌 이 노래는 떠나는 야속한 임을 차마 붙잡지 못하는 여인의 순박한 정서, 이별의 슬픔을 가슴 깊이 묻고 임을 보내야 하는 여인의 정한(情恨)을 여성 화자의 목소리를 빌려서 잘 나타내고 있다. 또, 구전으로 전승되다가 조선시대에 들어와서 『악장가사』에 수록되었으며, 『시용향악보』에는 『귀호곡(歸乎曲)』이라는 명칭으로 그 첫 연만 악보에 기재되어 있다. 노랫말에 남녀의 소박한 사랑과 이별의 내용과는 어울리지 않게 송축의 후렴 '위 증즐가 대평셩딕'가 붙은 것은 이 노래가 궁중의 속악으로 채택되어 국왕 앞에서 불리면서 첨가된 것으로 보인다. '위'는 감탄사, '증즐가'는 악기의 의성어로 악률에 맞추기 위해 삽입한 것으로 각 행이 반복되는 '나는'은 노랫가락에 맞추기 위한 여음(餘音)으로 볼 수 있다.

청산별곡

살어리 살어리랏다
청산애 살어리랏다

멀위랑 다래랑 먹고
청산에 살어리랏다
얄리얄리 얄랑성 얄라리 얄라

울어라 울어라 새야
자고 니러 우러라 새여
널라와 시름 한 나도
자고 니러 우니노라
얄리얄리 얄랑셩 얄라리 얄라

가던 새 가던 새 본다
믈 아래 가던 새 본다
잉 무든 장글란 가지고
믈 아래 가던 새 본다
얄리얄리 얄랑셩 얄라리 얄라

이링공 뎌링공 하야
나즈란 디내와손뎌
오리도 가리도 업슨
바므란 또 엇디호리라
얄리얄리 얄랑셩 얄라리 얄라

청산별곡은 고려가요로 『악장가사(樂章歌詞)』에 전문이 실려 있고, 「시용향악보(時用鄕樂譜)」에는 1연과 곡조가 실려 있다. 「서경별곡」·「쌍화점」과 형식이 매우 비슷하여 일반적으로 고려가요로 본다. 형식은 전편이 8연이고 매 연 4구씩이며 후렴구를 사용하여 운율감을 살리고 있고 매구 3·3·3(2)조의 정형으로 되어 있다. 'ㄹ' 음의 반복과 'ㅇ' 음의 어울림에서 빚어내는 음악성이 대비되었고, 반복법과 상징성이 두드러진다. 작품의 유래를 알 수 없기에 작가가 누군지에 대한 견해와 시에 대한 해석이 다양하다.

작품을 좀 더 자세히 보면 청산별곡은 은둔해도 풀 수 없는 삶의 고뇌를 술로 달래야만 하는 인생고를 우수적인 표현과 음악성으로 잘 융해하고 있다. 제1장에서는 청산에 살겠다는 서정적 자아의 모습을 제 2장에서는 근심이 많은 인물로, 제 3장에서는 이끼 낀 쟁기를 가지고 자기가 갈던 사래를 망연히 바라보는 인물로 구체화된다. 그런 점에서 일단 난리로 인해 삶의 터전에서 쫓겨난 유랑민의 비탄을 노래하였다고 볼 수도 있다. 제 4장의 근심, 제 5장의 슬픔도 같은 맥락에서 생각해 볼 수 있으며, 제 6장은 제 1장과 대응된다. 제 7장에서는 사슴으로 분장한 배우가 장대에 올라 깡깡이를 켜는 모습을 보기도 하고, 제 8장에서는 술로 근심을 잊겠다는 것으로 끝을 맺었다. 그렇지만 근심스런 삶의 연속 속에서도 삶에 대한 포기보다는 낙천적 태도를 보이고 있다

작자에 대해서는 이미지 · 상징성 · 구성 등이 매우 잘 짜여 있으므로 개인 창작으로 보는 견해가 있는 반면, 한글이 만들어지면서 비로소 정착되었으므로 민중 창작으로 보기도 한다. 이 노래의 성격 규정에 관한 견해는 청산에서 머루 · 다래를 따먹고 사는 유랑민의 노래, 민란(民亂)에 참여한 농민 · 노예 · 광대 등의 노래, 실연의 슬픔을 잊기 위해 청산으로 도피하고자 하는 연인의 노래, 왕으로부터 버림받거나 그 밖의 어려움을 잊기 위해 청산을 찾으면서도 삶을 집요하게 좇는 지식인의 노래, 여인의 한과 고독을 담은 노래 등으로 다양하지만, 공통적인 견해는 현실의 시름 때문에 고독하게 살아가는 사람의 노래라고 보는 것이다.

동동

德으란 곰빗예 받즙고 福으란 림빗예 받즙고
德이여 福이라 호놀 나ᄋ라 오소이다
아으 動動다리

正月ㅅ 나릿 므른 아으 어져 녹져 ᄒᆞ논ᄃᆡ
누릿 가온ᄃᆡ 나곤 몸하 ᄒᆞ올로 녈셔
아으 動動다리

二月ㅅ 보로매 아으 노피 현 燈ㅅ블 다호라
萬ㅅ 비취실 즈ᅀᅵ샷다
아으 動動다리

三月 나며 開ᄒᆞᆫ 아으 滿春ᄃᆞᆯ 욋고지여
ᄂᆞᄆᆡ 브롤 즈슬 디녀 나샷다
아으 動動다리

四月 아니 니저 아으 오실서 곳고리 새여
므슴다 錄事니ᄆᆞᆫ 녯 나ᄅᆞᆯ 닛고신뎌
아으 動動다리

五月 五日애, 아으 수릿날 아ᄎᆞᆷ 藥은
즈믄 힐 長存ᄒᆞ샬 藥이라 받ᄌᆞᆸ노이다.
아으 動動다리

六月ㅅ 보로매 아으 별해 ᄇᆞ룐 빗 다호라
도라보실 니믈 젹곰 좃니노이다.
아으 動動다리

七月ㅅ 보로매 아으 百種 排ᄒᆞ야 두고
니믈 ᄒᆞᆫᄃᆡ 녀가져 願을 비ᅀᆞᆸ노이다.
아으 動動다리

八月ㅅ 보로ᄆᆞᆫ 아으 嘉俳 나리마ᄅᆞᆫ
니믈 뫼셔 녀곤 오ᄂᆞᆯ낤 嘉俳샷다.

아으 動動다리

九月 九日애 아으 藥이라 먹논 黃花
고지 안해 드니 새셔가 만ᄒᆞ애라.
아으 動動다리

十月애 아으 져미연 ᄇᆞᆺ 다호라
것거 ᄇᆞ리신 後에 디니실 ᄒᆞᆫ 부니 업스샷다.
아으 動動다리

十一月ㅅ 봉당 자리예 아으 汗衫 두퍼 누워
슬ᄒᆞᆯᄉᆞ라온뎌 고우닐 스싀옴 녈셔.
아으 動動다리

十二月ㅅ 분디남ᄀᆞ로 갓곤 아으 나ᄉᆞᆯ 盤잇 져다호라
니믜 알ᄑᆡ 드러 얼이노니 소니 가재다 므ᄅᆞᅀᆞᆸ노이다.
아으 動動다리

「동동」은 고려시대에 구전되어 내려오다가 조선시대에 문자로 정착된 듯하다. 가사는 한글로 『악학궤범』에, 작품 해설은 『고려사』 악지(樂志) 속악조(俗樂條)에 각각 실려 있다. 내용에 남녀 간의 애정을 그린 것이 많다 하여 고려시대의 속요(俗謠)로 보는 견해가 다수이다. 노래 형식은 전편 13장으로 된 연장체로, 첫머리의 서장(序章)을 제외하고는 달거리(月令體)로 되어 있다. 고려시대부터 이 노래는 아박(牙拍 : 고려시대 궁중 무용의 하나)의 반주가로 불리었다. 민요의 달거리는 달마다 세시풍속(歲時風俗)을 노래의 발판으로 삼고 있는데 보통 1월은 답교(踏橋), 2월은 연등(燃燈), 5월은 단오(端午)를 노래 배경으로 삼고 있다. 이 점은 「동동」도 마찬가지다.

그러나 「동동」은 세시풍속이 달마다 설정되어 있는 것이 아니라, 어떤 달은 확실히 드러나 있고 어떤 달은 무엇을 노래하는지 불확실한 것도 있다. 이 작품에서 2월은 연등, 5월은 단오, 6월은 유두(流頭), 7월은 백중(伯仲), 8월은 추석, 9월은 중양(重陽)을 각각 배경으로 하고 있다. 그러나 1월은 답교, 3월은 산화(散花), 12월은 나례(儺禮)와 관련이 있을 것이라고 추측할 뿐이다.

「동동」은 본디 정초에 그 해 매달의 운수를 점쳐 보는 달불이[月滋 : 콩에 일년의 각 달을 표시하고 수수깡 속에 넣어 우물 속에 집어넣은 뒤 대보름날 새벽에 건져 그 불은 정도로 그 해 매 달의 운수를 점치는 민속] 처럼 월운제의(月運祭儀)였을 것이라는 견해도 있다. 즉, 고려 때 해마다의 국가 행사였던 팔관회(八關會)에서 월운제의를 하며 「동동」을 불렀을 것이라 추측된다. 이 월운제의의 목적이 풍요의 기원에 있었으므로, 한편은 신에게 기도하는 송도(頌禱) · 송축(頌祝)의 내용이 주가 되었을 것이다. 『고려사』에 "동동에는 송도의 말이 많다."(권 71), "선풍(仙風)은 용천(龍天)을 기쁘게 하고 민물(民物)을 안녕하게 한다."(권 81)라고 한 두 기록은 이러한 의미로 풀이될 수 있다.

제1장에서는 '곰배 · 님배'를 대상으로 덕(德)과 복(福)을 송축하고 있다. 제2장 이하의 달거리에서는 '님'을 대상으로 하고 있다. 제2장에서는 정월이 되어 얼었다 녹았다 하는 변화를 겪고 있는 냇물과 변함없이 님이 없어 고독하기만 한 자신을 대조시키고 있다. 제3장에서는 님을 연등의 등불에 견주어 '만인(萬人) 비치실 모습이로다'라고, 제4장에서는 님을 진달래에 견주어 '남이 부러워할 모습을 지니고 나셨다.'라고 하면서 님의 아름다움을 찬송하고 있다. 제5장에서는 여름이 시작되는 4월이면 어김없이 찾아오는 꾀꼬리와 님을 견주어, 님아 찾아주지 않는 자신의 처지를 노래하였다.

제6장에서는 단옷날 아침에 빚은 약을 님에게 바치면서 '천년토록 오래

사시게 할 약이라 바치옵니다'라고 님의 행복을 기원하고 있다. 제7장에서는 유둣날 님을 따라가면서 '돌아보실 님을 적곰(넘어지며 엎어지며) 좇아가옵니다'라고, 제 8장에서는 백중날 여러 음식을 차려 놓고, '님과 함께 살아가고자 소원을 비옵니다'라고 제9장에서는 한가위를 님과 함께 맞이하면서 '님을 모시고 가서 노니 오늘이 한가위로다'라고 님과의 행복을 노래하고 있다.

이와 대조적으로 제11 · 12장에서는 제2 · 5장과 마찬가지로 님을 잃은 고독을 노래하고 있다. 제11장에서는 꺾이어 버려져 아무도 돌보지 않는 보로쇠에다 자기 신세를 견주어 외로움을 노래하고 있다. 제12장에서는 그 울음이 한층 처절해진다. 동짓달 봉당자리에 한삼을 덮고 누워 추위에 떨면서도 '고운 님 생각하며 살아가네'라고 하며 그리움에 몸부림치고 있다. 「동동」의 성격에 대해서는 민요, 벽사진경(辟邪進慶)의 제의가, 남녀 간의 사랑을 노래한 서정시가 등 여러 견해가 엇갈려 있다. 이러한 사실은 이 작품이 지닌 복합적 성격에서 오는 것이다. 본디 민속과 관련된 단순한 민요 혹은 제의가였던 것이 궁중악으로 채택되면서 서정적인 노래로 변모하였다고 보는 것이 타당하다.

'동동'이라는 제목은 매장마다 되풀이되는 후렴구 "아으 동동다리"에서 따온 것이다. '동동'은 북소리의 구음(口音) '동동'을 표기한 것이라는 견해와 '다리' · '두리' 등과 같이 '영(靈)'을 뜻하는 주술어일 것이라는 견해가 있다.

서경별곡

서경(西京)이 아즐가 서경(지금의 평양)이
서경이 셔울히 마르는 서경이 서울이지만
위 두어렁셩 두어렁셩 다링디리

닷곤 딕 아즐가 닭은
닷곤 딕 쇼셩경 고외마른, 닭은 작은 성이 있는 서울을 사랑하지만
위 두어렁셩 두어렁셩 다링디리

여히므론 아즐가 여의기보다는
여히므론 질삼뵈 ㅂ리시고 여의기보다는 길쌈베 버리시고
위 두어렁셩 두어렁셩 다링디리

괴시란딕 아즐가 사랑하신다면
괴시란딕 우러곰 좃니노이다 사랑하신다면 울면서 따르겠습니다
위 두어렁셩 두어렁셩 다링디리

구스리 아즐가 구슬이
구스리 바회예 디신돌 구슬이 바위에떨어진들
위 두어렁셩 두어렁셩 다링디리

긴힛둔 아즐가 끈이야
긴힛둔 그츠리 잇가 나는 끈이야 끊어지겠습니까?
위 두어렁셩 두어렁셩 다링디리 (나는 : 나는. 감탄사)

즈믄힉롤 아즐가 천년을
즈믄힉롤 외오곰 녀신돌 천년을 홀로 다니신들(계신들)
위 두어렁셩 두어렁셩 다링디리

신(信) 잇둔 아즐가 믿음이야
신(信) 잇둔 그츠리잇가 나는 믿음이야 그치겠습니까?
위 두어렁셩 두어렁셩 다링디리

대동강 아즐가 대동강
대동강 너븐 디 몰라셔 대동강 넓은 데 몰라서

위 두어렁셩 두어렁셩 다링디리

ᄇᆡ내여 아즐가 배 내어
ᄇᆡ내여 노ᄒᆞᆫ다 샤공아 배 내어 놓았느냐 사공아
위 두어렁셩 두어렁셩 다링디리

네가시 아즐가 네 각시
네가시 럼난디 몰라셔 네 각시가 바람난 지를 몰라서
위 두어렁셩 두어렁셩 다링디리

녈ᄇᆡ예 아즐가 가는 배에
녈ᄇᆡ예 연즌다 샤공아 가는 배에 얹었느냐 사공아
위 두어렁셩 두어렁셩 다링디리

대동강 아즐가 대동강
대동강 건너편 고즐여 대동강 건너편의 꽃을
위 두어렁셩 두어렁셩 다링디리

ᄇᆡ타들면 아즐가 배 타면
ᄇᆡ타들면 것고리이다 나ᄂᆞᆫ 배 타면 꺾겠습니다.
위 두어렁셩 두어렁셩 다링디리

이 노래는 「가시리」와 함께 이별을 노래한 대표적인 고려가요이다. 1연에서는 사랑하는 임과 이별하기보다는 고향도 생업도 버리고 임의 뒤를 따르겠다는 화자의 간절한 심정을 나타내고 있고, 2연에서는 '구슬'과 '끈'이라는 사랑과 믿음을 나타내는 사물을 통해 임에 대한 변함없는 사랑을 맹세하고 있다. 3연에서는 임을 싣고 떠나는 뱃사공을 원망하며 임과 이별 후 임의 변심을 우려하는 화자의 심경이 나타나고 있다. 한편 이 작품의 화자는 고전시가의 화자가 지닌 소극적이며 순종적인 여성상에서 벗어나 임과의 이별을 적극적으로 거부하는 저돌적이고 직설적인 여인이다.

「서경별곡」은 '이별의 정서'가 주조이다. 한편, 노랫말로 보아서 서경 노래, 구슬 노래, 대동강 노래를 합성하여 이루어진 노래라고 보는 견해도 있다. 제 2연 구슬 노래는 「정석가」의 일부와 일치하고 있으며, 『고려사』 악지에 제목이 보이는 서경 노래와 대동강 노래가, 각기 제 1연과 제 3연을 이루는 것이 아닌가 하는 추측을 하는 것이다.

「서경별곡」의 화자는 적극적이고 솔직하다. 그러한 특징은 제 3연에서 더욱 두드러지는데, 뱃사공에게 거침없이 원망을 퍼붓는 것으로써 임과 헤어지고 싶지 않은 솔직한 마음을 나타낼 뿐만 아니라 임을 향해서는 '강만 건너면 혹시 다른 여인을 사귀지나 않을까?'하는 불안과 질투의 감정을 숨기지 않고 그대로 드러내고 있다. 특히 제 3연에 나타나는 '사공'과 '그의 아내'를 탓하고 비난하는 화자의 모습이나 임이 대동강을 건너가기만 하면 곧 다른 연인에게 정을 주리라고 말하는 서정적 자아의 목소리에서 골계적인 미를 발견할 수 있다.

정석가

딩아 돌하 當今에 계샹이다
딩아 돌하 當今에 계샹이다
先王聖代예 노니ᄋᆞ와지이다

삭삭기 셰몰애 별헤 나ᄂᆞᆫ
삭삭기 셰몰애 별헤 나ᄂᆞᆫ
구은밤 닷되를 심고이다

그바미 우미 도다 삭나거시아
그바미 우미 도다 삭나거시아

有德ᄒᆞ신 님믈 여ᄒᆡᄋᆞ와지이다

玉으로 蓮ㅅ고즐 사교이다
玉으로 蓮ㅅ고즐 사교이다
바회 우희 接柱ᄒᆞ요이다

그고지 三同이 퓌거시아
그고지 三同이 퓌거시아
有德ᄒᆞ신 님 여ᄒᆡᄋᆞ와지이다

므쇠로 텰릭을 ᄆᆞᆯ아 나ᄂᆞᆫ
므쇠로 텰릭을 ᄆᆞᆯ아 나ᄂᆞᆫ
鐵絲로 주롬 바고이다

그오시 다 헐어시아
그오시 다 헐어시아
有德ᄒᆞ신 님 여ᄒᆡᄋᆞ와지이다

므쇠로 한쇼를 디어다가
므쇠로 한쇼를 디어다가
鐵樹山애 노호이다

그 쇼ㅣ 鐵草를 머거아
그 쇼ㅣ 鐵草를 머거아
有德ᄒᆞ신 님 여ᄒᆡᄋᆞ와지이다

구스리 바회예 디신ᄃᆞᆯ
구스리 바회예 디신ᄃᆞᆯ
긴힛ᄃᆞᆫ 그츠리잇가

즈믄ᄒᆡᄅᆞᆯ 외오곰 녀신ᄃᆞᆯ
즈믄ᄒᆡᄅᆞᆯ 외오곰 녀신ᄃᆞᆯ
信잇ᄃᆞᆫ 그츠리잇가

「정석가」는 태평성대(太平聖代)의 구가로 서사(序詞)를 삼고, 2연부터 5연까지 임과 영원히 함께 하고 싶은 소망을 역설적으로 표현한 작품이다. 한편 이 노래는 그 표현 방법이 다른데, 전반부는 비유적인 표현으로, 후반부는 직설적인 표현으로 임에 대한 화자의 사랑과 신의를 나타내고 있다. 이는 고려 가요인 「서경별곡」의 2연과 일치하는 것으로 이 노래가 궁중에서 불리게 되었을 때 첨가된 것으로 추측된다.

이 노래는 사설 외에는 작자와 연대 등 어떠한 배경적 기록이 전하지 않으나, 태평성대와 임금의 만수무강을 기원한 것으로 볼 수 있다. 모래밭에 심은 군밤에서 싹이 튼다거나, 옥으로 새긴 연꽃에서 꽃이 핀다는 등의 불가능한 일을 제시해 놓고, 그런 일이 실현되었을 때 임과 이별하겠다는 것은 사실은 절대로 임과 헤어질 수 없다는 강한 의지의 표현으로, 이러한 비유는 『고려사』 악지에서 고려속악으로 소개하고 있는 「오산관」 노래에 대한 이제현의 『익재난고』 「소악부」에서도 찾아볼 수 있다. 또한 이 노래의 결연은 「서경별곡」에도 들어 있고 이제현의 「소학부」에도 한역(漢譯)되어 있음을 보아, 이 노래가 당시 널리 애송되던 민요였으며 그것이 궁중의 속악 가사로 채용되었다는 사실을 짐작하게 한다.

정읍사

ᄃᆞᆯ하 노피곰 도ᄃᆞ샤
어긔야 머리곰 비취오시라.
어긔야 어강됴리 / 아으 다롱디리

져재 녀러신고요
어긔야 즌ᄃᆡ를 드ᄃᆡ욜셰라.
어긔야 어강됴리

어느이다 노코시라
어긔야 내 가논ᄃᆡ 졈그를셰라.
어긔야 어강됴리 / 아으 다롱디리

정읍사는 백제시대 때 지어진 작자 미상의 가요다. 이 노래의 가사는 『악학궤범』 권5 시용향악정재조(時用鄕樂呈才條)에 실려있다. 시의 형식은 11행이고, 후렴을 뺀 기본 시행만으로 본다면 3연 6구의 형식이 되고, 또 각 연의 음절수가 3음 또는 4음을 바탕으로 하고 있다. '어긔야 어강됴리, 아으 다롱디리'에서 글자수가 3자, 4자의 형식으로 반복된다는 것을 알 수 있다.

정읍사의 내용은 먼저 1연에서 행상을 나가 오래도록 돌아오지 않는 남편의 무사안녕을 달에게 기원하는 간절한 발원으로부터 시작된다. 2연에서는 현실적으로 오래도록 돌아오지 않는 남편의 행방도 소식도 몰라 애태우며, 불안과 의심스러운 생각에 사로잡히려는 자신의 마음을 붙들고자 '전주 저자에나 가 계시는지요'라는 바람으로 마음의 안정시키는 한 여인의 마음이 잘 표현되어 있다. 제3연에서는 남편의 신변에 관한 걷잡을 수 없는 불안과 의구심이 극에 달해, 장사를 해서 버는 돈이나 재물도 필요 없으니 속히 남편이 무사히 돌아오기만을 바라는 간절한 마음이 나타나 있다.

4) 경기체가

(1) 경기체가의 개념

경기체가(景幾體歌)는 고려시대 후기 새로운 이념 세력으로 등장한 신흥사대부들에 의해 형성되어 16세기까지 지속되었던 정형시를 일컫는 시가의 한 양식이다. 경기체가는 엄정한 형식과 독특한 표현 어법으로 여말 선초 문화변동기의 역사적 전환을 주도하였던 신흥사대부 특유의 사유방식을 드러내고 있기 때문에 특징이나 성격이 비교적 선명하다. 그러나 이를 실제로 짓고 노래하던 당대의 향수자들에게는 이것만을 따로 내세워 이름짓는다든가 독자적인 시의 양식으로 구별하여 인식하려는 의식이 별로 없었다. 고전시가가 대부분 그렇듯이, 그 생성력과 전파의 힘은 언어 형식으로서 시보다 음악을 동반한 포괄적 형식으로서 노래에 놓여 있었기 때문에 오늘날 우리의 장르 의식과는 기준부터가 달랐다. 그리하여 고려 후기의 속요나 조선 초기의 악장과 명확한 구별을 짓지 않은 채 다만 궁중음악으로서 아악(雅樂)·당악(唐樂)에 대비되는 속악(俗樂)의 형태로 함께 분류되고 창작되는 일이 대부분이었다.

이러한 까닭으로 문학의 한 양식으로 인식되면서 근대에 들어 붙이기 시작한 이에 대한 명칭은 아직 통일되어 있지 못하다. 관점에 따라 별곡(別曲), 별곡체(別曲體), 별곡체가(別曲體歌) 또는 경기하여가(景幾何如歌), 경기하여체가(景幾何如體歌), 경기체가(景幾體歌) 등 여러 가지로 불리고 있어 자못 혼란을 빚고 있다. 제각기 나름대로 타당한 논리와 근거를 갖고 있기는 하지만, 가장 무난한 명칭은 역시 경기체가로 보아야 할 것이다. 그 이유는 '경기체가'라는 명칭이 이 부류의 장르적 성격을 가장 정확하게 드러내준다는 점, 일반적으로 오늘날 가장 통용되고 있다는 점에 있다.

(2) 경기체가의 형성과 향유 계층

고려 중기 이후 무신집권기에 새로이 나타난 한림별곡류(翰林別曲類)의 경기체가는 당시에 궁중 속악으로 널리 불리어진 속요와 그 형식 및 율격이 매우 비슷하지만, 몇 가지 측면에서 뚜렷한 차이를 보이고 있다. 그것은 작가와 창작 연대가 분명하고 대부분 한자어의 나열로 된 교술적(敎述的)인 내용이며, 상당한 기간 동안 정형성이 유지되었고, 창작 계층의 지향에 영합되어 새로운 창작이 속출하였다는 점이다.

최초의 작품으로 알려진 「한림별곡(翰林別曲)」에서, 제1장에 등장하는 아홉 명의 실존 인물이 당대의 일류 문사나 고관으로서 직접 창작에 관여한 것으로 추정할 때, 이들은 지방의 향리 출신으로서 최씨 무신집권기에 관료로 발탁되어 발랄하고 득의에 찬 생활 속에서 그들의 포부와 꿈을 키워 간 신흥사대부들이다.

그들에 의해 고안된 「한림별곡」이라는 새로운 시가 형식은 약 1세기 후에 안축(安軸)의 「관동별곡(關東別曲)」과 「죽계별곡(竹溪別曲)」으로 이어지고, 조선 초기의 악장으로 대거 계승되면서 서서히 하나의 갈래로 관습화되었고, 차츰 다양한 내용으로 발전해 나갔다.

그렇다면 경기체가라는 양식이 형성된 계기는 무엇이며, 어떠한 선행 양식의 영향으로 창작된 것일까? 지금까지 이루어진 연구는, 첫째 우리 시가의 전통에서 즉 향가의 계승이나 민요(속요)의 영향으로 보는 견해, 둘째 중국 시가의 영향에 관심을 갖고 악부(樂府)나 사(詞) 또는 사륙문(四六文)의 관련 양상에 주목한 견해, 셋째 위의 두 가지를 아울러 포괄하는 견해 등으로 나눌 수 있다. 그 중에서 경기체가를 향가의 후계 양식으로 보는 견해의 주안은, 향가와 경기체가가 모두 당대 상층 지식인의 작품이라는 점과 향가의 낙구(落句)에 해당하는 첩구(疊句)를 경기체가가 지니고 있다는 점, 또 부분적으로 경기체가도 이두(향찰)를 사용하고 있다는 점이다.

그러나 이 시기에는 향가의 전통이 끊어진지 이미 오래되었고, 대부분의 향가가 서정적인 데 비해 경기체가는 교술성이 두드러진 갈래라는 점에서 향가의 정통 후계 양식으로 보기에는 무리가 있다. 따라서 향가보다 민요와의 관련성을 생각해 보는 것이 순리일 듯하다. 오늘날 전하는 속요가 당시 민요를 원형대로 수용한 것이 아니라 하더라도, "가시리 / 가시리 / 잇고 // ᄇᆞ리고 / 가시리 / 잇고"나 "삭삭기 / 셰몰애 / 별헤나ᄂᆞᆫ // 구은밤 / 닷되를 / 심고이다"의 가락은 오늘날의 민요로서 「아리랑타령」이나 「도라지타령」에까지 지속되고 있는 끈질긴 전통성으로 보아, 한시문(漢詩文)이 생활에 배인 그들에게 "元淳文 / 仁老詩 / 公老四六"으로 쉽게 응용될 수 있었을 것이다.

그런데 한시와 한문을 마음대로 구사할 수 있는 신흥사대부들이 구태여 새로운 형태의 노래가 왜 필요하였을까? 그것은 퇴계의 발언, "마음에 느낀 바가 있으면 매양 시로써 나타내지마는 근체시(近體詩)는 고시(古詩)와 달라서 읊을 수는 있어도 노래 부를 수가 없다. 노래로 부르려고 하면 꼭 우리말로 노래를 지어야 한다."로 미루어 한시만으로 충족할 수 없는 노래 부르기 욕구를 위해서 고안되었다고 볼 수 있다. 또 퇴계가 같은 글 서두에서 "대저 우리 동방의 가곡은 대체로 음탕하고 비속한 것이 많아 족히 말할 것이 못 된다."고 한 말을 함께 고려할 때, 당시 노래라고는 속요밖에 없는 실정에서 사설이 저속한 속요를 그대로 부를 수는 없는 일이라, 그 가락은 빌리되 알맹이는 그들의 특기인 한시를 변형하여 그들의 생활과 감정을 담아 만들어 낸 것이라고 볼 수 있다.

새로운 형태의 노래가 고안되자, 신흥사대부의 절실한 가창 의욕을 충족시킬 수 있어서 크게 환영되어 널리 보급되었고, 계속하여 모방 작품이 속출함으로써 사설의 내용도 단순히 풍류나 서경에 그치지 않고 그들의 이념을 교술 하는 송도, 교훈은 물론 찬불, 서정으로 확대됨으로써 작가나 수용자도 신흥사대부는 물론이거니와 불승과 불교도들에게까지 확산되어 갔다.

사실 「한림별곡」이 등장할 무렵에 부를 수 있는 노래는 속요가 주류를 이루었고, 점잖은 노래로서는 고시(古詩)를 집구(集句)하여 만든 「어부가(漁父歌)」와 경기체가밖에 없었다. 그런데 「어부가」의 세계는 내용이 너무 특수하고, 경기체가도 대체로 교술시 위주일 뿐만 아니라, 형식이 너무 구속적인 결함이 있어 후대로 올수록 차츰 전형적인 율격 구조에서 일탈과 함께 내용도 서정적인 것으로 탈바꿈해 갔다.

그것은 초기의 경기체가와 16세기 권호문(權好文)의 「독락팔곡(獨樂八曲)」을 비교해 보면 쉽게 알 수 있다. 그러다가 농암(聾岩)이나 퇴계(退溪)가 새로운 형태의 시가로서 시조를 지어 냈고, 면앙정(俛仰亭)이나 송강(松江)과 같은 대가가 가사를 지어 부르는 전범을 보이자, 교술 기능에서는 가사를 따를 수 없고, 서정시로서는 시조에 미칠 수 없는 경기체가는 자연히 사양길로 접어들 수밖에 없었다.

(3) 경기체가의 형식과 변모 양상

경기체가의 형식과 관련한 연구는 매우 다양한 시각에서 이루어져 왔다. 기본형의 설정과 아울러 형식의 변모 양상을 어떻게 설명하느냐에 따라 조금씩 차이를 보이고 있지만, 형식의 변화에 따른 종류로 기본형, 변격형, 파격형의 분류가 보편적이다. 그러나 기본형을 어떻게 설정하고 무엇을 변형이나 파형으로 보느냐의 문제는 관점에 따라 달라질 수 있다.

경기체가의 기본형을 어떻게 잡느냐 하는 데에는 가장 이른 시기의 작품인 「한림별곡」을 근거로 하여 자수율의 기본형을 제시하는 경우가 많다. 그러나 「한림별곡」만 하더라도 전체 8장에서 동일한 음수율을 가진 엄격한 정형이 유지되는 것은 아니다. 「한림별곡」의 제1 · 2 · 3장의 음수율을 보면 제1·2·5·6·7·8장의 각 3행은 '3, 3, 4 / 4, 4, 4'의 공통 운율을 지니고 있는데 반해, 제3장과 제4장의 제3행은 '4, 4, 4'와는 다른 음수율을 지니고 있다.

제3장 3행 양수필 서수필 빗기드러 (3, 3, 4)
제4장 3행 앵무잔 호박매예 ᄀᆞ득브어 (3, 4, 4)

「한림별곡」에서 가장 정형화된 1·2·3장 조차 어느 정도 가변적인 형식임을 알 수 있다. 여기에 제4행과 제6행이 또한 가변적임을 알 수 있다.

제8장 4행 위 내 가논ᄃᆡ 놈 갈셰라 (위 4, 4)
제1장 6행 위 날조차 몃부니잇고 (위 3, 5)
제6장 6행 위 듣고아 즘드러지라 (위 3, 5)
제7장 6행 위 囀黃鶯 반갑두셰라 (위 3, 5)

제4행과 제6행의 '－景 긔 엇더 ᄒᆞ니잇고'의 경우도 '경(景)' 앞에 대체로 2자 내지 4자의 음수를 지켰으나, 2장의 경우는 '위 註조쳐 내외옶景 긔 엇더 ᄒᆞ니잇고'로 파격적인 양상을 보이고 있다. 따라서 경기체가의 형식 또한 시조나 가사와 같은 다른 시가의 형식처럼 절대적인 정형이 아니라 가변적인 형태의 정형성을 지니고 있다고 보아야 할 것이다.

경기체가의 3음보나 4음보, 1연의 6행 형식, 전절과 후절의 구분 등은 속요의 특성과 다를 바 없는 공통적인 요소들이다. 안축(安軸)의 「관동별곡(關東別曲)」이나 「죽계별곡(竹溪別曲)」의 모방작을 거쳐 조선 초기에 악장으로 유사 형식들이 창작되면서 경기체가의 틀이 인식되기 시작한 것이다. 고려시대와 조선 초기의 경기체가 작품들이 공통적으로 지닌 형식만을 추출해 보면, 모두가 연장체(聯章體 ; 疊聯)로 이루어졌다는 점, 한 장(章)이 주로 6행으로 구성되어 있다는 점, 제1 · 2 · 3행은 3음보이며 주로 '3, 3, 4 / 3, 3, 4 / 4, 4, 4'의 음수가 많다는 점, 제5행은 '4, 4, 4, 4' 또는 '4, 4'의 음보와 음수로 구성되어 있다는 점, 제4행과 제6행은 '－景 그엇더 ᄒᆞ니잇고'의 형태이나 우리말로의 변형도 있다는 점 등이다.

그러나 이와 같은 정형의식을 지닌 문학 양식에서도 정형의 작품들을 찾기가 쉽지 않다. 「한림별곡」에서조차 일정하지 않던 음수율이 조선 초기의 몇 작품에서 어느 정도 형태를 의식하였음을 알 수 있다. 「화산별곡(華山別曲)」, 「연형제곡(宴兄弟曲)」, 「오륜가(五倫歌)」, 「성덕가(聖德歌)」, 「구월산별곡(九月山別曲)」 등 다섯 작품은 아래에 제시한 것처럼 동일한 정형을 가지고 있다. 특히 「구월산별곡」은 개인의 창작이지만, 작가 유영(柳潁)은 태조대에서 세종대까지 중앙에서 벼슬(대사헌, 예조참판)을 한 관료로서 당대의 경기체가에 정통하였던 것으로 보인다.

3, 3, 4 / 3, 3, 4 / 4, 4, 4 / 위 －景 긔엇더 ᄒᆞ니잇고
4, 4, 4, 4, / 위 －景 긔엇더 ᄒᆞ니잇고

그러나 이를 정형의 기본적인 틀로 잡더라도 자수(字數)의 자유로움을 지니고 있는 「한림별곡」, 「관동별곡」, 「죽계별곡」을 정형에서 벗어난 것으로 보기에는 문제가 있고, 「상대별곡(霜臺別曲)」 또한 종장인 제5장이 4행의 우리말 문장으로 파격을 취하였으나, 제1장에서 제4장까지는 기본형을 그대로 유지하고 있으며, 성종대 정극인(丁克仁)의 「불우헌곡(不憂軒曲)」도 제1장에서 제6장까지는 기본형인 반면 종장인 제7장을 3행으로 마무리하고 있다. 이는 정형성에 대한 의식이 없었다기보다 문학적으로 종장의 다양한 변화를 의도한 것으로 보인다.

파격형으로 볼 수 있는 것들은 각 장의 6행이 파괴되고 자유롭게 장과 행이 구성된 후기의 작품들이다. 「축성수(祝聖壽)」를 경기체가로 볼 수

없다는 견해도 있다. 그러나 각 장이 2행으로 구성되었지만, '偉−景 何如'라는 둘째 행을 사용하고 있음은 경기체가의 특성을 인식하고 창작하였기에 경기체가로 보아야 할 것이다. 그래야만 주세붕(周世鵬)의 「도동곡(道東曲)」, 「육현가(六賢歌)」, 「엄연곡(儼然曲)」, 「태평곡(太平曲)」 등과 같이 한 장이 2·3행으로 구성된 작품들도 경기체가로 볼 수 있는 동일한 근거가 마련된다.

「축성수」의 음악은 「한림별곡」의 음악과 달리, 「정동방곡(靖東方曲)」과 마찬가지로 「서경별곡」의 가락에 「축성수」의 가락을 얹어 불렀을 것으로 추정된다. 그러나 주세붕의 작품들은 「한림별곡」의 음악이 소실된 후대에 도덕을 선양하기 위해 자의적으로 지은 파격형의 읽는 문학인 것으로 보인다.

시의 형식에 있어서 「정동방곡」이나 한문악장이나 「축성수」는 비슷한 양식이다. 그러나 경기체가의 장르 명칭에서부터 그 개념을 '−景 그 엇더ᄒᆞ니잇고'란 구절을 주된 형식으로 약속한 이상, 다른 형식이 거의 파괴되었더라도 이 구절만 유지된 형태의 작품까지를 경기체가의 장르 범주에 넣을 수밖에 없다.

(4) 경기체가의 작품 세계

앞서 살펴보았듯이, 경기체가의 형식적 특성을 연장체 시가라는 점, 전대절과 후소절로 되어 있다는 점, 제1~3행은 3음보격, 제4~6행은 4음보격으로 된 6행시라는 점, 제4행과 제6행은 '위−景 긔 엇더ᄒᆞ니잇고'로 4음보를 이루는 것이 원칙이라는 점, 제1·2행은 3, 3, 4란 음수율에, 제5행은 4, 4, 4란 음수율에 매우 익숙하다는 점으로, 장르적 성격을 교술시가라는 것으로 요약할 수 있다.

같은 시대의 속요가 서정시가임에 비해, 경기체가는 실제로 존재하는 작품 외적 세계상을 작품 내에 그대로 옮겨 놓았을 뿐, 작품에서 특별히 창조한 것을 찾을 수 없으며, 작품화되기 이전에 가졌던 문자 그대로의 외면적 의미를 제시하는 데 그칠 뿐이다. 그런데 이러한 특성도 「한림별곡」을 위시한 초기의 몇몇 작품에서 추출한 결론일 뿐, 후기로 올수록 교술성이 상대적으로 약화되고 차츰 대상 세계를 내면화 및 주관화하는 서정성이 강화됨과 동시에 엄격한 율격적 통제를 벗어난 작품이 나오고 자유스러운 형태를 취하는 경향이 두드러진다.

따라서 경기체가는 교술성과 서정성의 복합적 성격을 가진 장르로서 초기에는 교술성을 지향하다가 후기에 올수록 서정성이 우세하여진 것으로 파악할 수 있다. 12세기 초에 여러 선비들이 풍류의 마당에서 돌림노래로 즉흥적으로 불리어졌을 법한 「한림별곡」은 약 100년 뒤에 안축에 의하여 개인 창작의 선례를 보인 이후, 각 시대 상황이나 작가의 처지에 따라 다양한 내용을 담으면서 율격과 형식도 차츰 변모되어 갔다. 오늘날 경기체가로 인정받고 있는 대표적인 작품을 사례로 들어 살펴보겠다.

가. 한림별곡

元淳文 仁老詩 公老四六
李正言 陳翰林 雙韻走筆
冲基對策 光鈞經義 良鏡詩賦
위 試場ㅅ景 긔 엇더ᄒᆞ니잇고
(葉) 琴學士의 玉笋門生 琴學士의 玉笋門生
위 날조차 몃 부니잇고.

「제1장」

唐漢書 莊老子 韓柳文集)
李杜集 蘭臺集 白樂天集
毛試尙書 周易春秋 周戴禮記
위 註조쳐 내 외올 景 긔 엇더ᄒᆞ니잇고

(葉) 大平廣記 四百餘卷 大平廣記 四百餘卷
위 歷覽ㅅ景 긔 엇더ᄒᆞ니잇고

「제2장」

唐唐唐 唐秋子 早莢남긔
紅실로 紅글위 ᄆᆡ요이다
혀고시라 밀오시라 鄭少年하
위 내 가논ᄃᆡ 남 갈셰라
(葉) 削玉纖纖 雙手ㅅ 길헤 削玉纖纖 雙手ㅅ길헤
위 携手同遊ㅅ景 긔 엇더ᄒᆞ니잇고

「제8장」

「한림별곡」은 고려 고종 3년(1216)에 한림제유(翰林諸儒)가 지은 전체 8장의 경기체가이다. 가사의 내용은 시부(試賦), 서적(書籍), 명필(名筆), 명주(名酒), 화훼(花卉), 음악(音樂), 누각(樓閣), 추천(鞦韆) 등에 투영된 사대부의 자부심을 담고 있다. 경기체가 최초의 작품으로 고려시대의 속악가사로 사용되었으며, 형식은 정격이다. 그렇지만 제1 · 6 · 7장의 제6행과 제8장의 제4행이 정격의 형식과 율격에서 벗어나 있다. 조선시대까지 속악의 형태로 향유되어 『악장가사(樂章歌詞)』나 『대악후보(大樂後譜)』 등에 실리게 되었다. 흔히 예문관(藝文館)의 신임자 축하연에서 이 노래를 부르는 것이 관습화되기도 하였다. 조선 중기에 이르러 퇴계로부터 퇴폐적이며 현실도피적인 노래라고 비판받기도 하였으나, 오늘날 경기체가류(景幾體歌類)의 전범으로 인정받고 있는 작품이다.

나. 관동별곡

海千重 山萬疊 關東別境
碧油幢 紅蓮幕 兵馬營主
玉帶傾盖 黑槊紅旗 鳴沙路애

위 巡察ㅅ景 그엇더ᄒᆞ니잇고
朔方民物 慕義趨風
위 王化中興ㅅ景 그엇더ᄒᆞ니잇고

「제1장」

三日浦 四仙亭 奇觀異迹
彌勒堂 安祥渚 三十六峯
夜深深 波瀲瀲 松梢片月
위 고온양ᄌᆡ 난이슷ᄒᆞ요이다
述郎徒ᄋᆡ 六字丹書
위 萬古千秋에 尙分明ᄒᆞ요이다

「제4장」

「관동별곡」은 안축(安軸)이 고려 충숙왕 17년(1330)에 강원도존무사(江原道存撫使)의 임기를 마치고 한양으로 돌아오는 길에 관동지방의 절경을 읊은 전체 9장의 경기체가이다. 서사(序詞)인 순찰경(巡察景)을 비롯하여 학성(鶴城), 청석정(叢石亭), 삼일포(三日浦), 영랑호(永郎湖), 낙산사(洛山寺), 강릉(江陵), 삼척(三陟), 정선(旌善)의 절경을 차례대로 그려내고 있다. 형식은 정격으로 볼 수 있으나, 각 장의 제5행이 2음보격으로 정격이 갖는 반복을 생략하였다. 또한 제3 · 4장의 제4 · 6행과 제5 · 6 · 7 · 8장의 제6행이 정격의 형식과 율격에서 다소 벗어나 있다.

다. 상대별곡

華山南 漢水北 千年勝地
廣通橋 雲鐘街 건너드러
落落長松 亭亭古栢 秋霜烏府
위 萬古淸風ㅅ景 긔 엇더ᄒᆞ니잇고
(葉) 英雄豪傑 一時人才 英雄豪傑 一時人才

위 날조차 몃부니잇고

「제1장」

鷄既鳴 天欲曉 紫陌長堤
大司憲 老執義 臺長御史
駕鶴驂鸞 前呵後擁 辟除左右
위 上臺ㅅ景 긔 엇더ᄒᆞ니잇고
(葉) 싁싁한뎌 風憲所司 싁싁한뎌 風憲所司
위 振起頹綱ㅅ景 긔 엇더ᄒᆞ니잇고

「제2장」

「상대별곡」은 권근(權近)이 조선 정종 원년(1399)에서 태종 9년(1409) 사이에 지은 전체 5장의 경기체가이다. 내용은 사헌부(司憲府)의 위풍에 대한 칭송을 비롯하여 사헌부 관원의 등청(登廳)과 집무하는 모습 및 퇴청(退廳) 후에 벌이는 놀이 등이다. 형식은 제1장에서 제4장까지 정격이나, 제5장이 완전 파격이다.

라. 화산별곡

華山南 漢水北 朝鮮勝地
白玉京 黃金闕 平夷通達
鳳峙龍翔 天作形勢 經緯陰陽
위 都邑ㅅ景 긔 엇더ᄒᆞ니잇고
太祖太宗 創業貽謀 太祖太宗 創業貽謀
위 持守ㅅ景 그 엇더ᄒᆞ니잇고

「제1장」

止於慈 止於孝 天性同歡
止於仁 止於敬 明良相得
先天下憂 後天下樂 樂而不淫

위 侍宴ㅅ景 그 엇더ᄒᆞ니잇고
天生聖主 父母東人 天生聖主 父母東人
위 萬歲를 누리쇼서

「제7장」

「화산별곡」은 변계량(卞季良)이 세종 7년(1425) 4월에 창작한 전체 8장의 경기체가이다. 여러 악부에 실려 궁중의 연향에서 향유되었다. 내용은 왕도(王都)의 위대함, 왕실과 국가의 태평함, 우문정치(右文政治)의 정당성, 강무(講武)로서 국토방위, 무일(無逸)의 정경, 등람(登覽)의 아름다움, 시연(侍宴)의 광경, 조선 왕업의 영원함 등이다. 형식은 정격이되 제5·6·7장의 제6행이 정격의 형식과 율격을 벗어나 있다.

마. 가성덕 · 축성수

於皇明 受天命 聖繼神承
履九五 大一統 撫綏萬邦
日月所照 霜露所墜 莫不來庭
偉 四海一家景何如
帝德廣運 覃被九圍 帝德廣運 覃被九圍
위 四海一家景 何如

「가성덕, 제1장」

我朝鮮 在海東 殷父師 受周封
偉 永荷皇恩景 何如

「축성수, 제1장」

두 작품은 세종 11년(1429) 6월에 예조에서 새로 지은 악장 계통의 경기체가이다. 「가성덕(歌聖德)」은 전체 6장으로 구성되어 있고, 「축성수(祝聖壽)」는 전체 10장으로 구성되어 있다. 「가성덕」은 조선의 건국에 정당성을 부여한 명나라 황제의 공덕에 대한 칭송의 내용이며, 「축성수」는 명나라 황제의 성수(聖壽)를 기원하는 동시에 황은을 사례하는 내용이다. 일종의 사대악장(事大樂章)으로 볼 수 있다. 형식은 「가성덕」이 정격이되 제2장에 후소절(後小節)이 없고, 「축성수」는 완전 파격이다. 「축성수」의 각 장은 2행으로 구성되어 있는데, 제1행은 4보격(제5 · 6장은 3보격), 3, 3, 3, 3의 음절수(제5 · 6장은 4, 4, 4,의 음절수)이며, 제2행은 1장에서 10까지 '偉 永荷皇恩景 何如'를 동일하게 후렴으로 사용하고 있다.

바. 오륜가 · 연형제곡

男有室 女有家 天定其配
納雙雁 合二姓 文定厥祥
情勢好合 如鼓瑟琴 夫唱婦隨
위 和樂ㅅ景 긔 엇더ᄒᆞ니잇고
百年偕老 死則同穴 百年偕老 死則同穴
위 言約ㅅ景 긔 엇더ᄒᆞ니잇고

「오륜가, 제4장」

父生我 母育我 同氣連枝
免襁褓 著斑爛 竹馬嬉戱
食必同案 遊必共方 無日不偕
위 相愛ㅅ景 긔엇더ᄒᆞ니잇고
良智良能 天賦使然 良智良能 天賦使然
위 率性ㅅ景 긔 엇더ᄒᆞ니잇고

「연형제곡, 제1장」

두 작품은 세종 14년(1432)을 전후하여 예조(禮曹)에서 새로 지은 악장 계통의 경기체가이다. 「오륜가(五倫歌)」는 전체 6장으로 구성되어 있고, 「연형제곡(宴兄弟曲)」은 전체 5장으로 구성되어 있다. 두 작품 모두 제목을 통해 알 수 있듯이, 유교적인 윤리와 도덕을 선양·강조하려는 교도적(教導的)인 내용을 담고 있다. 형식은 모두 정격이다.

사. 불우헌곡

耕田食 鑿井飮 不知帝力
賞良辰 設賓筵 兄弟朋友
談笑之間 不遑他及 孝悌忠信
偉 樂且有義景 何叱多
舞之蹈之 歌詠聖德 舞之蹈之 歌詠聖德
偉 祈天永命景 何叱多

「제4장」

樂乎伊隱底 不憂軒伊亦
樂乎伊隱底 不憂軒伊亦
偉 作此好歌消遣世慮景 何叱多

「제7장」

「불우헌곡」은 정극인(丁克仁)이 성종 원년, 그의 나이 70세에 창작한 경기체가이다. 행사간원(行司諫院)의 벼슬을 물리고 향리인 태인(泰仁)으로 돌아와 동몽(童蒙)을 모아 학문을 전수하자, 성종이 3년(1472)에 특가삼품산관(特加三品散官)의 영예를 내린 데 대한 성은의 표현으로 창작하였다. 전체 7장으로 구성되어 있으며, 내용은 유학자로서 자족한 자기생활의 흥취와 자신의 영광 및 성은의 감격 등이다. 형식은 제6장까지 정격이나, 제7장은 완전 파격이다.

아. 화전별곡

天地涯 地之頭 一點仙島
左望雲 右錦山 봉내고내

山川奇秀 鍾生豪俊 人物繁盛
위 天南勝地ㅅ景 긔 엇더ᄒᆞ니잇고
風流酒色 一時人傑 風流酒色 一時人傑
위 날조차 몃분이신고

「제1장」

綠波酒 小麴酒 麥酒濁酒
黃金鷄 白文魚 柚子盞 貼匙臺예
위 ᄀᆞ득 브어 勸觴景 긔 엇더ᄒᆞ니잇고
鄭希哲氏 過麥田大醉 鄭希哲氏 過麥田大醉
위 어ᄂᆡ 제 슬플 저기 이실고

「제6장」

「화전별곡」은 김구(金絿)가 을사사화에 휘말려 남해(南海)로 유배를 가서 지은 전체 6장의 경기체가다. 내용은 남해의 풍경과 인물의 찬양, 산수간(山水間)에서 기녀들과 시주(詩酒)로 자족하는 풍류인의 멋 등이다. 한 장의 행수는 제1장에서 제4장까지는 6행, 제5 · 6장은 5행으로 구성되어 있다. 형식과 율격은 제2장의 제5행, 제3장의 제3 · 6행, 제4장의 제3 · 5 · 6행, 제5장의 제3행이 변격을 이루고 있으며, 제6장은 완전 파격이다. 이러한 파격은 「상대별곡」과 「불우헌곡」의 종장과 맥락을 잇고 있다.

자. 독락팔곡

太平聖代 田野逸民 太平聖代 田野逸民
耕雲麓 釣烟江이 이 밧긔 일이 업다
窮通이 在天ᄒᆞ니 貧賤을 시름ᄒᆞ랴
玉堂金馬ᄂᆞᆫ 내의願이 아니로다
泉石이 壽域이오 草屋이 春臺라
於斯臥 於斯眠 俯仰宇宙 流觀品物ᄒᆞ야
居居然 浩浩然 開襟獨酌

岸幘長嘯景 긔 엇더ᄒᆞ니잇고

「제1장」

「독락팔곡」은 이이(李珥)의 제자인 권호문(權好文)이 그의 나이 30세인 명종 16년(1561)에 진사시에 합격하고 전야(田野)에 묻혀 한가로이 지낼 때 창작한 전체 7장의 경기체가이다. 흔히 「독락곡(獨樂曲)」이라고 하며, 경기체가의 마지막 작품으로 알려져 있다. 내용은 자연을 벗 삼아 즐기는 유유자적하며 고고한 생활과 그것에 대한 심회 등이다. 형식은 완전 파격으로 각 장의 행수는 제1 · 6장이 8행, 제2 · 4장이 7행, 제3 · 5장이 9행, 제7장이 11행으로 구성되어 있으며, 각 장의 끝에 '−景 긔 엇더ᄒᆞ니잇고'가 붙어 있다. 이 상투어만 빼고 나면 경기체가보다 가사 형식에 더욱 가까운 작품이다.

5) 악장

(1) 악장의 개념

악장은 조선시대 궁중에서 종묘제향(宗廟祭享) 때 부르던 송축가(訟祝歌)이다. 조선 건국 및 문물제도(文物制度)를 찬양하는 것으로 일색하고 있으며, 달리 '악부(樂府)'라고도 한다. 조선 건국이 천명(天命)에 의한 사업이었음을 주지시키기 위해 창업주(創業主)의 공덕을 찬양하고, 임금의 만수무강(萬壽無疆)과 자손의 번창을 축원하며, 후대 임금을 권계(勸戒)하는 내용이다.

악장은 4구 2절의 형식으로 경기체가의 영향을 받아 이루어진 특권계급의 과장적인 문학이다. 주로 한시의 형식을 이어받은 한문계의 악장이 중심이지만, 국문계의 악장도 있다. 그러나 국문계 악장도 「용비어천가(龍

飛御天歌)」나 「월인천강지곡(月印千江之曲)」 이외에는 대부분이 한시에 토를 단 정도이다. 정도전(鄭道傳)이 지은 「문덕곡(文德曲)」과 「무공곡(武功曲)」은 태조 이성계의 공덕을 찬송한 것으로 한문에 한글 토만 달았고, 하륜(河崙)의 「근천정(覲天庭)」과 「수명명(受明命)」은 태종이 즉위하기 전에 중국 명나라에 가서 명제(明帝)의 봉례(奉禮)를 받아온 것과 또한 태종이 사대(事大)의 예를 다하니 천자가 명명인장(明命印章)과 면복(冕服)을 주었던 일을 읊고 있는데, 순한문체로서 『시경(詩經)』의 아송체(雅頌體)를 그대로 본뜬 것에 지나지 않는다.

악장은 조선 전기에 주로 발달하였으나, 특권 귀족층이 전유한 문학형태로서 얼마 안가서 소멸되었다. 악장의 범주에 드는 작품으로는 그밖에도 경기체가적 성향이 강한 정도전의 「납씨가(納氏歌)」, 「정동방곡(靖東方曲)」, 「신도가(新都歌)」, 권근(權近)의 「상대별곡(霜臺別曲)」, 변계량(卞季良)의 「화산별곡(華山別曲)」, 윤회(尹淮)의 「봉황음(鳳凰吟)」 등이 있고, 또 작자 미상인 「축성수(祝聖壽)」, 「성덕가(聖德歌)」, 「유림가(儒林歌)」, 「오륜가(五倫歌)」, 「연형제곡(宴兄弟曲)」 등이 있다.

(2) 악장의 제작 배경

정도전 등 신흥사대부의 추대 형식으로 역성혁명에 성공한 조선 왕조는 건국 직후부터 민심을 수습하고 정치를 쇄신하기 위하여 척불숭유(斥佛崇儒)의 국시(國是)를 내걸고 새바람을 일으키는 방편으로서 예악(禮樂)의 정비에 온 힘을 쏟았다. 한마디로 예는 질서 확립을 위한 것이고, 악은 민심 융화를 위한 것인데 예악으로 치국함은 유교입국의 정치이상이었던 것이다.

정도전은 그의 『조선경국전(朝鮮經國典)』 예전총서(禮典總序) 조에서 "주상전하는 위로는 하늘에 호응하고 아래로는 인민에 순응하여 왕위에 오른 뒤에 옛일을 상고하여 나라를 경륜하니, 모든 사물이 질서가 잡혀서 조화를 이루기 시작하였다. 그러므로 이제야말로 예악이 일어날 시기인 것이다."라고 하고, 또 같은 책 악(樂) 조에서는, "악이란 올바른 성정에서 근원하여 성문(聲文)을 빌어서 표현하는 것이다. 종묘의 악은 조상의 거룩한 덕을 찬미하기 위한 것이고, 조정의 악은 군신간의 장엄하고 존경함을 극진히 하기 위한 것이다"고 하여 새로운 악장 제작의 필요성과 적시성(適時性)을 강조하면서 스스로 악장을 지어 시범을 보이자, 많은 공신문관들의 추종이 따랐던 것이다.

다음에 작가와 내용적 특성을 살피기 위하여 주요한 작품을 열거하면 다음과 같다.

- 정도전(鄭道傳) – 몽금척(夢金尺), 납씨가(納氏歌), 정동방곡(靖東方曲), 신도가(新都歌), 문덕곡(文德曲) 등.
- 권근(勸近) – 천감(天監), 화산(華山), 신묘(新廟), 상대별곡(霜臺別曲) 등.
- 하륜(河崙) – 수명명(受明命), 조선성덕가(朝鮮盛德歌), 한강시(漢江詩), 도인송덕곡(都人頌德曲) 등.
- 변계량(卞季良) – 문명지곡(文明之曲), 무열지곡(武烈之曲), 자전지곡(紫殿之曲), 화산별곡(華山別曲) 등.
- 윤회(尹淮) – 봉황음(鳳凰吟).
- 권제(勸踶), 정인지(鄭麟趾), 안지(安止) 등 – 용비어천가(龍飛御天歌).
- 세종(世宗) – 월인천강지곡(月印千江之曲).
- 작자 미상 – 유림가(儒林歌), 감군은(感君恩) 등.

우선 작가를 훑어보면, 대개가 개국공신이나 고관대작 또는 학자라는 것을 알 수 있다. 그들은 신흥사대부로서 새 왕조의 중추적 세력이었으며, 새 나라의 운명은 그들의 운명과 직결되어 있었다. 따라서 왕조의 존엄성과 권위를 높이고 질서를 바로잡고 민심의 귀순을 도모하는 일이 무엇보다 시급하였다. 결국 감화력과 호소력이 강한 갖가지 노래 형식을 동원하여 새 왕조의 기반을 다지는 데 열을 올림은 너무나 당연한 일이었다.

노래의 내용은 제목만 보아도, 한마디로 창업을 구가하고 수성(守成)을 규계한 것인데, 천명사상(天命思想)과 지리도참설(地理圖讖說)까지 동원하여 군왕의 비범한 문덕(文德)과 무공(武功)을 칭송하며, 하늘이 내신 성군(聖君)을 모시고 하늘이 점지한 새 터전에서 찬란한 문물제도를 갖추고 성은(聖恩)에 감격하면서, 축복 받은 이 나라를 길이 보전하기 위해서는 경천근민(敬天勤民)을 게을리 하지 않아야 할 것을 강조한 교술적인 내용이다. 따라서 이들 작품 속에는 어떤 갈등이나 비판의식은 자리할 여지가 없는 숭고한 우아미(優雅美)의 표출인 것도 특색이라고 할 수 있을 것이다.

이와 같은 노래가 조선 건국으로부터 성종(成宗) 때까지 약 1세기를 풍미하다가 정치 및 사회 체제가 확립되고 국가 기반이 안정되자 선동적이고 교술적인 노래의 새로운 창작은 뜸해지고, 태평성대를 구가하는 보다 서정적인 경향으로 바뀌게 된 것도 자연스러운 추세라고 할 수 있다.

(3) 악장의 유형과 형식

악장은 아악 · 당악 · 향악 등 음악적 형식에 따라, 제향(祭享)이나 연향(宴享) 등 행사의 성격에 따라 그 원류나 형태가 다양하다. 그래서 악장의 유형은 구조적 차이나 성격보다 언어형식에 따른 표기체계상의 차이를 중심으로 분류할 때 그 특징이 더욱 잘 드러난다. 우선 한문과 국문이라는 두 언어체계에 따라 각기 시적 전통을 달리하기 때문에, 악장이 보이는 여러 가닥의 형식적 연원을 체계적으로 살필 수 있는 이점이 있다. 그리고 한글의 창제로 획득한 말과 글의 일치 현상이 악장의 장르 형성에 작용하고 있는 양상을 밝힐 수 있는 이점까지도 있다. 이에 따라 악장은 크게 세 가지 유형으로 나날 수 있다. 한문악장(漢文樂章)과 국문악장(國文樂章), 그리고 한시에다 우리말로 된 토를 단 현토악장(懸吐樂章)이다.

가. 한문악장

한문악장은 악장의 본래 영역이라고 할 수 있다. 음악적인 관점에서 볼 때, 악장이라는 말은 원래 모든 제향과 일부의 연향에서 쓰는 한문가사를 일컫는 용어이기 때문이다. 따라서 양적으로나 음악적인 비중으로나 한문악장은 조선 초기 악장의 중심 위치를 차지하고 있다. 정도전, 하륜, 변계량 등이 대표적인 작가이고, 4언구 중심의 시경체(詩經體)와 장단구(長短句) 중심의 초사체(楚辭體)가 대표적인 형식이다. 그러나 조선 초기 시가의 대표적 장르로서 악장을 본다면, 한문악장은 오히려 중심 위치에서 벗어나 장르의 형성에 영향을 미치는 보조적 위치에 놓일 뿐이다. 이러한 관점에서 주목되는 한문악장은 시경체나 장단구와 같은 정통 형식의 악장보다 오히려 우리말 시가의 영향을 받아 이루어진 후렴구 형식의 다음과 같은 한문악장들이다.

- 정동방곡(靖東方曲) : 정도전, 태조 2년(1393), 5장, 3 · 3 · 3 · 3 형식, 偉 東王德盛.
- 천권곡(天眷曲) : 변계량, 세종 원년(1418), 5장, 3 · 3 · 3 · 3 형식, 偉 萬壽無疆.
- 응천곡(應天曲) : 변계량, 세종 7년(1425), 10장, 3 · 3 · 3 · 3 형식, 荷天福祿.
- 축성수(祝聖壽) : 예조, 세종 11년(1429), 10장, 3 · 3 · 3 · 3 형식, 偉 永荷皇恩景何如.
- 악장종헌(樂章終獻) : 예조, 성종 2년(1417), 5장, 3 · 3 · 3 · 3 형식, 偉 吾東德盛.

이들은 모두가 3언 4구(또는 6언 2구)의 한시에 특정한 후렴구를 붙인 분절형식과 여러 연이 거듭되는 연장형식으로 이루어져 있다. 이러한 형식은 우리말 시가의 형식적 원리를 수용한 조선 초기 한문악장의 새로운 모습임에 틀림없다. 특히 후렴구의 형태를 중심으로 본다면 「축성수」는 경기체가의 영향을 받아서, 나머지는 고려속요의 영향을 받아서 이루어진 것임을 확신할 수 있다.

나. 국문악장

국문악장은 각종 연회에서 주로 당악과 향악으로 불리어진 노래의 우리말 가사로서, 한문악장에 비하면 작품수에 있어 비교가 안 될 만큼 적다. 그러나 이 역시 조선 건국과 더불어 일찍부터 창작되기 시작하였고, 「용비어천가(龍飛御天歌)」나 「월인천강지곡(月印千江之曲)」과 같은 방대한 장편이 창작된 사실에 비추어 그 비중은 결코 가볍지 않다. 지금까지 알려진 작품을 모두 들면 다음과 같다.

- 신도가(新都歌) : 정도전, 태조 연간, 단련형, 악장가사 수록.
- 신도형승곡(新都形勝曲) : 하륜, 태종 14년(1414), 8장, 가사 부전.
- 도인송수곡(都人頌壽曲) : 하륜, 태종 14년(1414), 8장, 가사 부전.
- 유림가(儒林歌) : 작자 미상, 세종 24년(1443) 이전, 6장, 악장가사 수록.
- 감군은(感君恩) : 작자 미상, 세종 24년(1443) 이전, 4장, 악장가사 수록.
- 용비어천가(龍飛御天歌) : 정인지 등, 세종 27년(1447), 125장, 용비어천가 수록.
- 월인천강지곡(月印千江之曲) : 세종, 세종 29년(1449), 580여 장, 월인석보 수록.

비록 예외가 있기는 하지만, 국문악장 역시 연장형식과 분절형식이 지배적인 구조화 원리로서 작용하고 있다. 주목되는 사실은 이들 형식이 크게 두 가지 다른 양상을 보이고 있어 장르 형성의 과정을 살피는 데 중요한 단서를 제공하고 있는 점이다. 비교적 앞 시기의 작품인 「신도가」, 「유림가」, 「감군은」의 형식은 속요의 형식과 일치한다. 10장 내외의 연장 형식은 물론, 일정한 수의 행을 기조로 하여 이에 후렴구(또는 낙구)를 덧붙이는 연 구성방식은 속요의 분절형식과 동일하다. 그러면서도 이러한 형식을 통해 드러내는 작품의 세계는 속요와 전혀 다르다. 이는 「화산별곡」과 같은 경기체가 형식을 취하는 이 시기의 작품들이 경기체가로서의 장르적 성격을 그대로 지키고 있는 것과는 대조적인 현상으로 속요의 형식을 수용하여 새로운 장르로 변용시켜 나가는 과정을 보여주는 좋은 예가 된다.

이에 비해 후기의 작품이라고 할 「용비어천가」와 「월인천강지곡」에 오면 또 다른 국면을 보인다. 구조화의 원리를 같은 연장형식과 분절형식에 두면서도 속요의 영향권을 벗어나 전혀 새로운 형식을 만들어내고 있기 때문이다. 우선 10장 이내의 연장형식이 이에 이르러 100여 장을 훨씬 넘어서는 장편화의 현상을 보이고 있다. 분절형식에 있어서도 뒷절이 후렴구나 낙구의 성격을 완전히 이탈하여 앞 절과 대등한 자격으로까지 상승하기에 이른다.

> 狄人ㅅ 서리예 가샤 / 狄人이 ᄀᆞᆯ외어늘 / 崎山 올ᄋᆞ샤도 하ᄂᆞᆶ ᄠᅳ디시니
> 野人ㅅ 서리예 가샤 / 野人이 ᄀᆞᆯ외어늘 / 德源 올ᄋᆞ샤도 하ᄂᆞᆶ ᄠᅳ디시니
>
> 「용비어천가, 제4장」

그리하여 각 3행의 앞뒤 두 절이 대등한 자격으로 철저히 병치되는 위의 예문과 같은 형식을 이룬다. 여기에 이르러 악장은 비로소 그 자체의 독자적인 형식을 갖추게 되는 것이다.

다. 현토악장

현토악장은 형식상 한문악장과 국문악장의 중간적 성격을 지니는, 특이한 위치에 있는 악장이다. 이 유형에 드는 작품은 창작이 아니더라도 기존의 작품(한시)에 우리말 토를 달아서 얼마든지 만들어 쓸 수 있으므로 작품세계가 보이는 독자성보다 한시를 국문시가화하는 형태적 이행의 과정이 더 주목을 끈다. 우선 이 시기에 창작된 현토악장의 목록부터 보면 다음과 같다.

- 문덕곡(文德曲) : 정도전, 태조 2년(1398), 전체 4장, 7언 6구, 분절형식(낙구).
- 납씨가(納氏歌) : 정도전, 태조 2년(1398), 전체 4장, 5언 4구.
- 정동방곡(靖東方曲) : 정도전, 태조 2년(1398), 전체 5장, 3언 4구(6언 2구), 분절형식(후렴구).
- 봉황음(鳳凰吟) : 윤회, 세종 연간, 단련형, 7언.
- 북전(北殿) : 작자 미상, 세종 연간, 단련형, 7언.
- 경근곡(敬勤曲) : 예조, 세조 연간, 전체 9장, 5언 4구, 분절형식(낙구).

세종 때의 「봉황음」과 「북전」은 7언시로 꼭 맞아떨어지지 않음에 비추어 처음부터 현토악장으로 창작되었을 가능성이 크다. 그러나 세종 이전 정도전의 「문덕곡」, 「납씨가」, 「정동방곡」은 원래 한문악장으로 창작되었던 것을 뒤에 현토악장으로 바꾼 작품들이다. 이로 미루어 현토악장은 훈민정음의 창제와 더불어 본격적으로 만들어지기 시작하였다고 볼 수 있다. 두보(杜甫)의 7언절구 「증화경(贈花卿)」을 현토하여 1장으로 만든 「횡살문(橫殺門)」이나 고려시대부터 있었던 「관음찬(觀音讚)」이 현토화된 것도 이때부터라고 본다면, 훈민정음 창제가 악장의 장르 형성에 끼친 영향은 대단히 크다고 할 수 있을 것이다. 더욱이 「문덕곡」, 「경근곡」, 「횡살문」 같은 작품들은 원사(原詞)를 현토악장으로 바꾸는 중요한 형식

변용의 원리를 전통적인 분절형식에 두고 있어 특히 주목을 요한다. 이들은 모두가 4구나 6구로 된 원사에 낙구나 후렴구를 덧붙이는 방식에 의해 현토악장을 만들고 있다. 예를 든다면 「문덕곡」의 개언로장(開言路章)은 7언 6구체의 한문악장을 다음과 같은 방식으로 현토악장화시키고 있다.

태조실록 권4. 악학궤범 권5.

法宮有嚴深九重 → 法宮이 有嚴深九重ᄒᆞ니
一日萬機紛其叢 → 一日萬機 紛其叢ᄒᆞ샤다
君王要德民情通 → 君王이 要德民情通ᄒᆞ샤
大開言路達四聰 → 大開言路 達四聰ᄒᆞ시다
開言路臣所見 → 開言路 臣所見가
我后之德與舜同 → 我后之德이 與舜同ᄒᆞ샤다
아으 我后之德이 與舜同ᄒᆞ샤다

물론 이러한 형식 변용은 음악적인 해명이 있어야 그 실상을 완전히 해명할 수 있을 것이다. 그러나 이 정도의 사실만으로도 국문악장이나 일부의 한문악장과 마찬가지로 대부분 그 형식적 원리를 연장형식과 분절형식에 두고 있음을 추론하는 데는 지장이 없다. 따라서 음악적인 의미에서 조선 초기의 악장은 그 형식적 전통을 여러 갈래에 두고 있어 어느 하나로 묶어내기가 거의 불가능하지만, 국문시가 장르로서는 어느 정도까지 묶어낼 수가 있다. 여러 가닥에 원류를 두고 있더라도, 그 형식적 원리를 연장형식과 분절형식에 두고 있다는 사실은 악장을 하나의 장르로 묶어내는 데 있어 중요한 통일성의 근거가 될 수 있기 때문이다.

(4) 악장의 작품 세계

악장의 중심 담당층은 15세기의 신생 조선 왕조를 건국하고 그 기틀을 확고히 다져나간 신흥사대부 가운데 핵심 관료층으로서 정도전, 하륜, 변계량, 권근, 윤회 등 당시의 권신이면서 문병을 잡은 이들이다. 작품의 내용은 고려 후기의 혼란과 모순을 극복하고 새 왕조의 건설을 이룩한 창업주나 왕업을 찬양하고, 그들의 성덕을 기리는 내용이 중심을 이루고 있다. 따라서 이러한 주제에 걸맞은 표현 효과를 획득하기 위하여 문체에 있어서 문어체적 성격을 보이고, 시적 정조에 있어서 장중함과 외경스러움을 짙게 드러내며, 기존 양식의 수용에 있어서도 근엄한 한시양식이나 찬양 및 과시에 적절한 경기체가양식을 집중적으로 선택하되, 혹은 속요양식을 택하더라도 그 후렴구를 경기체가의 그것과 혼합하든가(감탄사 偉로 시작되는 후렴양식), 삭제하여 새롭게 변화시키고 있다. 앞서 악장의 유형을 살펴본 바, 악장의 대표적인 작품을 선별하면 다음과 같다.

가. 몽금척

惟皇鑑之孔明兮 吉夢協于金尺 淸者毛髦矣兮 直其戇 緊有德焉是適
帝用度吾心兮 …… 彌于千億

「몽금척」은 태조 2년(1393)에 정도전이 지은 한문악장이다. 흔히 「금척무(金尺舞)」라고도 한다. 태조가 왕이 되기 전 꿈에 하늘에서 금척을 받든 신인(神人)이 내려와 금척을 주고 곧 왕위에 오를 것을 알렸다는 내용을 무용화한 것으로, 『악학궤범(樂學軌範)』에 당악정재(唐樂呈才)로 소개되어 있다. 한편 고려 공민왕 17년(1368) 봄에 명나라의 황제가 사직(社稷)에 제사지내고, 동년 겨울에 원구(圓丘)에서 하늘에 제사지내면서 지었다는 악장이 「원구악장」이다. 이 작품의 첫 구절이 초사체(楚辭體)로 되어 있는데, 위의 「몽금척」이 초사체로 일관하고 있다. 악장의 초기 형태로서 한문악장이 중국의 악장으로부터 영향을 받았다는 근거가 되고 있다.

나. 신도가

네는 楊洲ㅣ ᄀᆞ올히여 디위예 新都形勝이샷다
開國聖王이 聖代를 니르어샷다
잣다온뎌 當今景 잣다온뎌
聖壽萬年ᄒᆞ샤 萬民의 咸樂이샷당
아으 다롱디리
알픈 漢江水여 뒤흔 三角山이여
德重ᄒᆞ신 江山 즈으메 萬歲를 누리쇼셔

「신도가」는 정도전이 지은 국문악장으로 지리도참설을 배경으로 삼고 있다. 성지(聖地)가 드디어 성군(聖君)을 만났으니, 성대(聖代)를 이루어 만민(萬民)이 만세(萬歲)토록 복락(福樂)을 누릴 것이라는 칭송과 기원으로 이루어진 송수적 성격의 악장이다. 얼핏 보아 한시의 현토나 번역 같은 인상은 주지 않으나, 일관된 율격은 발견할 수 없고, 여러 가지 노래의 성격이 잡다하게 섞인 것처럼 보인다. 구체적으로 보건대 단련형의 형태를 취하고 있으면서도, 변형이 되기는 하였지만 경기체가의 '-景 그 엇더ᄒᆞ니잇고'와 속요의 '아으 다롱디리'를 취하고 있다.

다. 횡살문

錦城絲管이 日紛紛ᄒᆞ니 半入江風 半入雲이로다
此曲이 只應天上有ㅣ니 人間에 能得幾時聞고
아으 太平曲調를 泰明君하ᅀᆸ노이다

「횡살문」은 두보(杜甫)의 절구 「증화경」의 전문, 즉 "錦城絲管日紛紛 / 半入江風半入雲 / 此曲只應天上有 /人間能得幾時聞"을 현토하고 다시 하나의 첨가구를 후렴처럼 덧붙인 국문악장이다. 전체적으로 시조 형식과 흡사함을 느낄 수 있다. 조선 초기의 국문악장은 신흥사대부의 한시적(漢

詩的) 교양과 속요의 형식과 조사법(措辭法)을 빌고, 유교적 이념을 담아, 한시→현토→번역이라는 과정을 거침으로써 차츰 우리말 사용이 세련되어지면서 「신도가」, 「유림가」, 「감군은」 등의 실험적인 과도기적 작품을 낳고, 마침내 「용비어천가」나 「월인천강지곡」 같은 서사적인 성격의 송시(頌詩)에까지 이른 것이라고 할 수 있다.

라. 유림가

五百年이 도라 黃河ㅅ므리 몱가
聖主ㅣ 中興ᄒᆞ시니 萬民의 咸樂이로다
五百年이 도라 沂水ㅅ므리 몱가
聖主ㅣ 中興ᄒᆞ시니 百穀이 豐登ᄒᆞ샷다
(葉) 我窮且樂 窮且窮且樂아
浴乎沂 風乎舞聘 詠而歸호리라
我窮且樂아 窮且窮且樂아

「1장」

珠履三千客과 青衿七十徒와
杳矣千載後에 豈無其人이리오
黃閣三十年과 青風一萬古와
我與房與杜로 終始如一호리라
(葉) 我窮且樂 窮且窮且樂아
浴乎沂 風乎舞聘 詠而歸호리라

「5장」

「유림가」는 조선 창업의 위업을 송축하고 유림들의 '궁차락(窮且樂)'을 칭송한 전체 6장의 국문악장이다. 『악학편고(樂學便考)』에는 고려속악장(高麗俗樂章)에 편입되어 있으나, 내용과 형식으로 미루어 조선 초기에 창작된 듯 하다. 「상대별곡」이 관인의 득의에 찬 뽐냄의 노래라면, 「유림가」는 유학자가 태평성대를 맞아 근심과 불만 없이 시화연풍을 구가한 노래이다. 후렴에서 “아 궁차 궁차락”이라는 음향 효과를 살린 것이 특징이다. 그런데 이 노래의 제1장을 볼 때, 비교적 정연한 4음보격으로 율독할 수 있고, ‘엽(葉)’을 뺀 2절 4구의 병렬구조는 「용비어천가」의 여느 장과 크게 다르지 않다. 그리고 제1장만으로서는 이것이 현토체나 번역체가 아니라고 보겠으나, 제5장을 볼 때 이 작품도 현토체 또는 잠재적 번역체라고 할 수 있다. 따라서 「용비어천가」도 국문시가로 표출되었지마는 작가의 머릿속에서는 한시적 발상이 선행하고, 그것을 번역하면서 지어나간 작품이라고 유추할 수 있다.

마. 감군은

四海 바닷기픠는 닫줄로 자히리어니와
님의 德澤 기픠는 어늬 줄로 자히리잇고
享福無疆ᄒᆞ샤 萬歲를 누리쇼셔
享福無疆ᄒᆞ샤 萬歲를 누리쇼셔
一竿明月이 亦君恩이샷다

「1장」

「감군은」은 제작 연대 및 작가가 미상이나, 『대악후보(大樂後譜)』, 『악장가사(樂章歌詞)』, 『양금신보(梁琴新譜)』 등 여러 가집에 실려 전하는 것으로 보아, 당대 연향이나 제향에서 두루 향유되었을 것으로 보이는 작품이다. 작품의 내용은 일반적인 관점에서 은혜를 사해의 깊이와 넓이, 그리고 태산의 높이로서도 미칠 수 없다고 전제하고, 임금의 향복(享福)과 무강(無疆)을 기원하는 동시에 자신의 안락한 생활이 지속되기를 기원하고 있다. 그리고 임금에 대한 일편단심을 맹세하는 것으로 마무리하고 있다. 전체적으로 「정석가」의 분위기와 흡사하며, 후렴을 뺀 본사 2행은 「용비어천가」의 구조와 유사하다. 한편 후렴에 쓰인 “享福無疆ᄒᆞ샤 萬歲

를 누리쇼셔"는 맹사성, 이현보, 송순 등의 시조에서 흔히 발견할 수 있는 관용구이다.

바. 용비어천가

海東六龍이 ᄂᆞᄅᆞ샤 일마다 天福이시니
古聖이 同符ᄒᆞ시니

「1장」

불휘 기픈 남ᄀᆞᆫ ᄇᆞᄅᆞ매 아니 뮐ᄊᆡ
곶 됴코 여름 하ᄂᆞ니
ᄉᆡ미 기픈 므른 ᄀᆞᄆᆞ래 아니 그츨ᄊᆡ
내히 이러 바ᄅᆞ래 가ᄂᆞ니

「2장」

「용비어처가」는 조선 건국의 정당성을 강조하고 후대 왕들을 권계하기 위해 지은 훈민정음으로 된 최초의 작품이다. 내용은 조선 건국의 유래가 유구함과 조상들의 성덕을 찬송하고, 태조의 창업이 천명에 따른 것임을 밝힌 다음 후세의 왕들에게 경계하여 자손의 보수(保守)와 영창(永昌)을 비는 뜻으로 이루어져 있다. 매장 2행에 매행 4구로 되어 있으나, 1장이 3구이고 125장이 9구로 된 것만은 예외이다. 3장에서 109장까지는 대개 첫 절에 중국 역대 제왕의 위적(偉蹟)을 칭송하였고, 다음 절에 태조의 4대 조상인 목조 · 익조 · 도조 · 환조와 태조 · 태종 등 6대 임금의 사적(事蹟)을 읊고 있다. 110장에서 124장까지는 '물망장(勿忘章)'이라 하여 "닛디 마쇼셔"로 끝마친다. 「용비어천가」는 한글로 된 최초의 작품이라는 점에서 문학사에서 주목된다. 또한 이규보의 「동명왕편」을 이은 왕조 서사시로서 건국신화적 의미도 내포하고 있어 중요한 가치를 지니며, 15세기 국어 연구의 귀중한 자료가 되고 있다.

사. 월인천강지곡

[其一] 巍巍釋迦佛 無量無邊 功德을 劫劫에
어느 다 ᄉᆞᆯᄫᆞ리

[其二] 世尊ㅅ일 ᄉᆞᆯ보리니 萬里外ㅅ일이시나
눈에 보논가 너기ᅀᆞᄫᆞ쇼셔
世尊ㅅ말 ᄉᆞᆯ보리니 千載上ㅅ말이시나
귀예 듣논가 너기ᅀᆞᄫᆞ쇼셔

「월인천강지곡」은 세종 29년(1447)에 왕명에 따라 수양대군(首陽大君)이 소헌왕후(昭憲王后)의 명복을 빌기 위하여 『석보상절(釋譜詳節)』을 지어 올리자 세종이 석가의 공덕을 찬송하여 지은 노래이다. '월인천강지곡(月印千江之曲)'이란, 부처가 나서 교화한 자취를 칭송한 노래라는 뜻으로, 상 · 중 · 하 3권에 500여 수의 노래가 수록되어 있다. 이는 「용비어천가」와 아울러 훈민정음으로 표기된 한국 최고(最古)의 가사이다. 내용은 위의 서두를 시발로, 제3장부터 석가의 전생 일로부터 그가 현세에 왕자로 태어나 출가 성불하게 된 전후 사실이 초월적인 것과 일상적인 것의 흥미로운 대조로 전개되어 나간다. 그런데 「월인천강지곡」의 제작은 「용비어천가」의 선례를 따르면서도 몇 가지 다른 점이 있다. 한시의 대역이 없고 다른 사실과의 무리한 대비도 없이, 다만 석가의 전기를 일관성 있게 서술해 나갔기 때문에 통일성이 있고 서사적 구조가 한결 더 긴밀한 작품이라고 할 수 있다. 그러나 찬송된 그 사실을 구체적으로 알기 위해서는 『석보상절』을 참조해야 하기 때문에 그런 편의를 위해서 이 두 책을 합본 재편집하여 『월인석보』로 다시 간행하였다.

6) 시조

시조(時調)는 지금도 창작되고 있는, 전통적인 가락에 맞춘 정형시이다. 한국문학의 독자적인 시가갈래다. 개화기(開化期)까지의 시조를 현대시조와 구별하기 위해 '고시조(古時調)'라고 일컫기도 한다. 시조가 언제 싹텄는지는 정확히 말하기 어렵지만, 고려 말(高麗末)에 이르러 완전하게 틀이 잡힌 형태로 나타나는 것을 보면 이미 그 이전부터 지어졌던 노래로 짐작된다.

시조는 초 · 중 · 종(初中終) 3장 6구(三章六句)로 되어 있다. 그 종류로는 평시조, 엇시조, 사설시조가 있는데, 평시조는 우리가 흔히 아는 45자 안팎의 시조를 말하고, 엇시조는 종장을 제외한 어느 한 구절이 정형보다 길어진 시조를 말하고, 사설시조는 평시조보다 긴, 사설시조로 노래한 시조를 말한다. 그리고 2수 이상의 평시조를 한 제목으로 묶은 작품을 연시조(連時調)라 한다.

시조의 내용은 매우 다양하여, 자연과 인생의 모든 면이 고루 나타나 있다. 조선 전기의 시조는 대개 사대부들의 강호한정(江湖閑情)의 노래가 주를 이루었고, 조선 후기의 시조는 작가층이 평민에까지 확대되면서 인간의 적나라한 생활 감정을 노래하고 있다. 그리고 일반 평민에서부터 임금에 이르기까지 두루 시조를 짓고 읊었다는 점에서, 시조는 국문학의 대표적인 노래라고 할 수 있다.

시조 시인으로는 정철(鄭澈), 윤선도(尹善道), 황진이(黃眞伊), 김천택(金天澤), 김수장(金壽長), 안민영(安玟英) 등이 있으며, 시조집으로는 김천택이 편찬한 『청구영언(靑丘永言)』, 김수장이 편찬한 『해동가요(海東歌謠)』, 박효관 · 안민영이 편찬한 『가곡원류(歌曲源流)』 등이 유명하다.

「강호사시가」 – 맹사성

강호(江湖)에 봄이 드니 미친 흥이 절로 난다
탁료계변에 금린어 안주로다
이 몸이 한가히옴도 역군은(亦君恩)이샷다.

강호에 녀름이 드니 초당(草堂)에 일이 없다
유신(有信)한 강파(江波)는 보내누니 ᄇ람이다
이 몸이 서늘히옴도 역군은(亦君恩)이샷다.

강호에 ᄀ올이 드니 고기마다 솔져 있다
소정(小艇)에 그물 시러 흘리 띄여 더뎌 두고
이 몸이 소일(消日)히옴도 역군은(亦君恩)이샷다.

강호에 겨월이 드니 눈 기픠 자히 남다
삿갓 빗기 쁘고 누역으로 오슬 삼아
이 몸이 칩지 아니히옴도 역군은(亦君恩)이샷다.

「강호사시가」는 맹사성의 작품으로 그가 벼슬에서 물러나 향리(鄕里)에서 한가한 생활을 보낼 때 지은 작품으로, 자연을 즐기며 임금의 은혜를 생각하는 마음이 계절별로 한 수씩 표현되어 있다. 사시한정가(四時閒情歌)라고도 하며 현전하는 연시조 가운데 첫 작품이다.

「강호사시가」는 자연 속의 삶을 노래하는 이른바 강호가(江湖歌)로 불리는 시조의 원류이다. 이 연시조를 이루고 있는 4수의 시조는 모두 초장에서 사계절의 특징, 그 중에서도 계절의 풍요로움을 읊었고, 중장에서는 술을 즐기는 모습, 강바람을 쐬는 유유한 모습, 배를 타고 즐기는 모습, 삿갓을 빗기 쓴 모습 등 안빈낙도하는 군자의 삶을 서술하였다. 그리고 종장에서는 이 모두가 임금의 은혜임을 강조하고 있다. 전원으로 물러나 한가한 생활을 누리면서도 임금의 은혜를 인지 않는 점에서 태평성대에 유유자적하는 사대부의 전형적인 모습을 볼 수 있다.

「도산십이곡」 – 이황

언지(言志)

(1) 이런ᄃᆞᆯ 엇더ᄒᆞ며 뎌런ᄃᆞᆯ 엇다ᄒᆞ료
초야 우생(草野愚生)이 이러타 엇더ᄒᆞ료
ᄒᆞᄆᆞᆯ려 천석 고황(泉石膏肓)을 고텨 므슴ᄒᆞ료

(2) 연하(煙霞)로 지블 삼고 풍월(風月)로 버들사마 [2]
태평 성대(太平聖代)예 병(病)으로 늘거나뇌
이듕에 바라ᄂᆞᆫ 이른 허믈이나 업고쟈

(3) 순풍(淳風)이 죽다ᄒᆞ니 진실(眞實)로 거즈마리
인생(人生)이 어디다 ᄒᆞ니 진실(眞實)로 올ᄒᆞᆫ 마리
천하(天下)애 허다 영재(許多英才)를 소겨 말ᄉᆞᆷᄒᆞᆯ가

(4) 유란(幽蘭)이 재곡(在谷)ᄒᆞ니 자연(自然)이 듣디 됴해
백운(白雲)이 재산(在山)ᄒᆞ니 자연(自然)이 보디됴해
이 듕에 피미일인(彼美一人)을 더옥 닛디 몯ᄒᆞ애

(5) 산전(山前)에 유대(有臺)ᄒᆞ고 대하(臺下)애 유수(有水)ㅣ로다
ᄣᅦ 만ᄒᆞᆫ ᄀᆞᆯ며기ᄂᆞᆫ 오명가명 ᄒᆞ거든
엇디다 교교 백구(皎皎白鷗)ᄂᆞᆫ 머리 ᄆᆞᄉᆞᆷ ᄒᆞᄂᆞᆫ고

(6) 春風에 화만산(花滿山)ᄒᆞ고 추야(秋夜)애 월만대(月滿臺)라
사시가흥(四時佳興)ㅣ 사ᄅᆞᆷ과 ᄒᆞᆫ가지라
ᄒᆞᄆᆞᆯ며 어약연비 운영천광(漁躍鳶飛 雲影天光)이아 어늬 그지 이슬고

언학(言學)

(1) 천운대(天雲臺) 도라드러 완락제(玩樂齊) 소쇄(簫洒)ᄒᆞᆫ듸
만권 생애(萬卷生涯)로 낙사(樂事)ㅣ 무궁(無窮)ᄒᆞ얘라
이 듕에 왕래 풍류(往來風流)를 닐어 무슴ᄒᆞᆯ고

(2) 뇌정(雷霆)이 파산(破山)ᄒᆞ야도 농자(聾者)ᄂᆞᆫ 몯 듣ᄂᆞ니
백일(白日)이 중천(中天)ᄒᆞ야도 고자(瞽者)ᄂᆞᆫ 몯 보ᄂᆞ니
우리는 이목총명남자(耳目聰明男子)로 농고(聾瞽)ᄀᆞᆮ디 마로리

(3) 고인(古人)도 날 몯 보고 나도 고인(古人) 몯 뵈
고인(古人)를 몯 뵈도 녀던 길 알ᄑᆡ 잇ᄂᆡ
녀던 길 알ᄑᆡ 잇거든 아니 녀고 엇뎔고

(4) 당시(當時)예 녀던 길흘 몃ᄒᆡ를 ᄇᆞ려 두고
어듸 가 ᄃᆞᆫ니다가 이제사 도라온고
이제나 도라오나니 년듸 ᄆᆞᅀᆞᆷ 마로리

(5) 청산(靑山)ᄂᆞᆫ 엇뎨ᄒᆞ야 만고(萬古)애 프르르며
유수(流水)ᄂᆞᆫ 엇뎨ᄒᆞ야 주야(晝夜)애 긋디 아니ᄂᆞᆫ고
우리도 그치디 마라 만고 상청(萬古常靑) 호리라

(6) 우부(愚夫)도 알며 ᄒᆞ거니 긔 아니 쉬운가
성인(聖人)도 몯다 ᄒᆞ시니 긔 아니 어려운가
쉽거나 어렵거낫 듕에 늙ᄂᆞᆫ 주를 몰래라

「도산십이곡」은 이황이 향리(鄕里) 안동에 도산서원(陶山書院)을 세우고 후진을 양성하며 자신의 심경을 읊은 12수의 연시조이다. 전 6곡 '언지(言志)'는 자연에 묻혀 사는 뜻을, 후 6곡 '언학(言學)'은 학문 수양의 길을 노래하였다.

「도산십이곡」은 율곡의 「고산구곡가」와 쌍벽을 이루는 연시조로서, 자연귀의의 삶을 노래하는 가운데 유교적 보편 가치를 지향하고 있어 관념적 성향이 짙다. 이 작품에 등장하는 대부분의 자연물, 예컨대 '유란(幽蘭), 백운(白雲), 백구(白駒)' 등은 유교적 인격을 상징함으로써 개성적, 창조적인 심상이 아니라 이념적 가치를 표상하는 매개물로 쓰였기 때문이다.

'언지(言志)'는 지은이가 자연과 더불어 사는 뜻이 어디에 있는가를 표현하고 있다. 먼저 1곡에서는 강호에 살겠다는 강한 의지를, 2곡에서는 태평을 누리는 가운데 허물이나 없고자 하는 소망을 표현하였다. 그리고 3곡은 성악설(性惡說)을 경계하면서 천하 영재를 교육하겠다는 뜻을 내포하고 있으며, 4 · 5곡에는 천석고황으로 강호에 살고 있지만 임금을 잊지 못하는 화자의 마음이 암시되어 있다. 이처럼 자연 속에서도 임금을 생각하고 학문 연구의 의지를 버리지 않고 있다. 요컨대 화자가 자연과 더불어 사는 듯이 도(道)의 완성을 지향하는데 있음을 말하고 있는 것이다.

'언학(言學)' 6수는 한마디로 학문의 즐거움과 의지를 표백한 것이다. 먼저 7곡에서 학문의 즐거움을 말한 뒤, 9곡에는 학문의 길이 옛 성현들을 본받는 데 있음을 노래하였다. 그리고 10곡에서는 잠시 학문의 길(녀던 길)에서 벗어나 벼슬길을 좇았던 일을 후회하면서, 오로지 학문에 몰두할 것을 다짐하고 있다. 11곡에는 '청산'과 '유수'의 영원성을 본받아 학문과 진리의 세계에 영원히 살고 싶은 마음을 토로하였고, 마지막으로 12곡에서 학문의 길이 무궁무진함을 말하고 있다.

「고산구곡가」 — 이이

(1) 고산 구곡담(九曲潭)을 사람이 모르드니
주모복거(誅茅卜居)하니 벗님네 다 오신다.
어즈버 무이(武夷)를 상상하고 학주자(學朱子)를 하리라.

(2) 일곡(一曲)은 어드메오 관암(冠巖)에 해 비췬다.
평무(平蕪)에 내 걷은이 원근이 그림이로다.
송간(松間)에 녹준(綠樽)을 놓고 벗오는 양 보노라

(3) 이곡(二曲)은 어드메오 화암(花巖)에 춘만(春滿)커다
벽파(碧波)에 꽃을 띄워 야외로 보내노라.
사람이 승지(勝地)를 모로니 알게 한들 엇더리.

(4) 삼곡(三曲)은 어드메오 취병(翠屛)에 닙 퍼졋다.
녹수에 산조(山鳥)는 하상기음(下上其音)하는 적의
반송(盤松)이 수청풍(受淸風)하니 녀름 경(景)이 업세라

(5) 사곡(四曲)은 어드메오 송애(松崖)에 해 넘거다.
담심암영(潭心巖影)은 온갓 빛이 잠겻세라.
임천(林泉)이 깁도록 됴흐니 흥을 겨워 하노라.

(6) 오곡(五曲)은 어드메오 은곡(隱曲)이 보기 됴해
수변정사(水邊精舍)는 소쇄(瀟灑)함도 가이 없다.
이 중에 강학(講學)도 하려니와 영월음풍 하오리다.

(7) 육곡(六曲)은 어드메오 조협(釣峽)에 물이 넓다
나와 고기와 뉘야 더욱 즐기는고
황혼에 낙대를 메고 대월귀(帶月歸)를 하노라.

(8) 칠곡(七曲)은 어드메오 풍암(楓巖)에 추색(秋色) 됴타
청상(淸霜)이 엷게 치니 절벽이 금수(錦繡) ㅣ로다
한암(寒巖)에 혼자 앉아서 집을 잊고 잇노라.

(9) 팔곡(八曲)은 어드메오 금탄(琴灘)에 달이 밝다.
옥진금휘(玉軫金徽)로 수삼곡을 노론 말이

고조(古調)를 알리 없으니 혼자 즐겨 하노라.

⑽ 구곡(九曲)은 어드메오 문산(文山)에 세모(歲暮)커다
기암괴석이 눈 속에 무쳐세라
유인(遊人)은 오지 아니 하고 볼 것 없다 하더라

「고산구곡가」는 율곡 이이가 황해도 해주의 석담(石潭)에 은거하면서 후학들을 가르치던 때, 그 곳 고산(高山) 아홉 굽이의 아름다운 자연을 벗하며 학문에 정진하는 즐거움을 노래한 10수의 연시조이다.

「고산구곡가」에 등장하는 모든 소재들은 조화와 자족(自足)의 경지에 이바지하고 있다. 고통과 불화와 절망의 그림자는 어디에도 찾아볼 수 없다. 지은이는 즐거운 정감을 교감할 수 있는 매개물들을 소재로 채택하고 있다. 마지막 구절인 '유인(遊人)은 오지 아니 하고 볼 것 없다 하더라'에서조차 책망의 태도라기보다 포용하려는 태도가 함축되어 있어, 그것은 한마디로 달인(達人)의 경지라고 할 수 있다. 이러한 정신적 경지는 「도산십이곡」과 그 지향점이 같은 것이다. 그러나 관념적 표현에서 크게 벗어나지 못한 「도산십이곡」에 비하여, 「고산구곡가」는 함축성과 형상성이 뛰어나 언어 예술로서의 가치 면에서 더 우수하다고 할 수 있다.

「고산구곡가」에서 서시에 해당하는 1수에서는 작품을 지은 동기를 노래하고, 2~10수에서는 관암, 화암, 취병, 송애, 은병, 조협, 풍암, 금탄, 문단 등 구곡(九曲)의 정취를 노래하였다. 이 구곡의 명칭은 지명과 아울러 경관을 표현하는 어휘로도 해석되는 이중적 의미의 공간이다. 또 배경시간을 살펴보면, 완벽하지는 않지만 6수(5곡)을 핵으로 하여 대응되는 구조이다. 5곡에 시간성이 배제된 것은 종장에 나와 있는 강학과 영월음풍이 화자의 삶의 모든 시간대에 해당되는 사실임을 시사하기 위한 기법이라고도 할 수 있다.

「훈민가」 – 정철

아바님 날 나ᄒᆞ시고 어마님 날 기ᄅᆞ시니
두 분 곳 아니면 이 몸이 살아시랴
하늘ᄀᆞᄐᆞᆫ ᄀᆞ업ᄉᆞᆫ 은덕을 어ᄃᆡ 다혀 갑ᄉᆞ오리.

님금과 백성과 사이 하늘과 따히로되
내의 셜운 일을 다 아로려 하시거든
우린들 살진 미나리를 홈자 엇디 먹으리.

형아 아우야 네 살을 만져 보와
뉘손대 타나관대 양재조차 같으슨다
한 젖 먹고 길러나이셔 닷마음을 먹디 마라.

어버이 살아신 제 섬길 일란 다하여라
지나간 후면 애닯아 엇지하리
평생에 고쳐 못할 일이 이뿐인가 하노라.

한 몸 둘에 난화 부부를 삼기실샤
이신 제 함께 늙고 죽으면 한 데 간다
어디서 망녕읫 것이 눈 흘기려 하나뇨.

간나희 가는 길흘 사나희 에도듯이,
사나희 녜는 길흘 계집이 치도듯이,
제 남진 제 계집 하니어든 일홈 묻디 마오려.

네 아들 효경(孝經) 읽더니 어도록 배홧느니
내 아들 소학은 모래면 마츨로다
어느 제 이 두 글 배화 어질거든 보려뇨.

마을 사람들아 옳은 일 하자스라

사람이 되어나서 옳지옷 못하면
마소를 갓 곳갈 싀워 밥 먹이나 다르랴.

팔목 쥐시거든 두 손으로 받치리라
나갈 데 겨시거든 막대 들고 좇으리라
향음주(鄕飮酒) 다 파한 후에 뫼셔 가려 하노라.

남으로 삼긴 중에 벗같이 유신(有信)하랴
내의 왼일을 다 닐오려 하노매라
이 몸이 벗님곳 아니면 사람됨이 쉬울가.

어와 저 조카야 밥 없이 어찌 할고
어와 저 아자바 옷 없이 어찌 할고
머흔 일 다 닐러사라 돌보고저 하노라.

네 집 상사들흔 어드록 찰호슨다
네 딸 서방은 언제나 마치느슨다
내게도 없다커니와 돌보고져 하노라.

오늘도 다 새거다 호미 메고 가쟈스라
내 논 다 매여든 네 논 졈 매여 주마
올 길에 뽕 따다가 누에 먹여 보자스라.

비록 못 입어도 남의 옷을 앗디 마라
비록 못 먹어도 남의 밥을 비지 마라
한적곳 때 실은 휘면 고쳐 씻기 어려우니.

상륙(象陸) 장긔 하지 마라 송사 글월 하지 마라
집 배야 무슴 하며 남의 원수 될 줄 어찌
나라히 법을 세우샤 죄 있는 줄 모르난다.

이고 진 저 늙은이 짐 풀어 나를 주오
나는 저멋거니 돌이라 무거울가
늙기도 설웨라커든 짐을조차 지실가.

송강 정철이 45세 때(1580), 강원도 관찰사로서 도민(道民)을 교화(敎化)하기 위해 지은 16수의 연시조이다. 평이하고 정감 어린 시어들을 사용하여 백성들의 이해와 접근이 쉽도록 했다. 「훈민가」는 부모에 대한 효성, 형제간의 우애, 경로사상, 이웃 간의 상부상조, 부부와 남녀 사이의 규범, 학문과 인격의 수양 등 유교적 윤리 · 도덕의 실천을 주제로 하고 있다. 그리고 이러한 주제의식은, 송나라 때 선거 고을의 백성을 교화하기 위해 진양이 지었다는 '선거권유문(仙居勸諭文)'을 본보기로 삼은 것이다. 그러나 그 표현 형태에 있어서 우리의 전통적 시가 형식을 취하였을 뿐만 아니라, 평이하고 인정이 넘치는 고유어로 정서적 감동을 유발하여 훌륭한 문학으로 승화시키고 있다.

「훈민가」가 계몽적, 교훈적 노래이면서도 세련된 문학으로 설득력이 강한 이유는 무엇보다도 그 언어 형식에 있다. 유교적 윤리관에 근거한 바람직한 생활의 권유라는 주제를 표현하되, 현실적 청자인 백성들의 이해와 접근이 용이한 언어를 사용하고 있는 것이다. 이 작품에는 중국 문학에서 차용한 한자, 한문이 거의 없다. 어법에 있어서도 완곡한 명령이나 인간미를 느낄 수 있는 청유의 형식을 위주로 하고 있다. 지은이가 이런 언어 형식을 취한 것은 통치자로서의 명령적, 지시적 태도를 버리고 인간적인 데에 호소하려는 의도였을 것이다. 그 결과, 「훈민가」는 훈민(訓民)이라는 목적의식에서 지어진 많은 시조 가운데 가장 설득력 있고, 친근감을 주는 작품으로 평가되고 있다.

「오우가(五友歌)」 – 윤선도

내버디 몃치나 ᄒᆞ니 水石과 松竹이라
東山의 ᄃᆞᆯ오르니 긔더옥 반갑고야
두어라 이다ᄉᆞᆺ밧긔 또더ᄒᆞ야 머엇ᄒᆞ리

고산 윤선도의 「오우가」는 우리말의 아름다움을 잘 살려서 시조를 높은 경지로 끌어 올린 뛰어난 작품으로 작자가 56세 때 해남 금쇄동(金鎖洞)에 은거할 무렵에 지은 『산중신곡(山中新曲)』 속에 들어 있는 6수의 시조이다. 수(水), 석(石), 송(松), 죽(竹), 월(月)을 다섯 벗으로 삼아 서시(序詩) 다음에 각각 그 자연물들의 특질을 들어 자신의 자연에 대한 사랑과 고요한 마음으로 자연 관찰하여 시를 읊었다. 이는 고산 문학의 대표작이라 할 만한 것으로서, 우리말의 아름다움을 잘 나타내어 시조를 절묘한 경지로 이끈 시조이다.

「오우가」는 1642년(인조 20)에 지었다. 서사(序詞)에 해당하는 첫 수와 수(水), 석(石), 송(松), 죽(竹), 월(月)에 대한 각 1수씩으로 되어 있다. 둘째 수는 구름 · 바람과 비교하여 물의 끊임 없음을 노래하였다. 셋째 수는 꽃 · 풀과 비교하여 바위의 변함없음을 노래하였다. 넷째 수는 꽃 피고 잎 지는 나무와 달리 눈서리를 모르는 소나무의 뿌리 깊음을 노래하였다. 다섯째 수는 나무도 풀도 아니면서 곧고 속이 비어 있는 대나무의 푸르름을 노래하였다. 여섯째 수는 작지만 밤에 높이 떠서 만물을 비춰주는 달의 말없음을 노래하였다. 자연관찰을 통해 의미를 끄집어내고 그것을 인간이 지켜야 할 덕목과 연결해 생각하도록 언어화하였다. 이 노래에서는 인간의 보편적 덕목보다는 특별히 신하로서의 도리, 즉 충(忠)의 개념이 우선시되고 있다. 충의 지속성, 불변성, 강인성, 절조성, 불언성(不言性)을 자연물에 대입하여 윤선도의 충에 대한 의지와 정신을 대변하였다. 조윤제가 “시조가 이까지 오면 갈 곳까지 다 갔다는 감이 있다”라고 극찬하였던 이 시조는 윤선도의 시조 가운데서도 백미로 평가되고 있다.

「어부사시사」 – 윤선도

하사2
년닙희 밥 싸두고 반찬으란 쟝만마라
닫드러라 닫드러라
청약립(靑蒻笠) 써잇노라 녹사의(綠蓑依) 가져오냐
지국총 지국총 어사와
무심(無心)한 백구(白駒)는 내 좃는가 제 좃는가

추사1
물외(物外)예 조흔 일이 어부 생애(漁夫 生涯) 아니러냐
배떠라 배떠라
어옹(漁翁)을 욷디 마라 그람마다 그렷더라
지국총 지국총 어사와
사시흥(四時興)이 한가지나 츄강(秋江)이 은듬이라

「어부사시사」는 효종 2년(1651), 고산의 나이 65세 이후 전남 보길도에 은거할 때 지은 작품이다. 춘사, 하사, 추사, 동사 각각 10수씩 모두 40수로 이루어져 있다. 고려 후기부터 전해오던 「어부가」를 조선 중기에 농암이 개작한 바 있는데, 이를 환골탈태(換骨奪胎)하여 새롭게 지은 것이 「어부사시사」이다. 우리말의 묘미를 창조적으로 구사하여 물외한인(物外閒人)의 경지를 미화함으로써 전대의 작품보다 훨씬 아름다운 세계를 구상하였다.

「어부사시사」는 4계절의 어촌 정경을 그리되 어부로서의 인간적 삶은 제거된 채 자연의 아름다움에만 초점을 맞추고 있다. 그리고 시조와 달리 후렴구(여음구)가 들어 있다. 특히, 초장 다음의 후렴은 각 계절마다 출범(出帆)에서 귀선(歸船)까지의 과정을 보여주고 있다.

「어부사시사」의 화자에게서는 시름을 찾아볼 수 없다. 그 대신 강호에서 누리는 나날의 넉넉함과 아름다움에 시선이 집중되어 화자의 정서는 고양된 기쁨과 충족에서 오는 흥겨움에 빠져 있을 뿐이다. 이러한 정서적 도취는 이 작품의 자연 묘사 및 화자의 행위 표현이 매우 구체적이고 사실적이어서 생동감을 느낄 수 있다는 사실과도 연관이 있겠지만, 현실 정치의 혼탁함으로부터 벗어나 자연의 아름다움과 여유로운 삶을 누리고자 하는 지은이의 현실관이 반영된 탓이라 하겠다. 농암 「어부가」의 화자가 세속의 삶에 대한 욕구를 떨쳐버리지 못하여 강호의 즐거움에 완전히 몰입하지 못한 것과 대비되는 특징이다.

박팽년

가마귀 눈비 마자 희는 듯 검노뫼라
夜光明月(야광명월)이 밤인들 어두오랴
님 향한 一片丹心(일편단심)이야 고칠 줄이 이시랴

단종 복위 계획을 밀고한 김질이 세조의 명으로 지은이의 마음을 회유하려 하자, 그 대답으로 불렀다는 이 시조는 '가마귀'와 '야광명월'의 대조를 통하여 굽힘 없는 지조를 드러낸 작품이다. '가마귀'는 임금인 것 같아도 정통성 없는 세조 혹인 변절한 간신배를 비유한 시어이고, '야광명월'은 정통성을 갖춘 임금으로서의 단종 혹은 어떤 역경에도 변함이 없는 충신을 가리키는 말이다.

이색

白雪(백설)이 ᄌᆞ자진 골에 구루미 머흐레라
반가온 梅花(매화)ᄂᆞᆫ 어ᄂᆡ 곳에 픠엿ᄂᆞᆫ고
夕陽(석양)에 홀로 셔 이셔 갈 곳 몰라 ᄒᆞ노라

기울어가는 고려의 운명을 안타까이 여기는 심정이 자연물에 빗대어 형상화된 작품이다. 역사적 전환기에 처한 지식인의 고뇌를 탄식과 더불어 표현하면서도, 왕조를 지탱해 줄 우국지사(憂國之士)를 기대하는 마음이 간절하다. 그리고 백설, 구름, 매화, 석양 등의 상징적 시어가 작품의 예술성을 높이고 있다.

성삼문

首陽山(수양산) 바라보며 夷齊(이제)ᄅᆞᆯ 恨(한)ᄒᆞ노라
주려 즈글진들 採薇(채미)도 ᄒᆞᄂᆞᆫ 것가
비록애 푸새엣 거신들 긔 뉘 싸헤 낫ᄃᆞ니

단종을 폐위시키고 스스로 왕이 된 세조에 항거하는 지은이의 의지가 표현된 '절의가(節義歌)'이다. 고대 중국 은(殷)나라의 백이, 숙제가 주(周) 무왕에게 항거하면서 수양산에 들어가 고사리를 캐 먹은 사실을 비판함으로써, 절의(節義)의 대명사로 칭송되는 '이제'보다 자신의 절개가 더 철저함을 강조하고 있다.

이개

방 안에 혓ᄂᆞᆫ 촉(燭)불 눌과 이별(離別)ᄒᆞ엿관ᄃᆡ
것츠로 눈믈 디고 속 타는 줄 모로는고
뎌 촉(燭)불 날과 가트여 속 타는 쥴 모로도다.

수양대군이 어린 단종의 왕위를 빼앗고 영월로 유배시키자, 단종과 이별한 슬픔을 여성적 어조로 완곡하게 표현한 시조이다. 임금과의 이별로 애타는 심정을 촛불에 이입하여 형상화하였다. 이별의 슬픔이 너무나도 커 겉으로 눈물짓는 것 이상으로 속마음이 타들어가고 있다는 심정을 토로함으로써 단종을 향한 충정과 절의를 구체화하고 있다.

이존오

구름이 무심(無心)툰 말이 아마도 허랑(虛浪)ᄒᆞ다
중천(中天)에 써 이셔 임의(任意)로 ᄃᆞ니면셔
구틔야 光明(ᄒᆞᆫ) 날빗촐 짜라가며 덥ᄂᆞ니

작자는 광명한 햇빛을 가리는 구름을 원망하고 있는데, 이것은 자신이 처하였던 당시의 정치적 현실을 반영하였다고 할 수 있다. 이존오는 공민왕 때 왕의 총애를 받던 신돈을 규탄하다가 죽을 고비를 겪은 일이 있다. 그러므로 '날빛'은 '공민왕'을 '구름'은 '신돈'을 가리키며, '중천(中天)'은 '임금의 총애를 한 몸에 지닌 높은 권세'를 의미한다고 볼 수 있으며, 초장의 '무심(無心)ᄒᆞ다'는 것은 '사심(邪心)이 없다'는 것으로 풀이할 수 있다.

황진이

동짓(冬至)달 기나긴 밤을 한 허리를 베어내어
춘풍(春風) 이불 아래 서리서리 넣었다가
어른님 오신 날 밤이어든 굽이굽이 펴리라

황진이는 박연폭포, 서경덕과 함께 송도3절(松都三絕)이라 일컫는다. 재색을 겸비한 조선조 최고의 명기이다. 어디를 가든 선비들과 어깨를 겨누고 대화하며 뛰어난 한시나 시조를 지었다. 가곡에도 뛰어나 그 음색이 청아하였으며, 당대 가야금의 묘수(妙手)라 불리는 이들까지도 그녀를 선녀(仙女)라고 칭찬하였다.

황진이가 지은 「동짓달 기나긴 밤을」의 초장은 임이 없이 홀로 지내야 하는 동짓달의 밤은 주관적으로 볼 때 너무나 길게 느껴지는 시간으로 추상적인 시간을 구체적인 사물로 형상화시키면서 임에 대한 애틋한 그리움과 사랑을 절실히 환기시키는 표현의 솜씨가 두드러진다. 중장은 길고 외로운 밤을 잘라 두었다가 임과 함께 보내는 밤을 더 길게 하고 싶다는 것이 이 시조의 중심 시상이다. 시적 화자는 임과 함께 보내는 밤 시간에 잇기 위해 동짓달의 춥고 외로운 밤 시간을 잘라서 따뜻한 이불 아래 넣어 두려 하고 있다. 종장은 그리운 임이 오시거든 이불 아래 넣어 둔 기나긴 밤을 다시 펼쳐 내겠다는 내용으로 임에 대한 그리움을 대담한 비유법을 통해 표현하였다.

이 작품은 임을 기다리는 여성의 마음을 표현한 시조의 하나로, 임을 기다리는 절실한 그리움, 간절한 기다림을 비유에 의해 나타낸, 시적 호소력이 뛰어난 작품이다. 특히 이 작품의 문학성이 뛰어나다는 점은 동짓달 기나긴 밤이라는 추상적인 시간을 구체적인 사물로 형상화하여 임에 대한 애틋한 그리움과 사랑을 절실히 표현하였다는 것이다. 시간이나 애정의 정서를 참신한 표현기법으로 형상화하여 여성 특유의 감정을 끌어내었다. 또한, 상층 문학(上層文學)의 갈래로 등장하였던 시조가 사랑을 읊은 녀들에 의해 시조의 작자층이 확대되고 주제도 확장되었다.

서경덕

ᄆᆞ음이 어린 後(후)ㅣ니 ᄒᆞᄂᆞᆫ 일이 다 어리다
만중운산(萬重雲山)에 어느 님 오리마는
지ᄂᆞᆫ 닙 부ᄂᆞᆫ 바람에 행여 긘가 하노라

임을 그리는 애틋한 마음이 담백하게 표출되어 있는 작품이다. '지ᄂᆞᆫ 닙', '부ᄂᆞᆫ 바람' 소리에도 임의 발자국 소리가 아닌가 조바심하여 환청의 상태에 이르도록 기다림이 절실하게 형상화되어 있는 것이다. '만중운산(萬重雲山)'은 그리운 사람과 화자 사이에 가로놓인 장애물의 상징이며, 화자가 거처하는 공간적 특징의 표현이기도 하다. 그리고 초장의 'ᄒᆞᄂᆞᆫ 일'은 종장의 내용을 두고 한 말이다.

박효관

뉘라셔 가마귀를 검고 흉(凶)타 ᄒᆞ돗던고
반포보은(反哺報恩)이 긔 아니 아름다온가
ᄉᆞᄅᆞᆷ이 져 ᄉᆡ만 못ᄒᆞᄆᆞᆯ 못ᄂᆡ 슬허ᄒᆞ노라

사람들이 부모에게 효도하지 않음을 '반포보은'하는 까마귀에 비겨 개탄한 노래이다. 일반적으로 까마귀는 깃털이 검고 울음소리가 곱지 않아 흉조(凶鳥)로 인식되어 있다. 그러나 까마귀는 '반포보은'하는 새로 '반포조' 또는 '효조'라고 불린다. 그러므로 지은이는 불효하는 사람들을 가리켜 까마귀만도 못하다고 통탄하고 있는 것이다.

정몽주 어머니

까마귀 싸호는 골에 白鷺야 가지마라
셩낸 가마귀 흰빗을 새오나니
淸江에 좋이 시슨 몸을 더러일까 하노라

정몽주가 이성계를 문병 가던 날, 그의 노모(老母)가 간밤의 꿈이 흉하니 가지 말라고 하면서 이 노래를 불렀다 한다. 그러나 정몽주는 어머니의 말씀을 듣지 않고 갔다가 돌아오는 길에 선죽교에서 피살되고 말았다. 이 시조에서 '백로'는 '정몽주'를 '가마귀'는 '이성계 일파'를 뜻한다.

'가마귀'와 '백로'의 대조로 소인과 군자를 비유하고 있으며, 나쁜 무리에 어울리지 않고 끝까지 군자로서의 삶을 지켜나가려는 마음이 나타나 있는 작품이다. 까마귀같이 시커먼 마음으로 정권을 찬탈하려는 이성계 무리들이 우글거리는 위험한 곳에 백로처럼 깨끗하게 수양된 정몽주가 뛰어들면 위험하다는 뜻을 까마귀와 백로에 비유하였다.

이직

가마귀 검다 하고 백로야 웃지 마라
것치 거믄들 속초차 거믈소냐
아마도 것 희고 속 검을손 너뿐인가 하노라

조선 개국에 참여한 자신의 행위를 정당화하기 위해 지은 작품이다. '까마귀'는 새 왕조에 동참한 그룹이고, '백로'는 고려의 유신으로 절의를 지킨 그룹이라고 볼 수 있다. 비록 마음을 바꿔 새 왕조를 세우는 데 동참하였을망정, '까마귀'의 행위는 백성을 위한 나라, 유교이념에 충실한 나라를 세우는 정당한 과업이었다는 것을 우회적으로 말하고 있다. 이에 비해 겉은 청순하고 순결하며 아름다워 보이는 '백로'는 우국지사(憂國之士)인 척하지만, 부패하고 무력한 왕조를 지지하는 위선자일 뿐이라고 비판하고 있다.

황희

대쵸 볼 불근 골에 밤은 어이 뜯드르며
벼 뷘 그르헤 게ᄂᆞᆫ 어이 ᄂᆞ리ᄂᆞᆫ고
술 닉쟈 체 쟝ᄉᆞ 도라가니 아니 먹고 어이리

풍요로운 가을 농촌의 풍류를 노래하고 있다. 대추와 밤이 익어 떨어지고, 때마침 게도 내려와 안주가 풍부한데 술 익을 때에 맞추어 체 장수까지 지나가니, 이렇게 술 마시기 좋은 여건에서 어찌 술을 마시지 않겠느냐는 시상이 정겹게 펼쳐져 있다.

월산대군

추강(秋江)에 밤이 드니 물결이 차노매라
낚시 드리치느 고개 아니 무노매라

무심(無心)한 달빛만 싣고 빈 배 저어 오노라

자연 속에서 유유자적(悠悠自適)하는 무위(無爲)의 생활 모습이 선명하게 그려진 작품으로, 강호 한정가의 대표작이다. 가을밤과 찬 물결, 달빛, 빈 배가 형성하는 한적한 심상이 한 폭의 동양화처럼 그려졌으며, 각 장의 끝에 각운을 사용하여 상쾌한 맛을 살렸다. 고기 대신 달빛만 싣고 돌아오는 종장의 상황은 물욕과 명리에서 벗어난 탈속적 삶의 모습을 보여주는 것이다.

사설시조 – 작자미상

각씨네! 더위들 사시오

이른 더위, 늦은 더위 여러 해 묵은 더위 오뉴월 복더위에 정든님 만나서 달 밝은 평상 위에 친친 감겨 누웠다가, 무슨 일을 하였던지 오장이 활활 타서 구슬땀 흘리면서 헐떡이는 그 더위와 동짓달 긴긴 밤에 고운 님 품에 들어 따스한 아랫목 두꺼운 이불 속에 두 몸이 한 몸 되어 그리저리 하니 수족이 답답하고 목구멍이 탈 적에 윗목에 찬 숭늉을 벌떡벌떡 켜는 더위 각씨네 사려거든 소견대로 사시오.

장사야! 네 더위 여럿 중에 님 만난 두 더위는 뉘 아니 좋아하리 남에게 팔지 말고 부디 내게 파시소

사설시조는 보통 시조와는 다르게 중장의 길이가 유독 긴 노래를 말한다. 사설시조 중에 조선 중기에 송강 정철이 지은 「장진주사(將進酒辭)」가 유명하다.

「장진주사(將進酒辭)」 – 송강 정철

한 잔 먹세 그려. 또 한 잔 먹세 그려

꽃 꺾어 산(算) 놓고 무진 무진 먹세 그려

이 몸 죽은 후면, 지게 위에 거적 덮혀 주리어 매여 가나,
유소보장(流蘇寶帳)에 만인(萬人)이 울어 예나,
어욱새 속새 떠갈나무 백양(白楊)속에 가기 곧 가면,
누른 해 흰 달 가는 비 굵은 눈 소소리 바람 불제
뉘 한 잔 먹자 할꼬, 하물며 무덤 위에
잿나비 파람 불제야 뉘우친들 어쩌리

「장진주사」는 우리나라 최초의 사설시조다. 전반부에서는 꽃을 꺾어서 술잔 수를 셈하는 낭만적인 태도를, 후반부에서는 무덤 주변의 삭막한 분위기를 표현하여 죽음 이후의 삭막하고, 음울한 분위기가 대조적으로 제시되면서 인생무상(人生無常)의 인식을 보여주는 작품으로 죽음이나 무상감에 대한 불안과 두려움을 술을 마시며 해소하고자 하는 작가의 호방한 성품과 태도를 잘 보여 주고 있다. 이처럼 눈에 띄게 대조적 내용은 인생무상을 더욱 실감하게 한다. 이 작품은 애주가로 이름이 높고 호방한 성격의 소유자인 송강 정철의 성품이 잘 드러난 술을 권하는 노래(勸酒歌)이다. 대부분의 사설시조가 작자, 연대 미상인데 반해 이 노래는 지은이와 신원이 확실한 것이 특징이다. 본문 초장의 '無盡無盡(무진무진) 먹새그려'에는 송강 정철의 호탕한 성격이 잘 드러나 있으며, 중장과 종장에서는 인간의 운명인 죽음과 인생의 무상감을 강조하여 상대를 설득하려 한다.

사설시조 – 작자미상

두터비 ᄑᆞ리를 물고 두험 우희 치ᄃᆞ라 안자
건넌 山 ᄇᆞ라보니 白松骨이 ᄯᅥ잇거ᄂᆞᆯ
가슴이 금즉ᄒᆞ여 풀던 ᄯᅱ여 내ᄃᆞᆺ다가 두험 아래 잣바지거고
모쳐라 ᄂᆞᆯ낸 낼싀만졍 에헐질번 ᄒᆞ괘라

'두터비, ᄑᆞ리, 백송골'의 대응 관계를 통해 당시 위정자들의 위선을 날카롭게 풍자하고 있다. 즉, '두터비, ᄑᆞ리, 백송골' 등을 의인화하여 약육강식의 인간 사회를 풍자하고 있다고 본다면, 두꺼비는 양반 계층, 파리는 힘 없는 평민 계층, 백송골은 외세(外勢)로 볼 수 있다. 특권층인 두꺼비가 힘 없는 백성을 괴롭히다가 강한 외세 앞에서 비굴해지는 세태를 풍자한 것이다. 따라서 이 노래는 우의적인 표현과 함께 현실 세태에 대한 풍자성을 보여 주고 있다.

사설시조 — 작자미상

ᄃᆡ들에 동난지이 사오. 져 쟝스야. 네 황후 긔 무서시라 웨ᄂᆞᆫ다. 사쟈.
外骨 內肉, 兩目이 上天, 前行後行 小 아리 八足, 大 아리 二足, 淸醬 ᄋᆞ스슥ᄒᆞᄂᆞᆫ 동난지이 사오.
쟝스야, 하 거복이 웨지말고 게젓이라 ᄒᆞ렴은.

시정(市井)의 장사꾼과 물건을 사려는 사람이 상거래를 하면서 주고받는 이야기가 익살스럽게 표현되어 있다. 서민들의 생활 용어가 그대로 시어로 쓰이고 있다. 서민적 감정이 여과 없이 표출되어 있는 이 노래는, 게 장수와의 대화를 통한 상거래의 내용을 보여 주었다는 점에서 특이하다. 중장에서 '게'를 묘사한 대목은 사설시조의 미의식은 해학미를 보여 준더, 또한 종장에서 '쟝스야, 하 거복이 웨지말고 게젓이라 ᄒᆞ렴은'이란 표현을 통해 어려운 한자를 쓰는 현학적인 태도에 대한 빈정거림을 엿볼 수 있다.

7) 가사(歌辭)

가사(歌辭)는 고려 말기에 비롯해서 조선 말기까지 두루 지어지고 널리 불렸던 노래다. 그 형태를 보면 3 · 4조 또는 4 · 4조의 4음보 무한연속체로 되어 있으며, 노래의 길이는 작가의 생각이나 소재에 따라 일정하지 않다. 그리고 그 내용도 나라 사랑에서 비롯하여 삶의 희비(喜悲)에 까지 걸쳐 매우 다채롭다.

가사 작품으로는 정철의 「관동별곡(關東別曲)」, 「사미인곡(思美人曲)」, 박인로(朴仁老)의 「태평사(太平詞)」, 「누항사(陋巷詞)」, 김인겸(金仁謙)의 「일동장유가(日東壯遊歌)」, 정학유(丁學)의 「농가월령가(農家月令歌)」 등이 훌륭하다. 한편, 조선 후기에는 영남 지방의 부녀자들이 내방가사(內房歌辭)를 형성시켜 '화전가(花煎歌)'를 비롯하여 많은 작품을 남겼다.

(1) 조선전기 가사

가사가 국문학사상 처음으로 등장한 것은 조선 전기 성종 때 정극인이 지은 「상춘곡」에서부터이다. 이렇게 시작된 가사 문학은 송순의 「면앙정가」을 다리로 하여 송강 정철에 이르러 그야말로 황금 시대를 이루게 된다. 그가 지은 「성산별곡」은 공교(工巧)한 서경시가이고, 「관동별곡」은 웅장한 서정 · 서경시가이며, 「사미인곡」과 「속미인곡」은 섬세한 서정시가이다.

이 밖에도 조선 전기 가사를 대표하는 가사로 최초의 유배 가사인 조위의 「만분가」, 차찬로의 「강촌별곡」, 정철의 「관동별곡」에 영향을 준 백광홍의 「관서별곡」 등이 유명하다. 내방가사로서의 면목을 갖춘 최초의 작품이기도 한 허난설헌의 「규원가」 또한 조선 전기를 대표하는 작품이다.

조선 초기의 가사들은 안빈낙도하는 군자의 미덕을 자연 속에 묻혀 읊기도 하고, 군신 사이의 충의 이념을 남녀 사이의 애정에 비유하여 읊기도 하였다.

「상춘곡」 – 정극인

홍진(紅塵)에 뭇친 분네 이내 생애(生涯) 엇더ᄒᆞᆫ고, 녯 사ᄅᆞᆷ 풍류(風流)ᄅᆞᆯ 미ᄎᆞᆯ가 ᄆᆞᆺ 미ᄎᆞᆯ가. 천지간(天地間) 남자(男子) 몸이 날만ᄒᆞᆫ 이 하건마ᄂᆞᆫ, 산림(山林)에 뭇쳐 이셔 지락(至樂)을 ᄆᆞᄅᆞᆯ 것가. 수간모옥(數間茅屋)을 벽계수(碧溪水) 앏픠 두고, 송죽(松竹) 울울리(鬱鬱裏)에 풍월 주인(風月主人) 되여셔라. 엇그제 겨을 지나 새봄이 도라오니, 도화 행화(桃花杏花)ᄂᆞᆫ 석양리(夕陽裏)예 퓌여 잇고, 녹양 방초(綠楊芳草)ᄂᆞᆫ 세우 중(細雨 中)에 프르도다. 칼로 ᄆᆞᆯ아 낸가, 붓으로 그려 낸가, 조화 신공(造化神功)이 물물(物物)마다 헌ᄉᆞᄅᆞᆸ다. 수풀에 우ᄂᆞᆫ 새ᄂᆞᆫ 춘기(春氣)ᄅᆞᆯ ᄆᆞᆺ내 계워 소ᄅᆡ마다 교태(嬌態)로다. 물아 일체(物我一體)어니, 흥(興)이ᄋᆡ 다ᄅᆞᆯ소냐. 시비(柴扉)예 거러 보고, 정자(亭子)애 안자 보니, 소요 음영(逍遙 吟詠)ᄒᆞ야, 산일(山日)이 적적(寂寂)ᄒᆞᆫᄃᆡ, 한중 진미(閒中眞味)ᄅᆞᆯ 알 니 업시 호재로다. 이바 니웃드라, 山水 구경 가쟈스라. 답청(踏靑)으란 오ᄂᆞᆯ ᄒᆞ고, 욕기(浴沂)란 來日ᄒᆞ새. 아ᄎᆞᆷ에 채산(採山)ᄒᆞ고, 나조ᄒᆡ 조수(釣水)ᄒᆞ새. ᄀᆞᆺ 괴여 닉은 술을 갈건(葛巾)으로 밧타 노코, 곳나모 가지 것거, 수노코 먹으리라. 화풍(和風)이 건ᄃᆞᆺ 부러 녹수(綠水)ᄅᆞᆯ 건너오니, 청향(淸香)은 잔에 지고, 낙홍(落紅)은 옷새 진다. 준중(樽中)이 뷔엿거ᄃᆞᆫ 날ᄃᆞ려 알외여라. 소동(小童) 아ᄒᆡᄃᆞ려 주가(酒家)에 술을 믈어, 얼운은 막대 집고, 아ᄒᆡᄂᆞᆫ 술을 메고, 미음 완보(微吟緩步)ᄒᆞ야 시냇ᄀᆞ의 호자 안자, 명사(明沙) 조ᄒᆞᆫ 믈에 잔 시어 부어 들고, 淸流ᄅᆞᆯ 굽어보니, ᄯᅥ오ᄂᆞ니 도화(桃花)ㅣ로다. 무릉(武陵)이 갓갑도다. 져 ᄆᆡ이 긘 거인고. 松間 細路에 두견화(杜鵑花)ᄅᆞᆯ 부치 들고, 봉두(峰頭)에 급피 올나 구름 소긔 안자 보니, 천촌 만락(千村萬落)이 곳곳이 버려 잇ᄂᆡ. 연하 일휘(煙霞日輝)ᄂᆞᆫ 금수(錦繡)ᄅᆞᆯ 재폇ᄂᆞᆫ ᄃᆞᆺ. 엇그제 검은 들이 봄빗도 유여(有餘)ᄒᆞᆯ샤. 공명(功名)도 날 ᄭᅴ우고, 부귀(富貴)도 날 ᄭᅴ우니, 청풍 명월(淸風明月) 외(外)예 엇던 벗이 잇ᄉᆞ올고. 단표 누항(簞瓢陋巷)에 흣튼 혜음 아니 ᄒᆞᄂᆡ. 아모타, 백년 행락(百年行樂)이 이만ᄒᆞᆫᄃᆞᆯ 엇지ᄒᆞ리.

「상춘곡」은 조선조 양반가사의 첫 작품인 동시에 대표적인 작품이다. 고려 말 나옹 화상의 「서왕가」와 「승원가」가 발견되기 전까지는 최초의 가사로 평가받기도 하였다. 정치를 떠나 산수 속에서 자연을 벗삼아 안빈낙도(安貧樂道)의 삶을 즐기겠다는 작가의 지극히 낙천적인 생활철학과 물아일체(物我一體)의 자연관이 잘 드러나 있다.

형식적인 면에서는 매우 사실적인 표현과 함께 의인, 대구, 직유, 설의 등의 다양한 표현 기법과 옛 사람들의 고사(故事)를 풍부하게 인용함으로써 작품을 유리하면서도 효과적으로 형상화하고 있다. 그러나 이 작품이 정극인 당대에 기록된 것이 아니라 훨씬 후대에 기록된 것이어서 창작 당시의 작품이 그대로 담아져 있다고 보기 어려운 점이 있다. 따라서 정극인이 창작한 작품이 가사의 성숙기에 이를 무렵에 세련되게 다듬어져 기록되었을 것이라는 견해도 있다.

「면앙정가」 – 송순

무등산(无等山) ᄒᆞᆫ 활기 뫼히 동다히로 버더 이셔
멀리 ᄣᅦ쳐 와 제월봉(霽月峯)의 되여거ᄂᆞᆯ
무변대야(無邊大野)의 므ᄉᆞᆷ 짐쟉 ᄒᆞ노라
일곱 구ᄇᆡ ᄒᆞᆷᄃᆡ 움쳐 므득므득 버럿ᄂᆞᆫ ᄃᆞᆺ.
가온대 구ᄇᆡᄂᆞᆫ 굼긔 든 늘근 뇽이
선ᄌᆞᆷ을 ᄀᆞᆺ ᄭᆡ야 머리ᄅᆞᆯ 언쳐시니
너ᄅᆞ바회 우ᄒᆡ 송죽(松竹)을 헤혀고
정자(亭子)ᄅᆞᆯ 언쳐시니 구름 ᄐᆞᆫ 청학(靑鶴)이
천리(千里)를 가리라 두 ᄂᆞ래 버렷ᄂᆞᆫ ᄃᆞᆺ.
옥천산(玉泉山) 용천산(龍泉山) ᄂᆞ린 믈이
정자(亭子) 압 너븐 들ᄒᆡ 올올히 펴진 드시
넙써든 기노라 프르거든 희디 마나
쌍룡(雙龍)이 뒤트ᄂᆞᆫ ᄃᆞᆺ 긴 깁을 ᄎᆡ 폇ᄂᆞᆫ ᄃᆞᆺ
어드러로 가노라 므ᄉᆞᆷ 일 ᄇᆡ얏바

ᄃᆞᆮᄂᆞᆫ ᄃᆞᆺ ᄯᆞ로ᄂᆞᆫ ᄃᆞᆺ 밤ᄂᆞᆽ즈로 흐르ᄂᆞᆫ ᄃᆞᆺ
므조친 사정(沙汀)은 눈ᄀᆞᆺ치 펴졋거든
어즈러온 기러기ᄂᆞᆫ 므스거슬 어르노라
안즈락 ᄂᆞ리락 모드락 흣트락
노화(蘆花)를 ᄉᆞ이 두고 우러곰 좃니ᄂᆞ뇨.
너븐 길 밧기요 긴 하ᄂᆞᆯ 아ᄅᆡ
두르고 ᄭᅩᄌᆞᆫ 거슨 뫼힌가 병풍(屛風)인가 그림가 아닌가.
노픈 ᄃᆞᆺ ᄂᆞ즌 ᄃᆞᆺ 근ᄂᆞᆫ ᄃᆞᆺ 닛ᄂᆞᆫ ᄃᆞᆺ
숨거니 뵈거니 가거니 머믈거니
어즈러온 가온ᄃᆡ 일홈ᄂᆞᆫ 양ᄒᆞ야 하ᄂᆞᆯ도 젓티 아녀
웃독이 셧ᄂᆞᆫ 거시 추월산(秋月山) 머리 짓고
용구산(龍龜山) 몽선산(夢仙山) 불대산(佛臺山) 어등산(魚登山)
용진산(湧珍山) 금성산(錦城山)이 허공(虛空)에 버러거든
원근(遠近) 창애(蒼崖)의 머믄 것도 하도 할샤.
흰구름 브흰 연하(煙霞) 프로니ᄂᆞᆫ 산람(山嵐)이라.
천암(千巖) 만학(萬壑)을 제 집으로 삼아 두고
나명셩 들명셩 일ᄒᆡ도 구ᄂᆞᆫ지고.
오르거니 ᄂᆞ리거니 장공(長空)의 ᄯᅥ나거니
광야(廣野)로 거너거니 프르락 블그락
여트락 디트락 사양(斜陽)과 섯거디어
세우(細雨)조차 ᄲᅳ리ᄂᆞᆫ다. 남여(藍輿)ᄅᆞᆯ ᄇᆡ야 ᄐᆞ고
솔 아ᄅᆡ 구븐 길로 오며 가며 ᄒᆞᄂᆞᆫ 적의
녹양(綠楊)의 우ᄂᆞᆫ 황앵(黃鶯) 교태(嬌態) 겨워 ᄒᆞᄂᆞᆫ고야.
나모 새 ᄌᆞᄌᆞ지어 녹음(綠陰)이 얼ᄅᆡᆫ 적의
백척(百尺) 난간(欄干)의 긴 조으름 내여 펴니
수면(水面) 양풍(凉風)야 긋칠 줄 모르ᄂᆞᆫ가.
즌 서리 ᄲᅡ딘 후의 산 빗치 금수(錦繡)로다.
황운(黃雲)은 ᄯᅩ 엇디 만경(萬頃)에 펴겨 디오.
어적(漁笛)도 흥을 계워 ᄃᆞᆯᄅᆞᆯ ᄯᆞ롸 브니ᄂᆞᆫ다.
초목(草木) 다 진 후의 강산(江山)이 ᄆᆡ몰커ᄂᆞᆯ

조물(造物)리 헌ᄉᆞᄒᆞ야 빙설(氷雪)로 ᄭᅮ며 내니
경궁요대(瓊宮瑤臺)와 옥해은산(玉海銀山)이 안저(眼底)에 버러셰라.
건곤(乾坤)도 가ᄋᆞᆷ열샤 간 대마다 경이로다.
인간(人間)ᄋᆞᆯ ᄯᅥ나와도 내 몸이 겨를 업다.
이것도 보려 ᄒᆞ고 져것도 드르려코
ᄇᆞᄅᆞᆷ도 혀려 ᄒᆞ고 ᄃᆞᆯ도 마즈려코
밤으란 언제 줍고 고기란 언제 낙고
시비(柴扉)란 뉘 다드며 딘 곳츠란 뉘 쓸려뇨.
아춤이 낫브거니 나조ᄒᆡ라 슬흘소냐.
오ᄂᆞᆯ리 부족(不足)커니 내일(來日)리라 유여(有餘) ᄒᆞ랴.
이 뫼ᄒᆡ 안자 보고 뎌 뫼ᄒᆡ 거러 보니
번로(煩勞)ᄒᆞᆫ ᄆᆞᄋᆞᆷ의 ᄇᆞ릴 일이 아조 업다.
쉴 사이 업거든 길히나 젼ᄒᆞ리야.
다만 ᄒᆞᆫ 청려장(靑藜杖)이 다 므듸여 가노ᄆᆡ라.
술이 닉어거니 벗지라 업슬소냐.
블니며 ᄐᆞ이며 혀이며 이아며
온가짓 소ᄅᆡ로 취흥(醉興)을 ᄇᆡ야거니
근심이라 이시며 시름이라 브트시랴.
누으락 안즈락 구브락 져츠락
을프락 ᄑᆞ람ᄒᆞ락 노혜로 놀거니
천지(天地)도 넙고넙고 일월(日月)도 ᄒᆞᆫ가ᄒᆞ다.
희황(羲皇)을 모ᄅᆞᆯ러니 이 적이야 긔로고야
신선(神仙)이 엇더턴지 이 몸이야 긔로고야.
강산 풍월(江山風月) 거ᄂᆞᆯ리고 내 백 년(百年)을 다 누리면
악양루(岳陽樓) 샹의 이태백(李太白)이 사라오다,
호탕(浩蕩) 정회(情懷)야 이에서 더ᄒᆞᆯ소냐.
이 몸이 이렁 굼도 역군은(亦君恩)이샷다.

「면앙정가」는 「무등곡(無等曲)」이라고도 하며, 필사본 『잡가(雜歌)』에 국문 가사가 전하고 지은이의 문집 『면앙집』에 한역가사가 실려 있다.

서사에서는 제월봉 주위의 경관에 대해서 노래하고 있는데, 산봉우리를 의인화하여 생동감 있는 묘사를 보여 주고 있다. 본사에서는 면앙정에서 바라보이는 근경과 원경에 대하여 묘사하고 사계절의 아름다운 모습을 노래하고 있다. 결사에서는 그 속에서 지내는 작가의 풍류스런 생활을 노래한 다음 임금님의 은혜에 감사하며 끝을 맺는다.

전원에 물러나 자연의 한가로움을 즐기며 심성을 수양하는 이른바 강호가도(江湖歌道)의 전형적인 노래이며, 물 흐르듯 하는 유려한 문체가 매우 아름답다. 이수광의 『지봉유설』이나 홍만종의 『순오지』 등에서는 이 작품을 "호연지기를 유감없이 표현하였으며, 어사(語辭)가 청완(淸婉)하고 유창하다."라고 평가하였다. 정극인의 「상춘곡」과 더불어 호남가사 문학의 원류가 되면, 그 내용, 형식, 묘사 등에서 정철의 「성산별곡」에 영향을 미쳤다.

「관동별곡」

강호에 병이 깊어 대숲에 누워있었더니
관동팔백리에 방면을 맡기시니, 은혜야말로 갈수록 그지없다.
연추문(경복궁의 서쪽문)을 달려들어가
경회루의 남쪽문 바라보며 하직하고 물러나니
출발준비가 다 되어있다. 양주역 말을 갈아타고 여주로 돌아드니,
원주는 어디메오, 치악이 여기로다.
소양강 느린물이 어디로 든단 말이냐
고신거국에 백발도 많기도 하구나.
철원밤 겨우세워 북관정을 오라가니
삼각산 제일봉이 웬만하면 보일것도 같구나
궁왕대궐 터의 오작이 지저귀니 천고 흥망을 아는가 모르는가.
회양네 이름이 마초와 같을시고,
급장유의 풍채를 다시 보아야 하겠구나.
영중이 무사ㄹ하고 시절이 삼월인데

화천시내길이 풍악으로 뻗어있다.
행장을 다 떨어버리고 석경의 막대짚어,
백천동 곁을 지나서 만폭동 드러가니,
은 같은 무지개, 옥같은 용의 꼬리, 섞어 돌며 뿜는 소리
십리에 자자하니, 들을 때는 우러러 보이는 눈이로다.
금강대 맨윗층의 선학이 새끼 치니,
춘풍옥덕성의 첫잠을 깨엇던지,
호의현상이 반공에 솟아뜨니,
서호 녯주인(송강 임포)을 반겨서 넘노는듯.
크고 작은 봉우리 눈아래 보이고,
정양사진헐대 다시올라 앉으니,
금강산의 참모습이 여기서야 다 보인다.
아아, 조물주의 솜씨가 야단스럽기도 야단스럽구나!
— 중략 —
소나무 뿌리를 베고 누워서 선잠을 얼핏드니
꿈에 신선이 나타나 나에게 이르는 말이
~정철 그대를 내가 모르겠느냐?
그대는 하늘나라에서 살았던 신선이라,
황정경 한글자를 어찌 잘못 읽어두고
인간세상에 귀양내려와서 우리를 따르는가?
잠깐만 가지마오. 이술한잔 먹어보오
“이술가져다가 온세상에 고루 나누어
모든 백성을 다 취하게 만든 후에
그때에야 다시 만나 또 한잔 합시다”하는 내말이 끝나자마자,
신선은 학을 타고 아득한 하늘나라로 올라가니
공중에서 들려오는 옥피리소리가 어제런가
그제던가 아련히 들려오네.

「관동별곡」은 1580년(선조 13) 정철(鄭澈)이 지은 가사이다. 작자가 45세 되는 해 정월에 강원도관찰사의 직함을 받고 원주에 부임하여, 3월에

내금강 · 외금강 · 해금강과 관동팔경을 두루 유람하는 가운데 뛰어난 경치와 그에 따른 감흥을 표현한 작품이다. 율격은 가사의 전형적인 4음 4보격을 주축으로 하고 있다. 또한, 진술양식에서 작자가 독자에게 직접 말하기도 하고, 등장인물인 신선(神仙)과의 대화를 보여주기도 한다. 이 작품은 감탄사와 생략법과 대구법을 적절히 사용하고 있어 우리말을 시적으로 사용하는 작자의 뛰어난 문장력이 잘 나타나 있다. 송강 정철의 빼어난 가사 작품의 하나인 이 작품은 단순히 기행에 따른 견문(見聞)과는 달리 경험 속에 임금을 그리워하는 마음과 신선이 되어 자유로이 놀러 다니는 꿈을 융화시켜 보여 주는 것 이외에도, 특히 인간 내면의 갈등과 그 해소 과정을 함축적으로 잘 드러내었다는 데서 오늘날 우리에게도 감동을 주고 있다. 특히 「관동별곡」에서 갈등의 양상과 극복은 자연에의 몰입과 도취를 추구하는 도교적(道敎的) 신선 추구와 충의, 우국, 애민 등을 지향하는 유교적 충의사상의 대립과 갈등을 드러내고 있다. 송강의 빼어난 경치 묘사의 특징은 생략과 비약에 의한 전개, 역동적인 움직임의 포착에 의한 박진감 있는 경치 묘사가 특징이다.

「사미인곡」 – 정철

이 몸 삼기실 제 님을 조차 삼기시니, ᄒᆞᆫᄉᆡᆼ 緣연分분이며 하ᄂᆞᆯ 모ᄅᆞᆯ 일이런가. 나 ᄒᆞ나 졈어 잇고 님 ᄒᆞ나 날 괴시니, 이 ᄆᆞ음 이 ᄉᆞ랑 견졸 ᄃᆡ 노여 업다. 平평生ᄉᆡᆼ애 願원ᄒᆞ요ᄃᆡ ᄒᆞᆫᄃᆡ 녜쟈 ᄒᆞ얏더니, 늙거야 므ᄉᆞ 일로 외오 두고 글이ᄂᆞᆫ고. 엇그제 님을 뫼셔 廣광寒한殿뎐의 올낫더니, 그 더ᄃᆡ 엇디ᄒᆞ야 下하界계예 ᄂᆞ려오니, 올 저긔 비슨 머리 헛틀언 디 三삼年년일쇠. 臙연脂지 粉분 잇ᄂᆡ마ᄂᆞᆫ 눌 위ᄒᆞ야 고이 ᄒᆞᆯ고. ᄆᆞ음의 ᄆᆡ친 실음 疊텹疊텹이 ᄡᅡ혀 이셔, 짓ᄂᆞ니 한숨이오 디ᄂᆞ니 눈믈이라. 人인生ᄉᆡᆼ은 有유限ᄒᆞᆫᄒᆞᆫᄃᆡ 시름도 그지 업다. 無무心심ᄒᆞᆫ 歲셰月월은 믈 흐ᄅᆞ듯 ᄒᆞᄂᆞᆫ고야. 炎염凉냥이 ᄣᅢ를 아라 가ᄂᆞᆫ ᄃᆞᆺ 고텨 오니, 듯거니 보거니 늣길 일도 하도 할샤.

東동風풍이 건듯 부러 積적雪셜을 헤텨 내니, 窓창 밧긔 심근 梅미花화 두세 가지 픠여셰라. ᄀᆞ득 冷닝淡담ᄒᆞᆫᄃᆡ 暗암香향은 므ᄉᆞ 일고. 黃황昏혼의 ᄃᆞᆯ이 조차 벼마ᄐᆡ 빗최니, 늣기ᄂᆞᆫ ᄃᆞᆺ 반기ᄂᆞᆫ 듯 님이신가 아니신가. 뎌 梅미花화 것거 내여 님 겨신 ᄃᆡ 보내오져. 님이 너ᄅᆞᆯ 보고 엇더타 너기실고.

ᄭᅩᆺ 디고 새 닙 나니 綠녹陰음이 ᄭᆞᆯ렷ᄂᆞᆫᄃᆡ, 羅나幃위 寂적寞막ᄒᆞ고 繡슈幕막이 뷔여 잇다. 芙부蓉용을 거더 노코 孔공雀쟉을 둘러 두니, ᄀᆞ득 시름 한ᄃᆡ 날은 엇디 기돗던고. 鴛원鴦앙錦금 버혀 노코 五오色ᄉᆡᆨ線션 플텨 내여 금자ᄒᆡ 견화이셔 님의 옷 지어 내니, 手슈品품은 ᄏᆞ니와 制졔度도도 ᄀᆞᄌᆞᆯ시고. 珊산瑚호樹슈 지게 우ᄒᆡ 白ᄇᆡᆨ玉옥函함의 다마 두고, 님의게 보내오려 님 겨신 ᄃᆡ ᄇᆞ라보니, 山산인가 구롬인가 머흐도 머흘시고. 千쳔里리 萬만里리 길ᄒᆡ 뉘라셔 ᄎᆞ자 갈고. 니거든 여러 두고 날인가 반기실가.

ᄒᆞᄅᆞ밤 서리김의 기러기 우러녈 제, 危위樓루에 혼자 올나 水슈晶정簾념을 거든마리, 東동山산의 ᄃᆞᆯ이 나고 北븍極극의 별이 뵈니, 님이신가 반기니 눈믈이 절로 난다. 淸청光광을 픠여 내여 鳳봉凰황樓누의 븟티고져. 樓누 우ᄒᆡ 거러 두고 八팔荒황의 다 비최여, 深심山산 窮궁谷곡 졈낫ᄀᆞ티 ᄆᆡᆼ그쇼셔.

乾건坤곤이 閉폐塞ᄉᆡᆨᄒᆞ야 白ᄇᆡᆨ雪셜이 ᄒᆞᆫ 빗친 제, 사ᄅᆞᆷ은ᄏᆞ니와 ᄂᆞᆯ새도 긋쳐 잇다. 瀟쇼湘상 南남畔반도 치오미 이러커든 玉옥樓누 高고處쳐야 더옥 닐너 므ᄉᆞᆷᄒᆞ리. 陽양春츈을 부쳐 내여 님 겨신 ᄃᆡ 쏘이고져. 茅모簷쳠 비쵠 ᄒᆡᄅᆞᆯ 玉옥樓누의 올리고져. 紅홍裳샹을 니믜ᄎᆞ고 翠취袖슈ᄅᆞᆯ 반만 거더 日일暮모脩슈竹듁의 혬가림도 하도 할샤. 댜ᄅᆞᆫ ᄒᆡ 수이 디여 긴 밤을 고초 안자, 靑청燈등 거론 겻ᄐᆡ 鈿뎐箜공篌후 노하 두고, ᄭᅮᆷ의나 님을 보려 ᄐᆡᆨ 밧고 비겨시니, 鴦앙衾금도 ᄎᆞ도 ᄎᆞᆯ샤 이 밤은 언제 샐고.

ᄒᆞᄅᆞ도 열두 ᄣᅢ, ᄒᆞᆫ ᄃᆞᆯ도 셜흔 날, 져근덧 ᄉᆡᆼ각 마라. 이 시ᄅᆞᆷ 닛쟈 ᄒᆞ니, ᄆᆞᄋᆞᆷ의 ᄆᆡ쳐 이셔 骨골髓슈의 ᄢᅦ텨시니, 扁편鵲쟉이 열히 오다 이 병을 엇디ᄒᆞ리. 어와 내 병이야 이 님의 타시로다. ᄎᆞᆯ하리 ᄉᆡ어디여 범나븨 되오리라. 곳나모 가지마다 간 ᄃᆡ 죡죡 안니다가, 향 므든 ᄂᆞᆯ애로

님의 오ᄉᆡ 올므리라. 님이야 날인 줄 모ᄅᆞ셔도 내 님 조ᄎᆞ려 ᄒᆞ노라.

「사미인곡」은 송강 정철이 50세 되던 해에 조정에서 물러나 4년간 전남 담양 창평에서 은거하며 불우한 생활을 하고 있을 때에 지은 작품이다.

창작 배경을 고려할 때, 이 노래는 왕과 자신의 충정을 하소연할 목적으로 지은 것이다. 그러나 이 노래는 왕과 자신의 관계를 직접적으로 표출하는 대신, 자신을 임의 사랑을 받지 못하는 여자로, 임금(선조)을 임으로 설정하고 네 계절의 경물을 완상하는 가운데 이별한 임을 그리워하는 형식을 취하고 있다. 작품 전체는 서사, 본사, 결사로 구성되고, 본사는 다시 봄, 여름, 가을, 겨울로 나뉘어 있다. 계절에 따른 자연의 변화를 그리면서 그 가운데서 솟아오르는 연군의 정을 엮어 낸 솜씨가 탁월하다. 특히 임이 나를 모르더라도 나는 임을 따르겠다는 결사는 한 여인의 절절한 애정의 표현이자 신하로서의 일편단심의 충정을 함축하고 있다. 뛰어난 우리말 구사의 세련된 표현으로 속편인 「속미인곡」과 함께 가사문학 최고의 걸작으로 꼽히고 있다.

임금을 사랑하는 임으로 설정하는 방식은 고려속요 '정과정'과 맥을 같이 하고 있으며, 우리 시가의 전통인 부재하는 임에 대한 자기희생적 사랑을 보이고 있다는 점에서 「가시리」, 「동동」 등에 이어져 있다고 할 수 있다.

「속미인곡」 — 정철

뎨 가ᄂᆞᆫ 뎌 각시 본 ᄃᆞᆺ도 ᄒᆞᆫ뎌이고. 텬天샹上 ᄇᆡᆨ白옥玉경京을 엇디ᄒᆞ야 니離별別ᄒᆞ고, ᄒᆡ 다 뎌 져믄 날의 눌을 보라 가시ᄂᆞᆫ고. 어와 네여이고 내 ᄉᆞ셜 드러 보오. 내 얼굴 이 거동이 님 괴얌즉 ᄒᆞᆫ가마ᄂᆞᆫ 엇딘디 날 보시고 네로다 녀기실ᄉᆡ 나도 님을 미더 군ᄠᅳ디 전혀 업서 이ᄅᆡ야 교ᄐᆡ야 어ᄌᆞ러이 구돗썬디 반기시ᄂᆞᆫ ᄂᆞᆺ비치 녜와 엇디 다ᄅᆞ신고. 누어 ᄉᆡᆼ각ᄒᆞ고 니러 안자 혜여ᄒᆞ니 내 몸의 지은 죄 뫼ᄀᆞ티 싸혀시니 하ᄂᆞᆯ히라 원망ᄒᆞ며 사ᄅᆞᆷ이라 허믈ᄒᆞ랴 셜워 플텨 혜니 조造믈物의 타시로다.
글란 ᄉᆡᆼ각 마오. ᄆᆡ친 일이 이셔이다. 님을 뫼셔 이셔 님의 일을 내 알거니 믈 ᄀᆞᄐᆞᆫ 얼굴이 편ᄒᆞ실 적 몃 날일고. 츈春한寒 고苦열熱은 엇디 ᄒᆞ야 디내시며 츄秋일日동冬텬天은 뉘라셔 뫼셧ᄂᆞᆫ고. 쥭粥조早반飯 죠朝셕夕 뫼 녜와 ᄀᆞᆺ티 셰시ᄂᆞᆫ가. 기나긴 밤의 ᄌᆞᆷ은 엇디 자시ᄂᆞᆫ고. 님다히 쇼消식息을 아므려나 아쟈 ᄒᆞ니 오ᄂᆞᆯ도 거의로다. ᄂᆡ일이나 사ᄅᆞᆷ 올가. 내 ᄆᆞᄋᆞᆷ 둘 ᄃᆡ 업다. 어드러로 가쟈 말고. 잡거니 밀거니 놉픈 뫼ᄒᆡ 올라가니 구롬은ᄏᆞ니와 안개ᄂᆞᆫ 므ᄉᆞ일고. 산山쳔川이 어둡거니 일日월月을 엇디 보며 지咫쳑尺을 모ᄅᆞ거든 쳔千리里ᄅᆞᆯ ᄇᆞ라보랴. ᄎᆞᆯ하리 믈ᄀᆞ의 가 ᄇᆡ 길히나 보쟈 ᄒᆞ니 ᄇᆞ람이야 믈결이야 어둥졍 된뎌이고. 샤공은 어ᄃᆡ 가고 븬 ᄇᆡ만 걸렷ᄂᆞ니. 강江텬天의 혼쟈 셔서 디ᄂᆞᆫ ᄒᆡᄅᆞᆯ 구버보니 님다히 쇼消식息이 더옥 아득ᄒᆞᆫ뎌이고. 모茅쳠簷 ᄎᆞᆫ자리의 밤듕만 도라오니 반半벽壁쳥靑등燈은 눌 위ᄒᆞ야 ᄇᆞᆯ갓ᄂᆞᆫ고. 오ᄅᆞ며 ᄂᆞ리며 헤ᄯᅳ며 바니니 져근덧 녁力진盡ᄒᆞ야 풋ᄌᆞᆷ을 잠간 드니 졍精셩誠이 지극ᄒᆞ야 ᄭᅮᆷ의 님을 보니 옥玉 ᄀᆞᄐᆞᆫ 얼굴이 반半이나마 늘거셰라. ᄆᆞᄋᆞᆷ의 머근 말ᄉᆞᆷ 슬ᄏᆞ장 ᄉᆞᆲ쟈 ᄒᆞ니 눈믈이 바라 나니 말인들 어이ᄒᆞ며 졍情을 못다ᄒᆞ야 목이조차 몌여ᄒᆞ니 오뎐된 계鷄셩聲의 ᄌᆞᆷ은 엇디 ᄭᆡ돗던고.
어와, 허虛ᄉᆞ事로다. 이 님이 어ᄃᆡ 간고. 결의 니러 안자 창窓을 열고 ᄇᆞ라보니 어엿븐 그림재 날 조ᄎᆞᆯ ᄲᅮᆫ이로다. ᄎᆞᆯ하리 ᄉᆡ여디여 낙落월月이나 되야이셔 님 겨신 창窓 안ᄒᆡ 번드시 비최리라. 각시님 ᄃᆞᆯ이야ᄏᆞ니와 구ᄌᆞᆫ 비나 되쇼셔.

「속미인곡」은 「사미인곡」의 속편으로 우리말 표현이 가장 뛰어난 작품으로 평가되고 있다. 「사미인곡」과 달리 한자숙어와 전고(典故), 전례(典例)와 고사(故事)가 거의 들어가 있지 않다. 또한 이 작품은 시적화자의 일방적인 독백으로 이끌어 간 것이 아니라, 보조적 인물을 설정하여 두 여인의 대화 형식으로 전개되고 있다는 점에서 참신한 맛을 엿볼 수 있다. 화자가 상대방 여인의 물음에 답하는 형식으로 해서 자신의 사연을 풀어내고, 동등하게 묻도 답하기보다는 화자가 자신의 서러운 사연을 길게 토로하고 있다. 이러한 사설에 대하여 상대 여인은 아주 짧게 개입함으로써 단락을 전환시키고 또 매듭을 짓는 방식으로 되어 있다. 그래서 사연은 사연대로 길게 풀고, 대화 상대자가 개입하여 위로하거나 공감을 표시함으로써 그 사연이 일방적인, 주관적인 것이 아니라 다른 사람의 동의할 수 있는 절실한, 객관적인 사연으로 드러나게 된다.

「**규원가**」 — **허난설헌**

엇그제 졈엇더니 ᄒᆞ마 어이 다 늘거니. 소년 행락(少年行樂) ᄉᆡᇰ각ᄒᆞ니 닐너도 쇽절업다. 늙거야 셜운 말솜 ᄒᆞ쟈 ᄒᆞ니 목이 멘다. 부생모육(父生母育) 신고(辛苦)ᄒᆞ야 이 내 몸 길너낼 제 공후 배필(公侯配匹) 못 ᄇᆞ라도 군자호구(君子好逑) 원(願)ᄒᆞ더니 삼생(三生)의 원업(怨業)이오 월하(月下)의 연분(緣分)으로 장안 유협(長安遊俠) 경박자(輕薄者)를 ᄭᅮᆷᄀᆞᆮ치 맛나 이셔 당시(當時)에 용심(用心)ᄒᆞ기 살어름 드듸ᄂᆞᆫ ᄃᆞᆺ. 삼오이팔(三五二八) 겨오 디나 천연여질(天然麗質) 절노 이니 이 얼골 이 태도(態度)로 백년 기약(百年期約) ᄒᆞ얏더니 연광(年光)이 훌훌ᄒᆞ고 조물(造物)이 다시(多猜)ᄒᆞ야 봄ᄇᆞᄅᆞᆷ ᄀᆞ을믈이 뵈오리 북 디나듯. 설빈 화안(雪鬢花顔) 어ᄃᆡ 두고 면목가증(面目可憎) 되거고나. 내 얼골 내 보거니 어느 님이 날 괼소냐. 스ᄉᆞ로 참괴(慚愧)ᄒᆞ니 누구를 원망(怨望)ᄒᆞ랴.

三三五五 야유원(冶遊園)의 새 사ᄅᆞᆷ이 나닷 말가. 곳 ᄑᆡ고 날 저물 제 정처(定處) 업시 나가 이셔 백마 금편(白馬 金鞭)으로 어ᄃᆡ 어ᄃᆡ 머므ᄂᆞᆫ고. 원근(遠近)을 모ᄅᆞ거니 소식(消息)이야 더욱 알냐. 인연(因緣)을 ᄉᆞᆺ처신들 ᄉᆡᇰ각이야 업슬소냐. 얼굴을 못보거든 그립기나 마르려믄. 열 두 째 김도 길샤 셜흔 날 지리(支離)ᄒᆞ다. 옥창(玉窓)의 심근 매화(梅花) 몃 번이나 ᄑᆡ여 딘고. 겨을 밤 ᄎᆞ고 ᄎᆞᆫ 제 자최눈 섯거 치고 녀름 날 길고 길 제 구ᄌᆞᆫ 비ᄂᆞᆫ 므슴 일고. 삼춘화류(三春花柳) 호시절(好時節)의 경물(景物)이 시름업다. ᄀᆞ을ᄃᆞᆯ 방(房)의 들고 실솔(蟋蟀)이 상(床)의 울 제 긴 한숨 디ᄂᆞᆫ 눈물 쇽절업시 혬만 만타. 아마도 모딘 목숨 죽기도 어려울사 도ᄅᆞ혀 플텨 혜니 이리ᄒᆞ야 어이ᄒᆞ리. 청등(靑燈)을 돌나 노코 녹기금(綠綺琴) 빗기 안아 벽련화(碧蓮花) ᄒᆞᆫ 곡조(曲調)를

시름조차 섯거 ᄐᆞ니 소상 야우(瀟湘 夜雨)의 댓소ᄅᆡ 섯도ᄂᆞᆫ ᄃᆞᆺ, 화표(華表) 천년(千年)의 별학(別鶴)이 우니ᄂᆞᆫ ᄃᆞᆺ. 옥수(玉手)의 ᄐᆞᄂᆞᆫ 수단(手段) 녯 소ᄅᆡ 잇다마ᄂᆞᆫ 부용장(芙蓉帳) 적막(寂寞)ᄒᆞ니 뉘 귀에 들리소니. 간장(肝腸)이 구곡(九曲)되야 구ᄇᆡ구ᄇᆡ 근처세라

출하리 잠을 드러 ᄭᅮᆷ의나 보려 ᄒᆞ니 ᄇᆞᄅᆞᆷ의 디ᄂᆞᆫ 닙과 풀 속의 우ᄂᆞᆫ 즘ᄉᆡᆼ 므스 일 원수(怨讐)로셔 잠조차 ᄭᆡ오ᄂᆞᆫ다. 천상(天上)의 견우직녀(牽牛織女) 은하수(銀河水) 막혀서도 칠월칠석(七月七夕) 일년일도(一年一度) 실기(失期)티 아니거든 우리 님 가신 후(後)ᄂᆞᆫ 므슴 약수(弱水) ᄀᆞ렷관대 오거나 가거나 소식(消息)조차 그쳣ᄂᆞᆫ고. 난간(欄干)의 비겨 셔셔 님 가신 ᄃᆡ ᄇᆞ라보니 초로(草露)ᄂᆞᆫ ᄆᆡ쳐 잇고 모운(暮雲)이 디나갈 제 죽림(竹林) 푸른 고ᄃᆡ 새 소ᄅᆡ 더옥 설다. 세상(世上)의 설운 사ᄅᆞᆷ 수(數)업다 ᄒᆞ려니와 박명(薄命)ᄒᆞᆫ 홍안(紅顔)이야 날 ᄀᆞᆺᄒᆞ니 ᄯᅩ 이실가. 아마도 이 님의 지위로 살동말동 ᄒᆞ여라.

허난설헌이 지은 가사이다. 허난설헌의 본명은 초희(楚姬)이고 호가 난설헌이다. 「홍길동전」의 작가 허균의 누님이다. 홍만종의 「순오지」에는 허균의 첩 무옥이 지은 것이라 되어 있다. 「고금가곡(古今歌曲)」이나 하는데, 조선조 봉건사회에서 독수공방하여 겪는 부녀자의 고독한 심정을 노래한 '규방가사'이다. 당시의 사회에 있어서 여성들은 '삼종지도(三從之道)'나 '여필종부(女必從夫)'라는 윤리 속에서 남성들에 의해서 철저히 지배를 받고 있었다. 따라서 이 작품에 담겨져 있는 슬픔은 여성인 작가 자신이 그러한 사회 속에서 겪어야 하였던 외로움을 담고 있었다. 따라서 이 작품에 담겨져 있는 슬픔은 여성인 작가 자신이 그러한 사회 속에서 겪어야 하였던 외로움과 한(恨)의 표출이라고 이해할 수 있다.

'규방가사'라 함은 조선조 양반 부녀자들이 주로 향유하였던 가사의 일종을 지칭하는 것으로 여성 생활의 고민과 정서를 호소하는 내용으로 이루어져 있다. 이러한 규방가사는 조선후기에 들어 많이 창작되었는데, 양반 사대부들의 가사보다는 오히려 서민가사에 더욱 가까이 접근해 있으

며, '내방가사'라고 하기도 한다.

(2) 조선후기 가사

조선후기의 가사는 실학사상과 같은 현실주의적인 의식이 대두하고, 평민층의 문학적 참여가 증대되면서 앞 시기의 가사와는 다른 면모를 보인다. 양반가사 역시 음풍농월류의 내용에서 벗어나 생활의 구체적인 내용을 다루려는 경향을 띠게 된다. 이 시기의 양반가사 유형으로는 기생가사와 유배가사를 들 수 있다. 박인로의 「선상탄」, 「누항사」, 김인겸의 「일동장유가」, 안조환의 「만언사」, 정학유의 「농가월령가」, 홍순학의 「연행가」 등이 이 시기의 대표적인 작품들이다.

또한 이 시기에는 규방의 여성들에 의해 내방가사가 활발하게 창작되었다. 내방가사는 조선 후기 가정에 숨은 부녀의 손으로 지어지고 또 전해진 노래들의 총칭으로 그 수효가 수십에 이른다. 그 내용은 봉건 시대의 사슬에 얽매여 규중에 숨어 살던 여성들의 하소연과 슬픔, 그리고 남녀간의 애정, 시집살이의 괴로움, 예의범절, 현모양처의 도리 등 부녀자들의 생활을 노래한 것이 대부분이다.

「누항사」 — 박인로

어리고 우활(迂闊)ᄒᆞᆯ산 이 ᄂᆡ 우ᄒᆡ 더니 업다.
길흉 화복(吉凶禍福)을 하날긔 부쳐 두고,
누항(陋巷) 깁픈 곳의 초막(草幕)을 지어 두고,
풍조우석(風朝雨夕)에 석은 딥히 셥히 되야,
셔 홉 밥 닷 홉 죽(粥)에 연기(煙氣)도 하도 할샤.
설 데인 숙냉(熟冷)애 뷘 배 쇡일 ᄲᅮᆫ이로다.
생애 이러ᄒᆞ다 장부(丈夫) ᄯᅳᆺ을 옴길넌가.
안빈 일념(安貧一念)을 젹을망정 품고 이셔,

수의(隨宜)로 살려 ᄒᆞ니 날로 조차 저어(齟齬)ᄒᆞ다.
ᄀᆞ을히 부족(不足)거든 봄이라 유여(有餘)ᄒᆞ며,
주머니 뷔엿거든 병(甁)의라 담겨시랴.
빈곤(貧困)ᄒᆞᆫ 인생(人生)이 천지간(天地間)의 나ᄲᅮᆫ이라.
기한(飢寒)이 절신(切身)ᄒᆞ다 일단심(一丹心)을 이질ᄂᆞᆫ가.
분의 망신(奮義忘身)ᄒᆞ야 죽어야 말녀 너겨,
우탁 우랑(于橐于囊)의 줌줌이 모아 녀코,
병과(兵戈) 오재(五載)예 감사심(敢死心)을 가져 이셔,
이시섭혈(履尸涉血)ᄒᆞ야 몃 백전(百戰)을 지ᄂᆡ연고.
일신(一身)이 여가(餘暇) 잇사 일가(一家)를 도라보랴.
일노장수(一奴長鬚)ᄂᆞᆫ 노주분(奴主分)을 이젓거든,
고여춘급(告余春及)을 어ᄂᆡ 사이 ᄉᆡᆼ각ᄒᆞ리.
경당문노(耕當問奴)인ᄃᆞᆯ 눌ᄃᆞ려 물를ᄂᆞᆫ고.
궁경가색(躬耕稼穡)이 ᄂᆡ 분(分)인 줄 알리로다.
신야경수(莘野耕叟)와 농상경옹(瓏上耕翁)을 천(賤)타 ᄒᆞ리 업것마ᄂᆞᆫ,
아므려 갈고젼ᄃᆞᆯ 어ᄂᆡ 쇼로 갈로손고.
한기태심(旱旣太甚)ᄒᆞ야 시절(時節)이 다 느즌 졔,
서주(西疇) 놉흔 논애 잠깐 긴 녈비예
도상(道上) 무원수(無源水)를 반만ᄭᅡᆫ ᄃᆡ혀두고,
쇼 ᄒᆞᆫ 젹 듀마 ᄒᆞ고 엄섬이 ᄒᆞᄂᆞᆫ 말삼
친절(親切)호라 너긴 집의 ᄃᆞᆯ 업슨 황혼(黃昏)의 허위허위 다라 가셔,
구디 다ᄃᆞᆫ 문(門) 밧긔 어득히 혼자 서셔
큰 기춤 아함이를 양구(良久)토록 ᄒᆞ온 후(後)에,
어와 긔 뉘신고 염치(廉恥) 업산 ᄂᆡ옵노라.
초경(初更)도 거읜ᄃᆡ 긔 엇지 와 겨신고.
연년(年年)에 이러ᄒᆞ기 구차(苟且)ᄒᆞᆫ 줄 알건마ᄂᆞᆫ
쇼 업ᄉᆞᆫ 궁가(窮家)애 혜염 만하 왓삽노라.
공ᄒᆞ니나 갑시나 주엄 즉도 ᄒᆞ다마ᄂᆞᆫ,
다만 어제 밤의 거넨 집 져 사ᄅᆞᆷ이,
목 불근 수기치(雉)을 옥지읍(玉脂泣)게 ᄭᅮ어 ᄂᆡ고,

간 이근 삼해주(三亥酒)을 취(醉)토록 권(勸)ᄒᆞ거든,
이러한 은혜(恩惠)을 어이 아니 갑흘넌고.
내일(來日)로 주마 ᄒᆞ고 큰 언약(言約) ᄒᆞ야거든,
실약(失約)이 미편(未便)ᄒᆞ니 사셜이 어려왜라.
실위(實爲) 그러ᄒᆞ면 혈마 어이ᄒᆞᆯ고.
헌 먼덕 수기 스고 측 업슨 집신에 설피설피 물너 오니,
풍채(風採) 저근 형용(形容)애 ᄀᆡ 즈칠 ᄲᅮᆫ이로다.
와실(蝸室)에 드러간ᄃᆞᆯ 잠이 와사 누어시랴.
북창(北牕)을 비겨 안자 ᄉᆡ배를 기다리니,
무정(無情)한 대승(戴勝)은 이ᄂᆡ 한(恨)을 도우ᄂᆞ다.
종조(終朝) 추창(惆悵)ᄒᆞ야 먼 들흘 바라보니,
즐기ᄂᆞᆫ 농가(農歌)도 흥(興) 업서 들리ᄂᆞ다.
세정(世情) 모ᄅᆞᆫ 한숨은 그칠 줄을 모ᄅᆞᄂᆞ다.
아ᄭᅡ온 져 소뷔ᄂᆞᆫ 볏보님도 됴ᄒᆞᆯ세고.
가시 엉귄 묵은 밧도 용이(容易)케 갈련마ᄂᆞᆫ,
허당 반벽(虛堂半壁)에 슬ᄃᆡ업시 걸려고야.
춘경(春耕)도 거의거다 후리쳐 더뎌 두쟈.
강호(江湖) ᄒᆞᆫ 쑴을 ᄭᅮ언지도 오ᄅᆡ러니,
구복(口腹)이 위루(爲累)ᄒᆞ야 어지버 이져쎠다.
첨피기욱(瞻彼淇澳)혼ᄃᆡ 녹죽(綠竹)도 하도 할샤.
유비군자(有斐君子)들아 낙ᄃᆡ ᄒᆞ나 빌려ᄉᆞ라.
노화(蘆花) 깁픈 곳애 명월 청풍(明月淸風) 벗이 되야,
님ᄌᆡ 업슨 풍월강산(風月江山)애 절로절로 늘그리라.
무심(無心)한 백구(白鷗)야 오라 ᄒᆞ며 말라 ᄒᆞ랴.
다토리 업슬ᄉᆞᆫ 다문 인가 너기로라.
무상(無狀)한 이 몸애 무ᄉᆞᆫ 지취(志趣) 이스리마ᄂᆞᆫ,
두세 이렁 밧논를 다 무겨 더뎌 두고,
이시면 죽(粥)이오 업시면 굴물망정,
남의 집 남의 거슨 전혀 부러 말렷스라.
ᄂᆡ 빈천(貧賤) 슬히 너겨 손을 헤다 물너가며,

남의 부귀(富貴) 불리 너겨 손을 치다 나아오랴.
인간(人間) 어닉 일이 명(命) 밧긔 삼겨시리.
빈이무원(貧而無怨)을 어렵다 ᄒᆞ건마ᄂᆞᆫ
닉 생애(生涯) 이러호되 설온 뜻은 업노왜라.
단사표음(簞食瓢飮)을 이도 족(足)히 너기로라.
평생(平生) ᄒᆞᆫ 뜻이 온포(溫飽)애ᄂᆞᆫ 업노왜라.
태평천하(太平天下)애 충효(忠孝)를 일을 삼아
화형제(和兄弟) 신붕우(信朋友) 외다 ᄒᆞ리 뉘 이시리.
그 밧긔 남은 일이야 삼긴 ᄃᆡ로 살렷노라.

「누항사」는 이덕형이 찾아와 누항(陋巷) 생활의 어려움을 묻자 박인로가 이에 대한 답으로 지은 작품이다. 박인로의 누항은 세속의 생활을 영위해야 하는 것이고, 밥을 끓이고 매운 연기를 맡아야 하는 곳이다. 이처럼 누항 깊은 곳에 초막을 지어 가난한 생활을 할 때에 추위와 배고픔으로 인한 어려움과 수치스러움은 크지만 그대로 누항에 묻혀 자연을 벗삼아서 빈이무원(貧里無怨)하고 충효와 형제간의 우애, 친구간의 신의를 저버리지 않겠다는 내용으로 되어 있다.

「누항사」는 자연에 묻혀 사는 생활을 읊고 있다는 점에서는 조선전기의 가사를 계승하였다고 할 수 있지만 한편으로는 임진왜란 후의 어려운 현실을 사실적으로 그렸다는 점에서는 조선후기 장편가사들의 출현에 직접적인 영향을 끼쳤다고 할 수 있다. 특히 이 작품은 표현 면에서 지금까지 가사에는 쓰이지 않았던 일상 생활어를 구사하여 작품에 생동감과 구체성을 부여하는 탁월함을 보임으로써 후기가사의 새로운 방향을 제시하는 선구적 역할을 하였다. 조선전기 가사가 주로 양반층에 의해 창작되었고 강호시가(江湖詩歌)의 범주에 드는 작품들이 많으며 전반적으로 서정적인 경향이 강하였던 것이 비해 조선후기 가사는 작자층이 다양화되면서 작품 경향이 여러 방향으로 분화되고, 생활 현실을 사실적으로 그리는 작품들이 많아지는 변화가 나타났다. 이 작품은 바로 이와 같은 변화의 흐름을 뚜렷하게 보여 준다는 점에서 문학사적으로 중요한 위치를 차지한다.

「만언사」 — 안조환

어와 벗님네야 이 내 말씀 들어보소
인생 천지간에 그 아니 느껴온가
평생을 다 살아도 다만지 백년이라
하물며 백년이 반듯기 어려우니
백구지과극이요 창해지일속이라
역려 건곤에 지나가는 손이로다
빌어온 인생이 꿈의 몸 가지고서
남아의 하올 일을 역력히 다 하여도
풀 끝에 이슬이라 오히려 덧없거든
어와 내 일이야 광음을 헤어보니
반생이 채 못되어 六六에 둘이 없네
이왕 일 생각하고 즉금 일 헤아리니
번복도 측량없다 승침도 하도할사
남대되 그러한가 내 홀로 이러한가
아무리 내 일이라 내 역시 내 몰라라
장우단탄 절로 나니 도중상감 뿐이로다

부모생아 하오실 제 제 죽은 나를 나으시니
부귀공명 하려던지 절도고생 하려던지
천명이 기압던지 선방으로 서험한지
일주야 죽은 아해 홀연히 살아나네
평생길흉 점복할 제 수부강녕 가졌으니
귀양 갈 적 있었으며 이별순들 있었으랴
빛난 채의 몸이러니 노래자를 효측하여

부모앞에 어린 체로 시름 없이 자라더니
어와 기박하다 나의 명도 기박하다
십일세에 자모상에 호곡애통 혼절하니
그때나 죽었더면 이때 고생 아니 보리
한번 세상 두번 살아 인간행락 하려던지
종천지통 슬픈 눈물 매봉가절 몇 번인고
십년양육 외가은공 호의호식 그렸으랴
잊은 일도 많다마는 봉공무하 함이로다
어진 자당 들어오셔 임사지덕 가지시니
맹모의 삼천지교 일마다 법이로다
– 중략 –
좀전에 적던 식량 크기는 어쩐 일고
한 그릇 담은 밥은 주린 범의 가재로다
조반석죽이면 부가옹 부러하랴
아침은 죽이더니 저녁은 그도 없네
못먹어 배고프니 허리띠 탓이런가
허기져 눈 깊으니 뒤꼭도 거의로다
정신이 아득하니 운무에 쌓였는가
한 되 밥 쾌히 지어 슬카지 먹고파져
이러한들 어찌하며 저러한들 어찌하리
천고만상을 아모련들 어찌하리
의복이 족한 후에 예절을 알 것이고
기한이 작심하면 염치를 모르나니
궁무소 불위함은 옛사람의 이른 바라
사불관면은 군자의 예절이요
기불탁속은 장부의 염치로다
질풍이 분 연후에 경초를 아옵나니
궁차익견하여는 청운에 뜻이 없어
삼순구식을 먹으나 못 먹으나
십년일관을 쓰거나 못 쓰거나

염치를 모를 것가 예절을 바랄 것가
내 생애 내 벌어서 구차를 면차하니
처음에 못 하던 일 나종은 다 배혼다
자리치기 먼저 하자 틀을 꽂아 나려놓고
바늘대를 뽐내면서 바디를 드놓을 제
두 어깨 문어지고 팔과 목이 부러진다
멍석 한 잎 들었으니 돈 오분이 값이로다
약한 근력 강작하여 부지런을 내자하니
손뿌리에 피가 나서 조희 골모 얼리로다
실 같은 이 잔명을 끊음즉도 하다마는
아마도 모진 목숨 내 목숨뿐이로다
인명이 지중함을 이제와 알리로다
누구서 이르기를 세월이 약이라도
내 설움 오랠사록 화약이나 아니 될가

날이 지나 달이 가고 해가 지나 돐이로다
상년에 비던 보리 올해 고쳐 비어 먹고
지난 여름 낚던 고기 이 여름에 또 낚으니
새 보리밥 담아 놓고 가삼 맥혀 못 먹으니
뛰든 고기 회를 친들 목이 메어 들어가랴
설워함도 남에 없고 못견딤도 별로하니
내 고생 한 해 함은 남의 고생 십년이라
흉즉길함 되올는가 고진감래 언제 할고
하나님께 비나이다 설은 원정 비나이다
책력도 해 묵으면 고쳐 쓰지 아니하고
노호염도 밤이 자면 풀어져서 버리나니
세사도 묵어지고 인사도 묵었으니
천사만사 탕척하고 그만 저만 서용하사
끊쳐진 옛 인연을 고쳐 잇게 하옵소서

유배가사의 하나로, 조선 정조 때 대전별감(大殿別監)이던 안조환(安肇煥)이 지은 가사(歌辭)로 「사고향(思故鄕)」이라고도 한다. 이본으로 필사본 3종이 전하며, 필사본에 따라 작자 안조환이 안도환으로 기록되어 있기도 하다. 작자가 34세 때에 추자도(楸子島)로 유배된 사건을 작품의 배경으로 하고 있다. 「만언사」라는 주가사(主歌詞)와 「단언답사(亶言答詞)」, 「사부모(思父母)」, 「사처(思妻)」, 「사자(思子)」, 「사백부(思伯父)」로 구성된 작품이다. 내용은 추자도로 유배당한 신세 한탄과 함께 자신의 과거사를 회상한다. 작자가 주색에 빠져서 국고금을 축낸 죄로 34세 때 추자도(楸子島)에 귀양 가서 굶주림과 추위에 시달리며 지은 죄를 눈물로 회개하는 내용을 애절하게 읊었다. 이 작품이 서울에 전하자 궁녀들이 읽고 눈물을 흘리지 않는 이가 없었고, 이로 인하여 이것이 임금에게 알려져 유배에서 풀려났다는 일화도 있다.

조위(曺偉)의 「만분가(萬憤歌)」, 김진형(金鎭衡)의 「북천가(北遷歌)」 등과 아울러 유배문학(流配文學)에 속하는 가사이나, 다른 가사와는 달리 자신의 체험과 감정을 고스란히 표백(表白)하여 놓은 사실적인 작품이라는 점에서 재평가된다. 전편(前篇) 2,916구, 속편(續篇) 594구로 된 장편가사로, 3종의 필사본이 전하는데, 모두 한글로 쓰였다. 김진형이 지은 장편 유배가사인 「북천가」와 더불어 쌍벽을 이루었으며, 「만언사」의 경우 현실 세계의 질곡에 대한 발분적 정서가 정론적인 차원에서는 이루어지지 않고 있지만, 유배 생활 자체에서 느끼는 고통과 분노의 차원에서는 전형적인 형태로 형상화되고 있다. 연군적 서정성이 약화된 반면 유배 생활에서 느끼는 슬픔과 분노가 보다 전형적인 형태로 형상화된 것이다.

이 작품은 유배문학에 속하는 다른 가사들에 비해 자신의 체험과 감정을 사실적으로 밝혀 놓았다는 점에서 매우 특징적이다. 이 작품의 작가는 당쟁과는 관계없이 공무상의 개인적인 비리로 유배되었기 때문에 유배 생활의 억울함을 주장하지 않았으며, 임금에 대한 그리움이나 충성심이 작품의 지배적 정서로 나타나지도 않는다. 다만 유배지에서의 궁핍한 생활상과 그 속에서 느끼는 고통을 사실적으로 드러내는 데에 치중하고 있을 뿐이다. 그래서 어조 면에서 양반들의 점잖은 또는 의연한 태도 같은 것이 눈에 띄지 않으며, 절절한 신세 한탄에서 회한의 어조를 강하게 느낄 수 있다. 즉, 허식과 과장으로 자기를 변호하는 성격이 강한 유배문학의 범주에서 벗어나 평민적인 사실성을 보이는 데 근접한 작품이다.

「일동장유가」 – 김인겸

평ᄉᆡᆼ의 소활(疎闊)ᄒᆞ야 공명(功名)의 쁘디 업ᄂᆡ.
진ᄉᆞ 청명(淸名) 죡ᄒᆞ거니 대과(大科)ᄒᆞ야 무엇ᄒᆞ리.
댱듕 제구(場中諸具) 업시ᄒᆞ고 유산(遊山) ᄒᆡᆼ장(行裝) 출혀 내여,
팔도(八道)로 두루 노라 명산(名山) 대천(大川) 다 본 후의
풍월(風月)을 희롱(戱弄)ᄒᆞ고 금호(錦湖)의 누엇더니
북창(北窓)의 ᄌᆞᆷ을 ᄭᆡ야 세샹 긔별 드러 ᄒᆞ니
관ᄇᆡᆨ(關白)이 죽다 ᄒᆞ고 통신ᄉᆞ(通信使) 쳥ᄒᆞᆫ다ᄂᆡ.
이 ᄯᆡᄂᆞᆫ 어ᄂᆞ ᄯᆡᆫ고, 계미(癸未) 팔월 초삼이라.
북궐(北闕)의 하딕(下直)ᄒᆞ고 남대문 내ᄃᆞ라셔
관왕묘(關王廟) 얼픗 지나 젼ᄉᆡᆼ셔(典牲署) 다ᄃᆞ르니
ᄉᆞᄒᆡᆼ을 젼별(餞別)ᄒᆞ랴 만됴(滿潮) 공경(公卿) 다 모닷ᄂᆡ.
곳곳이 댱막(帳幕)이오 집집이 안마로다.
좌우 젼후 뫼와 들어 인산인ᄒᆡ(人山人海) 되어시니
졍 잇ᄂᆞᆫ 친구들은 손 잡고 우탄(吁嘆)ᄒᆞ고
쳘 모르ᄂᆞᆫ 소년들은 불워ᄒᆞ기 측량(測量) 업ᄂᆡ.
셕양(夕陽)이 거의 되니 ᄂᆞᆺᄂᆞᆺ치 고별(告別)ᄒᆞ고
상마포(上馬砲) 세 번 노코 ᄎᆞ례로 ᄯᅥ나갈ᄉᆡ
졀월(節鉞), 젼ᄇᆡ(前陪) 군관(軍官) 국셔(國書)ᄅᆞᆯ 인도ᄒᆞ고
비단 일산(日傘) 슌시(巡視) 녕긔(令旗) ᄉᆞ신(使臣)을 뫼와셧다.
내 역시 뒤흘 ᄯᆞ라 역마(驛馬)ᄅᆞᆯ 칩더 ᄐᆞ니
가치옷 지로 나쟝(指路羅將) 깃 ᄭᆞᆺ고 압희 셔고

마두셔자(馬頭書子) 부촉ᄒᆞ고 빵겻마 잡앗고나.
셰ᄑᆡ놈의 된소ᄅᆡ로 권마셩(勸馬聲)은 무ᄉᆞᆷ 일고.
아모리 말나여도 전례(前例)라고 부ᄃᆡ ᄒᆞᄂᆡ.
ᄇᆡᆨ슈(白鬚)의 늙은 션ᄇᆡ 졸연(猝然)이 별셩(別星) 노ᄅᆞᆺ
우ᄉᆞᆸ고 긔괴(奇怪)ᄒᆞ니 ᄂᆞᆷ 보기 슈괴(羞愧)ᄒᆞ다 (후략)

「일동장유가」에서는 김인겸이 1763년 8월 3일부터 1764년 7월 8일까지 약 11개월 동안 일본에 체류하면서 보고 느낀 일본의 문물, 제도, 인물, 풍속 등을 개인적인 판단을 삽입하면서 실감 있게 묘사하고 있다. 이렇게 이 작품은 작자의 공정한 비판, 기발한 위트, 흐뭇한 해학, 정확한 노정(路程)과 일시(日時)의 기록, 상세한 기상(氣象) 보고와 자연 환경의 묘사 등이 잘 나타나 있어서 기행문의 모범이라 할 만하다. 또한, 작가의 예리한 관찰과 비평을 통하여 당시의 외교상의 미묘한 갈등을 파악할 수 있다는 점에서 귀중한 외교사적(外交史的) 자료이기도 하다. 그리고 문명 비평적 시각이 잘 드러나 있는데, 이는 당시의 시대적 정신인 사실적 사고를 반영하고 있는 것이다.

「연행가」 – 홍순학

어와 쳔지간에 남ᄌᆞ 되기 쉽지 안타. 편방의 이 ᄂᆡ 몸이 즁원 보기 원ᄒᆞ더니, 병인년 츈삼월의 가례 ᄎᆡᆨ봉 되오시ᄆᆡ, 국ᄀᆞ에 ᄃᆡ경이요 신민의 복녹이라. 상국의 쥬청혈ᄉᆡ 삼 ᄉᆞ신을 ᄂᆡ이시니, 상ᄉᆞ에 뉴 승상과 셔 시랑은 부ᄉᆡ로다. ᄒᆡᆼ즁 어ᄉᆞ 셔장관은 직ᄎᆡᆨ이 즁헐시고. 겸집의 사복 판ᄉᆞ 어영 낭청 씌여스니, 시년이 이심 오라 쇼년 공명 장ᄒᆞ도다.

하 오월 초칠일의 도강 날ᄌᆞ 졍ᄒᆞ여네. 방물을 졍검ᄒᆞ고 ᄒᆡᆼ장을 슈습ᄒᆞ여, 압녹강변 다다르니 송객정이 여긔로다. 의쥬 부윤 나와 안고 다담상을 ᄎᆞ려 놋코, 삼 사신을 젼별ᄒᆞᆯᄉᆡ 쳐창키도 그지없다. 일ᄇᆡ 일ᄇᆡ 부일ᄇᆡᄂᆞᆫ 셔로 안져 권고ᄒᆞ고, 상ᄉᆞ별곡 ᄒᆞᆫ 고조를 참아 듯기 어려워라. 장계을 봉ᄒᆞᆫ 후의 ᄯᅥᆯ더리고 이러나셔, 거국지회 그음업셔 억제ᄒᆞ기 어려운 즁, 홍상의 ᄭᅩᆺ눈물이 심회을 돕ᄂᆞᆫ도다. 늑인교을 물녀 노니 장독교을 등ᄃᆡᄒᆞ고, 젼ᄇᆡ 토인 ᄒᆞ직ᄒᆞ니 일산 좌견ᄲᅮᆫ만 잇고, 공형 급창 물러셔니 마두 셔ᄌᆞᄲᅮᆫ이로다.

일엽 소션 ᄇᆡ을 져어 졈졈 멀이 ᄯᅥ셔 가니, 푸른 봉은 쳡쳡ᄒᆞ여 날을 보고 즐긔ᄂᆞᆫ 듯, ᄇᆡᆨ운은 요요ᄒᆞ고 광ᄉᆡᆨ이 참담ᄒᆞ다. 비치 못ᄒᆞᆯ 이ᄂᆡ 마음 오날이 무슴 날고. 츌셰ᄒᆞᆫ 지 이십오 년 시ᄒᆞ의 ᄌᆞ라나셔 평일의 이측ᄒᆞ여 오ᄅᆡᄯᅥ나 본 일 업다. 반 년이나 엇지ᄒᆞᆯ고 이위졍이 어려우며, 경긔 ᄇᆡᆨ 니 밧긔 먼길 단여 본 일 업다. 허박ᄒᆞ고 약ᄒᆞᆫ 긔질 말 이 힝역 걱정일셰. ᄒᆞᆫ 쥴긔 압녹강의 양국지경 난화스니, 도라보고 도라보니 우리나라 다시 보ᄌᆞ. 구연셩 다다라셔 ᄒᆞᆫ 고ᄀᆡ을 너머셔니, 앗가 보든 통군졍이 그림ᄌᆞ도 아니 뵈고, 쥬금 뵈든 ᄇᆡᆨ마산니 봉오리도 아니 뵌다. ᄇᆡᆨ여 리 무인지경 인젹이 고요ᄒᆞ다. 위험ᄒᆞᆫ 만쳡 산즁 울밀ᄒᆞᆫ 슈목이며, 젹막ᄒᆞᆫ ᄉᆡ 소ᄅᆡᄂᆞᆫ 쳐쳐의 구슬푸고, ᄒᆞᆫ가ᄒᆞᆫ 들의 ᄭᅩᆺ츤 누을 위ᄒᆡ 피엿ᄂᆞ냐? 앗갑도다. 이러한 ᄭᅩᆾ 양국의 발인 ᄯᅡ의 인가도 아니 살고 젼답도 업다 ᄒᆞ되 곳곳지 깁흔 골의 계견 소ᄅᆡ 들이ᄂᆞᆫ 듯. 왕왕이 험ᄒᆞᆫ 산세 호포지환 겁이 난다.

총 3,924구로 된 장편 기행가사로 고종 3년(1866)에 고종이 왕비를 맞이한 사실을 알리기 위해 중국에 사신을 보낸 진하사은겸주청사행(進賀謝恩兼奏請使行)에, 지은이 홍순학이 서장관(書狀官)으로 따라가서 북경에 갔다가 온 130여 일 간의 여정과 견문을 노래한 작품이다.

가사 작품으로는 보기 드물게 장편인 까닭으로 노정이 자세하고 서술 내용이 풍부하며, 치밀한 관찰력으로 대상을 자세하고도 객관적으로 묘사하여 독자에게 생동감을 준다. 고사성어나 한자의 사용을 억제하고 순한글로 기록하여 서민 계층의 독자를 겨냥한 것은 조선후기 가사의 한 특징을 보여 주는 것이라 하겠다. 김인겸의 「일동장유가」와 더불어 조선후기 기행 가사의 대표적인 작품으로 평가할 만하다.

「상사별곡(相思別曲)」

인간이별 만사중에 독수공방 더욱 섧다.
임 못 보아 그리운 이내 심정을 누가 알리.
맺힌시름 허튼 근심 다 후리쳐 던져두고
자나깨나 깨나자나 임 못 보니 가슴 답답
어린 양자 고은 소리 눈에 암암 귀에 쟁쟁
보고지고 임의 얼굴 듣고지고 임의 소리
비나이다 하나님께 님 생기라 비나이다
전생차생 무슨죄로 우리 둘이 생겨나서
잊지말자 처음 맹세 죽지말자 백년기약
천금같이 믿었는데 세상일에 마가 많다

12가사 중의 하나로 18세기의 「만언사」와 19세기의 「한양가」에 이 작품의 제목이 인용되고 있어, 18세기에는 가창(歌唱)으로 존재하였으며, 19세기에도 대표적인 잡가로 광범위하게 전파되었던 것으로 추측할 수 있다. 청구영언 등의 가집과 '증보신구잡가'를 비롯한 각종 잡가집, 그리고 소설 '부용의 상사곡' 등에 전한다. 내용은 인간의 이별 만사 중에 독수공방(獨守空房)이 더욱 서럽다는 것으로 시작하여, 기다리는 마음과 상사(相思)하는 마음을 여러 각도로 묘사한 다음, 한 번 죽어 가면 다시 오기 어려우니. 옛정이 있거든 다시 보게 태어나길 기원하는 것으로 끝나고 있다. 이러한 상사류는 그러한 이전의 가사와는 달리 이념적 질곡에서 벗어나 남녀 간의 순수한 연정을 무한정 표출한다는 점에 그 특성이 있다.

「우부가」 – 작자미상

늬 말솜 광언(狂言)인가
져 화상을 구경허게.
남촌 활량(閑良) 기똥이는 부모 덕에 편이 놀고
호의 호식 무식허고 미련허고 용통ᄒᆞ야,

눈은 놉고 손은 커셔 가량 업시 쥬져 넘어
시쳬(時體)짜라 의관허고 남의 눈만 위허것다.
장장 츈일 낫즘자기 조셕으로 반찬 투졍
믹팔즈로 무상 츌입 믹일 장취 계 트림과
이리 모야 노름 놀기 져리 모야 투젼(鬪錢)질에
기싱쳡 치가(治家)ᄒᆞ고
외입장이 친구로다.
ᄉᆞ랑의ᄂᆞᆫ 조방(助幇)군이 안방의ᄂᆞᆫ 노구(老嫗) 할미.
명조상(名祖上)을 써셰허고 셰도 구멍 기웃 기웃,
염냥(炎凉) 보아 진봉(進奉)허기 ᄌᆡ업(財業)을 까불니고
허욕(虛慾)으로 장ᄉᆞ허기 남의 빗시 ᄐᆡ산이라.
ᄂᆡ 무식은 ᄉᆡᆼ각 안코 어진 사람 미워허기,
후(厚)헐 데ᄂᆞᆫ 박ᄒᆞ야셔 한 푼 돈의 쌈이 나고,
박헐 데ᄂᆞᆫ 후ᄒᆞ여셔 슈ᄇᆡᆨ 량이 헛것시라.
승긔자(勝己者)를 염지(壓之)하니 반복 소인(反覆小人) 허긔진다.
ᄂᆡ 몸에 리(利)헐 ᄃᆡ로
남의 말를 탄치 안코
친구 벗슨 조화허며 졔 일가ᄂᆞᆫ 불목(不睦)허며,
병 날 노릇 모다 허고 인숨 녹용 몸 보(補)키와
쥬식 잡기 모도 ᄒᆞ야 돈 쥬졍을 무진허네.
부모 조상 돈망(頓望)허여 계집 ᄌᆞ식 ᄌᆡ물 슈탐
일가친척 구박하며 ᄂᆡ 인ᄉᆞ는 나죵이요 남의 흉만 즙아ᄂᆡᆫ다.
ᄂᆡ 힝셰ᄂᆞᆫ ᄀᆡ취반에 경계판(警戒板)을 질머지고
업ᄂᆞᆫ 말도 지여 ᄂᆡ고 시비의 션봉(先鋒)이라.
날 ᄃᆡ 업ᄂᆞᆫ 용젼 여슈(用錢如水) 상하 ᄐᆡᆼ셕(上下撑石)ᄒᆞ야 가니
손님은 채ᄀᆡᆨ(債客)이요 윤의(倫義)ᄂᆞᆫ ᄂᆡ 몰ᄂᆡ라.
입구멍이 졔일이라 돈 날 노릇 ᄒᆞ야 보셰.
젼답 파라 변돈 주기, 죵을 파라 월슈(月收) 쥬기
구목(丘木) 버혀 장ᄉᆞ허기, 셔ᄎᆡᆨ 파라 빗 쥬기와
동ᄂᆡ 상놈 부역이요, 먼 데 사람 힝악이며

ᄌᆞᆸ아오라 써믈니라 ᄌᆞ장격지(自將擊之) 몽둥이질,
젼당(典當) ᄌᆞᆸ고 셰간 쎗기 계집 문셔 종 ᄉᆞᆷ기와
살 결박(結縛)에 소 쎗기와 불호령에 솟 쎗기와
여긔저긔 간 곳마다 젹실 인심(積失人心) 허겟고나.
사람마다 도젹이요 원망허는 소ᄅᆡ로다. 이ᄉᆞ나 ᄒᆞ야 볼가.
가장(家藏)을 다 파라도
상팔십이 ᄂᆡ 팔ᄌᆞ라.
종손 핑계 위젼(位田) 파라 투젼질이 ᄉᆡᆼᄋᆡ로다.
졔ᄉᆞ 핑계 졔긔(祭器) 파라 관ᄌᆡ 구셜(官災口舌) 이러ᄂᆞᆫ다.(후략)

「우부가」는 조선후기에 지어진 작자 미상의 가사로 『경세설 警世說』과 『초당문답가 草堂問答歌』에 13편의 가사 중 하나로 실려 전한다. 이 작품은 제목에 드러나 있듯이 어리석은 사나이 [愚夫]의 행적을 다루고 있다. 어리석은 사나이로는 '개똥이'·'꼼생원'·'꽁생원' 세 사람이 등장하는데, 이에 따라 작품을 크게 세 단락으로 나눌 수 있다. 그 가운데에서 개똥이의 행적이 작품의 절반 이상을 차지하고 있어 이 작품의 핵심을 이룬다. 나머지 꼼생원과 꽁생원의 행적은 개똥이와 동질적이어서 개똥이의 행적에 대한 부연과 확대 또는 연장선에서 이해할 수 있다. 개똥이의 행적 부분을 살펴보면 이 부분은 다시 전반과 중반·후반의 세 단락으로 나누어볼 수 있다.

전반의 모티프는 부모덕에 재산이 많았는데 절제하지 않고 함부로 탕진하였다는 것이고, 중반의 모티프는 살아가기 위하여 돈을 벌겠다고 무슨 짓이든지 가리지 않고 하였다는 것이다. 후반의 모티프는 돈벌이도 할 수 없게 되고 사람 노릇도 할 수 없는 비렁뱅이 신세가 되었다는 것이다.

이러한 세 가지 모티프는 유교적 규범을 저버린 망나니의 말로가 어떻게 되는가를 점강적(漸降的)인 구성으로 보여주고 있다. 즉, 처음에 개똥이는 명문가의 종손으로 태어나서 부모덕에 호의호식하며 부러울 것이

없었다. 그러나 재산이 있을 때에는 절제하고 삼가야 하는 것이 마땅한 도리인데, 이러한 도리를 저버린 대가로 재산을 모두 날리고 가난뱅이가 되었다는 것이 전반의 요지이다. 가난하게 된 개똥이는 이에 그치지 않았다. 재산이 없으면 없는 대로 분수에 맞게 지내야 하는 것이 마땅한 도리인데, 이러한 도리도 저버렸기에 더욱 비참한 비렁뱅이 꼴이 되지 않을 수 없었다. 이것이 중반부의 요지이다. 비렁뱅이 꼴이 된 개똥이는 명문가의 후손이라는 사회적 체면도 저버리고 '엺걸음질병신' 같이 남의 문전에 걸식하며 실제로 밥을 얻으러 다니는 극단적인 상황에 이르렀다는 것이 후반부의 요지이다.

이와 같은 작품구성에서 작자는 개똥이의 비참한 말로를 통하여 자기의 분수를 지키면서 살아가고 헛된 욕심은 내지 말아야 한다는 유교적 규범을 보이고 있다. 즉, 개똥이와 같은 망나니짓을 하는 자를 경계하지 않으면 세상은 더욱 그릇되어 간다는 교훈적 의도를 뚜렷이 드러내고 있다. 이러한 사실로 미루어 이 작품은 계녀가사(誡女歌辭)에 부응하는 일면을 가지고 있다. 한편, 이 가사에서 개똥이의 거침없는 행동, 상식을 벗어난 파격적인 행위를 선명하게 드러내고 있음은 이 작품이 단순히 유교적 규범을 교훈하자는 의도 외에도 숨은 주제가 따로 존재하고 있음을 암시하고 있다.

여기에서 숨은 주제는 반어적 표현을 통하여 드러나 있으므로, 작자의 의도나 표면에 강조된 주제와는 반대 방향으로 나간다고 볼 수 있다. 표면의 주제와는 달리 봉건적 이념이나 규범을 개똥이의 생생한 부정적 행위를 통하여 파괴하고 있다.

「농가월령가」 – 정학유

정월은 맹춘(孟春)이라 빙설우수(氷雪雨水) 절기로다
산중 간학(澗壑)에 빙설은 남았으나

평교(平郊) 광야에 운물이 변하도다
어와! 우리성상 애민중농(愛民重農) 하오시니
간측(懇惻)하신 권농륜 음방곡에 반포하니
술프다! 농부들아! 아무리 무지한들
네 몸 이해고사하고 성의를 어길소냐
산전 수답 상반(相伴)하여 힘대로 하오리라
일년 풍흉은 측량하지 못하여도
인력이 양진(揚塵)하면 천재(天災)를 면하나니
제 각각 근면하여 게을리 굴지마라
일년지계(一年之計)니 재춘하니 범사(凡事)를 미리 하라
봄에 만일 실시하면 종년(終年) 일이 낭패돠네
농기를 다스리고 농우(農牛)를 살펴 먹여
재거름 재워놓고 일변으로 실어내어
맥전(麥田)에 오줌치기 세전(稅錢)보다 힘써 하라
늙은이 근력(筋力)없어 힘든 일은 못하여도
낮이면 이엉 엮고 밤이면 새끼 꼬아
때마쳐 집 이으면 큰 근심 덜리로다
실과 나무 버곳 깍고 가지 사이 돌 끼우기
정조(正朝) 날 미명시에 시험조로 하여보라
며느리 잊지 말고 소국주(小麴酒) 밑하여라
삼춘 백화(百花)시에 화전(花煎) 알취하여 보자
상원(上元)날 달을 보아 수한(壽限)을 안다 하니
노농(老農)의 징험이라 대강은 짐작나니
정조에 세배(歲拜)함은 돈후(敦厚)한 풍속이다
새 의복 떨쳐 입고 친척 인리(隣里) 서로 찾아
노소 남녀 아동까지 삼삼오오 다닐적에
와삭 버석 울긋 불긋 물색(物色)이 번화하다
사내아이 연 띄우고 계집아이 널 뛰기요
윷놀아 내기하기 소년들 놀이로다
사당에 세알(歲謁)하니 병탕(餠湯=떡국)에 주과(酒果)로다

엄파와 미나리를 두엄에 곁들이면
보기에 신신하여 오신채(五辛菜)를 부러하랴
보름날 약밥 제도 신라적 풍속이라
묵은 산채(山菜) 삶아내니 육미(肉味)을 바꿀소냐?
귀 밝히는 약술이며 부름 삭는 생률(生栗)이라
먼저 불러 더위팔기 달맞이 횃불 혀기
흘러오는 풍속이요 아이들 놀이로다.

「농가월령가」는 농가에서 1년 동안 해야 할 농사에 관한 실천 사항과 철마다 다가오는 풍속과 지켜야 할 될 범절을 달에 따라 읊은 월령체 가사이다. 머리 노래에 이어 정월령부터 12월령까지 모두 13연이다.

월령(月令)이란 달거리라고도 하는 것으로, 열두 달에 행할 일을 말하며, 주기전승(週期傳承)의 의례적인 정사(政事), 의식, 농가 행사 등을 다달이 구별하여 기록하는, 일종의 월중 행사표라고 할 수 있다. 이 작품은 농가의 일 년 행사와 세시풍속을 달에 따라 읊으면서, 철마다 다가오는 풍속과 지켜야 할 예의범절을 때맞추어 하도록 타이른 교훈가사이다. 농촌 생활과 관련된 구체적 어휘가 풍부하게 나타난다는 점과, 세시 풍속을 기록해 놓은 월령체 가운데 가장 규모가 크고 짜임새가 있다는 점에서 그 가치를 높이 평가할 만하다.

8) 잡가

(1) 잡가의 개념

가. 국악 쪽에서 사용하는 잡가의 개념

① 8잡가(八雜歌) : 유산가(遊山歌), 적벽가(赤壁歌), 연자가(鷰子歌),

집자가(執杖歌), 소춘향가(小春香歌), 선유가(船遊歌), 형장가(形杖歌), 평양가(平壤歌)

② 잡잡가(雜雜歌) : 달거리, 십장가(十杖歌), 방물가(房物歌), 출인가(出引歌)

잡가라는 명칭은 12잡가를 가리키는 경우이다. 잡가를 지역적 특성을 가진 노래로 파악하는 경우가 있다. 사설시조를 잡가라고 한 경우가 있다. 문학적으로 볼 때 평시조 같은 것도 잡가라고 한 경우가 있는데, 이것으로 보아 잡가라는 명칭은 명곡의 하나로 사용된 것을 알 수 있다. 정가(正歌)와 대칭되는 곡이다.

나. 문학 쪽에서 논의된 잡가의 개념

잡가는 가사의 하위 장르라고 보는 견해가 있다. 잡가는 광대나 서민들에 의해서 조선후기에 새롭게 만들어진 시가라고 보는 견해가 있다. 잡가는 현재의 유행가와 같다고 생각하는 견해가 있다. 잡가는 문학적 유형에 대한 명칭이 될 수 없다는 견해도 있다.

(2) 잡가의 전반적 성격

구비문학이라는 점이다. 잡가는 구비문학이면서도 민요나 무가에 비해서 자신의 동질성을 확보하려고 하는 성질이 거의 없고 철저하게 개방되어 있다. 문학의 장르를 서정, 서사, 극으로 나눌 때 잡가는 서정 장르에 속한다. 잡가의 내용을 살펴보면 남녀의 사랑과 인생무상에 대한 것이 주류를 이룬다. 형식적 특성을 율격 면에서 보면, 가사와 같은 시가에서 보이는 4음보의 율격이 잡가에서는 보이지 않으며, 나열과 반복의 표현 그리고 대화체의 전개 방식이 두드러짐을 알 수 있다.

잡가는 형태상 분절 현상이 일어나면서 장과 장이 유기적인 관계를 이루는 경우도 있으나 전혀 연결되지 않는 경우도 있고, 후렴과 더불어 전렴이 붙는 경우도 있다. 잡가의 담당층에 대해서는 일반적으로 서민 이하의 하층민이 짓고 부르던 노래로서 서민 내지 하층민들이 놀이 공간에서 불렀던 것으로 파악한다. 잡가의 수용층은 중심이 서민층으로부터 그 이하의 천민층이었지만 특별한 경우는 양반층도 여기에 참가했던 것을 알 수 있다.

(3) 잡가의 분류

가. 서술체 잡가

서술체 잡가는 비교적 일관된 내용 아래 노래되는 것으로서 가사의 서정적인 부분을 수용한 내용이 중심을 이루는 잡가이다. 후렴이나 전렴 등이 없고 분절로 나누어지지도 않으면서 연속해서 부르기에 좋은 모습으로 만들어져 있는 것이 특징이다. 이 계열에 속하는 잡가에는 「만고강산」, 「죽장망혜」, 「태평성대」, 「영산가」, 「초한가」, 「화류사」, 「자진중처리」 등이 있다.

나. 분절체 잡가

잡가 중에서 여러 개의 분절로 이루어져 있는 작품은 민요를 수용하여 이루어진 것이 중심을 이룬다. 여기에 속하는 작품들은 「몽금포타령」, 「선유가」, 「수심가」, 「긴난봉가」, 「아리랑타령」, 「성주풀이」, 「길군악」, 「매화가」 등으로 주로 애정, 유락, 삶의 무상, 풍자 등이 주류를 이룬다. 민요보다 훨씬 더 향락적이고 현세적이라 할 수 있다.

다. 묘사체 잡가

어떠한 사물이나 사실·현상들을 계속해서 열거하는 방식으로 불리어지는 잡가로 주로 타령이라는 명칭이 붙은 작품들이 여기에 속한다. 이 계열의 노래들은 민요와도 일정한 연관을 가지고 있지만, 중심을 이루는 기존의 시가는 조선 후기의 사설시조라고 할 수 있다. 여기에 속하는 작품들로는 「곰보타령」, 「맹꽁이타령」, 「바위타령」, 「만학천봉」 등이 있다. 작가의 정서가 개입한 여지가 전혀 없고 현상을 나열하면서 묘사하는 속에서 골계적이고 풍자적인 효과를 얻는 노래들이다.

라. 대화체 잡가

잡가 중에는 분절로 이루어지지도 않고 노래 부르는 이의 정서를 노래하는 서술체로도 이루어지지 않는 작품에, 대화체의 형태를 띤 것들이 상당수 존재한다. 주로 판소리의 일부를 수용해서 부른 잡가 중에 이런 노래가 많은데, 「사랑가」, 「소춘향가」, 「십장가」, 「적벽가」, 「형장가」, 「제비가」, 「토끼화상」, 「공명가」 등이 이런 류의 잡가라고 할 수 있다.

(4) 잡가의 전개 과정과 주요 작품

가. 전개 과정

잡가의 성립은 임란과 병란 이후의 사회 변동과 일정한 관계를 가진다. 17·18세기를 거쳐 19세기로 넘어오면서 서민층의 문화적 욕구는 상승일로를 걸어서 서민층 이하의 민중들은 자신들이 만들고 즐기는 예술양식으로 판소리와 가면극 등을 발전시켜 나갔고, 한편으로는 기존의 문학 양식인 시조와 가사를 변형시켜 새로운 모습으로 창조해 나가기도 했다. 현재 남아 있는 자료상으로 보면 1764년에 만들어진 「고금가곡」에는 12가사의 일부가 실려 있고, 1828년에 만들어진 「청구영언」에는 12가사의 대부분이 실려 있다. 12가사는 잡가와 밀접한 연관을 가진 것으로 파악되며 경우에 따라서 잡가로 분류된 것을 보면 잡가의 시작은 일단 18세기 이후로 볼 수 있다.

잡가는 19세기에 들어와서는 좀 더 적극적으로 지어지고 불렸던 것으로 보인다. 19세기 말에서 20세기 초에 이르기까지 잡가는 가장 전성기를 맞았던 것으로 보이는데, “1898년에 만든 협률사(協律社) 같은 극장에서도 잡가를 공연했다.”라는 것을 보아서도 알 수 있다. 잡가의 생명력이 길지 못했던 이유는 시류를 탄 유행적인 성격을 띠고 있는데다가 다른 시가 장르를 수용하여 형성된 것이기에 작가층이나 향유층의 기반이 튼튼하지 못했기 때문이라고 생각된다.

잡가를 통하여 상층의 시가양식과 하층의 시가양식이 서로 만나는 자리를 마련함으로써 우리 시가사(詩歌史)에 중요한 계기를 마련했다. 시조나 가사 같은 정형적이고 상층문화적인 성격을 띠고 있는 것은 하층문화와 만나서 새롭게 개편되는 모습을 보여 주었으며, 서민 민요 같은 서민층의 문화는 삶의 공간에서 유흥공간으로 이동하여 상층의 문학과 만남으로써 좀 더 넓은 향유층을 가지면서 폭을 넓힐 수 있는 계기를 마련했던 것이다. 전통적 시가 양식을 근대 지향적인 시가 양식으로 바꾸는데 일정한 기여를 한 것이다.

나. 주요 작품

잡가 중 「초한가」는 가사의 형태를 많이 수용하고 있는 작품이라고 볼 수 있는데, 음보나 표현에서 많은 차이를 보이고 있기도 한다. 「육자배기」는 민요의 내용을 수용했으면서도 분절로 나누어지지 않는 것이 특징이다. 「아리랑타령」의 내용은 잡가집 마다 서로 다른 것으로 보아 대단히 유행했던 것으로 추측된다. 「유산가」는 잡가의 백미로 알려져 있다. 한시문을 이용하여 아름다운 자연을 노래하였다.

화란춘성(花爛春城)하고 만화방창(萬化方暢)이라.
때 좋다 벗님네야 산천(山川) 경개(景槪)를 구경을 가세.
죽장망혜 단표자(竹杖芒鞋單瓢子)로 천리강산 들어를 가니,
만산홍록(滿山紅綠)들은 일년일도(一年一度) 다시 피어
춘색을 자랑노라 색색이 붉었는데,
창송취죽(蒼松翠竹)은 창창울울(蒼蒼鬱鬱)한데,
기화요초 난만중(琪花瑤草爛漫中)에 꽃 속에 잠든 나비 자취 없이 날아난다.
유상앵비(柳上鶯飛)는 편편금(片片金)이요,
화간접무(花間蝶舞)는 분분설(紛紛雪)이라.
삼춘가절(三春佳節)이 좋을씨고 도화만발 점점홍(桃花滿發點點紅)이로구나.
어주축수 애산춘(漁舟逐水愛山春)이라던 무릉도원(武陵桃源)이 예 아니냐.
양류세지(楊柳細枝) 사사록(絲絲綠)하니,
황산곡리 당춘절(黃山谷裏當春節)에 연명오류(淵明五柳)가 예 아니냐.
제비는 물을 차고, 기러기 무리져서
거지중천(居之中天)에 높이 떠 두 나래 훨씬 펴고,
펄펄펄 백운간(白雲間)에 높이 떠서
천리강산 머나먼 길을 어이 갈꼬 슬피 운다.
원산(遠山)은 첩첩(疊疊) 태산(泰山)은 주춤하여,
기암(奇岩)은 층층(層層) 장송(長松)은 낙락(落落),
에이 구부러져 광풍(狂風)에 흥을 겨워 우줄우줄 춤을 춘다.
층암절벽상(層岩絶壁上)의 폭포수(瀑布水)는 콸콸,
수정렴(水晶簾)드리운 듯 이 골 물이 수루루루룩,
저 골 물이 솰솰, 열의 열 골 물이 한데 합수(合水)하여
천방져 지방져 소쿠라져 펑퍼져 넌출지고 방울져,
건너 병풍석(屛風石)으로 으르릉 콸콸
흐르는 물결이 은옥(銀玉)같이 흩어지니,
소부(巢父) 허유(許由) 문답하던 기산영수(箕山潁水)가 예 아니냐.

주곡제금(奏穀啼禽)은 천고절(千古節)이요,
적다정조(積多鼎鳥)는 일년풍(一年豊)이라.
일출낙조(日出落照)가 눈앞에 어려라
경개무궁(景槪無窮) 좋을씨고.

「유산가」

(5) 잡가의 문학사적 의의

잡가는 가사, 시조, 한시, 민요, 판소리 등의 경향으로 형성되어 그 내용이나 형식이 다양하다. 조선조 최후에 형성된 문학 장르라고 할 수 있으며 현대에서 이어지는 과도기적 문학이라고 할 수 있다. 잡가란 창곡에서 유래된 문학 장르이나 음악과 문학의 기준이 다름으로 그 창을 초월한 시가 장르이다.

9) 민요

(1) 민요의 개념과 특징

민요는 노래이면서 소리다. 민요가 불리는 현장에서는 노래보다 소리라고 한다. 소리는 민요의 현장에서 널리 쓰이는데, 이 말은 단순히 율동으로 노래한다는 뜻만이 아닌 원초적인 데서부터 나온 신명풀이와 한풀이라는 뜻을 함축하는 듯하다. 노래는 그 성격이 매우 다양하다. 노래나 소리는 이들이 구비전승의 작은 갈래로서 음악적인 율동으로 이루어져 있다는 공통점을 지니면서 실제로 어떤 노래인가 하는 데서는 아주 다른 점이 있다. 따라서 민요란 일반 민중 속에서 저절로 전승되는 민속시가를 두루 일컫는다.

민요의 정의도 민요를 무가, 판소리, 고사 풀이, 잡가와 구분했을 때 더욱 뚜렷하게 드러난다. 무가는 무당이 부르는 것이고, 판소리는 광대가 부르는 것인데 민요는 보통 누구나 부르는 것이다. 민요의 비전문적인 성격은 그만큼 민중의 취향에 부합된다는 것이며 일상생활에서 하는 일이나 행사와 밀접하게 관련되어 있다는 것을 말해 준다. 민요는 노래의 보편적인 형태를 지니고, 무가나 판소리는 노래의 전문적인 형태라고 할 수 있다.

민요는 전국 어디서나 들을 수 있고 누구나 부를 수 있기 때문에 민속학 또는 구비전승의 율문(律文) 갈래 중에서 가장 보편적이고 일반적이 노래의 자질을 지니고 있다. 노래 부르기 자체는 표현이고 또 광의의 비유이거나 꾸며진 사건으로 이어지는데다가 음악적인 리듬이 더 첨가되므로 심리적으로 격양되는 그 무엇이 있다. 격양된 정서는 일상생활의 경험을 새롭게 인식하는 계기가 되고, 부를 때의 정서적 감흥에서 일상의 삶에서 느끼지 못했던 강렬한 정신교감을 가지게 된다. 이렇게 민요를 부르거나 듣는 삶은 민요의 다양한 측면에서 숨어 있는 뜻도 표출하고 현실의 이모저모에 대하여 즉흥적으로 반응하기도 한다. 민요는 그 자체를 둘러싸고 있는 다양한 요소에 따라 구비전승의 다양한 특질을 두루 보여주는 것이다. 따라서 민요는 기층집단의 민중들 속에서 저절로 자생하는 삶의 소리, 생명의 소리, 신명의 소리 그것인 것이다.

민요는 설화와는 달리 노래이기에 음악이면서 문학이고, 문학 갈래로는 구비율문이다. 특정한 개인의 창작이거나 아니거나 창작자가 문제되지 않는다. 특별한 수련을 거치지 않고서도 배울 수 있을 만큼 기억력의 부담이 적고 단순하다. 사설이나 창곡이 지역에 따라 노래 부르는 사람의 취향에 맞게 달라지고, 노래 부를 때의 즉흥성에 따라 매우 다양하다. 이처럼 민요는 문학이고 음악이며 동시에 민속이다. 문학으로서 민요는 민속문학의 한 영역이며 일정한 율격을 지닌 구비시가의 특징을 지니고 있다. 음악으로서 민요는 민중이 즐기는 민속음악의 토착 갈래이고 전문

노래꾼이 부르는 것과 구분된다.

(2) 민요의 전반적 성격

민요의 민속적 특징을 구비전승으로서 민중의 생업이나 세시풍속놀이, 통과의례 등과 맞물려 있다. 그만큼 민중의 생활에 밀착되어 있어 민중의 정서적 감정이 여느 양식보다 풍부하다. 이는 민요의 기능과 상관되는 것인데 민요가 전통사회에서 존재하는 이유도 되며 동시에 민중에 의해 공동작으로 생산된다는 측면도 강조한 것이다. 두레나 공동의례 그리고 대동놀이와 같은 집단적인 행위를 통하여 불리어지는 기회가 많은 것도 지적할 수 있다. 민요의 이런 존재양상은 민요사회에서 민요가 생산되고 수용되면서 그 사회조직과 문화양식을 반영한다는 뜻도 된다. 민요사회에서의 민요 위상은 전통적인 생활에 일정한 민속적 기능으로 자리 잡고 있어 민중의 민속예술이고 역사적 산물이라는 데에 있다.

민요의 음악적 특징은 누구나 공감하는 노랫가락에 실려서 불리어진다는 것이다. 전통적 노래 방식에 적합하도록 그 율격이나 형식이 다듬어져 있다. 그만큼 민중의 생활 취향에 가까운 창악(唱樂)이므로 누구나 즐기는 노래이다. 또 민요의 창곡이 지역에 따라 나타나므로 향토성이 짙다. 이를 민요권(民謠圈)으로 말할 수 있다. 경기민요, 남도민요, 강원민요, 영남민요, 제주민요 등으로 나눌 수 있을 정도의 각기 독자적인 성향을 띠고 있다. 예컨대 경기민요는 「산타령」, 「창부타령」, 「한강수타령」처럼 맑고 경쾌하여 부드러운 느낌을 주고, 남도민요는 「농부가」, 「진도아리랑」처럼 발성 자체가 굵고, 꺾는 소리가 비장한 느낌을 준다. 서도민요의 「수심가」, 함경민요의 「애원성」, 강원민요의 「정선아라리」, 경상민요의 「메나리」, 제주민요의 「오돌또기」 등은 각각 지역적 스토리를 바탕으로 저마다 색다른 정취를 자아내고 있다.

민요의 문학적 특징은 사설에 국한된 것이지만 구전성과 서정성을 표출한다는 것이다. 사설은 율문시가의 형식적 기본형을 보여주는 모체이다. 사설은 가창구조에 의해 시처럼 행이 있고, 연(聯)이 있다. 연은 주로 후렴이 개입되는 분절체 형식이 있고, 구분되지 않은 연속체로서 짧은 것에서부터 긴 것까지 다양하게 존재한다. 어휘의 반복과 대립, 공식구 표현, 처음과 맺는 방식 등이 시적 구조를 이루는 데 유기적으로 결합되어 있다.

민요와 보편적인 갈래인 서정민요에 관한 서정시적 소리꾼의 변형인 시적 자아를 중심으로 정서 표출 방식을 유형화하여 보여준다. 소리꾼은 삶의 현장과 자연의 심상을 끌어와 비유 또는 상징, 주제 실현 등에 대하여 어떻게 표현하는가를 문학의 본질로서 감상할 수 있다. 이밖에 서사 민요나 덕담, 문답민요, 동요 등도 서사문학적 성격이나 언어놀이의 문학적 효과를 자연스럽게 표현한다. 이처럼 민요의 구비문학적 가치는 정서적 정화나 서정성을 민중이 직접 경험함으로써 공동체적 정신교감을 이루는 구실을 하는 데 있다.

(3) 민요의 기능과 분류

민요의 사설은 기능과 창곡 그리고 창자(唱者)와 함께 존재한다. 민요의 존재양상은 이들을 서로 동시에 고려할 때 온전히 드러난다. 민요가 무엇을 목적으로 구연되는가는 어떤 기능으로 존재하는가와 맞물려 있다. 이 과정을 이해하는 일은 기능을 중심에다 놓고 창곡, 가사, 창자와 결부하여서 입체적으로 파악하는 것과 같다.

민요의 분류 역시 민요의 체계적 정리를 위한 일이거나 민요의 실상을 효율적으로 이해하는 일이거나 간에 반드시 이루어져야 한다. 왜냐하면 민요의 분류에 대한 체계 없는 자료 정리나 이론 전개는 무의미하기 때문이다. 민요의 분류는 민요와 관련된 다양한 요소로 각각 분류할 수 있다. 지금가지 적지 않은 분류안이 제시되기도 했으나 만족할만한 대안이 나온 것은 아니다. 그렇다고 계속 미룰 일도 아니므로, 이 글에서는 기능별 분류가 여느 분류보다 합리적이고 왜 자료를 정리하는 데 바람직한가를 소개하고, 실제로 기능별 분류를 통한 한국 민요의 실상을 제시해 본다.

민요의 기본적 갈래는 일정한 생활상의 기능에 따라 셋으로 나눈다. 흔히 기능요(機能謠)가 그것인데, 크게 노동요(勞動謠), 의식요(儀式謠), 유희요(遊戱謠)로 나눈다. 노동요는 일의 진행 과정상 부르는 것인데, 일을 하면서 노래를 부르면 행동통일을 할 수 있고, 흥겨워서 힘이 덜 들도록 하는 것이다. 격렬하고 힘든 동작은 일제히 같이 하면서 부르는 집단노동요는 사설이나 악곡이 단순하게 반복되고, 이와는 달리 느린 동작을 혼자하면서 부르는 개인노동요는 표현이 다채롭고 내용이 풍부하다. 대표적인 노동요로는 「모내기소리」, 「논매기소리」, 「보리타작소리」, 「길쌈노래」, 「해녀노래」 등을 들 수 있다. 의식요란 통과의례 또는 세시의례(歲時儀禮)를 거행하면서 부르는 노래이다. 널리 전승되는 것은 장례절차에 따르는 「상여소리」, 「덜구소리」인데, 이들 노래는 죽은 자의 명복과 유족의 슬픔을 달래는 것을 중요한 기능으로 하고 있다. 세시의례에 따르는 것은 정월 초순에 농악대가 집집마다 돌며 마당 밟기를 할 때 부르는 「지신밟기소리」가 널리 알려진 것이다. 유희요는 놀이를 하면서 부르는 노래인데, 놀이의 주체가 누구냐에 따라서 아동유희요와 성인유희요로 나눌 수 있다. 특히 아동들이 하는 놀이는 대부분 노래를 필요로 하며, 흔히 동요라고 불리는 것은 대부분 아동유희요이다. 「대무놀이노래」, 「어깨동무노래」, 「잠자리잡기노래」 등 놀이에 따라 불리는 노래들이 그 좋은 예이다. 또 여성의 집단유희면서 세시의례를 행할 때 부르는 「강강술래」, 「놋다리밟기노래」, 「월워리청청」, 「너리기펀지기」 등은 유희요 가운데 전승력이 비교적 강하다.

(4) 민요의 내용과 민중의식

가. 노동요의 세계

노동요의 사설은 일 자체에 부합되는 것과 일 자체와 무관하게 자유로운 인식을 표현하는 경우가 있다. 전자는 노동요의 노동부합형 사설이고 후자는 노동개방형 사설이다. 노래는 일의 기능에 맞물려 조절되므로 후자보다 전자가 많은 비중을 차지한다. 노동부합형 사설은 일의 수단이나 대상을 반영하면서 생산의 실천적 행위와 그 목적을 소중하게 표출하고 있다. 노동개방형 사설은 일상의 삶에서 오는 기분이나 평상시 현실인식을 간접화하여 자신들의 처지를 호소한다.

노동부합형 사설에는 노동력이 가해지는 구체적인 작업에 따라 다양하게 불려지는 노래들이 있는데, 「모찌기소리」, 「모심기소리」, 「벼베기소리」를 비롯하여 「보리타작소리」, 「방아찧는소리」, 「고기잡는소리」 등이 일의 대상에 의해 다양하게 존재한 것이다.

쪘네 쪘네 모를 한짐 쪘네 / 여보소 계원님네
일삼쪄서 쪄업하세 / 쪘네 쪘네 너누나 한짐 쪘으면
너두나 한짐쪘구나 / 고추장을 찌려다가
당구장을 쪘네 / 계란을 찌려다가
닭알을 쪘구나 / 백하젓 쪄오라니까
새우젓만 쪘구나 / 와르릉 와르릉
여기 또 한짐 쪘네
「모찌기소리」

심어라 심어라
종종모로만 심어라
심어라 심어라
마늘모로만 심어라

심어라 심어라
일자모로만 심어라
「모심기소리」

만경창파에 대해중에 대강우리가 떳단다
충청도라 갈대우물에 물바가지가 떳단다
한밭땅 목달미에 자진방아가 떳단다
너 암만 찧어도 헛방아만 찧는다

「방아찧는소리」

이들 사설마다 일에 사용되는 도구에서부터 일이 진행되는 과정, 거기에서 오는 일의 고통, 나아가 그 일을 성취하는 기쁨, 일의 궁극적 보람, 노동 대상에 이르기까지 진솔하게 드러낸다.

노동개방형 사설에는 노동하는 생산의 주체보다 역사의 구성원으로서 또는 사회의 자아로서 민중이 노래라는 표현매개를 통해 개인의 정서를 드러내는 방식이 반영되어 있다. 사람마다 살아가면서 부딪치는 이별, 죽음과 같은 운명적인 정서나 제도권의 현실에서 야기되는 전쟁, 가난, 억압, 착취와 같은 사회적인 정서가 노동의 현정과 무관하게 수용되고 있다. 운명적인 정서는 이별이나 유랑, 나아가 무상감 등이 주종을 이루는데, 자연에 순응하고자 하는 인식이 두루 나타나 있다. 자연의 순리야말로 현실의 한계를 이길 수 있고 현재의 괴로움을 떨칠 수 있다는 생각을 담고 있다.

해다지고 저문날에
우얀수자가 울고가네
어린동생 옆에끼고
잘데없어 울고가네

나. 의식요의 세계

전통사회에서의 의식요는 의식 절차에 따라 불리어지는 노래를 말한다. 의식요는 제의적 기능이 위주이나 제의의 형태에 따라 반영되는 관념이 다양하다. 의식요의 범위는 사설의 구성이나 전승자의 의식에 비중을 두어 설정될 수밖에 없다. 의식요의 포괄적인 범위는 의식을 거행하면서 소리꾼이 신이나 신성의 세계에 인간 존재의 생존을 위한 소망을 바라는 노래라고 정할 수 있다. 「지신밟기노래」, 「상여노래」, 「회다지기노래」는 일이나 놀이보다는 인간존재의 소망을 기원하는 의식에 더욱 접근되어 있기에 의식요의 범위로 간주한다.

시상천지 만물중에 사람밖에 또있는가
이세상에 나온사람 뉘덕으로 나왔는가
석가여래 공덕으로 부처님께 명을빌고
하나님전 명을빌고 아버님전 뼈를빌고
어머님전 살을빌어 이내인생 탄생허니
한두살에 철을몰라 부모은공 못되가고
인생시비 당도허니 덜통하고 애곡허다
인생시비 당도허니 어머님의 공을갚을손가
인간칠십 고래하니 눈어둡고 귀어두니
구석구석 웃는모양 절통하고 애곡하다
어제오늘 성턴놈이 저녁나절 병이들어
부르나니 어머니요 찾느나니 냉수로다
음성노용 찾어가서 백미서되 실고실어
개망대청 찾어가서 상탕에는 메를짓고
중탕에 목욕하여 하탕에 수족씻고
소지삼장 던진후에 비나이다 비나다
하나님전 비나이요 부처님전 기도하요

「상여노래」

에호 달회오 에호 달회오
슬프고 슬프도다 / 에호 달호야
어찌하여 슬프던고 / 에호 달호야
이세월이 견고한줄 / 에호 달호야
태산같이 믿었더니 / 에호 달호야
백년도 못되어서 / 에호 달호야
백발되니 슬프도다 / 에호 달호야
어화청춘 소년들아 / 에호 달호야
백발노인 웃지마소 / 에호 달호야
덧없이 가는세월 / 에호 달호야
낸들아니 어찌하리 / 에호 달호야

「회다지기노래」

의식요는 의식지향을 통해 언어가 주술적인 힘을 지녀 인간과 절대자 혹은 신의 세계 사이에 의식교환의 수단으로도 사용된다고 파악한 것이다. 그래서 노동요나 유희요는 그 대상과 벗어난 사설의 내용이 있을 수 있으나 의식요는 대체로 의식부합형 사설만 존재한다고 말할 수 있다. 의식은 신과 신성의 세계에 대한 인간의 소망과 믿음을 알리고 그것이 실현되기를 기원하는 신앙 관념에서 나온 행위의 총체인 것이다. 이를 제의나 의례라고 흔히 말하는데, 이런 측면에서 세시의식이나 장례의식 및 신앙의식도 넓게는 신앙행위에 기초한 것이다. 세시의식은 세시풍속에 상응하여 가신(家神), 동신(洞神) 등을 바탕으로 한 민간신앙 행위이다. 장례의식은 유교위주에서 불교, 민간신앙에까지 걸쳐 있으면서 죽음의 통과의례레 국한된 신앙행위이다. 신앙의식은 불교, 점복이나 풍수, 음양 원리에 의존한 주술적 신앙행위이다. 이런 행위에 대응해서 각각 세시의식요, 장례의식요, 신앙의식요로 구분할 수 있다.

다. 유희요의 세계

유희요는 놀이를 하면서 삶의 이모저모와 놀이 자체에 대한 묘사를 통해 즐거움을 더하는 것이다. 민중은 유희요를 부름으로써 구호적 소리를 통해 집단적 놀이를 순조롭게 할 수 있고, 놀이 자체의 몰입을 자위적으로 누릴 수 있다. 가창유희요는 혼자 부르면서 즐거움을 만끽하므로 자위적 기능이 강하다. 그러나 여럿이 하는 놀이인 경우에는 노래가 구호적 기능으로 작용한다. 놀이는 민중의 생활사에서 일로 피로해진 몸을 쉬게 하고 노동력을 재생산하기 위해 하는 행동이면서 신(神)을 즐겁게 하기 위한 모의 행위이기도 하다. 놀이에서는 이러한 효과와 목적을 실현하기 위하여 다양한 사설이 불려진다. 인간에게는 본질적으로 놀이 지향의 문화행위가 있으며, 놀이는 놀이 행위에만 국한되는 것이 아니라 일이나 의식의 단위에도 늘 공존하고 있다. 좀 더 확대하여 말하면 문화의 전 영역에 걸쳐 상징적, 원초적 모습으로 존재하고 있다고 말하는 것이 옳다. 노래 부르기 자체도 본질적으로는 놀이하는 것이므로 민중은 언어와 창곡을 통해 놀이의 세계를 표출한다. 놀이의 세계는 재미와 흥을 추구하면서 놀이의 목적에 부합되는 내용을 드러내고, 놀이에 일탈하여 일상의 현실 인식을 표현하기도 한다.

유희요의 내용에는 놀이 목적에 일치한 유희부합형 사설이 있고, 놀이 자체보다 일상적인 정서를 드러내는 유희개방형 사설이 있다. 유희부합형 사설은 세시유희든 경합유희든 실제적인 진행양상이나 수단 및 방법에 상응하는 모습을 담고 있다. 이를테면 세시유희요로서 「그네뛰기노래」, 「널뛰기노래」, 「윷놀이노래」 등은 세시명절에 행하는 놀이에 주로 불려짐에 따라 놀이의 모습이나 그 구실을 돋보이게 하는 사설이 많다.

어부레이수나
오월이라 초단옷날

상탕에 목욕하고 중탕에 세수하고
삼단 겉은 요내 머리 상탕에 감아 빗고
오복사 댕기 디리고야
어부네이수나
주황노 저고리 임물 통처마 갈아입고
삼신버선 노랑 첨배기 담쏙 갈아 신고
군디나 밑에 가가주고 둔디에야 올라섰네
어부네이수나
앞산에는 잎이 피고 뒷산에는 꽃이 피고
한 번 굴려 두 번 굴려 심세 번 굴려
흰구름하고 희롱하네
어부네이수나
「그네뛰는소리」

위의 민요는 여인들이 단오를 맞아 목욕을 하고 머리를 감은 후 예쁜 옷을 입고 고운 신 신고 그네를 뛰는 모습이 매우 잘 그려져 있다. 이에 반해 유희개방형 사설은 놀이 방식이나 형태에 의존하지 않고 소리꾼이 임의로 사설을 끌어오기도 하고 다른 기능에서 불리던 노래를 가져다가 부르는 것이다. 그 내용은 주로 자기 정화나 심심풀이를 해결하는 여가로서 오락성이 돋보인다. 특히 가창유희요로서 유흥민요들은 풍부한 해학성을 바탕으로 현세 중심의 관념을 드러내기도 하고, 남녀의 애정 관념에 대한 향락지향으로 나아가기도 한다.

인생이 일장춘몽인데
아니놀고서 무엇하나
임자도 청년 나도 청년
우리가 다 청년이 아니냐
청춘시대에 놀고보세

위의 민요는 얼핏 향락적인 유락처럼 보이지만 실제에 있어서는 놀이를 잘 하여 힘을 얻으려는 수단으로 노래가 불리어진 사실을 알 수 있다. 유희요 중 유희부합형 사설은 민속적 의미가 뚜렷하여 제의나 생활의 향토적 색채가 풍부한 데 비하여, 유희개방형 사설은 오히려 애조적 여흥이나 즉흥적 감흥을 드러내고 있어 유동성이 심하다.

(5) 민요의 학문적 전망

민요를 둘러싼 다양한 요소에 대해 여러 각도에서 해석할 수 있다. 민요연구는 민속적 관점이든 문학적 관점이든 음악적 관점이든 민요를 향유하는 민중에 대한 과학적 해석이며, 그것 역시 고정되고 절대적인 단계에 머무르는 것이 아니라 끊임없이 새로운 해석을 요구한다. 민요 연구자는 지나치게 기존의 틀에 얽매일 수 없고 민요의 다양한 변수와 더불어 가변성과 유동성을 고려하여 창조적으로 해석해야 하고 열린 학문으로서 연구를 수행해야 할 것이다.

민요의 학문적 성격이 현지조사 위주의 보고서를 바탕으로 귀납적으로 체계화하는 과학이라는 점에서 민요에 대한 단일사례 연구를 하고 여기서 모아진 사례연구를 비교 또는 상대연구를 하여 이론을 끌어내야 한다. 이론적인 양식화는 단일사례에서 얻은 자료를 바탕으로 해서 단순히 정립되는 것은 아니다. 다수의 상이한 사례들을 비교 연구하고 나아가 총체연구로 일반화할 때 독자적인 이론이 형성될 수 있다.

지금까지 민요는 문학, 민속학, 음악학에서 다루어져 왔고 독자적인 민요학이 성립될 시기에 왔다. 민요학의 독자적인 학문이 성립되려면 문학적 민속학적 음악학적 연구가 상보적으로 만나 민요의 실체를 드러내는 길을 열어야 할 것이다. 연구의 목적에 따라서 여러 방법이 새롭게 개발되어야 하고, 민요의 수집이나 이론에 대한 가설을 세우고 상이한 자료들을 비교 연구함으로써 이론을 검증하기 위한 방법과 기술들을 발전시키는데 더욱 많은 관심을 기울이도록 해야 한다.

민요학의 이론 개발은 학문의 성격상 체계적인 자료수집이 필수적이고 단단한 이론을 내세우는 데도 필요불가결한 전제가 된다. 민요는 민족의 삶을 민족예술의 입장에서 표출한 구비전승의 유산이며 시가문학과 국악을 형성한 모태가 된다는 점에서 가치가 있다. 연구자는 민요가 민중의 삶에서 무엇인가, 동시대에서 민요란 어떻게 존재하는가 등을 진지하게 따져서 연구의 방향을 올바르게 설정해야 한다. 민요학이 민속 문학 연구나 구비문학 연구 또는 민족음악학 연구에 바탕이 된다는 자부심을 가져야 한다. 민중의 삶에 대한 이론과 예술에 대한 이론을 변증법적으로 통합하여 축적된 자료보고서나 업적을 새로운 시각으로 반성하고, 다른 분야에서 개척한 성과를 창조적으로 수용하여 구체화할 때 민속예술학에서 민요학은 독자적인 영역을 가질 수 있다. 민요학의 고유한 이론이 다른 영역에까지 설득력을 얻을 때 민요학 연구자들은 학문적인 보람을 누릴 수 있다. 민요학을 올바르게 수행하기 위해 연구자들은 민요의 실상을 존중하면서 민요를 문화구조의 전체적인 양상에서 파악해야 할 구체적인 안목을 가져야 한다. 더구나 창조적인 연구자는 학문의 이론적 개척이 기존에 축적된 연구 역량과 학문풍토의 영향에 머물지 않는 바, 진취적인 문학관을 바탕으로 민요의 이론을 끊임없이 검증해나가야 할 것이다.

02 고전산문의 실제

1) 설화

설화란 한 민족 사이에서 구전 되어온 이야기로서 신화, 전설, 민담을 아우르는 말이다. 이 세 가지는 대체로 시기적으로 구분되는데, 신화가 가장 앞서고, 전설, 민담이 그 뒤를 따른다. 일상적인 신변잡담을 모두 신화라고 하지는 않으며, 구전에 적합하고 단순하고 간편한 표현 형식을 가지고 꾸며낸 이야기를 가리킨다. 이것이 개인의 창작으로 발달하여 고려 중기의 가전문학의 발생을 가져 왔다.

설화는 서사문학의 기원으로 일정한 생활 집단의 공동작이며, 그 민족이나 민중의 의식이 형상화되어 있다는 점에서 문학적 가치를 갖는다.

단군신화

고기(古記)에 이렇게 전한다.

옛날에 환인(桓因) — 제석(帝釋)을 이름 —의 서자(庶子)인 환웅(桓雄)이 계시어, 천하(天下)에 자주 뜻을 두고 인간 세상(人間世上)을 탐내어 구하였다. 아버지는 아들의 뜻을 알고, 삼위 태백산(三危太伯山)을 내려다보니, 인간 세계를 널리 이롭게 할 만 하였다. 이에 천부인(天符印) 세 개를 주어, 내려가서 세상을 다스리게 하였다.

환웅(桓雄)은 그 무리 삼천 명을 거느리고 태백산(太伯山) 꼭대기의 신단수(神壇樹) 밑에 내려와서 이 곳을 신시(神市)라 불렀다. 이 분을 환웅 천왕(桓雄天王)이라 한다. 그는 풍백(風伯), 우사(雨師), 운사(雲師)를 거느리고, 곡식, 수명, 질병, 형벌, 선악 등을 주관하고, 인간의 삼백예순 가지나 되는 일을 주관하여, 인간 세계를 다스려 교화하였다.

이 때, 곰 한 마리와 범 한 마리가 같은 굴에서 살았는데, 늘 신웅(神雄, 환웅)에게 사람 되기를 빌었다. 때마침 신(神, 환웅)이 신령한 쑥 한 심지[炷]와 마늘 스무 개를 주면서 말하였다.

"너희들이 이것을 먹고 백 날 동안 햇빛을 보지 않는다면, 곧 사람이 될 것이다"

곰과 범은 이것을 받아서 먹었다. 곰은 기(忌)한 지 삼칠일(三七日)만에 여자의 몸이 되었으나, 범은 능히 기하지 못하였으므로 사람이 되지 못하였다. 여자가 된 곰은 그와 혼인할 상대가 없었으므로, 항상 단수(壇樹) 밑에서 아이 배기를 축원하였다. 환웅(桓雄)은 이에 임시로 변하여 그와 결혼해 주었더니, 그는 임신하여 아들을 낳았다. 이름을 단군왕검(檀君王儉)이라 하였다.

단군은 요(堯) 임금이 왕위에 오른 지 50년인 경인년—요 임금의 즉위 원년은 무진이니, 50년은 정사이지 경인은 아니다. 아마 그것이 사실이 아닌 것 같다.—에 평양성(平壤城)에 도읍을 정하고, 비로소 조선(朝鮮)이라 불렀다. 또 다시 도읍을 백악산(白岳山) 아사달(阿斯達)에 옮겼다. 그 곳을 또는 궁(弓)—혹은 방자(方字)로도 되어 있다.—홀산(忽山) 또는 금미달(今彌達)이라 한다. 그는 일천 오백 년 동안 여기서 나라를 다스렸다.

주(周)의 무왕(武王)이 왕위에 오른 기묘년에 기자(箕子)를 조선에 봉하매, 단군은 장당경(藏唐京)으로 옮기었다가 후에 아사달에 돌아와 숨어 산신(山神)이 되었는데, 그 때 나이가 1천9백8세였다.

「삼국유사(三國遺事)」

「단군신화」는 환인, 환웅, 단군의 삼대기(三代記)로 이루어져 있다. 환인은 역사적인 시간을 초월해서 존재하고, 환웅은 초월적인 시간 속에서 역사적인 시간으로 들어오고, 단군은 역사적인 시간 속에서 일정한 수명을 지닌다. 이러한 현상은 천상(天上)의 것보다는 지상(地上)의 것을, 초월적인 시간보다는 역사적인 시간을, 수직적인 질서보다는 수평적인 질서를 더욱 중시하는 사유방식의 표현이다.

이런 점에서 본다면 「단군신화」는 건국의 위엄을 서술한 서사 문학이다. 이는 하나의 문학작품으로 볼 때 단군이라는 영웅의 탄생을 신과 인간, 천상과 지상, 동물과 식물 등 양분되는 구조를 통하여 고대인의 삶과 의식(意識), 종교관 등이 드러나도록 보여 주는 것이다. 환인의 아들인 환웅이 태백산 꼭대기의 신단수 아래 내려와 신시를 베풀고 임금이 된 것은 천신족으로서 민족에 대한 자긍심을 고취하기 위한 개국신화로서의 성격을 나타낸다. 환웅이 풍백, 우사, 운사를 거느렸다는 것은 이때부터 농경생활이 시작되었다는 것을 알려 주며, 곰이 웅녀가 된 것은 부족의 통합이라는 사회적 측면을 보여 준다. 주제적인 측면에서 단일민족의 긍지와 홍익인간의 이념을 나타낸다.

연오랑세오녀설화

제8대(第八代) 아달라왕(阿達羅王) 즉위 4년 정유(丁酉)에 동해 바닷가에 연오랑과 세오녀 부부가 살고 있었다. 어느 날 연오가 바다에 나가 해조(海藻)를 따고 있는데, 갑자기 바위 하나가 나타나더니 연오를 싣고 일본으로 가 버렸다. 이것을 본 그 나라 사람들은, “이는 범상한 사람이 아니다” 하고는 연오를 세워 왕으로 삼았다. 세오는 남편이 돌아오지 않자 이상히 여겨 바닷가에 나가 찾다가 남편이 벗어 놓은 신을 발견하였다. 세오가 그 바위 위에 올라갔더니, 바위는 또한 전처럼 세오를 싣고 일본으로 갔다. 그 나라 사람들은 놀라 왕에게 사실을 아뢰었다. 마침내 부부가 서로 만나게 되어 그녀를 귀비(貴妃)로 삼았다. 이

때 신라에서는 해와 달이 광채를 잃었다. 일관(日官)이 왕께 아뢰길,

"해와 달의 정기(精氣)가 우리나라에 내려와 있었는데, 이제 일본으로 가서 이런 괴변이 생겼습니다."라고 하였다.

왕이 사자(使者)를 보내서 두 사람을 찾으니 연오가 말하길,

"내가 이 나라에 온 것은 하늘이 시킨 일인데 어찌 돌아갈 수가 있겠소. 그러나 나의 비(妃)가 짠 고운 비단이 있으니 이것으로 하늘에 제사를 드리면 될 것이오."하고는 사자에게 비단을 주니, 사자가 돌아와서 사실대로 고하였다. 그의 말대로 하늘에 제사를 드렸더니, 해와 달의 정기가 전과 같이 되었다. 이에 그 비단을 어고(御庫)에 간수하고 국보로 삼았다. 그 창고를 귀비고(貴妃庫)라 하고, 하늘에 제사 지낸 곳을 영일현(迎日縣) 또는 도기야(都祈野)라 하였다.

이 이야기는 박인량(朴寅亮)이 지었다고 하는 『수이전(殊異傳)』 속에 실려 있었던 설화이다. 그러나 오늘날 『수이전』은 전하지 않고, 대신 일연(一然)의 『삼국유사』와 서거정(徐居正)의 『필원잡기(筆苑雜記)』에 옮겨 실려 전해 온다.

이 설화에서 연오와 세오 부부가 일본으로 건너가자 신라의 해와 달이 빛을 잃었다는 이야기는 이들 부부가 일월의 정기(精氣)와 관련이 있음을 암시한다. 특히 세오가 짠 비단으로 하늘에 제사를 지냈더니 해와 달이 그전과 같이 되었다는 것은 이런 뒷받침을 더욱 강력히 해 준다. 또 연오와 세오가 일본으로 건너가 그 곳의 왕이 되었다는 이야기는 고대의 한일 관계에 시사해 주는 바가 크다 하겠다.

태양신화의 일본 이동을 말해주는 이 설화에서 세오녀가 태양과 관련된 사실을 알 수 있다. 세오녀의 세초로 빛을 찾는다든가 하는 일련의 이야기는 태양의 여신설화를 말해주는 증거이며, '오(烏)'가 태양을 뜻한다는 중국문헌에서도 찾을 수 있다.

구토설화

옛날에 동해 용왕의 딸이 병이 들어 앓고 있었다. 의원의 말이 토끼의 간을 얻어서 약을 지어 먹으면 능히 나을 것이라고 하였다. 그러나 바다 속에는 토끼가 없으므로 어떻게 할 도리가 없었다. 이 때 한 거북이가 용왕에게 아뢰기를,

"내가 능히 토끼의 간을 얻어 올 것입니다."

하고 드디어 육지로 올라가서 토끼를 만나 말하기를,

"바다 속에 한 섬이 있는데, 샘물이 맑아 돌도 깨끗하고, 숲이 우거져 좋은 과일도 많이 열리고, 춥지도 덥지도 않고, 매나 독수리와 같은 것들도 감히 침범할 수 없는 곳이다. 만약, 그 곳으로 갈 것 같으면 아무런 근심도 없을 것이다."

하고 꾀어서는, 드디어 토끼를 등 위에 업고 바다에 떠서 한 이삼 리쯤 가게 되었다. 이 때 거북은 토끼를 돌아보며 말하기를,

"지금 용왕의 따님이 병이 들어 앓고 있는데, 꼭 토끼의 간을 약으로 써야만 낫겠다고 하는 까닭으로 내가 수고스러움을 무릅쓰고 너를 업고 가는 것이다."

하니, 토끼는 이 말을 듣고 말하기를,

"아아 그런가, 나는 신명(神明)의 후예로서 능히 오장(五臟)을 꺼내어 깨끗이 씻어 가지고 이를 다시 넣을 수 있다. 그런데 요사이 마침 마음에 근심스러운 일이 생겨서 간을 꺼내어 깨끗하게 씻어서 잠시 동안 바윗돌 밑에 두었는데, 너의 좋다는 말만 듣고 오느라고 그만 간을 그대로 두고 왔다. 내 간은 아직 그 곳에 있는데, 다시 돌아가서 간을 가지고 돌아오지 않으면, 어찌 네가 구하려는 간을 가지고 갈 수 있겠는가. 나는 비록 간이 없어도 살 수가 있으니, 그러면 어찌 둘이 다 좋은 일이 아니겠는가."

하니 거북이는 이 말을 그대로 믿고 도로 육지로 올라왔다. 토끼는 풀숲으로 뛰어 들어가면서 거북에게 말하기를,

"거북아, 너는 참으로 어리석구나. 어찌 간이 없이 사는 놈이 있겠느냐?"

하니, 거북이는 멋쩍어서 아무 말도 못하고 돌아갔다.

고구려 때의 설화로 '삼국사기' '김유신전'에 수록되어 전한다. 신라 선덕 여왕 11년 김춘추의 딸의 사위 품석이 백제군에 죽임을 당하자 이를 보복하기 위해 고구려로 청병하러 떠난 김춘추가 엉뚱하게도 첩자로 오인되어 옥에 투옥되었을 때, 자신이 가지고온 청포, 삼백 보를 고구려 장수 선도해에게 뇌물로 주자, 그가 탈출의 암시로 들려 준 탈신지계의 설화이다. 이와 같은 이야기는 불경이나 외국설화에도 있는 것으로 고구려 고유의 설화라 보기는 어렵고 상고시대의 여러 나라에 널리 전해진 원시설화인 것으로 보인다. 이 설화의 핵심적인 모티프가 고전소설과 판소리에 그대로 살아남아 있다는 것은 설화에서 소설까지의 서사적 양식의 발전을 이해하는 데에 중요한 단서가 된다.

2) 가전

고려시대에 발달한 문헌설화들은 시화나 야담류를 통해서 묘사의 기술과 창의가 발전하여 고려 후기에 접어들면서 가전체(假傳體)라는 독특한 양식을 배태하게 된 토대가 되었다. 가전체는 설화에서 한 걸음 나아가 소설적 요소를 내표한 것으로서, 물건을 의인화하여 계세징인(戒世懲人 : 세상 사람을 경계하고 징벌함)을 목적으로 하는 문학을 말한다.

가전체 소설들은 인간사의 다양한 문제들을 의인화라는 간접적이고 우회적인 수법으로 다루면서 비평하고 있기 때문에 강한 풍자성과 함께 비판의식을 수반하는 것이 그 특징이다. 또한 의인화하여 그 가계와 생애 및 성품을 서술하기 위해 대상이 되는 사물에 얽힌 여러 전고(典故)를 많이 도입하고 있어 현학적인 분위기를 이끌어 내는 것이 보통이다. 가전체의 주요 작품으로는 「국순전」, 「공방전」, 「국선생전」, 「죽부인전」 등이 있다.

공방전 – 임춘

공방(孔方)의 자(字)는 관지(貫之)다. 공방이란 구멍이 모가 나게 뚫린 돈, 관지는 돈의 꿰미를 뜻한다. 그의 조상은 일찍이 수양산 속에 숨어 살면서 아직 한 번도 세상에 나와서 쓰여진 일이 없었다.

그는 처음 황제(黃帝) 시절에 조금 조정에 쓰였으나 워낙 성질이 굳세어 원래 세상일에는 그다지 세련되지 못하였다. 어느 날 황제가 상공(相工)을 불러 그를 보았다. 상공은 한참 들여다 보고 나서 말한다.

"이는 산야(山野)의 성질을 가져서 쓸 만한 것이 못 됩니다. 그러하오나 폐하께서 만일 만물을 조화하는 풀무나 망치를 써서 그 때를 긁어 빛이 나게 한다면, 그 본래의 바탕이 차차 드러나게 될 것입니다. 원래 왕자(王者)란 모든 사람으로 하여금 올바른 그릇이 되게 해야 하는 것입니다. 원컨대 폐하께서는 이 사람을 저 쓸모 없는 완고한 구리쇠와 함께 내버리지 마시옵소서."

이리하여 공방은 차츰 그 이름이 세상에 나타나기 시작하였다.

그 뒤에 일시 난리를 피하여 강가에 있는 숯 굽는 거리로 옮겨져서 거기에서 오래 살게 되었다. 그의 아버지 천(泉)은 주나라의 대재(大宰)로서 나라의 세금에 관한 일을 맡아 처리하고 있었다. 천(泉)이란 화천(貨泉)을 말한다.

공방은 생김새가 밖은 둥글고 구멍은 모나게 뚫렸다. 그는 때에 따라서 변통을 잘 한다. 한번은 한나라에 벼슬하여 홍려경(鴻 臚卿)이 되었다. 그 때 오왕(吳王) 비(妃)가 교만하고 참람(僭濫)하여 나라의 권리를 혼자서 도맡아 부렸다. 방은 여기에 붙어서 많은 이익을 보았다. 무제 때에는 온 천하의 경제가 말이 아니었다. 나라 안의 창고가 온통 비어 있었다. 임금은 이를 보고 몹시 걱정하였다. 방을 불러 벼슬을 시키고 부민후(富民侯)로 삼아, 그의 무리인 염철승(鹽鐵丞) 근(僅)과 함께 조정에 있게 하였다. 이 때 근은 방을 보고 항상 형이라 하고 이름을 부르지 않았다.(중략)

사신(史臣)은 말한다.

남의 신하가 된 몸으로서 두 마음을 품고 큰 이익만을 좇는 자를 어찌 충성된 사람이라고 하랴. 방이 올바른 법과 좋은 주인을 만나서, 정신을 집중시켜 자기를 알아주어서 나라의 은혜를 적지 않게 입었었다. 그러면 의당 국가를 위하여 이익을 일으켜 주고, 해를 덜어 주어서 임금의 은혜로운 대우에 보답하였어야 하였다. 그런데도 도리어 비를 도와서 나라의 권세를 한몸에 독차지해 가지고, 심지어 사사로이 당을 만들기까지 하였으니, 이것은 충신이 경계 밖의 사귐이 없어야 한다는 말에 어긋나는 것이다.

방이 죽자 그 남은 무리들은 다시 남송에 쓰여졌다. 집정한 권신(權臣)들에게 붙어서 그들은 도리어 정당한 사람을 모함하는 것이었다. 비록 길고 짧은 이치는 저 명명(冥冥)한 가운데 있는 것이지만, 만일 원제(元帝)가 일찍부터 공우(貢禹)가 한 말을 받아들여서 이들을 일조에 모두 없애 버렸던들 이 같은 후환은 없었을 것이다. 그런데 다만 이들을 억제하기만 해서 마침내 후세에 폐단을 남기고 말았다. 그러나 대체 실행보다 말이 앞서는 자는 언제나 미덥지 못한 것을 걱정하지 않을 수가 없다.

『서하선생집』

이 작품은 돈(엽전)을 의인화하여 '돈의 폐해'를 비판하려 한 가전이다. 이 작품의 주인공인 '공방'은 욕심이 많고 염치가 없는 부정적 성격의 소유자로 백성들로 하여금 오직 이익을 좇는 일에만 종사하게 만든다. 그리고 그는 일반 선비들과 달리 천하게 여겼던 시정의 사람들과 사귀기도 하는데, 이는 '공방'이 단순하게 '돈'을 드러내어 탐욕스러운 한 전형적 인간을 표상한다기보다는 잘못된 사회상을 비판하기 위해 작가가 의도적으로 구성한 것으로 볼 수 있다. 즉, 작가는 이 작품을 통하여 돈의 내력과 성쇠를 보여 줌으로써 사회상을 풍자하고 자신의 경세관을 드러내려 하였던 것으로 볼 수 있다.

이 작품은 인간의 삶에서 돈이 요구되어 만들어져 쓰이지만 그 때문에 생긴 인간의 타락상을 역사적으로 살피고 있다. 작가는 마지막 부분에서 사신(史臣)의 입을 빌려 자신의 경세관을 피력하고 있다 하겠는데, 작가는 공방의 존재가 삶의 문제를 그릇되게 하므로 후환을 막으려면 그를 없애야 한다고 하였다. 이러한 관점은 난세를 만나 참담한 가난 속에 지내다 일찍 죽고 만 임춘의 개인적 삶과도 연관된다 하겠다. 그는 무신란을 만나 겨우 목숨은 보전하였으나 극도로 빈한한 처지에서 불우한 일생을 마친 귀족의 후예였는데, 돈이 벼슬하는 사람들에게 집중되어 자기와 같은 불우한 처지에 있는 사람들이 삶을 더욱 어렵게 한다고 생각하며 세상의 그릇된 방향에 대해 비판적인 관점을 보여 주었다.

「국선생전」 — 이규보

국성(麴聖)의 자는 중지(中之)요, 관향(貫鄕)은 주천(酒泉)이다. 어렸을 때에 서막(徐邈)에게 사랑을 얻어, 그의 이름과 자(字)는 모두 서씨가 지어 주었다.

그의 조상은 애초에 온(溫)이라고 하는 고장에서 농사를 지으면서 살고 있었는데, 정(鄭)나라가 주(周)나라를 칠 때에 포로가 되어 본국으로 돌아가지 못하였으므로, 그 자손의 일파가 정나라에서 살게 되었다. 그의 증조는 역사에 이름이 나타나지 않았고, 조부 모(牟)는 살림을 주천으로 옮겨, 이 때부터 주천에서 살게 되었다. 아버지 차(　)에 이르러서 비로서 벼슬길에 나아가 평원 독우(平原督郵)의 직을 역임하였고, 사농경(司農卿) 곡씨(穀氏)의 따님과 결혼하여 성(聖)을 낳았다.

성은 어렸을 때부터 도량이 넓고 침착하여, 아버지의 친지들이 그를 매우 사랑하였다. 그래서 항상 이렇게 말하는 것이었다.

“이 아이의 도량이 만 이랑의 물과 같아서, 가라앉히더라도 더 맑아지지 않으며, 흔들어 보더라도 탁(濁)해지지 않으니, 우리는 자네와 이야기하기보다는 이 아이와 함께 기뻐함이 좋네”

성이 자라서, 중산(中山)에 사는 유영(劉伶), 심양(　陽)에 사는 도잠(陶潛)과 벗이 되었다. 이들은 서로 말하기를,

“하루라도 이 친구를 만나지 못하면 심중에 물루(物累)가 생긴다”

라고 하며, 만날 때마다 저물도록 같이 놀고, 서로 헤어질 때는 항상 섭섭해 하였다.

나라에서 성에게 조구연(糟丘椽)을 시켰지만 부임하지 않자, 또 청주 종사(青州從事)로 불렀다. 공경(公卿)들이 계속하여 그를 조정에 천거하니 임금께서 조서(詔書)를 내리고 공거(公車)를 보내어 불러 보고는 말하기를,

"이 사람이 바로 주천의 국생인가? 내가 그의 명성을 들어온 지 오래다"

라고 하셨다.

이보다 앞서 태사(太史)가 아뢰기를, 주기성(酒旗星)이 크게 빛을 낸다 하더니, 얼마 안 되어 성(聖)이 이른지라 임금이 또한 이로써 더욱 기특하게 여기었다.

곧 주객 낭중(主客郎中) 벼슬을 시키고, 이윽고 국자좨주(國子祭酒)로 올리어 예의사(禮儀使)를 겸하니, 무릇 조회(朝會)의 잔치와 종조(宗祖)의 제사 · 천식(薦食) · 진작(進酌)의 예(禮)에 임금의 뜻에 맞지 않음이 없는지라, 위에서 기국이 둠직하다 하여 올려서 후설(喉舌)의 직에 두고, 우례(優禮)로 대접하여 매양 들어와 뵐 적에 교자(轎子)를 탄 채로 전(殿)에 오르라 명하여, 국선생(麴先生)이라 하고 이름을 부르지 않으며, 임금의 마음이 불쾌함이 있어도 성(聖)이 들어와 뵈면 임금은 비로소 크게 웃으니, 무릇 사랑받음이 모두 이와 같았다. (중략)

사신은(史臣)은 말한다.

국씨는 원래 대대로 농사짓는 집안이었는데, 성이 유독 넉넉한 덕이 있고, 맑은 재주가 있어서 당시 임금의 심복이 되어 국가의 정사에까지 참예하고 임금의 마음을 깨우쳐 주어 태평스러운 시절의 공을 이루었으니 장한 일이다. 그러나 임금의 사랑이 극도에 달하자 마침내 국가의 기강을 어지럽히고 화(禍)가 그 아들에게까지 미쳤다. 하지만 이런 일은 실상 그에게는 유감이 될 것이 없다 하겠다. 그는 만절(晩節)이 넉넉한 것을 알고 자기 스스로 물러나서 마침내 천수(天壽)로 세상을 마쳤다. 주역(周易)에 '기미를 보아서 일을 해 나간다[見機而作]'고 한 말이 있는데, 성이야말로 거의 여기에 가깝다 하겠다.

『동문선』

「국선생전」은 고려 때의 학자이면서 문신인 이규보가 지은 것으로, 술을 의인화한 국성을 위국충절의 대표적 인물로 등장시켜 분수를 모르는 인간성의 비정을 풍자한 가전체 작품이다. 이 작품에서 작자는 주인공인 국성을 신하의 입장으로 설정하여, 유생의 삶이란 신하로서 군왕을 모시고 치국의 이상을 바르게 실현하는데 있다는 입장을 드러내고 있다. 따라서 국성은 일시적인 시련을 견딜 줄 아는 덕과 충성심이 지극한 긍정적인 인물로 서술되고 있다. 그리고 같은 술을 소재로 하면서도 아첨을 일삼는 정계나 방탕한 군주를 풍자한 「국순전」과 대조를 이루는 작품이다.

「국순전」 – 임춘

국순(麴醇)의 자(字)는 자후(子厚)이다. 그 조상은 농서(西) 사람이다. 90대조(九十代祖)인 모(牟)가 후직(后稷)을 도와 뭇 백성들을 먹여 공이 있었다. 『시경(詩經)』에,

"내게 밀과 보리를 주다."

한 것이 그것이다. 모(牟)가 처음 숨어 살며 벼슬하지 않고 말하기를,

"나는 반드시 밭을 갈아야 먹으리라."

하여, 밭에서 살았다. 임금이 그 자손이 있다는 말을 듣고 조서(詔書)를 내려 안거(安車)로 부를 때, 군(郡)과 현(縣)에 명하여 곳마다 후하게 예물을 보내게 하였다. 신하를 시켜 친히 그 집에 나아가, 드디어 방아와 절구[杵臼] 사이에서 교분을 정하였다. 화광 동진(和光同塵)하게 되니, 훈훈하게 찌는 기운이 점점 스며들어서 온자한 맛이 있어 기뻐 말하기를,

"나를 이루어 주는 자는 벗이라 하더니, 과연 그 말이 옳다."

하였다. 드디어 맑은 덕(德)으로써 들리니, 임금이 그 집에 정문(旌門)을 표하였다. 임금을 따라 원구(圜丘)에 제사한 공으로 중산후(中山侯)에 봉해졌다. 식읍(食邑)은 일만 호(一萬戶)이고, 식실봉(食實封)은 오천 호(五千戶)이며, 성(姓)은 국씨(麴氏)라 하였다. (중략)

순(醇)이 권세를 얻고 일을 맡게 되자, 어진 이와 사귀고 손님을 접함

이며, 늙은이를 봉양하여 술·고기를 줌이며, 귀신에게 고사하고 종묘(宗廟)에 제사함을 모두 순(醇)이 주장하였다. 위에서 일찍 밤에 잔치할 때도 오직 그와 궁인(宮人)만이 모실 수 있었고, 아무리 근신(近臣)이라도 참예하지 못하였다. 이로부터 위에서 곤드레만드레 취하여 정사를 폐하고, 순은 이에 제 입을 재갈물려 말을 하지 못하므로 예법(禮法)의 선비들은 그를 미워함이 원수 같았으나, 위에서 매양 그를 보호하였다. 순은 또 돈을 거둬들여 재산 모으기를 좋아하니, 시론(時論)이 그를 더럽다 하였다. 위에서 묻기를,

"경(卿)은 무슨 버릇이 있느냐"

하니, 대답하기를,

"옛날에 두예(杜預)는 좌전(左傳)의 벽(癖)이 있었고, 왕제(王濟)는 말[馬]의 벽이 있었고, 신(臣)은 돈 벽이 있나이다"

하니, 위에서 크게 웃고 권고(眷顧)가 더욱 깊었다. 일찍이 임금님 앞에 주대(奏對)할 때, 순이 본래 입에 냄새가 있으므로 위에서 싫어하여 말하기를,

"경이 나이 늙어 기운이 말라 나의 씀을 감당치 못하는가"

라 하였다. 순이 드디어 관(冠)을 벗고 사죄하기를,

"신이 작(爵)을 받고 사양하지 않으면 마침내 망신(亡身)할 염려가 있사오니, 제발 신(臣)을 사제(私第)에 돌려 주시면, 신(臣)은 족히 그 분수를 알겠나이다"

라고 하였다. 위에서 좌우(左右)에게 명하여 부축하여 나왔더니, 집에 돌아와 갑자기 병들어 하루 저녁에 죽었다. 아들은 없고, 족제(族弟) 청(淸)이, 뒤에 당(唐)나라에 벼슬하여 벼슬이 내공봉(內供奉)에 이르렀고, 자손이 다시 중국에 번성하였다.

사신(史臣)이 말하기를,

"국씨(麴氏)의 조상이 백성에게 공(功)이 있었고, 청백(淸白)을 자손에게 끼쳐 창이 주(周)나라에 있는 것과 같아 향기로운 덕(德)이 하느님에까지 이르렀으니, 가히 제 할아버지[祖]의 풍이 있다 하겠다. 순(醇)이 들병의 지혜로 독 들창에서 일어나서, 일찍 금구의 뽑힘을 만나 술단지와 도마에 서서 담론하면서도 가(可)를 들이고 부(否)를 마다하지 아니

하고, 왕실(王室)이 미란(迷亂)하여 엎어져도 붙들지 못하여 마침내 천하의 웃음거리가 되었으니, 거원(巨源)의 말이 족히 믿을 것이 있도다"

라고 하였다.

『서하선생집』

「국순전」은 술을 의인화하여 술이 사람에게 미치는 영향을 말한 작품인데, 「국순전」에 나타난 술의 교훈은 두 가지로 요약된다. 술은 흥을 돋우어 주는 것이지만, 너무 마시면 나라마저도 망칠 수 있다는 것이다.

3) 패관문학

패관(稗官)이란 옛날 중국의 한(漢)나라에서 임금이 민간의 풍속이나 정사를 살피기 위하여 거리의 소문을 모아 기록시키던 벼슬의 이름인데, 이 뜻이 발전하여 이야기를 새로 짓는 사람도 패관이라 일컫게 되었다. 초기의 패관은 사실성에 충실하였으나, 점차 창의성이 가미되고 윤색됨으로써 흥미 본위로 흐름에 따라 하나의 산문적인 문학 형태가 되었다. 여기서 폐관소설이라 불리는 설화문학이 형성된 것이다.

패관문학은 소설문학의 기원이 된다는 점에서 문학사상 큰 의의가 있다. 우리나라의 경우 고대의 설화가 고려 시대에 들어와 정착되면서 패관문학으로 발달하고 이것이 가전체를 거쳐서 고대소설로 하였다. 따라서 매관문학은 소설의 전신(前身)으로서 소설의 발달에 많은 영향을 주었다고 할 수 있다. 주요 작품으로는 「경설」, 「슬견설」, 「차마설」, 「이옥설」 등이 있다.

「슬견설」 – 이규보

어떤 손(客)이 나에게 이런 말을 하였다.

"어제 저녁엔 아주 처참(悽慘)한 광경을 보았습니다. 어떤 불량한 사람이 큰 몽둥이로 돌아다니는 개를 쳐서 죽이는데, 보기에도 너무 참혹(慘酷)하여 실로 마음이 아파서 견딜 수가 없었습니다. 그래서 이제부터는 맹세코 개나 돼지의 고기를 먹지 않기로 하였습니다"

이 말을 듣고, 나는 이렇게 대답하였다.

"어떤 사람이 불이 이글이글하는 화로(火爐)를 끼고 앉아서, 이를 잡아서 그 불 속에 넣어 태워 죽이는 것을 보고, 나는 마음이 아파서 다시는 이를 잡지 않기로 맹세하였습니다"

손이 실망하는 듯한 표정으로,

"이는 미물(微物)이 아닙니까? 나는 덩그렇게 크고 육중한 짐승이 죽는 것을 보고 불쌍히 여겨서 한 말인데, 당신은 구태여 이를 예로 들어서 대꾸하니, 이는 필연(必然)코 나를 놀리는 것이 아닙니까?"

하고 대들었다.

나는 좀 구체적으로 설명할 필요를 느꼈다.

"무릇 피(血)와 기운(氣)이 있는 것은 사람으로부터 소, 말, 돼지, 양, 벌레, 개미에 이르기까지 모두가 한결같이 살기를 원하고 죽기를 싫어하는 것입니다. 어찌 큰 놈만 죽기를 싫어하고, 작은 놈만 죽기를 좋아하겠습니까? 그런즉, 개와 이의 죽음은 같은 것입니다. 그래서 예를 들어서 큰 놈과 작은 놈을 적절히 대조한 것이지, 당신을 놀리기 위해서 한 말은 아닙니다. 당신이 내 말을 믿지 못하겠으면 당신의 열 손가락을 깨물어 보십시오. 엄지손가락만이 아프고 그 나머지는 아프지 않습니까? 한 몸에 붙어 있는 큰 지절(支節)과 작은 부분이 골고루 피와 고기가 있으니, 그 아픔은 같은 것이 아니겠습니까? 하물며, 각기 기운과 숨을 받은 자로서 어찌 저 놈은 죽음을 싫어하고 이놈은 좋아할 턱이 있겠습니까? 당신은 물러가서 눈 감고 고요히 생각해 보십시오. 그리하여 달팽이의 뿔을 쇠뿔과 같이 보고, 메추리를 대붕(大鵬)과 동일시하도록 해 보십시오. 연후에 나는 당신과 함께 도(道)를 이야기하겠습니다"라고 하였다.

이 글은 이나 개의 죽음을 어떻게 볼 것인가를 놓고 손과 내가 논쟁을 벌인 이야기를 기록한 것이다. '손'과 '나' 사이에 견해 차이가 생기는 것은 사고의 기본 전제가 다르기 때문이다. '손'은 '큰 동물의 죽음만이 불쌍하다'고 보고 있지만, '나'의 생각은 이와 다르다. '큰 동물이든 생명을 가진 것의 죽음은 불쌍하다.'는 것이 나의 생각이다. 전제가 다르기 때문에 그에 따른 결론도 다른 것이다. 작자가 손과 독자에게 주는 교훈은 사물은 크기에 관계없이 근본적 속성이 동일하다는 것이다. 더 나아가 선입견이나 편견을 버리고 사물의 본질을 올바로 보는 안목을 갖추라는 것이다. 이러한 인식에 도달하였을 때 '달팽이의 뿔을 쇠뿔과 같이 보고, 메추리를 대붕과 동일시'할 수 있는 것이다.

「차마설」 — 이곡

내가 집이 가난해서 말이 없으므로 혹 빌려서 타는데, 여위고 둔하여 걸음이 느린 말이면 비록 급한 일이 있어도 감히 채찍질을 가하지 못하고 조심조심하여 곧 넘어질 것같이 여기다가, 개울이나 구렁을 만나면 내려서 걸어가므로 후회하는 일이 적었다. 발이 높고 귀가 날카로운 준마로서 잘 달리는 말에 올라타면 의기양양하게 마음대로 채찍질하여 고삐를 놓으면 언덕과 골짜기가 평지처럼 보이니 심히 장쾌하였다. 그러나 어떤 때에는 위태로워서 떨어지는 근심을 면치 못하였다.

아! 사람의 마음이 옮겨지고 바뀌는 것이 이와 같을까? 남의 물건을 빌려서 하루 아침 소용에 대비하는 것도 이와 같거든, 하물며 참으로 자기가 가지고 있는 것이랴.

그러나 사람이 가지고 있는 것이 어느 것이나 빌리지 아니한 것이 없다. 임금은 백성으로부터 힘을 빌려서 높고 부귀한 자리를 가졌고, 신하는 임금으로부터 권세를 빌려 은총과 귀함을 누리며, 아들을 아비로부터, 지어미는 지아비로부터, 비복(婢僕)은 상전으로부터 힘과 권세를 빌려서 가지고 있다.

그 빌린 바가 또한 깊고 많아서 대개는 자기 소유로 하고 끝내 반성

할 줄 모르고 있으니, 어찌 미혹(迷惑)한 일이 아니겠는가?

그러다가도 혹 잠깐 사이에 그 빌린 것이 도로 돌아가게 되면, 만방(萬邦)의 임금도 외톨이가 되고, 백승(百乘)을 가졌던 집도 외로운 신하가 되니, 하물며 그보다 더 미약한 자야 말할 것이 있겠는가?

맹자가 일컫기를 "남의 것을 오랫동안 빌려 쓰고 있으면서 돌려 주지 아니하면, 어찌 그것이 자기의 소유가 아닌 줄 알겠는가?" 하였다.

내가 여기에 느낀 바가 있어서 차마설을 지어 그 뜻을 넓히노라.

『가정집』

형식적이고 논리적인 구조로 본다면 이 글은 도입부에서 자신의 경험을 드러내어 친숙함과 설득력을 얻을 수 있지만, '서두－중간－결말'의 3단 구성과 비교해 볼 때, 이 글은 결론을 이끌어 내는 방식이 다르다. 사실로부터 의견(깨우침)에 이르는 과정이 3단 논법과 같은 논리적 전개 과정을 취하지 않고 직관적 통찰에 의해 바로 이루어지고 있어 3단 구성의 논리적인 구성에 비해 논리적인 구성은 뒤떨어진다. 이것은 논리적 설득보다는 사물에 대한 깨우침을 전하는 데 적절하며, 체계적이고 복합적이며 다층적인 내용보다는 제한된 내용이기는 하나 본질적인 내용을 압축적으로 명료하게 전달하는 데 적절하다.

이 글의 내용은 말을 빌려 탄 경험으로 시작되지만, 궁극적으로는 인간의 보편적 삶의 자세에 대한 문제를 다루고 있다. 글쓴이가 체험과 상상을 통해 궁극적으로 깨달은 바는 '소유'의 문제이다. 결국 인간이 가지고 있는 것은 그 누구에게서인가 잠시 빌린 것이라는 것이다. 그런데도 사람들은 그것을 깨닫지 못하고 있으므로, 글쓴이는 이러한 우매함을 경계하기 위해 인간의 소유욕에 대한 자신의 의견을 쓴 글이다. 따라서 이 작품을 읽고 우리는 인생에 있어 삶의 지표를 어떻게 설정해야 할 것인지에 대한 깊은 깨달음을 얻을 수 있다.

사실 많은 사람들이 '소유욕'의 노예가 되어 살아간다고 해도 과언이 아니다. 우선 자기 자신을 돌이켜 보고 우리 주변을 살펴 볼 수 있다. 사실 '소유욕'은 동서고금을 막론하고 인간의 삶에 있어서 가장 해결하기 힘든 문제의 하나로 자리 잡아 왔다. 법정 스님의 『무소유』라는 글이나 사회심리학자인 에리히프롬의 『소유냐 존재냐』라는 책은 이러한 상황을 잘 대변하고 있고 보다 체계적으로 자크 라캉은 욕망이론을 말한다. 여기서 우리는 '소유욕'이라고 하는 것인 인간의 보편적 속성이라는 사실을 알 수 있다. 쓰인 시대와 그 표현 방식은 다르지만 이러한 글들을 통해서 인간의 '소유욕'에 대한 다각적인 견해를 접할 때 우리는 또한 삶의 조그마한 빛을 발견하는 즐거움을 맛볼 수 있고, 자신의 삶에 대한 성찰의 기회를 가질 수 있다고 생각한다.

4) 고전소설

소설도 시조처럼 현재 창작되고 있는 문학인데, 소설을 시대적으로 구별하기 위해 흔히 개화기까지의 소설을 '고전소설(古典小說)', 개화기 이후의 것을 '신소설(新小說)', 또 그 이후의 것을 '현대소설'이라고 일컫는다. 고전소설은 대개 어떤 사람이 어떻게 태어나서 어떤 일을 하였다는 일대기(一代記) 형식으로 되어 있고, 문체는 소리 내어 읽기 좋게 꾸며진 것이 대부분이다. 또, 내용은 영웅의 일대기나 전쟁, 가정생활, 남녀 간의 사랑 등 다양하다. 착한 사람은 복을 받고 악한 사람은 화를 입는다는 점, 마지막이 주인공의 소원 성취로 마무리된다는 점은 공통적이다.

(1) 금오신화

우리나라 소설은 전기적(傳奇的) 한문소설에서부터 출발한다. 전기적이라는 말은 현실성이 있는 이야기가 아닌 진기한 것, 일상적 · 현실적인 것과 거리가 먼 신비로우면서도 비현실적이라는 의미를 지닌다. 김시습의 『금오신화(金鰲新話)』가 한국 고전소설의 효시인데, 이 작품은 민중 사이에서 구전되던 설화적 전통 위에 패관문학이나 가전 등 서사 문학과 중국 전기소설인 「전등신화(剪燈神話)」 등의 영향을 받아 이루어졌다.

『금오신화』에는 「만복사저포기」, 「이생규장전」, 「취유부벽정기」, 「용궁부연록」 등 다섯 작품이 수록되어 전해진다.

「이생규장전」 줄거리

개성에 살던 이생이란 젊은이가 글공부를 다니다 하루는 선죽교 근처를 지나면서 귀족 집안의 최씨라는 아름다운 처녀를 발견하고 매혹된 나머지 사랑의 글을 써서 담 너머로 던진다. 그 뒤 그들은 사랑하는 사이가 되었지만 이생 부모의 반대로 시련을 겪게 된다. 최씨 부모의 노력으로 결국 두 사람은 부부가 되고 이생은 과거에 오른다. 그러나 얼마 안 되어 홍건적의 난으로 여인이 도적이 칼에 맞아 죽고 만다. 그런데 하루는 그 여인이 이생을 찾아와 둘은 다시 행복한 나날을 보낸다. 3년이 지난 뒤 어느 날 여인은 아직도 들에 뒹구는 자신의 해골을 거두어 장사지내 줄 것으로 부탁하며 이생과 작별한다. 이생은 아내의 말대로 시체를 거두어 장사 지낸 후 그 길로 병이 들어 신음하다가 아내의 뒤를 따라 세상을 떠나고 만다.

「이생규장전」은 삶과 죽음을 초월한 사랑의 성취를 그린 명혼소설(冥婚小說 : 귀신과 결혼하는 내용의 소설) 또는 시애소설(屍愛小說 : 죽은 사람과 사랑을 나누는 내용의 소설)이라 불리는 작품이다. 전반부는 이승의 현실적 사건을, 후반부는 이승과 저승을 초월한 세계를 그린 2단 구성으로 된 작품이다. 작품 전반부에서 이생은 부모의 완강한 반대를 무릅쓰고 최 낭자와의 결혼에 성공한다. 관습에 얽매이지 않고 자유의사에 의한 만남과 혼인을 표현한 점에서 작자의 남녀의 애정에 대한 진보적 시각을 볼 수 있다. 그러나 어렵게 성취한 두 사람의 사랑은 홍건적의 난리에 최 낭자가 죽음으로 해서 깨어지고 만다. 작자는 깨어진 두 사람의 사랑을 최 낭자의 환신(幻身)과 이생의 사랑이라는 전설적 구성으로 다시 이어 놓았다. 이 작품에 드러나는 귀신과의 사랑은 최치원의 「수이전(殊異傳)」에 나타나 있어 작자는 이러한 전설을 바탕으로 삼아 작품을 창작한 것이다. 그럼에도 불구하고 이 작품이 설화가 아닌 소설인 까닭은 자신들의 사랑을 좌절시키려는 세계의 횡포에 대해 주인공들이 치열하게 저항하는 데 있다. 즉 주인공과 세계 사이의 갈등이 치열하게 나타나고 있다는 것이다. 그 극적 모습이 귀신과의 사랑이다. 현실적으로 좌절된 사랑을 귀신과의 사랑으로 바꾸어 성취시키는 것은 분명히 역설이지만, 이 점이 이 소설의 전기적 특성을 드러내는 요소이다.

이 작품은 「전등신화」의 영향을 받았음에도 불구하고 플롯이나 테마 면에서 독창성을 발휘하고 있으며, 또한 등장인물의 개성적인 성격이나 구성, 장면 묘사에 있어서도 소설다운 면모를 지니고 있으며, 현실적이고 사실적으로 사건이 전개되기 때문에 금오신화에 실린 나머지 다른 작품에 비해 우수하다는 평가를 받는다.

「취유부벽전기」 줄거리

송도 부호의 아들 홍생이 유람을 겸한 장사를 하기 위해 평양으로 가서 친구들과 같이 대동강에서 뱃놀이를 하다가, 취흥을 이기지 못하여 홀로 작은 배를 타고 부벽정 아래에 이르러, 정자 위에 올라가서 난간을 의지하고 고국의 흥망을 탄식하며 시를 지어 낭랑히 읊고 삼경(三更)이 되어 돌아가려고 하는데 갑자기 발자국 소리가 들려온다.

홍생은 영명사의 중이 찾아오는가 생각하였으나, 뜻밖에도 한 미인이 좌우에서 시녀를 거느리고 비단 부채를 들고 나타나는데, 그 위의(威儀)가 엄숙하고 정숙하여 마치 귀족 집안의 처녀 같다고나 하거니와,

> 홍생이 시녀의 내영(來迎)을 받아 누상으로 올라가서 그 미인과 인사를 나누게 된다.
>
> 그 미인의 신분은 은왕의 후예요, 기자왕의 딸로서, 부왕이 위만에게 왕위를 빼앗긴 후로 정절을 지켜 죽기를 기다리는데, 신선이 된 선조가 나타나 불사약을 주어 그 약을 먹고 수정궁의 상아가 되었다는 것이다.
>
> 홍생이 부벽루에서 그 선녀와 하룻밤을 지내며 서로 시를 주고받으며 부르다가 날이 새자 그 선녀는 승천하고, 홍생은 집에 돌아와 그 선녀를 생각하며 사모하던 끝에 병에 걸렸는데, 그 선녀의 시녀가 나타나, "우리 아가씨가 상제께 아뢰어 견우성 막하의 종사를 삼았으니 올라오라."고 일러 주는 꿈을 꾸고 난 뒤, 목욕하고 옷을 갈아입은 후, 분향하고 누웠다가 세상을 떠났는데, 빈장(嬪葬)한 지 몇 달이 지나도 안색이 변하지 않았다.

남녀 간의 사랑을 제재로 하고 있다는 점에서는 같은 작자의 작품인 「만복사저포기」 및 「이생규장전」과 동일하나 정신적인 사랑을 다루었다는 점에서는 그들과 구별된다. 불의와 폭력에 의하여 정당한 삶과 역사가 좌절되는 아픔을 표현한 작품이어서 짙은 우수가 서려 있다. 귀가한 주인공이 기씨녀를 그리워하다가 죽는 것으로 되어 있어 작품이 비극적 성격을 지니나 죽어서 신선이 되었다고 함으로써 그러한 성격이 다소는 약화되어 있다. 이 작품의 해석과 평가에는 여러 가지 견해가 엇갈려 있다. 작품에 나타난 사건을 수양대군이 단종의 왕위를 빼앗은 역사적 사건의 우의(寓意)라고 보는 견해가 있는가 하면, 선녀와의 연애 및 선계로의 승화를 현실도피로 보고 그것은 작자의 현실주의적 사상과 모순되는 것이기에 작품은 결국 작자의 정신적 갈등을 반영한다고 보는 견해도 있다. 또한 모순에 찬 세계를 개조해서 세계와 화합하려는 자아와 그것을 용납하지 않으려는 세계의 대결을 통하여 소설적 진실을 보여주는 작품이라는 견해도 있고, 작품을 도가(道家)적 문화의식의 투영으로 해석하여 작품에 나타난 갈등을 동이족의 문화적 우월감과 함께 역사의식을 바탕으로 한

극렬한 반존화적(反尊華的) 민족저항의 분한(憤恨)이라고 해석하는 견해도 있다.

(2) 국문소설

김시습의 『금오신화』에 이어 국문소설인 허균의 「홍길동전」이 나타나면서 본격적으로 시작된 고전소설은 임진왜란·병자호란을 겪으면서 양적으로 급격히 성장하였다. 조선 건국에서 임진왜란까지는 위의 두 작품 외에 임제의 「수성지」, 「화사」, 권필의 「주생전」 등 전기 소설, 사회소설, 염정소설 등이 주류를 이루었으며, 몽유록계 소설도 유행하였다.

17세기에 들어서면서 소설의 창작이 한층 활발해지면서 상당한 규모의 독자층이 형성되었다. 특히 서민의식이 싹트고 실학적 학풍이 나타나기 시작함에 따라 소설의 전성기를 맞이하게 되었다. 숙종 때는 김만중이 「구운몽」, 「사씨남정기」를 창작하여 소설의 수준을 한층 높게 끌어올렸다.

「홍길동전」 줄거리 – 허균

홍길동은 조선조 세종 때 서울에 사는 홍판서의 시비 춘섬의 소생인 서자이다. 홍판서 어느 날 용꿈을 꾼 후 아들을 얻으려는 생각에 본부인에게 잠자리를 청하였다. 그러나 본부인이 거절하여 춘섬과 관계해서 낳은 아들이 길동이다. 길동은 어려서부터 도술을 익히고 장차 훌륭한 인물이 될 기상을 보였으나, 첩이 나은 천한 신분인 탓으로 아버지를 아버지라 부르지 못하고 형을 형이라 부르지 못하는 한을 품는다. 가족들은 길동의 비범함 재주가 장래에 화근이 될까 두려워하여 자객을 시켜 길동을 없애려고 한다. 길동은 위기에서 벗어나 집을 나와 방랑의 길을 떠난다. 그러다가 도적의 소굴에 들어가 힘을 겨루어 두목이 된다. 먼지 기이한 계책으로 해인사의 보물을 탈취하고 스스로 활빈당이라 이름을 붙이고 팔도 지방 수령들이 옳지 못한 방법으로 모든 재물을 기묘한 계책과 도술로써 빼앗아 빈민에게 나누어주고 백성들의 재물은 추호도 다치지 않는다.

길동은 함경도 감영의 재물을 빼앗으며 '아무 날 전곡을 도적한 자는 활빈당 행수 홍길동이라.' 라는 방을 붙여 둔다. 함경 감사가 도적을 잡는데 실패하자 조정에 장계를 올려 좌우 포청으로 하여금 홍길동을 잡으라고 한다. 팔도가 다 같이 장계를 올리는데 도적의 이름이 모두 홍길동이요, 도적 당한 날짜가 한날 한시였다. 우포장 이흡이 길동을 잡으러 나섰다가 도리어 우롱만 당하고 만다. 국왕이 길동을 잡으라는 체포명령을 전국에 내리니 전국에서 잡혀온 길동이 3백 여명이나 된다. 그러나 바람과 비를 부르고 둔갑 장신하는 초인간적인 길동의 도술을 당해 낼 수 없었다. 조정에서는 홍판서를 시켜 회유하고 길동의 형 인형도 가세하여 길동의 소원을 들어주기로 한다. 임금은 길동에게 변조 판서를 내려 회유하기로 한다. 길동은 서울에 올라와 병조 판서가 된다.

그 뒤 길동은 고국을 떠나 남경으로 가다가 낙천 땅에 이르러 부자 백용을 만났다. 그에겐 딸이 하나 있는데 어느 날 없어져 근심하고 있었다. 이에 길동이 망당산에 들어가 요괴를 만나 물리치고 볼모로 잡혔던 두 여자를 구해내고 그의 부모의 청대로 혼인해서 두 부인을 맞이하여 제도섬으로 돌아온다.

그러던 어느 날 길동은 아버지의 부음을 알게 되어 중으로 변신하여 집으로 돌아와 어머니와 형을 상봉하고 삼년상을 마치고 돌아간다. 제도로 돌아온 길동은 군대를 모아 율도국을 점령하고 왕이 되어 이상국을 건설하고 조선에 사절을 보내 임금께 표문을 올리는 왕은 길동의 재주를 칭찬한다. 임금이 홍인형을 율도국에 보내니, 홍 인형은 어머니와 함께 율도국에 가서 반갑게 만나 잔치를 열고 기뻐한다. 그곳에서 어머니가 죽고 뒤이어 길동도 72세로 죽음을 맞고 아들이 즉위하여 왕위를 계승하였다.

「홍길동전」은 16세기 이후 빈번해지던 농민봉기와 그것을 주도하였던 인간상에 대한 구비전승을 근간으로 하고, 그 현실적 패배와 좌절을 승리로 이끌어가고자 하는 민중의 꿈을 충족시키기 위해서 후반부가 허구적으로 첨가되었다고 추정된다. 「홍길동전」은 문제의식이 아주 강한 작품이다. 사회문제를 다루면서 지배이념과 지배질서를 공격하고 비판하는 방향에서 다루었으므로 문제의식이 뚜렷할 수밖에 없다. 이런 점에서 지배이념에 맹종하고 대중적 인기에 영합하면서 무수히 쏟아져 나온 흥미본위의 상업적 소설과는 본질적인 차이를 보여준다.

당대 현실에 실재하였던 사회적인 문제점을 왜곡함이 없이 있는 그대로 보여준다는 면에서 이 작품은 사실주의적이고 현실주의적인 경향을 지니며, 적서차별 등의 신분적 불평등을 내포한 중세사회는 마땅히 개혁되어야 한다는 주제의식을 지닌다는 점에서 진보적인 역사의식을 드러내고 있다. 「홍길동전」은 작품 경향, 사회의식, 역사의식에 있어서 「금오신화」에서 마련된 현실주의적 경향, 강렬한 사회 비판적 성격, 진보적인 역사의식을 이어받아, 후대의 연암소설(燕巖小說)과 판소리계 소설 등의 작품으로 넘겨주는 구실을 하였다는 점에서 매우 중요한 소설사적 의의를 가진다.

「구운몽(九雲夢)」 줄거리 – 김만중

중국 당나라 때 남악 형산 연화봉에서 서역으로부터 불교를 전하러 온 육관대사가 법당을 짓고 불법을 베풀었는데, 동정호의 용왕도 이에 참석한다. 육관대사는 제자인 성진을 용왕에게 사례하러 보낸다. 이때 형산의 선녀인 위부인도 팔선녀를 육관대사에게 보내 모처럼의 법회에 참석하지 못함을 사과한다. 용왕의 후대(厚待)로 술에 취하여 돌아오던 성진은 마침 돌아가던 팔선녀와 석교에서 마주치자 잠시 서로 말을 주고받으며 희롱을 꾀한다. 선방에 돌아온 성진은 팔선녀의 미모에 도취되어 불문(佛門)의 적막함에 회의를 느끼고, 대신 유가(儒家)의 입신양명을 꿈꾸다가 육관대사에 의해 팔선녀와 함께 지옥으로 추방된다.

성진은 회남 수주현에 사는 양처사의 아들 양소유로, 팔선녀는 각기 진채봉, 계섬월, 적경홍, 정경패, 가춘운, 이소화, 심요연, 백능파로 태어난다. 양처사는 곧 신선이 되려고 집을 떠나고, 아버지 없이 자란 양소유는 15세에 과거를 보러 서울로 가던 중, 화음현에 이르러 진어사의 딸 진채봉을 만나 서로 마음이 맞아 자기들끼리 혼약한다. 그때 구사량이 난을 일으켜 양소유는 남전산으로 피난하였는데, 그곳에서 도사를 만나 음률을 배운다. 한편 진채봉은 아버지가 죽은 뒤 관원에게 잡혀 서울로 끌려간다. 이듬해 다시 과거를 보러 서울로 올라오던 양소유는 낙양 천진교의 시회(詩會)에 참석하였다가 기생 계섬월과 인연을 맺는다. 서울에 당도한 양소유는 어머니의 친척인 두련사의 주선하에 거문고를 탄다는 구실로 여관(女冠)으로 가장하여 정숙하기가 이를 데 없는 정사도의 딸 정경패를 만나는데 성공한다. 과거에 급제한 양소유는 정사도의 사위로 정해지는데, 정경패는 양소유가 자신을 만나는 과정에서 자신에게 준 모욕을 갚는다는 명목으로 시비 가춘운으로 하여금 선녀처럼 꾸며 양소유를 유혹하게 하여 결국 두 사람은 인연을 맺는다.

이때 하북의 세 왕이 역모하여 양소유가 절도사로 나가 이들을 다스리고 돌아오는 길에 계섬월을 만나 운우(雲雨)의 정을 나누는데, 이튿날 다시 보니 하북의 명기 적경홍이었다. 두 여자와 후일을 기약하고 상경한 양소유는 예부상서가 된다. 진채봉은 서울로 잡혀온 뒤 궁녀가 되었는데, 어느날 황제가 베푼 환선시(紈扇詩)에 차운(次韻)하여 애를 태우게 된다. 까닭을 물어 진채봉과 양소유의 관계를 알게 된 황제는 이를 용서하고, 황제의 누이인 난양공주는 후에 진채봉과 형제의 의를 맺는다. 양소유는 어느 날 밤 난양공주의 퉁소 소리에 화답한 것이 인연이 되어 부마로 간택되지만, 양소유는 정경패와의 혼약을 이유로 이를 거절하다가 투옥된다.

그때 토번왕(吐蕃王)이 침범해 오자 양소유는 대원수가 되어 출전한다. 진중(陣中)에서 토번왕이 보낸 여자 검객 심요연과 인연을 맺게 되고, 심요연은 자신의 사부에게 돌아가면서 후일을 기약한다. 그동안 난양공주는 양소유와의 혼약이 물리침을 당하여 실심에 빠진 정경패를 비밀리에 만나보고, 그 인물에 감복, 의형제가 되어 정경패를 제1공주인 영양공주로 삼는다.

토번왕을 물리치고 돌아온 양소유는 위국공에 봉하여지고, 영양공주,

난양공주와 혼인을 하며, 진궁녀와 다시 만나는 가운데 그녀가 진채봉임을 확인하게 된다. 양소유는 고향으로 돌아가 노모를 서울로 모시고 오다가 낙양에 들러 계섬월과 적경홍을 데리고 오니 심요연과 백능파도 찾아와 기다리고 있었다.

양소유는 2처 6첩을 거느리고 일가 화락한 가운데 부귀와 영화를 마음껏 누린다. 어느 날 생일을 맞아 종남산에 올라가 여덟 미인과 가무를 즐기던 양소유는 역대 영웅들의 황폐한 무덤을 보고 문득 인생의 무상함을 느껴 비회에 잠긴다. 이에 인생의 무상과 허무를 논하며 장차 불도를 닦아 영생을 구하고자 할 때, 호승(胡僧 : 육관대사)이 찾아와 문답하는 가운데 긴 꿈에서 비로소 깨어나 육관대사의 앞에 있음을 알게 된다. 꿈의 양소유에서 본래의 성진으로 돌아오자, 성진은 이전의 죄를 뉘우치고 육관대사의 후계자가 되어 열심히 불도를 닦아 팔선녀와 함께 극락세계로 돌아간다.

한문목판본 · 국문방각본 · 국문필사본 · 국문활자본 등 많은 이본이 있으며, 이본에 따라 1책에서 4책까지 다양하다. 이규경의 「오주연문장전산고」에 의하면 김만중이 어머니를 위로하기 위해 귀양지에서 지었다고 하며, 그가 중국 사신으로 다녀오던 중 중국소설을 사오라는 어머니의 부탁을 잊고서 급히 지은 것이라는 얘기도 전해진다. 육관대사의 제자인 성진은 용왕의 대접을 받고 술에 취해 돌아오던 길에 8선녀를 만나 서로 얘기를 나누며 희롱한다. 그는 선방(禪房)에 돌아와 8선녀의 미모를 그리며 불문(佛門)의 적막함에 회의를 느끼다가 지옥으로 추방당한다. 성진은 양소유라는 인물로 인간세상에 태어나 8선녀의 후신인 여덟 여자와 차례로 인연을 맺는다. 하북의 삼진과 토번의 난을 평정하고 그 공으로 승상이 되어 위국공에 책봉되고 부마가 된다. 그는 2처 6첩을 거느리고 부귀영화를 누리며 행복하게 살아간다. 생일을 맞아 종남산에 올라 가무를 즐기던 양소유는 영웅들의 무덤을 보고 여덟 아내와 인생의 무상함에 대해 얘기를 나눈다. 그때 나타난 호승의 설법을 듣던 중 꿈에서 깨어나 본래의 성진으로 돌아온다. 그 후 성진과 8선녀는 열심히 도를 닦아 극락세계로 들어갔다.

「구운몽」은 영웅의 일생을 그린 영웅소설이지만 남녀의 만남이 큰 비중을 차지한다. 천상계에서 죄를 지은 주인공이 지상으로 떨어진 것을 소재로한 소설이면서 그 과정이 꿈으로 처리된 점이 특이하다. 꿈속에서 이룬 일들이 오히려 허망하고 꿈에서 깨어나 진정한 삶을 산다는 점이 일반적인 몽유소설과 다른 점이다. 구성이 치밀하며 8선녀 각각의 개성을 뚜렷이 나타내는 등 성격묘사 · 심리묘사의 방법을 적절히 갖추었다. 유 · 불 · 선 3교의 요소가 두루 들어 있으나 전체적으로는 불교적 의미를 가지고 있다. 「구운몽」은 이후의 소설에 큰 영향을 미쳐 이 작품을 모방 · 개작 · 변형시킨 작품들이 계속 나오게 되었다. 고전소설 창작의 하나의 전형적인 모범이라고 볼 수 있다.

「박씨전」 줄거리

조선 인조 때 서울 안국방에서 태어난 이시백은 어려서부터 매우 총명하고 문무를 겸전하여 명망이 조야에 떨쳤다. 아버지 이 상공이 주객으로 지내던 박처사의 청혼을 받아들여 시백은 박처사의 딸과 가연을 맺게 된다 그러나 시백은 신부의 용모가 천하의 박색임을 알고 실망하여 박씨를 대면조차 하지 않는다. 박씨는 이 공에게 청하여 후원에 피화당을 짓고 여기에서 소일한다. 박씨는 자신의 여러 가지 신이한 일을 드러내 보이지만 시백은 거들떠보지도 않는다. 박씨가 시기가 되어 허물을 벗고, 절대 가인이 되자, 시백은 크게 기뻐하여 박씨의 뜻을 그대로 따른다. 이 때 중국의 가달이 용골대 형제에게 삼만의 병사를 거느리고 조선을 침략하게 하였다. 그러나 박씨는 뛰어난 능력을 발휘하여 오랑캐의 목적을 분쇄한다. 박씨와 이시백은 국난을 극복하고 행복한 여생을 보낸다.

이 작품은 조선 숙종 때의 소설로 일명 「박씨부인전」이라고도 한다. 작자와 연대는 미상이며 인조 때 병자호란을 배경으로, 실재 인물이었던 이시백과 그 아내 박씨라는 가공인물을 주인공 삼아 여러 가지 이야기를 엮은 서사문학이다.

「박씨전」은 여러 면에서 자주성이 매우 강한 작품으로 우리나라를 주무대로 사건이 전개되면서 남주인공 이시백을 비롯하여 인조대왕, 임경업, 호장(胡將) 용골대 등 역사적 실재 인물을 등장시킨 것부터가 특이하다. 더욱이 이 작품은 남존여비시대에 여성을 주인공으로 설정한 드문 것이어서 오늘날 높이 평가받아 마땅하다.

신선의 딸인 박씨와 시비(侍婢) 계화(桂花), 만 리를 훤히 본다는 호왕후(胡王后) 마씨(馬氏)와 여자객(女刺客) 기홍대(奇紅大) 등 이 작품에서는 가히 여인천하라 할 만큼 여성들이 남성보다 우위에 있다.

이처럼 여성을 주인공으로 설정하여 눈부신 활약상을 보여 주는 「박씨전」이 필사본으로 전승되면서 독자층에 깊이 파고들어 오랜 세월이 흐른 오늘날까지도 그 빛을 잃지 않는 것은 이 작품의 탁월성과 함께 그 애독자의 대부분이 부녀층이었다는 점이다. 「박씨전」의 내용은 분석해 보면 전반부는 주인공의 결혼담, 후반부는 전쟁담이 중심을 이루고 있다.

(3) 연암의 한문 단편

박지원은 실학 사상의 바탕 위에 당대 사회를 강하게 비판하는 「허생전」, 「양반전」, 「호질」, 「광문자전」, 「예덕선생전」, 「민옹전」, 「마장전」 등의 한문소설을 창작하였다. 연암은 조선 사대부들이 중국 당송 팔대가들의 문장을 본뜬 고문(古文)을 숭상한 것에 반박하면서, 참다운 문학의 길은 자신의 시대와 경험에 맞게 '법고창신(法故創新)함에 있다'고 주장하였다. 뿐만 아니라 평민층의 삶의 모습을 통해 새로운 의식 세계를 보여주었다.

「양반전」 줄거리

정선의 한 양반이 살고 있었는데 어질고 독서를 좋아 하였으며, 군수가 도임하면 반드시 그를 찾아가 예를 표하였다. 그러나 집이 가난하여 해마다 관곡을 꾸어먹은 것이 여러 해가 되어 1,000석에 이르렀다. 관찰사가 군읍을 순행하다가 관곡을 조사해 보고 크게 노하여 그를 잡아 가두라고 명하였다. 양반의 형편을 아는 군수가 차마 가두지 못하였으나 또한 어떻게 할 수가 없었다. 그의 아내는 남편의 무능함을 푸념하였다. 이 이야기를 들은 부자가 관곡을 대신 갚고 양반을 사겠다고 하며 양반을 찾아간다. 양반은 기뻐서 허락 하였다. 군수가 놀라 몸소 가서 그 양반을 위로하고 경위를 물어 보려는데 양반은 전립에 짧은 옷을 입고 땅에 엎드려 소인이라 자칭하며 감히 쳐다보지도 못하는 것이었다. 경위를 알게 된 군수는 짐짓 부자의 행위를 야단스럽게 기리고 나서 이런 사사로운 매매는 소송의 단서가 되므로 문권을 만들어야 한다고 명하고 관아로 돌아와 모든 고을 사람들을 불러 놓고 문권을 만들었다. 그러나 매매계약서에 양반으로서 지켜야하는 허례허식인 신분상의 강령을 듣더니 자신이 손해를 보는 것 같다며 자신에게 이익이 될 수 있도록 고쳐달라고 청하므로 다시 문권을 만들었다. 두 번째 문권은 양반들의 비인간적인 수탈임을 듣더니 양반을 하지 않겠다며 머리채를 흔들며 달아나서는 평생 양반이란 소리를 입에 담지 않았다.

「양반전」은 조선 후기 신분질서의 변동과 밀접한 관련이 있다. 이앙법, 견종법 등의 도입으로 농업 생산력이 증가하고 상공업이 발달함에 따라, 신분질서가 동요하기 시작하였으며 상업의 발달과 농업 생산력의 발달 등으로 평민 부자들이 많이 나타났고, 새롭게 부를 축적한 부농층, 신흥 상공인 계층이 등장하게 된다. 이들이 경제적으로 높은 지위를 차지하게 됨에 따라 점차 사회 신분의 상승을 꾀하게 된다. 반면에 양반층에서는 임진왜란과 병자호란을 거치면서 점차 경제적으로 몰락하는 계층이 형성된다. 국가에서는 부족한 국가 재정을 메우기 위해 돈이 많은 평민들에게 돈을 받고 양반으로 신분을 상승시켜 주게 된다.

몰락한 양반층 가운데 일부는 실학이라는 새로운 학문의 세례를 받고 부패한 현실을 개혁하려는 지식인으로 성장하게 된다. 이들이 바로 박지원, 정약용 등으로 대표되는 실학자들이다. 실학자들은 당대의 지배층이 현실과는 유리된 공리공론(空理空論)에 빠져 백성들의 궁핍한 현실을 외면하고 부정부패를 일삼는 것을 신랄하게 비판한다. 그리고 그들은 실사구시(實事求是) 정신을 바탕으로 실제 백성들의 생활을 향상시키는 데에 많은 관심을 두었다. 박지원의 소설 '양반전' 은 이러한 시대적 현실을 반영하여 양반층의 허위의식과 부패상을 신랄하게 풍자하고 있다.

「호질」 줄거리

산중에 밤이 되자 대호(大虎)가 부하들과 저녁거리를 의논하고 있었다. 결국 맛 좋은 선비의 고기를 먹기로 낙착되어 범들이 마을로 내려올 때, 정지읍(鄭之邑)에 사는 도학자 북곽(北郭) 선생은 열녀 표창까지 받은 이웃의 동리자(東里子)라는 청상과부 집에서 그녀와 밀회하고 있었다. 과부에게는 성이 각각 다른 아들이 다섯이나 있었는데, 이들이 엿들으니 북곽선생의 정담이라, 필시 이는 여우의 둔갑이라 믿고 몽둥이를 휘둘러 뛰어드니, 북곽선생은 황급히 도망치다 똥구렁에 빠졌다. 겨우 기어 나온즉 그 자리에 대호 한 마리가 입을 벌리고 있어 머리를 땅에 붙이고 목숨을 비니 대호는 그의 위선을 크게 꾸짖고 가버렸다. 날이 새어 북곽선생을 발견한 농부들이 놀라서 연유를 물으니, 엎드려 있던 그는 그 때야 범이 가버린 줄을 알고 줄행랑을 쳤다.

북곽선생은 이름 높은 위학자로 벼슬을 싫어하는 체 하는 위선자이다. 과부와 사랑을 속삭이다 과부 아들들에게 쫓겨 똥통에 빠지고 똥통에서 나와 범에게는 갖은 아첨을 떨다 농부 앞에서는 위엄 있는 말을 하는 꼴은 당시 위선적 생활을 하는 선비의 표본적인 인물이라 할 수 있다.

선비로서의 북곽선생은 허울 좋은 명성으로 위선과 모순 속에 살고 있는 조선사회 선비들의 모습을 풍자하고 있다. 이러한 위선자들을 연암은 범을 통해 힐책하고 있다. 정절과부인 동리자도 정절의 명성이 자자한 인물이다. 그러나 그녀의 참생활은 성이 다른 다섯 아들을 둔 채 음탕한 생활을 함으로써 이 또한 허울 좋은 양반의 위선적 행위를 풍자한 것이다.

「광문자전」 줄거리

원래 광문은 종로 네거리를 다니며 구걸하는 걸인이었는데, 여러 걸인들이 그를 추대하여 두목으로 삼아 소굴을 지키게 하였다. 어느 겨울밤 걸인 하나가 병이 들어 앓다가 갑자기 죽게 되자, 이를 광문이 죽인 것으로 의심하여 쫓아낸다. 그는 마을에 들어가 숨으려 하지만 주인에게 발각되어 도둑으로 몰렸는데, 그의 말이 너무나 순박하여 풀려난다. 그는 주인에게 거적 한 닢을 얻어 수표교 걸인의 시체를 가지고 있던 기적으로 잘 싸서 서문 밖에 장사지내 준다. 그런데 전에 숨으러 들어갔던 집주인이 계속 그를 미행하고 있었는데, 광문으로부터 그 동안의 내력을 듣고는 가상히 여겨 그를 어떤 약방에 추천하여 일자리를 마련해준다. 어느 날 약방에서 돈이 없어져 광문이 또 다시 의심받게 되나, 며칠 뒤 약방 주인의 처 이질이 가져간 사실이 드러나 광문의 무고함이 밝혀진다. 주인은 광문이 의심을 받고도 별로 변명함이 없음을 가상히 여겨 크게 사과한 뒤, 자기 친구들에게 널리 광문의 사람됨을 퍼뜨려 장안사람 모두가 광문과 그 주인을 칭송하게 된다.

「광문자전」은 속편이라 할 수 있는 「서광문전후(書廣文傳後)」와 함께 박지원의 「연암집(燕巖集)」 '방경각외전'에 실려 있다. 저작 연대는 자세히 알 수 없으나, 1754년경 18세 무렵으로 보고 있다. 그 이유는 이 책의 서문에서 그가 18세 때 병을 얻어 밤이면 문하의 옛 청지기들을 불러 여염의 기이한 일들을 즐겨 듣곤 하였는데, 대개 광문에 관한 이야기였다고 한 기록이 있기 때문이다.

이 작품에서 작가는 여항인(閭巷人)의 기이한 일을 끌어 와서 풍교(風敎)에 쓰려고 하였으며, 이를 통하여 인정 있고 정직하고 소탈한 새로운 인간상을 부각시키려고 하였는데, 작가가 살고 있던 당시의 사회상을 생생하게 묘사한 사실주의적 작품으로 평가된다. 이 작품의 소원관계(遡源關係)는 허균의 「장생전(蔣生傳)」과 어느 면에서 상통하며, 판소리계 소설인 「무숙이타령」, 일명 「왈짜타령」과도 통하는 바가 있다.

한편, 이유원(李裕元)의 「춘명일사(春明逸事)」에 나오는 「장도령전」과도 통하여 당시 이런 이야기가 민간에 널리 퍼져 있었음을 알 수 있다. 그리고 이 작품을 쓰게 된 동기에 관하여 작가는 그 서문에서 "광문은 궁한 걸인으로서 그 명성이 실상보다 훨씬 더 컸다. 즉, 실제 모습(실상)은 더럽고 추하여 보잘것없었지만, 그의 성품과 행적으로 나타난 모습(명성)은 참으로 대단한 것이었다. 그리고 그는 원래 세상에서 명성 얻기를 좋아하지도 않았는데, 마침내 형벌을 면하지 못하였다. 하물며 도둑질로 명성을 훔치고, 돈으로 산 가짜 명성을 가지고 다툴 일인가."라 하여, 당시 양반을 사고 판 어지러운 세태를 꾸짖었다.

(4) 판소리계 소설

17세기 말엽 혹은 18세기 초엽에 나타난 판소리는 고도의 음악적 표현력을 바탕으로 소설적인 내용을 전달하는 공연예술로서, 그 내용이 곧 소설화되어 「춘향전」, 「흥부전」, 「심청전」, 「토끼전」, 「배비장전」, 「옹고집전」, 「장끼전」 등의 판소리계 소설이 탄생되었다.

「흥부전」

아동방(我東邦)이 군자지국이요, 예의지방이라. 십실지읍(十室之邑)에도, 충신이 있고, 칠세지아도, 효제를 일삼으니, 무슨 불량한 사람이 있것느냐마는, 순임금 세상에도 사흉(四凶)이 있었으며 요임금 당년에도, 도척이 있었으니 아마도 일종(一宗) 여기는 어찌할 수 있것느냐.

충청 전라 경상의 삼도 월품에 사는 박가 두 사람이 있었으니 놀보는 형이요 흥보는 아우인데 동부동모 소산이되 성정은 아주 달라 풍마우지 불상급(風馬牛之不相及)이라.

사람마다 오장육부로되 놀보는 오장칠부인 것이 심사부(心思腑) 하나가, 왼편 갈비 밑에 병부주머니를 찬 듯하여 밖에서 보아도 알기 쉽게 달리어서 심사가 무론(毋論) 사절하고, 일망무제(一望無際)로 나오는데 똑 이렇게 나오것다.

본명방(本命方)에 벌목하고 잠사각(蠶絲角)에 집짓기와 오귀방(五鬼方)에 이사권코, 삼재든데 혼인하기 동네 주산을 팔아먹고 남의 선산에 투장(偸葬)하기 길가는 과객 양반 재울 듯이 붙들었다 해가 지면 내어쫓고, 일년고로(一年苦勞) 외상 사경(私耕) 농사지어 추수하면 옷을 벗겨 내어 쫓기, 초상난 데 노래하고 역신 든데 개 잡기와 남의 노적에 불 지르고 가뭄 농사 물꼬 베기 불붙은 데 부채질, 야장(夜葬)할 때 왜장치기 혼인 뻘에 바람 넣고 시앗 싸움에 부동(符同)하기, 길 가운데 허방 놓고 외상 술값 억지 쓰기 전동(顫動)다리 딴죽치고 소경 의복에 똥칠하기 배앓이 난놈 살구 주고 잠든 놈에 뜸질하기 닫는 놈에 발 내치고 곱사등이 잦혀놓기, 맺은 호박 덩굴 끊고 패는 곡식 모가지 뽑기 술먹으면 후욕(逅辱)하고 장시간(場市間)에 억매하기 좋은 망건편자 끊고 새 갓 보면 땀대 떼기 궁반 보면 관을 찢고 걸인 보면 자루 찢기 상인을 잡고 춤추기와 여승 보면 겁탈하기 새 초빈(草殯)에 불 지르고 소대상에 제청치기, 애 밴 계집의 배통 차고 우는 아이 똥 먹이기 원로행인의 노비 도둑, 급주군(急走軍) 잡고 실랑이질, 관차사의 전령 도둑 진영교졸(鎭營校卒) 막대 뺏기 지관을 보면 패철(佩鐵)깨고 의원 보면 침 도둑질 물 인 계집 입맞추고 상여 멘 놈 형문 치기만만한 놈 뺨 치기와 고단한 놈 험담하기 채소반에 물똥 싸고 수박밭에 외손질과 소목장(小木匠)이의 대패 뺏고 초라니패 떨잠 도둑 옹기짐의 작대기 차고 장독간에 돌던지기, 소매치기 도자속금(盜者贖金) 고무도적의 끝돈 먹기와 다담상에 흙 던지기 계골(計骨)할 때 뼈 감추기 어린애의 불알을 발라 말총으로 호아매고 약한 노인 엎드러뜨리고 마른 항문 생짜로 하기 제주병(祭酒甁)에 개똥 넣고 사주병(蛇酒甁)에 비상(砒霜)넣기 곡식 밭에 우마 몰고 부형 연갑에 볏질하기 귀먹은 이더러 욕하기와 소리할 때 잔말하기, 날이 새면 행악질 밤이 들면 도둑질을 평생에 일삼으니 제 어미 붙을 놈이 삼강을 아느냐 오륜을 아느냐. 굳기가 돌덩이요 욕심이 족제비라 네모진 소로로 이마를 비비어도 진물 한 점 아니 나고 대장의 불집게로 불알을 꽉 집어도 눈도 아니 깜짝인다. (후략)

조선시대의 도덕적 소설로 널리 알려진 이 작품은 물론 작자와 연대는 미상이다. 춘향전, 심청전, 별주부전 등과 함께 판소리계통에 드는 소설이다. 몽고의 "박 타는 처녀" 또는 「유양잡조속집(酉陽雜俎續集)」에 나오는 "방이 이야기"에서 유래한 것이라고 하는데 일본에도 거의 같은 내용의 것이 있다. 작품의 구성은 소설적 구성보다는 희곡적 구성이라고 할 수 있는데, 그 이유는 당초에 판소리의 각본으로 사용하기 위하여 쓰인 작품이었기 때문이다.

그리고 이 작품이 문학성보다도 독자들에게 많이 감명을 준 것은 아마 대중적이며 통속적 주제가 아주 자연스럽게 해학과 풍자적인 표현을 통해서 독자에게 깊은 감명을 주게 되었고, 비록 비현실적이지만 당시 비참한 생활을 하고 있던 일반 대중들의 몽상(夢想)과 염원을 문학의 세계에서나마 달성시켜 주어서 마음의 위안을 주었다는 점에서 그랬을 것이다.

그런데 이 작품이 흥보와 놀보라는 두 형제를 사이로 이야기가 설정되어 있지만, 단순히 형제간의 우애라는 도덕적 주제를 강조한 작품이라기보다는 당대의 퇴락하는 양반가와 서민의 생활상에 대한 풍속사적인 보고라고 할 수 있다. 시대적으로 조선 후기의 신분 변동에 따라 나타난 유랑농민과 신흥 부농(富農)과의 갈등상이 반영되어 있는 점이 그러한 특징을 말해 준다. 그러면서도 전래의 설화에서 차용한 모방담(模倣談)으로서의 소설적 구조를 계승하고 있으며, 인물이나 사건을 그려 나가는 방식은 다분히 서민적이고 해학적인 문체를 구사하고 있다. 이러한 문체상의 특징은 이 작품에 설정된 시대적 배경의 심각성이나 비극적 상황을 서민 특유의 건강한 웃음에 의해 인식, 극복하려는 의식에 바탕을 둔 것이다.

5) 고전수필

수필도 시조나 소설처럼 지금도 창작되고 있는 문학인데, 개화기 이전의 수필을 '고전수필(古典隨筆)'이라고 부르기도 한다. 형식은 자유로우며, 내용은 보고 듣고 느낀 사연으로, 일기와 편지도 이에 속한다. 이 중에서 부녀자의 수필은 그 문체가 우아하고 부드러운 것이 특징이다. 유몽인(柳夢寅)의 「어우야담(於于野談)」에 전해지는 여러 작품들, 의유당(意幽堂)의 「관북유람일기(關北遊覽日記)」, 유씨(俞氏) 부인의 「조침문(弔針文)」 등은 주옥같은 작품이다.

「어우야담(於于野談)」

박계쇠ᄂᆞᆫ 시뎡 샹고(商賈)의 아ᄃᆞᆯ이라. 감ᄉᆞ 홍츈경 쳡 ᄯᆞᆯ이 이셔 맛당이 혼인 디낼디라. 혹 계쇠로 니ᄅᆞᆫ대, 그 족하 승지 쳔민 ᄀᆞᆯ오ᄃᆡ, ᄉᆞ대뷔 엇디 시뎡 사ᄅᆞᆷ으로 더브러 혼ᄒᆞ리오. 츈경 ᄀᆞᆯ오ᄃᆡ, 쳔네니 관겨ᄒᆞ랴 ᄒᆞ고 ᄆᆞᄎᆞᆷ내 쳡ᄯᆞᆯ노ᄡᅥ 안해 삼은디라. 가업이 요죡ᄒᆞ여 일본 듕ᄒᆞᆫ 보ᄇᆡᄅᆞᆯ 무역ᄒᆞ여 그 니(利)ᄅᆞᆯ 기ᄅᆞ고져 ᄒᆞ여 동평관의 가 ᄀᆡ왜ᄅᆞᆯ 본대, 왜 야광쥬 ᄒᆞᆫ 낫ᄎᆞ로ᄡᅥ 어리오니 그 크기 ᄢᅬᆼ의 알만ᄒᆞ고 밤의 시험ᄒᆞ니 형연히 등잔ᄀᆞᆺᄒᆞ여 일실이 난만이 빗최ᄂᆞᆫ디라. ᄉᆡᆼ각ᄒᆞᄃᆡ, 그 갑ᄉᆞᆯ ᄇᆡᆨᄇᆡᆨ나 밧기 연경만 ᄀᆞᆺ디 못ᄒᆞ다 ᄒᆞ여, ᄎᆞ단을 밧고아 두터이 션믈ᄒᆞ고 연경 가ᄂᆞᆫ 자리의 튱수(充數)ᄒᆞ여 뇨동 ᄒᆞ원관의 니ᄅᆞ러 독을 열고 보니 뎡광(精光)이 죠곰 덜녓더니, 옥하관의 니ᄅᆞ러 밤을 타 ᄉᆞᆯ펴보니 암연이 빗치 업서 완연이 ᄒᆞᆫ 둥근 돌이라. 연시(燕市) 사ᄅᆞᆷ을 뵈야 ᄀᆞᆯ오ᄃᆡ, 이

ᄂᆞᆫ 야광쥐라 ᄒᆞᆫ대, 시인이 다 대쇼ᄒᆞ고 ᄂᆞᆾ치 춤 밧타 ᄀᆞᆯ오ᄃᆡ, 이ᄂᆞᆫ 구은 거ᄉᆞᆯ 구ᄉᆞᆯ을 지으미라. 날이 오래니 빗치 어두어 연셕이 옥뉴(玉類)만도 못ᄒᆞ다 ᄒᆞ니, 필경의 공슈로 도라와 일노브터 져재의 부채ᄒᆞ야 쳔금이 넘은디라. 집 ᄑᆞ라 다 못 갑고, 뎐원 ᄑᆞ라 다 못 갑고, 셔울 밧긔 장획 ᄑᆞ라 다 못 갑고, 계교 궁진ᄒᆞ고 형세 궁박ᄒᆞ여 ᄀᆞ만이 니부(吏部) 셔리(胥吏)로 더브러 도모ᄒᆞ야 임의 작고ᄒᆞᆫ 종실 고신을 내고, 호부 셔리로 더브러 도모ᄒᆞ여 녹패 문서ᄅᆞᆯ 내고, 태창 셔리로 더브러 ᄭᅬᄒᆞ야 문서ᄅᆞᆯ 도쥰ᄒᆞ여 삼품 종실 녹을 태창의 가 바다 ᄒᆡ 연(連)ᄒᆞ야 입됴ᄒᆞ야 덧덧이 벼ᄉᆞᆯᄒᆞᄂᆞᆫ 사ᄅᆞᆷ ᄀᆞ티 ᄒᆞ여 이리ᄒᆞ기 십년이라. ᄲᅧ 그 빗을 갑다가 후의 일이 발각ᄒᆞ야 옥의셔 죽으니, ᄒᆡ부(該府)의 검시ᄒᆞ야 삼일 만의 그 송장을 내니, 그 두 눈을 다 쥐가 구멍 ᄯᅮ루니, 슬프다, 사ᄅᆞᆷ의 보화 듕히 녀기ᄂᆞᆫ ᄆᆞ음이 임의 화의 일코 구(救)ᄒᆞᄂᆞᆫ ᄭᅬ니 어후(於後)의 ᄆᆡᆼ열ᄒᆞ야 등ᄉᆞᄒᆞᄂᆞᆫ 계괴(計巧) ᄆᆞᄎᆞᆷ 남샹(濫觴)의 니ᄅᆞ러 스ᄉᆞ로 억졔티 못ᄒᆞ여 흉화의 걸녀 쥐 그 눈을 ᄯᅮ루니, 그 사ᄅᆞᆷ은 죡히 ᄎᆡᆨ망ᄒᆞᆯ 거시 아니라. ᄉᆞ대뷔 시명의 ᄌᆞ식을 ᄀᆞᆯ히여 그 ᄯᆞᆯ노 안해ᄒᆞ여 그 집의 이슈ᄒᆞ미 ᄯᅩᄒᆞᆫ 맛당티 아니ᄒᆞ냐. 홍승지 말이 진짓 귀감이로다.

이 작품은 주인공의 결혼, 파멸, 그리고 편자의 평결로 되어 있는데, 주인공의 결혼이 드러난 부분에서는 조선시대의 사회적 관습(상인 천대)이 나타나기도 하며, 그의 파멸에서는 이 작품의 주제의식과 관련 있는 내용, 즉 부정한 이익을 취하거나 허위를 일삼는 자는 반드시 그 대가를 치른다는 교훈적인 내용을 담고 있다. 그러면서 이러한 행동을 통한 평(評)이 드러나 있는데, 글쓴이인 유몽인은 상인의 자식이란 본래 그 바탕이 바르지 못해 믿을 수 없다는 것을 증거로 하는 것으로 해석하였다. 이를 통해 볼 때, 이 작품은 한 인간의 생활상을 통해 부정이나 허위에 대한 부정적인 생각을 표현하였다. 한편, 평(評)을 하고 끝맺는 부분에서 다른 관점의 해석을 내리고 있는데, 그것은 누구나 겪을 수 있는 불운이라는 해석이 그것이다. 야담은 조선 후기의 단편 서사 양식의 하나로 구전되어

이야기의 사실성보다는 흥미 자체에 초점을 두고 있으며, 때에 따라서는 교훈이나 사회 윤리적인 가치가 중시되기도 한다.

「조침문」

유세차(維歲次) 모년(某年) 모월(某月) 모일(某日)에, 미망인(未亡人) 모씨(某氏)는 두어자 글로써 침자(針者)에게 고(告)하노니, 인간 부녀(人間婦女)의 손 가운데 종요로운 것이 바늘이로대, 세상 사람이 귀히 아니 여기는 것은 도처(到處)에 흔한 바이로다. 이 바늘은 한낱 작은 물건(物件)이나, 이렇듯이 슬퍼함은 나의 정회(情懷)가 남과 다름이라. 오호 통재(嗚呼痛哉)라, 아깝고 불쌍하다. 너를 얻어 손 가운데 지닌지 우금(于今) 이 십 칠 년이라. 어이 인정(人情)이 그렇지 아니하리요. 슬프다. 눈물을 잠깐 거두고 심신(心身)을 겨우 진정(鎭定)하여, 너의 행장(行狀)과 나의 회포(懷抱)를 총총히 적어 영결(永訣)하노라.

연전(年前)에 우리 시삼촌(媤三村)께옵서 동지상사(冬至上使) 낙점(落點)을 무르와, 북경(北京)을 다녀 오신 후에, 바늘 여러 쌈을 주시거늘, 친정(親庭)과 원근 일가(遠近一家)에게 보내고, 비복(婢僕)들도 쌈쌈이 나눠 주고, 그 중에 너를 택(擇)하여 손에 익히고 익히어 지금까지 해포되었더니, 슬프다, 연분(緣分)이 비상(非常)하여, 너희를 무수(無數)히 잃고 부러뜨렸으되, 오직 너 하나를 연구(年久)히 보전(保全)하니, 비록 무심(無心)한 물건(物件)이나 어찌 사랑스럽고 미혹(迷惑)지 아니하리오. 아깝고 불쌍하며, 또한 섭섭하도다.

나의 신세(身世) 박명(薄命)하여 슬하(膝下)에 한 자녀(子女) 없고, 인명(人命)이 흉완(凶頑)하여 일찍 죽지 못하고, 가산(家産)이 빈궁(貧窮)하여 침선(針線)에 마음을 붙여, 널로 하여 생애(生涯)를 도움이 적지 아니하더니, 오늘날 너를 영결(永訣)하니, 오호 통재(嗚呼痛哉)라, 이는 귀신(鬼神)이 시기(猜忌)하고 하늘이 미워하심이로다.

아깝다 바늘이여, 어여쁘다 바늘이여, 너는 미묘(微妙)한 품질(品質)과 특별(特別)한 재치(才致)를 가졌으니, 물중(物中)의 명물(名物)이요, 철중(鐵中)의 쟁쟁(錚錚)이라. 민첩(敏捷)하고 날래기는 백대(百代)의

협객(俠客)이요, 굳세고 곧기는 만고(萬古)의 충절(忠節)이라. 추호(秋毫) 같은 부리는 말하는 듯하고, 두렷한 귀는 소리를 듣는 듯한지라. 능라(綾羅)와 비단(緋緞)에 난봉(鸞鳳)과 공작(孔雀)을 수놓을 제, 그 민첩하고 신기(神奇)함은 귀신(鬼神)이 돕는 듯하니, 어찌 인력(人力)이 미칠 바리요.

오호 통재(嗚呼痛哉)라, 자식(子息)이 귀(貴)하나 손에서 놓일 때도 있고, 비복(婢僕)이 순(順)하나 명(命)을 거스릴 때 있나니, 너의 미묘(微妙)한 재질(才質)이 나의 전후(前後)에 수응(酬應)함을 생각하면, 자식에게 지나고 비복(婢僕)에게 지나는지라. 천은(天銀)으로 집을 하고, 오색(五色)으로 파란을 놓아 곁고름에 채였으니, 부녀(婦女)의 노리개라. 밥 먹을 적 만져 보고 잠잘 적 만져 보아, 널로 더불어 벗이 되어, 여름 낮에 주렴(珠簾)이며, 겨울 밤에 등잔(燈盞)을 상대(相對)하여, 누비며, 호며, 감치며, 박으며, 공그릴 때에, 겹실을 꿰었으니 봉미(鳳尾)를 두르는 듯, 땀땀이 떠 갈 적에, 수미(首尾)가 상응(相應)하고, 솔솔이 붙여 내매 조화(造化)가 무궁(無窮)하다. 이생에 백년 동거(百年同居)하렸더니, 오호 애재(嗚呼哀哉)라, 바늘이여.

금년 시월 초십일 술시(戌時)에, 희미한 등잔 아래서 관대(冠帶) 깃을 달다가, 무심중간(無心中間)에 자끈동 부러지니 깜짝 놀라와라. 아야 아야 바늘이여, 두 동강이 났구나. 정신(精神)이 아득하고 혼백(魂魄)이 산란(散亂)하여, 마음을 빻아 내는 듯, 두골(頭骨)을 깨쳐 내는 듯, 이슥토록 기색 혼절(氣塞昏絕)하였다가 겨우 정신을 차려, 만져 보고 이어 본들 속절 없고 하릴 없다. 편작(扁鵲)의 신술(神術)로도 장생불사(長生不死) 못하였네. 동네 장인(匠人)에게 때이련들 어찌 능히 때일손가. 한 팔을 베어 낸 듯, 한 다리를 베어 낸 듯, 아깝다 바늘이여, 옷 섶을 만져 보니, 꽂혔던 자리 없네. 오호 통재(嗚呼痛哉)라, 내 삼가지 못한 탓이로다.

무죄(無罪)한 너를 마치니, 백인(伯仁)이 유아이사(由我而死)라, 누를 한(恨)하며 누를 원(怨)하리요. 능란(能爛)한 성품(性品)과 공교(工巧)한 재질을 나의 힘으로 어찌 다시 바라리요. 절묘(絕妙)한 의형(儀形)은 눈 속에 삼삼하고, 특별한 품재(稟才)는 심회(心懷)가 삭막(索莫)하다. 네 비록 물건(物件)이나 무심(無心)?지 아니하면, 후세(後世)에 다시 만나 평생 동거지정(平生同居之情)을 다시 이어, 백년 고락(百年苦樂)과 일시 생사(一時生死)를 한 가지로 하기를 바라노라. 오호 애재(嗚呼哀哉)라, 바늘이여.

조선 순조 때 유씨부인(兪氏夫人)이 지은 수필로 「제침문(祭針文)」이라고도 한다. 바늘을 의인화한 것으로, 형식은 제문(祭文)으로 되어 있다. 작자는 사대부 가문의 청상과부인 듯하다. 자녀도 없이 오직 바느질에 재미를 붙이며 나날을 보내다가, 어느 날 쓰던 바늘이 부러지자 슬픈 심회를 누를 길 없어 이 글을 지었다고 한다. 첫머리를 "「유세차(維歲次) 모년 모월 모일 미망인 모씨가 두어 자(字) 글로써 침자(針子)에게 고하노니」"로 시작, 이어 바늘과 더불어 지낸 27년의 회고 및 공로와 바늘의 요긴함, 바늘의 모습과 재주 찬양, 부러지던 날의 놀라움과 슬픔, 그렇게 만든 자신에 대한 자책과 회한, 그리고 내세(來世)의 기약으로 끝을 맺고 있다. 문장력이 뛰어난 한글체 제문이라는 측면에서 문학사적 의의가 크다.

6) 판소리

일반적으로 판소리가 등장한 시기는 17세기 후반에서 18세기 초로 보고 있다. 그 기원에 관해서는 중국 강창문학(講唱文學)·광대소학지희(廣大笑謔之戲) 등 여러 견해가 있으나, 현재로선 무가(巫歌)에서 발생하였다는 학설이 가장 유력한 편이다.

전라도 단골무의 경우, 여자는 가업인 무업을 계승하고 남자는 조무나 악공 역할을 하다 판소리 광대가 되었다고 본다. 장르상으로도 서사무가는 판소리와 함께 장편 구비서사시라는 공통점이 있어 판소리로의 전환이 쉬울뿐더러 가락이나 장단도 비슷한 점이 많다. 특히 전라 · 제주 · 충청 · 경기 남부 · 경상 서부 지역인 시나위권의 무가는 육자배기조로 목쉰 소리를 떨고 꺾어서 슬픈 감정을 표현하는데 판소리의 계면조와 상당히 유사하다. 게다가 무가가 많이 불리어진 호남이라는 지역도 판소리의 연행지역과 일치한다.

이렇게 본다면 장르상 · 창법상 · 지역상 판소리가 무가에서 발생하였다는 증거가 유력한데, 문제는 서사무가와 판소리가 담고 있는 내용상의 차이다. 천상계가 설정되고 초월적인 세계를 다룬 서사무가와 18, 9세기 역동적인 현실세계를 다룬 판소리가 큰 차이를 보인다는 점이다.

사실 판소리는 본질적으로 이야기 문학이다. 더군다나 현실적인 세부묘사를 볼 때 주술적인 노래인 무가와는 커다란 차이가 있다. 이 때문에 판소리의 발생을 무가에서보다는 전라도 지방 민속연행예술에서 찾으려는 가능성도 배제할 수 없다. 현재로서는 판소리의 발생을 고증할 수 있는 확실한 근거는 확보되지 않았다. 이런 이유로 판소리의 발생보다는 발전을 살펴보는 데 더 비중을 둘 수밖에 없다.

18세기에는 판소리가 대중 상업예술로 자리 잡게 된다. 판소리가 그렇게 된 데에는 사회변화 특히 상품화폐경제의 발전과 시정인(市井人)이라 부를 수 있는 민중계층이 성장하였기 때문이다. 주지하다시피 18세기는 농업 · 수공업 · 광업 등 각 분야에서 생산력이 발전함에 따라, 생산한 물건을 사고파는 상품화폐경제가 발전하였다. 상품화폐경제의 발전은 모든 산업에 상품생산을 확대하도록 자극하였다. 이런 사회변화에 의해 전에는 상품화되지 않았던 문학예술도 상품화폐경제의 영향을 받게 되었다. 판소리가 대중 상업예술로 부각된 것은 이런 시대적 변화 때문이다.

처음에는 조무나 악공 혹은 광대가 먹고 살기 위한 방편으로 그의 재주를 팔기 시작하였다. 소리에 능력이 있으면 소리광대가 되었고, 그렇지 못하면 고수가 되거나 땅재주를 넘고 줄을 타는 재인(才人)이 되었다.

하지만 상품화폐경제의 발전은 이런 단순한 기예를 더욱 차원 높은 판소리로 질적 발전을 이루게 하였다. 더 잘 팔기 위해 청중들의 요구에 부응해야 하였으며 그 결과 수준 높은 문예물로서의 질적 발전을 이룰 수 있게 되었다. 초월적 세계가 아닌 역동적인 현실세계가 요구되고, 이야기의 디테일이 풍성해지며 미의식에 있어서 풍자나 해학이 두드러진 것도 이 때문이다.

하지만 민중의식의 성장이라 흔히 일컫는 판소리의 진보적 계기들이 상품화폐경제의 발전에 전적으로 기인한다고는 보기 어렵다. 상품화폐경제의 발전이 역사발전을 추동해내는 동인이 되었던 것은 분명하지만 판소리의 진보적 계기들은 주 담당 층이었던 시정인 층의 성장과 더불어 복잡다단한 역사발전의 여러 측면들과 맞물려 있다. 봉건체제의 몰락과 상품화폐경제의 발전이라는 조건 속에서 성장한 시정인 층은 자신들의 요구를 담아낼 문예를 요구하게 되었고 판소리 · 탈춤 · 사설시조 등이 그 요구에 부응한 문예장르로 떠올랐다. 물론 여기에는 부정적 · 긍정적 양 측면이 존재하는바, 이야기 문학이라는 판소리의 장르적 특성으로 인해 비교적 그들의 진보적 이념이나 세계관을 더 확실하게 담아낼 수 있었다. 부를 축적한 상인층이나 이속층(吏屬層)의 후원이 두드러진 것도 이와 무관하지 않다.

판소리는 작품에 따라 시기적 편차가 있지만 대체로 19세기 이전에 형성되었다. 그 뒤 19세기 신재효(申在孝, 1812~1884)에 와서 6마당이 선택되었고, 지금은 5마당만 전한다. 하지만 판소리계 소설은 풍부하게 남아있어 그 내용을 알 수 있다. 선후관계는 작품에 따라 다르나 일반적으로 판소리가 널리 인기를 얻자 방각본(坊刻本) 출판업자들에 의해 소설로 유통되었다고 보며, 그 반대의 경우도 있다(「심청가」와 「적벽가」의 경우).

12마당의 판소리가 5마당으로 축소된 데에는 수용층의 요구가 적잖이 작용하였으리라 보인다. 그 수용층이란 물론 시정인을 중심으로 하여 양반 좌상객까지 보인다. 그 수용층이란 물론 시정인을 중심으로 하여 양반 좌상객의 요구인 봉건적 덕목－열(烈)·효(孝)·우애(友愛)－이 선택의 기준이라는 학설이 일찍이 제기되었으나 그보다는 작품의 질적 수준이 선택의 근거였으리라는 의견이 타당성을 갖는다. 곧 현존하는 5마당은 다른 작품에 비해 작품의 예술적 완성도나 질적 수준이 우수하기에 전승된 것이다. 판소리의 수용층은 넓게 본다면 민중계층이다. 그들의 역사발전에 대한 요구 곧 이념이나 세계관의 문제가 풍속 혹은 세태의 수준에 머무르지 않고 작품의 질을 통하여 뛰어나게 형상화되었기에 살아남게 된 것이다. 판소리 문학을 통하여 민중의식을 확인하고자 하는 이유도 여기에 있다.

「춘향가(春香歌)」 – 열녀춘향수절가

숙종대왕(肅宗大王) 즉위(卽位) 초에 성덕(聖德)이 넓으시사 성자성손(聖子聖孫)은 계계승승(繼繼承承)하사 금고(金鼓)옥적(玉笛)은 요순(堯舜)시절이요 의관문물(衣冠文物)은 우탕(禹湯)의 버금이라. 좌우보필(左右輔弼)은 주석지신(柱石之臣)이요 용양호위(龍양虎衛)는 간성지장(干城之將)이라. 조정(朝廷)에 흐르는 덕화(德化) 향곡(鄕曲)에 퍼졌으니 사해(四海) 굳은 기운이 원근에 어려있다. 충신은 만조(滿朝)하고 효자열녀 가가재(家家在)라. 미재미재(美哉美哉)라 우순풍조(雨順風調)하니 함포고복(含哺鼓腹) 백성들은 처처(處處)에 격양가(擊壤歌)라.

이때 전라도 남원부에 월매라 하는 기생이 있으되 삼남(三南)의 명기(名妓)로서 일찌기 퇴기(退妓)하여 성가(成哥)가라 하는 양반을 데리고 세월을 보내되 연장사순(年將四旬)을 당하여 일점 혈육(血肉)이 없이 일로 한이 되어 장탄수심(長嘆愁心)에 병이 되겠구나. 일일은 크게 깨쳐 옛사람을 생각하고 가군(家君)을 청입(請入)하여 여쭈옵되 공순(恭順)히 하는 말이

"들으시오. 전생에 무슨 은혜 끼쳤던지 이생에 부부 되어 창기(娼妓) 행실 다 버리고 예모(禮貌)도 숭상하고 여공(女功)도 힘썼건만 무슨 죄

가 진중(珍重)하여 일점 혈육이 없으니 육친무족(肉親無族) 우리 신세 선영향화(先塋香火) 누가 하며 사후감장(死後勘葬) 어이 하리. 명산대찰(名山大刹)에 신공(神功)이나 하여 남녀간 낳게 되면 평생 한을 풀 것이니 가군의 뜻이 어떠하오"

성참판 하는 말이

"일생 신세 생각하면 자네 말이 당연하나 빌어서 자식을 낳을진대 무자(無子)할 사람이 있으리오"하니 월매 대답하되

"천하대성(天下大聖) 공부자(孔夫子)도 이구산(尼丘山)에 빌으시고 정(鄭)나라 정자산(鄭子產)은 우형산에 빌어 나계시고 아동방(我東方) 강산을 이를진대 명산대천이 없을소냐. 경상도 웅천 주천의는 늦도록 자녀 없어 최고봉에 빌었더니 대명천자(大明天子) 나계시사 대명천지(大明天地) 밝았으니 우리도 정성이나 드려 보사이다."(후략)

「춘향가」는 판소리 다섯 마당 가운데 하나로 뒤에 판소리계 소설 '춘향전'으로 정착되었다. 사설의 구조나 서술에 있어서 가장 예술성이 높고, 청중들의 사랑을 가장 많이 받아 온 마당이다. 사설과 창의 길이도 긴 것은 8시간이나 된다.

어사 출두 대목은 '춘향가' 전체의 절정에 해당된다. 흥겨운 변 사또의 생일잔치는 아수라장이 되고, 잔치에 참여한 아전 등 관속들의 허둥거리는 모습은 양반들에게 억눌리며 살아온 청중들에게 심리적으로 통쾌함을 준다. 창자는 이들 양반들의 허둥대는 모습을 웃음거리로 만들고 과장되게 길게 조롱하며 청중들의 기대를 충족시키며, 상황을 숨가쁘게 몰고 간다. 판소리의 묘미가 여기에 있는 것이다. 여기에 빠른 장단인 자진모리 장단과 고수의 추임새, 발림이 가세하여 더욱 급박하게 한다.

100여 종이 넘는 이본(異本)이 증명하듯이, 널리 읽혀온 것이 소설「춘향전」이며, 판소리 청중들을 끊임없이 사로잡은 것이 판소리 '춘향가'이다. 춘향의 신분 상승 의지 또는 굳은 절개와 탐관오리에 대한 저항 정신은 조선후기 민중의식의 성장을 대변하고 있다. 이 부분은 이 도령이 사또를

응징하는 부분으로, 민중의 꿈과 소망을 그대로 반영한 것이라 할 수 있다. 이러한 주제의식과 함께 춘향이 지킨 절개는 당시에 추구해야 할 보편적 가치로서 민중계층의 본보기로 받아들여졌다.

「**흥보가(興甫歌)**」

아니리

아동방이 군자지국이요, 예의 지방이라. 십실지읍에도 충신이 있고 칠세지아도 효도를 일삼으니 무슨 불량한 사람이 있으리요마는 요순시절에도 사흉이 났었고 공자님 당년에도 도척이 있었으니 아마도 일종 여기야 어쩔 수 없는 법이었다.

경상 전라 충청 삼도 어름에 놀보 형제가 살았는디 흥보는 아우요, 놀보는 형이라. 사람마다 오장이 육본디 놀보는 오장이 칠보라. 어찌허여 칠본고 허니 왼편 갈비밑에가 장기궁짝만허게 심술보 하나가 딱 붙어 있어 본디 심술이 많은 놈이라. 그 착한 동생을 쫓아낼 량으로 날마다 심술공부를 허는 디 꼭 이렇게 허든 것이었다.

자진모리

대장군방 벌목허고 삼살방에 이사권코 오구방에다 집을짓고 불붙는데 부채질 호박에다 말뚝박고 길가는 과객양반 재울듯기 붙들었다 해가 지면은 내어쫓고 초란이 보면 딴낮 짓고 거사 보면은 소구도적 의원보면 침 도적질 양반 보면은 관을 찢고 다 큰 큰애기 겁탈, 수절과부는 모함잡고 우는 놈은 발가락 빨리고 똥누는 놈 주저앉히고 제주병에 오줌싸고 소주병 비상 넣고 새망건 편자 끊고 새 갓 보면은 땀때 띠고 앉은뱅이는 택견, 곱사동이는 되집어 놓고 봉사는 똥칠허고 애밴 부인은 배를 차고 길가에 허방 놓고 옹기전에다 말달리기 비단전에다 물총 놓고.

무장단 창조

이놈의 심사가 이래 놓니 삼강을 아느냐 오륜을 아느냐 이런 모지고

독한 놈이 세상 천지 어디가 있더란 말이냐. (후략)

판소리 다섯마당 가운데 하나로 「박타령」이라고도 한다. 가난하고 착한 아우 흥보는 부러진 제비다리를 고쳐주고 그 제비가 물고 온 박씨를 심어 박을 타서 보물들이 나와 부자가 되고, 탐욕스럽고 재물이 많은 형 놀보는 제비다리를 부러뜨리고 그 제비가 물고 온 박씨를 심어 박을 타서 괴물들이 나와 망한다는 이야기를 판소리로 엮은 것이다.

흥보와 놀보의 인간형은 실제 생활에서는 하층민으로 전락하였으면서도 신분이나 유교 도덕에 얽매이는 몰락 양반과, 조선 후기에 출현한 서민 부자의 현실을 적나라하게 나타낸 것이다. 주제도 형제간의 우애나 권선징악적인 것에서 점차 계층 간의 갈등을 보여주는 형식으로 이어졌다고 본다.

흥보가는 사설이 우화적이기 때문에 우스운 대목이 많아 소리 또한 가벼운 우스갯소리가 많다. 사설의 길이는 짧은 편이며 한 마당 모두 부르는 데 대개 3시간가량 걸린다. 앞과 뒤에는 재치 있고 우스운 말이 많고 가운데에 좋은 소리가 많다. 「흥보가」는 우스운 대목이 많이 들어있고 끝에 '놀보 박타는 대목'에는 잡가(雜歌)가 나오기 때문에 해학적인 마당으로 꼽힌다. 소리도 잘해야 하지만 아니리와 너름새에 능해야 「흥보가」 명창으로 제격이라 할 수 있다.

7) 민속극

민속극(民俗劇)이란 가장한 배우가 대화와 몸짓으로 사건을 표현하는 전승 형태를 말하는 것으로, 우리 민속극에는 일찍부터 무극(巫劇), 가면극(假面劇), 인형극(人形劇) 등이 있었다. 무극(巫劇)은 굿에서 연행되는 굿놀이를 말하며, 가면극은 각 지역에서 행해지던 탈놀이, 인형극은 남사당이라는 유랑 예인 집단에서 행해지는 꼭두각시놀음을 말한다.

이러한 민속극은 농민이나 남사당패 등 주로 하층민에 의해서 주도되었으며, 서민들을 관객으로 삼았기 때문에 서민들의 삶의 모습이나 정서가 생생히 드러나 있다. 또한 관중들을 오락적으로 만족시킬 수 있어야 하였기 때문에 자연 그에 알맞은 넉살과 신명이 있어야 하였고, 풍자와 해학으로써 상류층을 비판하는 내용이 내재해 있다. 가면극에는 「양주별산대놀이」, 「봉산탈춤」, 「통영 오광대」, 「동래야유」, 「수영야유」 등이 있으며, 인형극에는 「꼭두각시 놀음」, 「망석중 놀이」 등이 있다.

「양주별산대 놀이」

제6과장 노장 춤

제1경 파계승놀이(팔 목중놀이)

(장내에는 상좌 1명, 목중 4명, 옴중, 완보, 말뚝이의 8명이 있고, 노장이 둘째 상좌를 데리고 나온다. 노장이 화선으로 얼굴을 가리고 나오는 것은 계집에게 유혹되었음이 세상 사람들에게 부끄럽기 때문이다.)

(신장(놀이판)에서 팔 목중들은, 나오는 노장을 한 사람끝기 보고 온다. 노장은 수도하는 동안 세수 한 번, 목욕 한 번 못하였기 때문에 몸에서 악취가 대단한 것이다. 팔 목중들은 이 냄새를 맡고 이상하여 한 사람씩 가보고 코를 쥐고 돌아온다. 이 때 완보가 가까이 가 냄새를 맡고 이상히 여기며)

완보 : 얘들아, 괴상한 냄새가 나니 이게 무슨 냄새냐? 아마 산중 대망이가 아니냐? (상좌에게) 너 한 번 보고 오너라.

(상좌가 삼현청을 향하여 손뼉을 쳐 타령 장단에 춤추며 노장 가까이 갔다가 깜짝 놀라 돌아온다.)

(삼현중지)

엑끼, 바닥의 아들 놈! 백골이 다 된 놈이 무엇이 무서워서 어이구 떼이구 하느냐. (옴중에게) 이번에는 네가 한 번 갔다 오너라!
옴중 : (신이 나서 춤 문구를 부른다.) 양양소아제박수하니 난가쟁창 백동제라. (춤추며 노장 가까이 갔다가 역시 깜짝 놀라 돌아온다.)
(삼현중지)
완보 : 엑끼, 바닥의 아들 놈. 무엇이 무서워 그러느냐.
옴중 : 얘 얘, 말 마라. 산중에서 대망이가 내여왔다.
완보 : (목중에게) 이번에는 네가 보고 오너라.
목중 : (신이 나서 춤 문구를 부른다.) 달아 달아 밝은 달아, 이태백이 놀던 달아……. (춤추며 노장 가까이 갔다가 놀라서 돌아온다.)
(삼현중지)
(이러한 짓을 돌려 가며 몇 차례 계속하나 결국 모두 노장에게 놀래어 돌아온다.)
완보 : (큰 소리로) 엑끼! 못생긴 놈들. 사내대장부가 사불범정이지 무엇이 무서워서 엑쿠덱쿠하느냐. 내가 가서 보고 올 것이니 보아라.
옴중 : 어서어서 갔다 오너라.
완보 : (춤 문구를 부른다) 녹수청산 깊은 골에 청룡 황룡이 꿈틀거리고……. (춤추며 노장 앞으로 다가가서 노장의 화선을 제친다.)
(삼현중지)
완보 : 어 하하하, 스님이 나타나 계셨구려. 익크 이것 보게, 이 속에는 (송낙을 만지며) 새새끼도 치겠구나. 스님 어찌 나다라 계시오. 스님이야 절간에서 천사 천완 관자재보살 광대원만 내다라니 염불이나 부르고 계시면 하루데 엽담배가 세 매요, 송죽이 세 그릇이요, 돈이 석 냥이요, 상조 뺵이 세 판인데 무얼 하러 나다라 계시오. 스님 여기 떵 꿍하는 데는 당치 않으니 어서 올라가서 염불이나 하다가 한 세상을 보내시오.
(노장, 화선을 설레설레 흔들면서 싫다고 한다.)
얘들아 사중에서 스님이 낱다라 계시다. 이리들 오너라.
(팔 목중들, 노장 앞으로 온다.) 얘들아, 스님이 그러신다. 여기 얼굴이 우툴두툴하고 힛긋힛긋하고 골창골창한 놈을 잡아오라신다.
목중 : 예이 대령하였소.

완보 : 그놈을 대매에 물고를 올리라신다.

목중 : 예이 지당한 분부요. (옴중을 엎어놓고 태형십도를 때린다 매를 맞은 옴중은 거꾸로 신명이 나서 춤 문구를 부른다.)

옴중 : 원산척척 곤산 너머로……. (춤을 추는데)

완보 : 애, 마라 마라.

(삼현중지)

스님은 너 때문에 잔뜩 노하셨는데 무엇이 신이 나서 야단이냐?

옴중 : 저놈은 남이 신이 날 만하면 마라 마라 하니 무슨 안갑을 할 짓이냐?

완보 : (노장의 얼굴을 탁 치면서) 스님, 신명이 과하시면 백구타령 한판을 드르륵 말아 양 귓구녁에 꽉 박아 주리까?

(노장, 뜻이 맞는다는 듯 화선으로 완보의 얼굴을 탁 친다.)

얘들아, 스님이 그러신다. 백구타령 한판을 드르륵 말아 양 귓구녁에다 꽉 박아 달라신다.

(완보가 꽝쇠를 치면서 백구 타령을 부르면 일제히 합창한다.)

(후략)

「양주별산대놀이」는 모두 8마당 과장(科場)으로 이루어진, 우리나라의 대표적 민속 가면극이다. 가면극의 공연은 널찍한 마당에서 아무런 무대 장치 없이 벌어지는데, 내용의 전개에 따라 가상적인 작품 공간이 신축성 있게 처리된다.

「양주별산대놀이」는 서울 중심의 경기지방에서 연희되어 온 산대도감극의 한 분파로서, 본산대라고 한 녹번, 아현 등지의 것과 대동소이한 것으로 보인다. 원래 이 산대놀이는 중국의 사신을 영접할 때도 연희되었으며, 나례도감 후에 산대도감에서 관장한 궁중행사에서도 동원되었었다. 그리하여 연희자들은 쌀, 포 등을 지급받았으며, 평상시 에는 경기 일대에 머물러 살면서 계방의 도인으로 생계에 도움을 받으며 살았다. 그들은 보통 편놈들로서, 인조 이후 공의로서의 산대연희가 폐지되자 각기 분산

되어 그들의 거주지를 중심으로 산대놀이 단체를 모았다. 여러 곳을 돌아다니며 공연한 결과 녹번리산대, 애오개산대, 노량진산대, 퇴계산산대, 서울 사직골 딱딱이패 등이 생긴 것이다.

「양주별산대놀이」는 4월 초파일, 5월 단오, 8월 추석에 주로 연희되고 크고 작은 명절 외에 가뭄 때의 기우제 같은 때 에도 연희되었다. 격식대로 하자면 놀이 전의 고사에는 조라와 떡과 삼색 과일 외에 쇠머리며 돼지다리 등 푸짐한 제물이 올라야 하고, 그 제물과 조라를 음복하여 취기가 돌아야 놀이가 시작되었다.

03 현대문학의 실제

1) 한국 현대시

인간의 삶을 토대로 이뤄지는 문학은 의식 지향적 행위로서 역사·사회적 사실과 밀접한 관계로 드러나기 마련이다. 인간의 의식이 항시 그 시대적 환경과 역사적 토대 위에서 형성되는 까닭에 문학 또한 역사·사회적 맥락을 배경으로 이해되고 파악되어야 하는 것이다. 현대시는 개화기 시가, 신체시를 거쳐 1920년대에 자유시가 나타났고, 1930년대에는 순수시, 모더니즘시, 생명시 등의 흐름을 보였으며, 1940년대 암흑기에는 저항시를 노래한 시인이 있었다. 광복 직후에는 청록집과 저항 시인의 유고 시집들이 발간되었으며, 모더니즘 시집이 발간되었다. 1950년대는 전후의 허무감을 드러낸 시들이 주류를 이루었으며, 1960년대 들어서서 참여시의 흐름이 형성되고, 그 흐름이 발전하여 1970년대 들어 민중시의 흐름을 형성하였다.

(1) 1910년대

1910년대는 서구시의 도입과 근대정신의 문학적 발현으로 이전의 신체시가 가지고 있던 형식적 내용적 한계점을 극복하고 근대 자유시가 형성되기 시작한 시기이다. 19세기 후반에 서구문학과 접촉하면서 한국문학사의 새로운 시대가 시작되었다. 새로운 시대의 출발과 함께 신문이나 잡지가 간행되면서 새로운 시대이념을 전파하기 위한 문학이 발생했다. 이 시기의 문학은 시가, 창가, 신체시, 자유시로 나눌 수 있겠다.

시가에서는 가장 먼저 나온 것이 개화가사였다. 그 내용은 자주독립과 애국심의 고취, 신문명 찬양, 국위 선양과 부국강병주장, 일본의 침략성 폭로, 친일세력의 비리 규탄 등 새로운 시대이념이 주를 이루었다. 개화가사는 일정한 작가가 없다. 「독립신문」에 실린 개화가사의 작가는 학생, 기독교인, 농부, 주사, 순검 등 너무나 다양하다. 게다가 「대한매일신보」에는 아예 작가의 이름도 없이 많은 양의 작품이 발표되었다. 이러한 작품들은 「애국가」, 「독립가」, 「동심가」, 「자주독립가」, 「애국하는 노래」등의 제목으로 발표되었다. 한편, 1905년의 을사조약을 고비로 하여 불길처럼 일어난 의병 운동에 참여한 의병들의 신념과 투쟁 경험을 담은 의병 가사가 생겨나기도 했다.

아세아의 대조선이 자주독립 분명하다
애야 애야 애국하세 나라 위해 죽어보세
깊은 잠을 어서깨어 부국강병 진보하세
남의 천대 받게 되니 후회막급 없이하세
남녀없이 입학하야 세계학식 배와보자
교육해야 개화되고 개화해야 사람되네

이필균, 「자주독립가」

창가는 당시 학교, 그리고 집회나 가정에 보급된 계몽 노래의 가사로 주로 학교의 교가나 교회의 찬송가 등 서양 음악의 곡조에 가사를 지어 붙인 것이다. 창가는 율격적인 면에서 개화 가사와 신체시 사이를 잇는 교량적 역할을 한 것으로 평가 된다. 최초의 창가는 1896년의 「황제탄신경축가」로, 새문안 교회 교인들이 고종 탄신일에 맞춰 불렀던 노래였다. 창가의 대표적인 작가로는 육당 최남선을 들 수 있다. 그의 작품으로는 「경부텰도가」, 「세계일주가」, 「조선유람가」등이 있는데, 이것들은 주로 신문명에 대한 찬양과 개화의 필요성을 강조하고 있다.

신체시는 개화 가사와 창가가 가지고 있던 정형적 율조를 깨뜨리고 정형시에서 근대 자유시로 넘어가는 과도기적 형태라고 할 수 있다. 예를 들어 「소년」지에 발표된 최초의 신체시이자 신체시의 대표작인 최남선의 「해에게서 소년에게」는 각 연만 따로 놓고 볼 경우에는 자유시 같지만 매 연이 동일한 율격을 유지함으로써 정형성을 지니게 해 놓았다. 여기에 후렴구까지 있어서 정형시의 속성이 강하게 남아 있는 것을 확인 할 수 있다. 이 시기의 신체시는 주로 최남선, 이광수 두 사람의 주도 아래 이루어졌다. 최남선의 「해에게서 소년에게」, 「태백산가」, 「대한 소년행」 등과 이광수의 「우리 영웅」, 「새 아이」등 많은 작품들이 신체시의 형태로 발표되었다. 최남선의 「해에게서 소년에게」에서 출발한 신체시는 완전한 자유시라 할 수 없다.

이때에 등장한 시인이 김억, 주요한, 황석우이다. 김억은「태서문예신보」(1918)를 통해 프랑스의 상징시를 번역 소개하여 우리 시단의 성격과 분위기 형성에 지대한 영향을 주었으며, 「봄은 간다」 등의 작품을 발표하였다. 또한, 황석우는 「태서문예신보」에 「봄」이라는 시를 발표하여 자유시를 실험하기도 하였다. 김억, 황석우와 함께 자유시 형성에 크게 이바지한 또 하나의 시인이 주요한이다. 그는 1919년에 「샘물이 혼자서」와 「불노리」를 발표하였는데, 특히 「불노리」를 계기로 한국의 근대시는 본 궤도에 오르게 되었다. 그러나 같은 시기 상해 임시 정부에서 간행된 「독립신문」에 실렸던 익명의 시들과 비교해 볼 때, 이 시만이 특별히 근대성을 확보한 것이라고 보기는 어렵다.

이 외에 이 시대의 주요작품에는 자주 독립 의식과 봉건적인 사회를 개혁하기 위한 개화 의지가 동시에 표현되고 있는 작품인 이중원의 「동심가」, 계몽적인 내용을 4.4조의 전통적 가사 율격에 직설적으로 담아 표현하고 있는 이필균의 「애국하는 노래」, 독립을 칭송하고 애국을 다짐하고 있는 최돈성의 「애국가」, 신문명의 유입을 새로운 시대의 흐름으로 받아들이고 수용하여 새 세상을 열어야 함을 주장해 이러한 역할을 당당히 해낼 주체로서 담 크고 순정한 '소년'을 들고 있는, 이를 새로운 시대를 이끌어 갈 다음 세대에 대한 강한 믿음으로 이해할 수 있는, 창가의 형식에서 완전히 벗어나지 못한 과도기적 모습을 볼 수 있는 최남선의 「해에게서 소년에게」, 봄밤의 애상적 정서를 표현한 김억의 「봄은 간다」, 현대 자유시의 지평을 연 작품 주요한의 「불놀이」 등이 있다.

1910년대 시가 형식면에 있어서 새로운 것을 갖추었다 해도 근대시가 되기에는 다른 모든 문화적 표현형식과 함께 내부에서 발표되는 새로운 감수성의 출현을 기다려야 했다. 1910년대 시의 움직임은 근대시를 고전시가의 전통 안에서 이해할 수 있는 믿을 만한 출발점이 되어준다.

(2) 1920년대

흔히 '동인지(同人誌) 문단 시대'라 불리는 이 시기는 다양한 서구 문예사조가 유입되면서 본격적인 현대시의 기틀을 마련한 시기였다. 1920년대 우리 시의 위상과 흐름은 크게 세 갈래로 나누어 살펴볼 수 있는데 첫째는 흔히 낭만주의 시로 일컬어진 초기의 위상이며, 두 번째는 현실 수용과 그 비판의 사회기, 세 번째는 민요시의 위상이 그것이다. 또한 1920년대 시에는 낭만시와는 다른 한편에서 식민지적 현실에 대한 적극적인 관심을 표명하고 그것을 시화하는 흐름이 있었다. 하나는 기존의 낭만시에 대한 한계의 인식과 그 탐미적 성향에 대한 혐오에서 비롯된 것이며 다른 하나는 신경향파 내지 카프 계열의 시 의식에 바탕을 둔 것이다. 그리고 마지막 하나는 해외 망명지에서 생산된 작품들로 집약되는 흐름이 그것이다.

1920년대의 시에서 이러한 '임'을 탁월하게 노래한 시인은 김소월과 한용운이다. 두 사람은 시인으로서 각기 다른 길을 걸었으나, '임'을 통하여 한결 같이 높은 시적 성취를 이루었다. 특히 한용운의 「님의 침묵」은 불교적 비유와 고도의 상징적 수법으로 쓴 서정시로 일제에 대한 저항 의식과 애족의 정신이 짙게 나타나 있다.

> 님은 갓슴니다 아아 사랑하는나의님은 갓슴니다
> 푸른산빗을깨치고 단풍나무숩을향하야난 적은길을 거러서 참어떨치고 갓슴니다
> 黃金의꽃가티 굿고빗나든 옛盟誓는 차듸찬띠끌이되야서 한숨의 微風에 나러갓슴니다.
> 날카로은 첫 「키쓰」의追憶은 나의運命의指針을 돌너노코 뒷거름처서 사러젓슴니다
> 나는 향긔로은 님의말소리에 귀먹고 꽃다은 님의얼골에 눈멀었슴니다
> 사랑도 사람의일이라 맛날때에 미리 떠날것을 염녀하고경계하지 아니한것은아니지만 리별은
> 뜻밧긔일이되고 놀난가슴은 새로은 슬븜에 터짐니다
> 그러나 리별을 쓸데없는 눈물의 源泉을만들고 마는것은 스스로 사랑을깨치는것인줄 아는까닭에 것잡을수업는 슬븜의 힘을 옴겨서 새希望의 정수박이에 드러부엇슴니다
> 우리는 맛날때에 떠날것을염녀하는 것과가티 떠날때에 다시맛날것을 믿슴니다
> 아아 님은갓지마는 나는 님을보내지 아니하얏슴니다
> 제곡조를못이기는 사랑의노래는 님의沈默을 휩싸고돔니다
>
> 한용운, 「님의 침묵」

1919년 전 민족적인 저항운동이었던 3.1운동의 실패는 우리 민족에게 깊은 절망과 좌절감을 안겨 주었다. 이로 인해 1920년대 전반기 우리 시단은 패배의식과 허무주의 경향을 보이는 감상적 낭만주의가 주조를 이루었다. 주요작품으로는 박종화의 「사의예찬」과 홍사용의 「나는 왕이로소이다」 이상화의 「나의 침실로」, 「빼앗긴 들에도 봄은 오는가」 등이 있다.

지금은 남의 땅 – 빼앗긴 들에도 봄은 오는가?

나는 온 몸에 햇살을 받고,
푸른 하늘 푸른 들이 맞붙은 곳으로,
가르마 같은 논길을 따라 꿈속을 가듯 걸어만 간다.

입술을 다문 하늘아 들아,
내 맘에는 내 혼자 온 것 같지를 않구나
네가 끌었느냐 누가 부르더냐 답답워라, 말을 해다오.
– (중략) –
나는 온 몸에 풋내를 띠고,
푸른 웃음, 푸른 설움 어우러진 사이로.
다리를 절며 하루를 걷는다, 아마도 봄신명이 자폈나 보다.

그러나, 지금은 들을 빼앗겨 봄조차 빼앗기겠네.

이상화, 「빼앗긴 들에도 봄은 오는가」

「빼앗긴 들에도 봄은 오는가」는 1926년 『개벽(開闢)』 6월호(1926년 6월호)에 발표되었다. 자유시로서, 식민지치하에서 지어진 대표적인 일제에 대한 저항시이다. 국토를 빼앗긴 식민지의 현실을 '빼앗긴 들'로 비유하여 꾸밈이 없이 자신과 조국의 심정을 노래하고 있다. 이 시인이 던지고 있는 질문의 핵심은 들을 빼앗긴 지금 봄이 돌아왔다고 하더라도 과연 우리가 참다운 삶을 누릴 수 있겠는가 하는 것이다.

작자는 한 행으로 이루어진 제1연에서 이 물음을 던지고, 마지막 11연에서 "그러나 지금은 들을 빼앗겨 봄조차 빼앗기겠네."라고 대답한다. 자유로운 조국의 품안에서 땀 흘리며 일하고 싶은 충동을 느끼지만, 반성과 자각에 의해 이러한 환상이 깨지면서, 마지막 11연 "들을 빼앗겨 봄조차 빼앗기겠네."와 같은 인식에 도달하는 과정을 보여준다.

특히 "가르마 같은 논길", "삼단 같은 머리털", "마른 논을 안고 도는 착한 도랑", "아주까리 기름을 바른 이", 그리고 "살찐 젖가슴과 같은 부드러운 이 흙" 등의 구절들은 깊은 애정이 서린 표현들로서 풍요롭기 때문에 더욱 빼앗길 수 없는 민족의 삶과 조국의 땅에 대한 인식을 구체적으로 표현하고 있다.

나 보기가 역겨워
가실 때에는
말없이 고이 보내 드리오리다.

영변(寧邊)에 약산(藥山)
진달래꽃,
아름 따다 가실 길에 뿌리오리다.

가시는 걸음 걸음
놓인 그 꽃을
사뿐히 즈려 밟고 가시옵소서.

나 보기가 역겨워
가실 때에는
죽어도 아니 눈물 흘리오리다

김소월, 「진달래꽃」

총 4연, 각 연 3행의 짧은 서정시로 나를 버리고 떠나가는 님의 가시는 길에 진달래꽃을 한아름 뿌리겠다는 것이 주요 내용이다. 그러나 지금 떠나가는 님은 다시 돌아올 기약조차 없다. 오직 자신의 마음속으로만 그런 기대감을 갖고 보내고 있을 뿐이다.

「진달래꽃」은 1925년 매문사(賣文社)에서 간행한 시집 『진달래꽃』에 실려 있다. 이 시는 「산유화(山有花)」와 함께 김소월의 대표작의 하나로 우리 근대시사에서 기념비가 되고 있다. 떠나는 님을 억지로 붙잡아 두지 못하고 보내는 한 여인의 심정을 이만큼 완벽하게 시적으로 형상화하기는 어렵다. 이런 이별의 보편적 정서는 「가시리」나 「서경별곡(西京別曲)」 등과 같은 고시가나 민요에서도 많이 찾아볼 수 있다. 영변의 약산동대는 서관(西關)의 명승지로서, 그곳을 둘러싼 많은 전설과 민요가 전해지고 있다. 봄이 되면 온통 천자만홍(千紫萬紅)의 진달래가 꽃밭을 이루고 있는 약산, 그 서쪽으로 넓은 벌판이 펼쳐지고 구룡강(九龍江) 푸른 물이 산록(山麓)을 흐르고 있다. 옛날 어떤 수령(守領)의 외딸이 약산에 찾아왔다가 그 강의 절벽에서 떨어져 죽고, 그 죽은 넋이 진달래가 되어 약산을 뒤덮고 있다는 것이다. 이러한 전설에서 이 시의 영변의 약산이라는 구체적인 장소가 제시된 것은 이러한 전설에 담긴 내용과 관계가 있을 것이다. 진달래꽃의 의미는 시적 자아의 아름답고 강렬한 사랑의 표상이요, 떠나는 임에 대한 원망과 슬픔이며, 끝까지 임에게 자신을 헌신하려는 정성과 순종의 상징이기도 하다. 꽃을 뿌리는 행위의 표면적 의미는 불교에서 말하는 '산화공덕(散華功德)'으로 임이 가시는 길에 꽃을 뿌려 임의 앞날을 영화롭게 한다는 '축복'의 의미이다. 그러나 그 이면에는 임을 절대 가지 못하게 하겠다는 절실한 만류의 뜻이 숨겨져 있다.

우리 민족의 전통적 정서와 가락을 가장 뛰어나게 표현했다는 김소월이나 전통적인 불교사상을 바탕으로 시대의 초극 의지를 노래한 한용운은 우리의 문학적 전통의 계승과 창조라는 면에서 이 시기 문학의 큰 성과였다. 주요 작품으로 김소월의 시집 「진달래 꽃」과 한용운의 시집 「임의 침묵」 등이 있다. 또한 최초의 현대적 장편 서사시가 출현하였다. 서사시는 극히 드문 편이지만 김동환의 「국경의 밤」은 일찍이 현대시에서 유일한 서사시였다.

第一部

1 "아하, 무사(無事)히 건넜을까,
이 한밤에 남편(男便)은
두만강(豆滿江)을 탈없이 건넜을까?
저리 국경강안(國境江岸)을 경비(警備)하는
외투(外套) 쓴 검문 순사(巡査)가
왔다——— 갔다———
오르명 내리명 분주(奔走)히 하는데
발각(發覺)도 안 되고 무사(無事)히 건넜을까?"
소금실이 밀수출마차(密輸出馬車)를 띄워 놓고
밤 새 가며 속태이는 젊은 아낙네
물레 젓던 손도 맥(脈)이 풀려져
파! 하고 붓는 어유(魚油) 등잔만 바라본다.
북국(北國)의 겨울밤은 차차 깊어 가는데.

2 어디서 불시에 땅 밑으로 울려나오는 듯
'어—이' 하는 날카로운 소리 들린다.
저 서쪽으로 무엇이 오는 군호라고
촌민(村民)들이 넋을 잃고 우두두 떨 적에
처녀(妻女)만은 잡히우는 남편(男便)의 소리라고
가슴을 뜯으며 긴 한숨을 쉰다—
눈보라에 늦게 내리는
營林廠(영림창) 산림(山林)실이 벌부(筏夫) 떼 소리언만.
— 「중략」 —

7　　봄이 와도 꽃한폭 필 줄 모르는
　　강건너 山川으로서는
　　바람에 눈보라가 쏠려서
　　江 한복판에
　　진시왕릉(秦始王陵)같은 무덤을 쌓아 놓고는
　　이내 압지(鴨池)를 파고 달아난다.
　　하늘 땅 모두 회명(晦瞑)한 속에 백금(白金)같은 달빛만이
　　백설(白雪)로 오백리(五百里), 월광(月光)으로 삼천리(三千里),
　　두만강(豆滿江)의 겨울밤은 춥고도 고요하더라.

21　　그의 떨리는 주먹은 쉬지 않았다. 똑--똑--똑--
　　"여보세요, 내요! 내라니까"
　　그리고는 무슨 대답을 기다리는 듯이 가만히 있다, 한참을
　　"아, 내라니까, 내요, 어서 조금만"
　　'아하, 아하, 아하---'
　　청년(青年)은 그만 쓰러진다.
　　동사(凍死)하는 건지 추위에 넘어지듯이
　　그때 처녀(妻女)는 제 가슴을 만지며
　　"에그, 어쩌나, 죽나보다--"하고 마음이 쓰라렸다.
　　"아하, 아하, 아하, 아하"
　　땅속으로 꺼져가는 것 같은 마지막 소리
　　차츰 희미하여 가는데 어쩌나! 어쩌나? 아하, --
　　- 중략 -

第二部

28　　멀구광주리 이고 山기슭을 다니는
　　마을 처녀(處女)떼 속에,
　　순이(順伊)라는 금년(今年) 열여섯 살 먹은 재가승(在家僧)의 따님이 있었다.
　　멀구알같이 까만 눈과 노루 눈썹같은 빛나는 눈초리,
　　게다가 웃을 때마다 방싯 열리는 입술,

백두산 천지(白頭山 天池)속에 신녀(仙女)같이 몹시도 어여뻤다.
마을 나무꾼들은
누구나 할 것 없이 마음을 썼다.
될 수 있으면 장가까지라도――하고
총각(總角)들은 산(山)에 가서 '콩쌀금' 하여서는 남몰래 색시께 갖다주었다.
노인(老人)들은 보리가 슬때 새알이 밭고랑에 있으면 고이고이 갖다주었다.
마을서는 귀여운 색시라고 누구나 칭찬(稱讚)하였다.

29 가을이 다 가는 어느날 순이(順伊)는
멀구광주리 맥없이 내려놓으며 아버지 보고,
"아버지, 우리를 중놈이라고 해요, 중놈이란 무엇인데"
"중? 중은 웬중! 장삼(長衫) 입고 고깔 쓰고 목탁(木鐸) 두드리면서 나무아미타불 불러야 중이지, 너 안 보았니, 일전(日前)에 왔던 동냥벌이 중을"
그러나 어쩐지 그 말소리는 비었다.
― 중략 ―

第三部

58 ―――청년(靑年)
너무도 기뻐서
처녀(妻女)를 웃음으로 보며
"오호, 나를 모르세요. 나를요?"
꿈을 깨고 난 듯이 손길을 들어
"아아, 국사당 물방앗간에서 갈잎으로 머리 얹고
종일 풀싸움하연 그이를―――
또 산 밖에서 멀구 광주리 이고 다니던
당신을 그리워 그리워하던
언문 아는 선비야요!"
― 중략 ―

70　여러 사람들은 고요히
동무의 시체(屍體)를 갖다 묻었다.
이제는 아무 것도 할 수 없다는 듯이.
71　거의 묻힐 때 죽은 병남(丙南)이 글 배우던 서당(書堂)집 노훈장(老訓長)이
"그래도 조선(朝鮮)땅에 묻히다!"하고 한숨을 휘이 쉰다.
여러 사람은 또 맹자(孟子)니 통감(通鑑)을 읽는가고 멍멍하였다.
青年은 골을 돌리며
"연기(煙氣)를 피하여 간다!" 하였다.
72　강 저쪽으로 점심 때라고
중국군영(中國 軍營)에서 나팔 소리 또따따 하고 울려 들린다.

김동환, 「국경의 밤」

1920년대 중반에는 계급주의 문학이 문단을 풍미하면서 이에 대한 반발로 최남선을 중심으로 한 시조부흥운동이 일어났다. 그 주요 작품으로는 최남선의 시조집 「백팔 번뇌」와 정인보의 「자모사」 이병기의 「박연 폭포」, 이은상의 「자하동」, 「성불사의 밤」 등이 있다. 또한 1925년의 카프(KAPF)의 결성으로 본격적인 계급주의 문학(프로문학)이 시작되어, 이른바 프롤레타리아 계급사상이 일제에 대한 반제국주의 투쟁과 결합되면서 많은 지식인의 호응을 얻었다. 대표적인 프로문학 시인으로는 임화가 있는데 임화의 「네 거리의 순이」, 「우리오빠와 화로」 등이 이때의 주요 작품이다.

(3) 1930~1945년대

1930년대의 시가 차지하는 좌표는 아주 결정적이다. 그 이전까지 한국의 시와 시단은 좋은 의미에서 근대의 차원에 머물러 있었다. 뿐만 아니라 거기에는 다분히 소박한 단면 또는 풋기 같은 것도 섞여 있었던 것이다. 1930년대에 이르면서 한국의 시와 시단은 이런 미숙성을 그 나름대로

극복해낸다. 1930년대의 한국시에서 주류가 된 것은 순수서정시라고 할 수 있다. 1930년대의 문학은 전반적으로 순수문학을 지향하는 다양한 형태로 분화, 발전하였다.

이 시기에는 시문학파의 순수시 운동이 전개되었는데 프로 문학의 목적의식적 문학에 반발한 '시문학파'의 순수시 운동이 박용철, 김영랑 등을 중심으로 일어났다. 이들은 세련된 언어 감각과 음악성 등 시의 예술적 기교에 치중하였다. 주요 작품으로는 김영랑의 「모란이 피기까지는」, 「내 마음을 아실 이」, 박용철의 「떠나가는 배」 등이 있다.

나두야 간다
나의 이 젊은 나이를
눈물로야 보낼거냐
나두야 가련다

아늑한 이 항군들 손쉽게야 버릴거냐
안개같이 물어린 눈에도 비최나니
골잭이마다 발에 익은 뫼부리 모양
주름살도 눈에 익은 아, 사랑하던 사람들

버리고 가는 이도 못 잊는 마음
쫓겨가는 마음인들 무어 다를거냐
돌아다보는 구름에는 바람이 희살짓는다
앞 대일 언덕인들 마련이나 있을거냐

나두야 가련다
나의 이 젊은 나이를
눈물로야 보낼거냐
나두야 간다

박용철, 「떠나가는 배」(문학사상사, 1975)

모더니즘 운동도 있었는데 흔히 '주지주의'라고도 불리며, '시문학파'와는 달리 도시적 감각과 시의 회화성을 중시하였다. 김기림, 정지용, 김광균 등이 중심을 이루었으며, 이상은 초현실주의적 경향을 보였다. 주요 작품으로는 김기림의 「바다와 나비」, 정지용의 「향수」, 「유리창1」 김광균의 「와사등」, 「외인촌」, 이상의 「오감도」 등이 있다.

차단한 등불이 하나 비인 하늘에 걸려 있다.
내 호올로 어딜 가라는 슬픈 신호냐.

긴 여름 해 황망히 날개를 접고
늘어선 고층 창백한 묘석같이 황혼에 젖어
찬란한 야경 무성한 잡초인 양 헝클어진 채
사념 벙어리 되어 입을 다물다.

피부의 바깥에 스미는 어둠
낯설은 거리의 아우성 소리,
까닭도 없이 눈물겹구나

공허한 군중의 행렬에 섞이어
내 어디서 그리 무거운 비애를 지고 왔기에
길게 늘인 그림자 이다지 어두워

내 어디로 어떻게 가라는 슬픈 신호기
차단한 등불이 하나 비인 하늘에 걸리어 있다.

김광균, 「와사등」

또한 생명파와 전원파가 생겼다. 생명파는 1930년대 후반 「시인부락」을 중심으로 활동한 서정주, 유치환 등의 시적 경향을 일컫는 말로, 서정주는 인간의 원죄의식을 육감적이고 원색적으로 형상화하였으며, 유치환은

강인한 생명의 의지를 집중적으로 추구하였다. 주요 작품으로는 서정주의 「화사」 유치환의 「깃발」, 「생명의 서」 등이 있다. 전원파는 일제의 극심한 탄압에 대해 현실을 도피하려는 경향이 나타나면서 전원 생활을 이상적인 세계로 설정하여 동경하고 자연 친화적이며 관조적인 시작 태도를 보인 시인들로, 신석정, 김상용, 김동명 등이 있다. 주요 작품으로는 신석정의 「들길에 서서」, 김상용의 「남으로 창을 내겠소」, 김동명의 「파초」 등이 있다.

조국을 언제 떠났노
파초의 꿈은 가련하다

남국을 향한 불타는 향수
너의 넋은 수녀보다도 더욱 외롭구나

소난비를 그리는 너는 정열의 여인
나는 샘물을 길어 네 발등에 붓는다

이제 밤이 차다
나는 또 너를 내 머리맡에 있게 하마

나는 즐겨 너를 위해 종이 되리니
너의 그 드리운 치맛자락으로 우리의 겨울을 가리우자

김동명, 「파초」

1940년대는 일제강점기 말로 민족문학의 암흑기였다. 일제의 식민지 지배가 더욱 가혹해지면서 많은 문인들이 변절을 하거나 붓을 꺾었다. 이 시기에는 이육사나 윤동주와 같은 목숨을 건 저항 시인들의 목소리가 더욱 빛을 발했다. 저항 시인인 이육사는 지사적 풍모로 일제에 대한 치열한 대결정신을 표현했으며, 윤동주는 일제강점하 지식인의 고뇌와 정신적 순결성을 노래하였다. 주요 작품으로는 이육사의 「광야」, 「절정」, 윤동주의 「서시」, 「참회록」 등이 있다. 또한 이와 다르게 자연을 공통적인 소재를 삼아 암흑기에 민족어 문학을 이었다는 점에서 의의가 있으나, 민족적 현실을 외면했다는 비판을 받기도 한 작품으로 박목월의 「나그네」, 박두진의 「묘지송」, 조지훈의 「봉황수」 등이 있다.

(4) 1945~1950년대

이 시기에 우리 민족은 분단이라는 비극적 현실 앞에 슬픔을 억누를 길이 없었다. 해방의 문학사적 의미는 이러한 혼란기에 민족문학의 수립이라는 진로의 모색 단계에 있었다. 또한 순수시를 근간으로 하는 민족시의 정립이 시도되었다. 계급문학과 순수문학의 대립은 불행한 역사적 교훈이 되었던 바, 역시 우리 문학의 맥은 순수문학으로서의 민족문학에서 찾아야 한다는 것을 분명하게 하였다.

해방과 함께 맞이한 혼란기이지만 그동안 억압되었던 감정이 일시에 터져 나와 많은 작품과 많은 시집이 나왔던 것도 기억되어야 할 것이다. 또한 일제강점기 시대에 발표되지 못했던 다량의 시들이 시집으로 묶여 나옴으로써 우리의 문학 전통을 새롭게 세우는 역학을 했다. 이때의 주요 작품으로는 윤동주의 유고 시집 『하늘과 바람과 별과 시』, 이육사의 유고 시집 『육사 시집』, 이상화의 유고 시집 『상화 시집』, 청록파의 공동 시집 『청록집』 등이 있다.

또한 민족주의적 경향이 짙은 박종화의 시집 『청자부』, 정인보의 시조집 『담원 시조집』, 김상옥의 시조집 『초적』, 유치환의 「울릉도」, 신석정의 「꽃덤불」, 박두진의 「청산도」, 「해」 등이 있다.

동쪽 먼 심해선(深海線) 밖의
한 점 섬 울릉도로 갈꺼나

금수(錦繡)로 굽이쳐 내리던
장백(長白)의 멧부리 방울 뛰어
애달픈 국토의 막내
너의 호젓한 모습이 되었으리니

창망(滄茫)한 물굽이에
금시에 지워질 듯 근심스리 떠 있기에
동해 쪽빛 바람에
항시 사념(思念)의 머리 곱게 씻기우고

지나 새나 뭍으로 뭍으로만
향하는 그리운 마음에
쉴 새 없이 출렁이는 풍랑 따라
밀리어 밀리어오는 듯도 하건만

멀리 조국의 사직의
어지러운 소식이 들려올 적마다
어린 마음의 미칠 수 없음이
아아 이렇게도 간절함이여

동쪽 먼 심해선(深海線) 밖의
한 점 섬 울릉도로 갈꺼나

유치환, 「울릉도」

(5) 1950년대

1950년대는 6.25동란으로부터 시작되어 1960년 4.19혁명으로 이어지는 다사다난한 연대였다. 전쟁에 의한 참혹한 피해와 이의 복구는 1950년대를 관통하는 시대사적 명제였다고 할 것이다. 이러한 1950년대 전반을 압도하는 시는 전쟁현장의 시였다. 이 시대의 시를 보자면 전쟁현장을 직접 노래한 시도 있고, 죽고 죽이는 전쟁의 가열함 속에서도 인간성을 회복하고 이를 지키고자 하는 실존적 몸부림을 담은 시들도 많이 볼 수 있다. 전쟁의 비극적 체험과 상처를 겪으면서 이 시기의 시문학은 대체로 전쟁 체험의 형상화와 문명 비판적 현실 참여의 경향을 띠게 된 것이다.

전쟁 체험을 토대로 전쟁 자체의 비극성과 민족에 대한 연민, 전후의 새로운 가치관 등을 노래한 작품으로는 유치환의 「보병과 더불어」, 조지훈의 「다부원에서」, 구상의 「적군 묘지 앞에서」, 김종문의 「벽」 등이 있다.

여기는 외금강 온정리 정거장
기적도 끊이고 적군도 몰려가고
마알간 정적만이 고스란히 남아 있는 빈 뜰에
먼저 온 우군들은 낮잠이 더러 들고
코스모스 피어있는 가을볕에 서량이면
눈썹에 다달은 금강의 수려한 본연에
악착한 전쟁도 의미를 잃노니
시방 구천 밖으로 달아나는 적 을 향해
일제히 문을 연 여덟 개 포진은
찌릉찌릉 지각을 찢어 그 모독이
첩첩 영봉을 울림하여 아득히 구천으로 돌아들고
봉우리 언저리엔 일 있는 듯 없는 듯
인과처럼 유연히 감도는 한자락 백운白雲

유치환, 「보병과 더불어」

이 시기에는 현대적 도시 감각과 지적 태도를 중시하는 모더니즘 경향이 새로이 등장하였는데, 그 주요 작품으로는 전후의 현실과 사회 부조리 등에 대한 투철한 인식과 문명 비판적인 태도를 보였던 박인환의 「목마와 숙녀」, 김수영의 「눈」, 김경린의 「지평을 그으며」 등이 있다.

또한 김광림, 전봉건, 김종삼 등은 현실에 대한 지적 인식을 바탕으로 도회적인 서정을 그림으로써 기법 면에서는 주지주의적 경향을 띠면서, 정서면에서는 서정적인 경향을 보였는데 그 주요 작품으로는 김광림의 「상심하는 접목」, 전봉건의 「사랑을 위한 되풀이」, 김종삼의 「민간인」 등이 있다.

1947년 봄

심야
황해도 해주의 바다
이남과 이북의 경계선 용담포
사공은 조심조심 노를 저어가고 있었다
울음을 터트린 한 영아를 삼킨 곳
스므 몇 해나 지나서도
누구나 그 수심을 모른다

김종삼, 「민간인」

그 외에도 전통적 서정시의 맥을 형성한 기존 시인과 신인들도 있었다. 그 시인과 작품으로는 서정주의 「추천사」, 박목월의 「불국사」, 박두진의 시집 「오도」, 박남수의 「새」, 박재삼의 「밤바다에서」 등이 있다. 그 밖의 시로는 풍자와 야유를 바탕으로 비시적(非詩的)인 일상어를 대담하게 시로 끌어들인 송욱의 「비 오는 창」과 사물에 대한 지적인식을 바탕으로 한 실존적 자각을 시로 표현한 김춘수의 「꽃」, 「꽃을 위한 서시」 등이 있다.

(6) 1960년대

한국현대시사에서 1960년대는 중대한 하나의 의미단락이 되고 있다. 모더니즘의 시로 흔히 명명되는 1960년대 일부 순수시는 현대시가 필연적이면서 본질적으로 난해시라는 명제를 뚜렷이 표방하고 나섰다. 1960년대 중반 이후 근대적 산업사회로 접어들기 시작하면서 시인의 시각에 변화가 왔다. 그것은 소외계층에 대한 눈뜸이다. 근대화 과정에서 필연적으로 빚어지는 자연성과 인간성의 상실, 그리고 물질적 풍부의 뒤안길에 놓여 있는 서민의 삶을 극명하게 나타낸다.

1960년대의 시 문학은 4.19 혁명을 통해 형성된 진보(進步)에 대한 믿음과 인간이 역사의 주체라는 인식, 그리고 공업화를 지향한 근대화로 인한 도시의 인구 집중, 농촌의 궁핍화 문제라는 조건 속에서 현실 인식과 사회적 실천성을 중시하는 경향이 부각되었다. 이러한 시 문학의 참여적 경향은 전통적인 서정시의 경향과 함께 문단의 큰 줄기를 형성하면서 문학의 순수, 참여 논쟁을 촉발시켰다.

이 시기에는 많은 시인들이 문학의 순수 참여 논쟁을 벌이면서 참여 문학의 형성에 동참하였는데 그들은 4.19 혁명을 겪으면서 모더니즘을 바탕으로 하여 현실의 모순을 날카롭게 비판하는 시와 민족 분단이라는 우리 민족의 역사적 상황을 바탕으로 민족의 정체성과 소외된 계층과의 일체감을 노래하는 시를 발표하였다. 전자의 시인에는 김수영이, 후자의 시인에는 신동엽이 대표적인데 그 주요 작품으로 현실 참여적인 경향이 짙은 김수영의 「푸른 하늘을」, 「풀」 신동엽의 「껍데기는 가라」 「금강」 등이 있다.

푸른 하늘을 제압하는
노고지리가 자유로왔다고
부러워하던

어느 시인의 말은 수정되어야 한다

자유를 위해서
비상하여본 일이 있는
사람이면 알지
노고지리가
무엇을 보고
노래하는가를
어째서 자유에는
피의 냄새가 섞여있는가를
혁명은
왜 고독한 것인가를

혁명은
왜 고독해야 하는 것인가를

김수영, 「푸른 하늘을」

이에 반해 문학의 현실 참여를 반대하고 문학의 순수성과 예술성을 추구하는 경향이 그 맥을 이었는데 서정주, 박목월, 박재삼, 조병화 등이 우리 시의 전통적 서정성을 계승하려는 노력을 계속하였다. 문학의 독자성과 순수성을 강조한 시인들은, 사회 현실로부터 독립하여 시 작품 자체의 완전성을 강조하며 시의 본질과 예술성. 순수성을 주장하였다. 이러한 순수시는 예술적 기교를 추구하려는 모더니즘적인 시와, 우리의 전통 서정성을 계승하려는 전통시로 나뉜다. 전자에는 김춘수, 전봉건, 황동규 등이 해당하며 후자에는 서정주, 박목월, 박재삼, 박성룡 등이 해당한다. 그 작품으로는 김춘수의 「꽃」, 서정주의 「동천」, 박목월의 「나무」, 「이별가」, 박재삼의 「추억에서」, 조병화의 「공존의 이유」 등이 있다.

진주(晋州) 장터 생어물(生魚)전에는
바닷밑이 깔리는 해 다 진 어스름을,

울엄매의 장사 끝에 남은 고기 몇 마리의
빛 발(發)하는 눈깔들이 속절없이
은전(銀錢)만큼 손 안 닿는 한(恨)이던가
울엄매야 울 엄매,

별밭은 또 그리 멀리
우리 오누이의 머리 맞댄 골방 안 되어
손 시리게 떨던가 손 시리게 떨던가,

진주(晋州) 남강(南江) 맑다 해도
오명 가명
신새벽이나 밤빛에 보는 것을,
울엄매의 마음은 어떠했을꼬,
달빛 받은 옹기전의 옹기들 같이
말없이 글썽이고 반짝이던 것인가

박재삼, 「추억에서」

(7) 1970년대

1970년대의 우리 문학은 산업사회의 형태를 띠게 되면서, 그에 따른 지식산업의 확대를 가져왔고, 현실에 대응하는 시의 역할 내지 기능을 재정립한다. 그러나 사회적 환경, 곧 산업화과정이 야기하는 여러 현상들에 대한 시적 반응은 나름대로의 한계를 드러내기도 했다. 여기서 김수영의 참여시는 농촌시, 리얼리즘시라는 새로운 장르를 개척했다는 점에서 높이 평가할 만하다.

1970년대는 독재 정치 체제의 억압으로 인한 민주화의 과제와 급격한 산업화로 인해 발생한 농촌 공동체의 붕괴, 도시 빈민 문제, 노동 현장에서의 갈등 문제 등과 7.4 남북 공동 성명으로 새로운 국면을 맞이하게 된 남북분단의 문제가 문학의 주요한 대상이 된 시기였다. 1960년대 김수영, 신동엽 등에 이어 시인은 현실에 대한 날카로운 고발과 비판적 지성이 되어야 한다는 참여시적 경향이 신경림, 고은, 이성부, 김준태, 정희성, 조태일 등으로 이어졌다. 특히 민주주의라는 말 자체가 불온시 되던 유신체제의 억압적인 정치 현실을 신랄하게 비판한 김지하의 시는 민주화운동의 기념비적 작품으로 평가받고 있다.

신새벽 뒷골목에
네 이름을 쓴다 민주주의여
내 머리는 너를 잊은 지 오래
내 발길은 너를 잊은 지 너무도 너무도 오래
오직 한 가닥 있어
타는 가슴 속 목마름의 기억이
네 이름을 남몰래 쓴다 민주주의여

아직 동 트지 않은 뒷골목의 어딘가
발자국 소리 호르락 소리 문 두드리는 소리
외마디 길고 긴 누군가의 비명 소리
신음 소리 통곡 소리 탄식 소리 그 속에 내 가슴팍 속에
깊이깊이 새겨지는 네 이름 위에
네 이름의 외로운 눈부심 위에
살아오는 삶의 아픔
살아오는 저 푸르른 자유의 추억
되살아오는 끌려가던 벗들의 피묻은 얼굴
떨리는 손 떨리는 가슴
떨리는 치떨리는 노여움으로 나무판자에
백묵으로 서툰 솜씨로

쓴다

숨죽여 흐느끼며
네 이름을 남몰래 쓴다.
타는 목마름으로
타는 목마름으로
민주주의여 만세

김지하, 「타는 목마름으로」

이러한 현실 참여시적 시에는 신경림의 「농무」, 「목계장터」 고은의 「화살」, 「문의 마을에 가서」 이성부의 「벼」, 김준태의 「참깨를 털면서」, 정희성의 「저문 강에 삽을 씻고」, 조태일의 「식칼론」, 「국토」, 김지하의 「타는 목마름으로」, 「오적」 등이 있다. 또한 이 시기에도 여전히 현실 참여적인 시에 반하는 순수시적 경향의 시가 있었는데 그 작품으로는 천상병의 「귀천」, 박재삼의 「흥부 부부상」, 정호승의 「슬픔이 기쁨에게」, 김춘수의 「처용 단장」, 「꽃」, 전봉건의 「속의 바다」, 황동규의 「조그만 사랑 노래」 등이 있었다. 그 밖의 이 시기의 주요 작품으로 현대시조의 발달 작품인 김상옥의 시조집 「삼행시」와 정완영의 시조집 「묵로도」 등이 있었다.

(1) 바다가 왼종일
새앙쥐 같은 눈을 뜨고 있었다.
이따금
바람은 한려수도에서 불어오고
느릅나무 어린 잎들이
가늘게 몸을 흔들곤 하였다.

날이 저물자
내 근골(筋骨)과 근골 사이

홈을 파고
거머리가 우는 소리를 나는 들었다.
베꼬니아의
붉고 붉은 꽃잎이 지고 있었다.

그런가 하면 다시 또 아침이 오고
바다가 또 한 번
새앙쥐 같은 눈을 뜨고 있었다.
뚝, 뚝, 뚝, 천(阡)의 사과알이
하늘로 깊숙히 떨어지고 있었다.

가을이 가고 또 밤이 와서
잠자는 내 어깨 위
그 해의 새눈이 내리고 있었다.
어둠의 한쪽이 조금 열리고
개동백의 붉은 열매가 익고 있었다.
잠을 자면서도 나는
내리는 그
희디흰 눈발을 보고 있었다.

(2) 삼월(三月)에도 눈이 오고 있었다.
눈은
라일락의 새순을 적시고
피어나는 산다화(山茶花)를 적시고 있었다.
미처 벗지 못한 겨울 털옷 속의
일찍 눈을 뜨는 남(南)쪽 바다,
그 날 밤 잠들기 전에
물개의 수컷 우는 소리를 나는 들었다.
삼월(三月)에 오는 눈은 송이가 크고,
깊은 수렁에서처럼

피어나는 산다화(山茶花)의
보얀 목덜미를 적시고 있었다.

김춘수, 「처용단장(處容斷章)」(『처용』, 1974)

(8) 1980년대

1980년대의 시대 상황을 일별해볼 때 우리는 이 연대가 극도의 양극성을 지니고 있음을 알게 된다. 탄압과 저항, 허위와 폭로, 보수와 진보, 한계와 가능 등 우리 사회의 어두운 면과 밝은 면이 함께 엇갈리고 있었던 것이다. 전체적으로 조망할 때, 탄압시대인 5공화국 시절과 1988년 종반기 해금시대로 요약해볼 수 있는 이 시대는 그만큼 불행하면서도 가능성이 열리기 시작한 전환기적 성격을 지닌다. 1980년 광주 민주화 운동 이후 1980년대는 유례없이 어두운 갈등의 시대였으며, 이에 대한 반작용으로 진보적인 역사관이 강한 목청을 돋운 시기였다. 민주화의 과제, 분단의 문제, 노동 문제 등이 더욱 심화되었다. 특히 산업화의 급격한 진전 속에서 노동자 계층의 주체적인 자각이 이루어지면서 등장한 노동문학은 이 시기 문학의 가장 두드러진 특징의 하나이다.

이 시기에 활동했던 대표적인 시인으로는 1970년대부터 현실 비판적인 시를 써온 고은을 비롯하여 이성복, 황지우, 황동규, 김광규 등과 노동자 시인인 박노해 등이 있다. 그들의 주요 작품으로는 고은의 「만인보」, 이성복의 「그 날」, 황지우의 「새들도 세상을 뜨는구나」, 황동규의 「풍장」, 김광규의 「아니다 그렇지 않다」, 박노해의 「노동의 새벽」 등이 있다.

전쟁 같은 밤일을 마치고 난
새벽 쓰린 가슴 위로
차거운 소주를 붓는다
아

이러다간 오래 못가지
이러다간 끝내 못가지

설은 세 그릇 짬밥으로
기름 투성이 체력전을
전력을 다 짜내어 바둥치는
이 전쟁 같은 노동일을
오래 못 가도
끝내 못가도
어쩔 수 없지

탈출할 수만 있다면
진이 빠져, 허깨비 같은
사십사의(스물아홉의) 내 운 명을 날아 빠질 수만 있다면
아 그러나
어쩔 수 없지 어쩔 수 없지
죽음이 아니라면 어쩔 수 없지
이질긴 목숨을,
가난의 멍에를,
이 운명을 어쩔 수 없지

늘어쳐진 육신에
또다시 다가올 내일의 노동을 위하여
새벽 쓰린 가슴 위로
차거운 소주를 붓는다
소주보다 독한 깡다구를 오기를
분노와 슬픔을 붓는다

어쩔 수 없는 이 절망의 벽을
기어코 깨뜨려 솟구칠

거치른 땀방울, 피눈물 속에
새근새근 숨쉬어 자라는
우리들의 사랑
우리들의 분노
우리들의 희망과 단결을 위해
새벽 쓰린 가슴위로
차거운 소줏잔을 돌리며 붓는다
노동자의 햇새벽이
솟아오를 때까지

박노해, 「노동의 새벽」

(9) 1990년대

1990년대는 완결된 문학사적 시간대가 아니라, 살아 움직이는 의미형성의 공간이다. 그러니 여기서는 다만, 그 현재적인 공간 안에서 움직이는 몇 가지 문학적 맥락을 점검해보는 일만이 가능하다. 여성시인들의 문학적 성장은 1990년대 시의 공간을 풍요롭게 만들었다. 새로운 여성적 미학은 서정시의 전통을 여성적 서정성을 통해 풍부하게 하거나 보다 전복적인 여성적 상상력과 탈중심화된 언술방식을 드러내주었다. 이 시대의 작품으로는 의인화를 통해 인간의 삶을 형상화 하고 있는 곽재구의 「은행나무」, 우리 민족의 전통적 정서인 인고의 기다림이 드러나 있는 정희성의 「한 그리움이 다른 그리움에게」, 자연친화적 삶을 추구하는 마종기의 「강원도의 돌」, 이분화된 사회 현실에 대한 비판을 그리고 있는 김대규의 「야초」, 인간과 자연의 조화와 합일된 삶을 표현한 오세영의 「겨울 노래」 등이 있다.

돈 없으면 서울 가선
용변도 못 본다

오줌통이 퉁퉁 뿔어가지고
시골로 내려오자마자
아무도 없는 들판에 서서
그걸 냅다 꺼내들고
서울 쪽에다 한바탕 싸댔다.
이런 일로 해서
들판의 잡초들은 썩 잘 자란다.
서울 가서 오줌 못 눈 시골 사람의
오줌통 뿔리는 그 힘 덕분으로
어떤 사람들은 앉아서 밥통만 탱탱 불린다.

가끔씩 밥통이 터져 나는 소리에
들판의 온갖 잡초들이 귀를 곤두세우곤 했다.

김대규, 「야초(野草)」

너의 노오란 우산 깃 아래 서 있으면
아름다움이 세상을 덮으리라던
늙은 러시아 문호의 눈망울이 생각난다

맑은 바람결에 너는 짐짓
네 빛나는 눈썹 두어개를 떨구기도하고
누군가 깊게 사랑해온 사람들을 위해
보도 위에 아름다운 연서를 쓰기도 한다

신비로워라 잎사귀마다 적힌
누군가의 옛 추억을 읽어가고 있노라면
사랑은 우리들의 가슴마저 금빛 추억의
물이 들게 한다

아무도 이 거리에서 다시 절망을

노래할 수 없다
벗은 가지 위 위태하게 곡예를 하는
도롱이집 몇 개

때로는 세상을 잘못 읽은 누군가가
자기 몫의 도롱이집을 가지 끝에 걸고
다시 이 땅 위에 불법으로
들어선다 해도

수천만 황인족의 얼굴 같은 너의
노오란 우산깃 아래 서있으면
희망 또한 불타는 형상으로
우리 가슴에 찍힐 것이다

곽재구, 「은행나무」

2) 한국 현대소설

한국 문학에 있어서 근대는 중세와 현대 중간에 위치하고 있다. 일반적으로 근대란 정치적으로는 자유와 평등사상, 경제적으로는 산업혁명, 사회적으로는 도시화, 문화적으로는 대중문화의 발흥을 의미하고 있다. 따라서 근대란 과거와는 매우 다른 사회 속에 나타난 여러 가지 시대적 특징을 담고 있다.

한국은 일제강점이라는 암울한 시기를 보낸 후, 해방의 기쁨도 잠시 남북분단에 이은 6.25 전쟁과 휴전은 한국문단에 변혁을 가져온다. 1950년대는 이산가족, 전쟁의 상흔, 생활 터전의 상실, 자아의 상실, 전통적 윤리관의 변화에 따른 붕괴의 시대이며 나아가 새로운 세계를 창조하려는 모색의 시대였다고 할 수 있다.

4.19로 시작된 60년대 문학은 진보에 대한 믿음과 새로운 민족문학의 창조라는 인식을 갖게 된다. 이는 우리 역사에 있어 최초로 민주주의에 대한 신념을 안겨주었다. 60년대 이후 한국문학은 민주주의에 역행하는 독재와의 투쟁을 담게 되고, 인간의 존엄성을 지키기 위한 흐름을 형성하게 된다. 또한 60년대는 근대화로 인한 이농 현상과 인구의 도시 집중에 따른 사회적 문제가 제기되기도 하였다.

1970년대는 우리 사회가 본격적으로 근대화를 이룬 시기이다. 이 시기는 우리에게 물질과 정신의 근대화가 조화롭게 진행되는 것이 얼마나 어려운가를 실증적으로 보여준 시기이다. 또한 이 시기에는 정신적 자유와 경제적 평등의 문제가 크게 부각되어 우리 사회의 빛과 어둠, 풍요와 빈곤이 동시에 드러났다. 광주민주항쟁으로부터 출발한 80년대 한국 사회는 폭압적인 정치상황에도 부구하고 사회의 모든 부문에서 변화를 모색한 격동기였다. 신군부의 등장, 그리고 이에 대응하는 저항세력의 대두에 의해 한국사회는 서서히 변화의 기미를 나타내기 시작한다. 80년대 후반에 이르러 한국사회는 급격한 민주화의 단계를 맞이하고, 외부적으로는 사회주의 국가 붕괴에 따른 탈 이데올로기적인 경향을 드러내게 된다.

1990년대 접어들어 한국문학은 커다란 변화를 보여 주기 시작한다. 90년대 한국 문학은 전 시대 문학과의 단절과 새로움을 모색하는 단계에 이르게 되는데 그런 변화의 본질은 새로운 문학적 환경과 연결된 것으로 볼 수 있다. 90년대 문학의 본질적 국면은 '신세대' 문학이라는 개념과 연결될 수밖에 없으며 이것은 기형도의 비극적 세계관으로부터 비롯되는 삶과 문학에 대한 인식의 근본적 변화와 맞물린다. 90년대 이후 신세대 작가의 대두와 욕망의 서사는 주체의 분열에서 비롯되고 있으며 그것은 인간의 내적인 삶을 드러내는 미시적 접근으로 나타나고 있다.

(1) 1950년대~1960년대

전후 한국문학은 신인에 의한 세대교체 현상과 함께 새로운 단계에 접어든다. 이 시기 한국 소설의 성격은 전쟁 체험 내지 전후적의식과 깊이 관련되어 있으며 소설의 상상력 역시 전쟁으로 인해 빚어진 비극과 상실된 휴머니즘의 회복이라는 역점에 치중되고 있다. 이는 극한 상황, 전쟁 자체의 비극성, 전쟁 이후의 적응과 회복이라는 세 가지 주제의식으로 나타나고 있다.

김성한의 「바비도」(1956)는 15세기의 영국을 배경으로 진실과 정의의 삶을 그린 독특한 작품이다. 작품의 첫머리에 "바비도는 1919년(헨리 4세 당시) 이단으로 지목되어 형을 받은 재봉 직공이다."라고 적혀 있는데 이와 같은 역사의 패러디를 통해 작가는 1950년대 한국적 상황을 표현하고자 했다.

손창섭의 「잉여인간」(1958)은 전쟁 직후의 한국 사회를 배경으로 인간 소외와 현실 비판을 주제로 삼고 있는 작품이다. 채익준은 현실의 부조리에 분노하고 그와 타협하지 못함으로써 궁핍한 생활을 하는 인물이다. 그에게는 적극적인 삶의 의지가 되어 있다. 적극적인 삶의 의지가 결여되어 있기는 천봉우 또한 마찬가지이다. 그러나 그는 삶에 대해서 채익준보다 훨씬 수동적이고 비현실적이다. 그렇지만 서만기는 채익준이나 천봉우 같은 잉여인간들을 포용하면서 꿋꿋하게 자신의 삶을 지켜 나가는 인물이다. 작가는 서만기와 같은 인간을 통해 전후의 부조리한 상황을 극복할 수 있는 가능성을 모색했던 것으로 볼 수 있다.

손창섭은 장용학, 김성한과 더불어 50년대 문학사를 빛낸 작가로 정평이 있다. 그는 투철한 산문정신을 지닌 작가로서 1953년 『문예』에 「공휴일」을 발표하여 데뷔한 후 착실한 사실적 필치로 이상인격의 인간형을 그려내어 50년대의 불안한 시대 상황을 잘 표출하여 냄으로써 독자들로부터 폭넓은 호응을 얻었다. 그의 주요 작품으로는 「사연기」(53), 「설중행」(56), 「광야」(56), 「잉여인간」(58) 등이 있다.

이범선의 「오발탄」(1959)은 전후의 암담한 현실을 리얼하게 부각시켰다. 주인공 송철호는 심한 생활고 속에서도 선량한 양심을 지킨다. 그렇지만 끝내는 가야 할 방향을 알지 못하는 인간성의 좌절로 귀결된다. 정신적 지주를 잃고 불행에 빠진 인간들에 대한 고발과 증언이 무리 없이 그려진 문제의 작이다. 이 작품은 전후의 궁핍한 생활고 때문에 아픈 이도 뺄 수 없는 상태에서 방향을 상실하고 무작정 살아가야만 하는 주인공 송철호를 통해 부조리한 삶의 고발 증언하고 있다. 양심을 버리고 살아도 생존할 수 없는 시대에 나름대로 양심을 살려는 의지가 헛된 것임을 아는 주인공은 자포자기에 빠져 마치 오발탄 같은 존재로 남고 만다. 이 밖에도 이 시기의 대표작으로는 일제 치하로부터 6.25에 이르는 민족적 수난기를 배경으로 어느 부자 2대에 걸친 불구화 현상을 통해 한국 현대사의 비극과 휴머니즘의 회복을 형상화 한 하근찬의 「수난이대」(1957) 등이 있다.

60년대에 들어서면서 한국 사회는 경제적 근대화와 그로 인한 다양한 사회적 변화에 직면하게 된다. 한국 문학 또한 해방 공간과 전쟁기의 혼란을 수습하고 근대화와 이에 따른 여러 사회 변화에 맞춰 다양한 변동을 보여주게 된다. 1960년대 한국문학의 성장과정은 무엇보다 새로운 의식과 감수성을 갖춘 세대의 약진현상에서 비롯되고 있다. 60년대 중반 이후 한국문단은 앞 세대와는 뚜렷하게 구별되는 새로운 시대의식을 보여주는 리얼리즘 경향의 작가군, 내면의식을 중시하고 실험적 창작 활동을 도입한 모더니즘 성향의 작가군, 그리고 전통 계승의 입장에 선 작가군 등의 동시적 성립에 의해 풍요함을 보여주고 있다. 그와 같은 문학의 변화와 발전에는 물론 한국전쟁 이후 한국 사회가 본격적인 근대화 단계에 들어서게 되었다는 사실이 자리 잡고 있다.

최인훈의 「광장」(1960)은 1960년대를 빛낸 문제작이자 한국 소설사에서 큰 봉우리를 이루고 있는 명작 중의 한 편이다. 이 작품은 해방 이후 6.25전쟁에 걸친 시간적 배경과, 서울과 평양 그리고 낙동강 전선과 남지나해의 선상으로 전개되는 공간을 배경으로 이데올로기적 갈등과 인간적 절망감을 주제로 삼고 있다. 「광장」은 분단문제를 처음으로 이데올로기적인 측면에서 다룬 본격적인 장편소설이라는 점에서 문학사적 의미가 크다. 이데올로기 문제는 작품 제목인 '광장'이라는 상징을 통해 표현되고 있는데, 주인공 이명준은 남한의 부조리한 광장과 북한의 허위에 찬 광장 모두에 대해 환멸을 느낀다. 소설의 주인공 이명준은 남북 이데올로기 사이에서 갈등하는 분단 상황과 모순을 집약하는 인물의 한 전형이다. 명준은 남한과 북한에 대한 동시적 환멸 때문에 종전과 더불어 인도라는 제 3국행을 선택하고 결국 죽음에 이르게 된다.

이청준의 「병신과 머저리」(1966)는 사회와 개인의 대립을 무의식차원에서 묘사하고 있는 작품이다. 이 작품에는 의사이면서 몰래 소설을 쓰는 형과 화가인 동생이 등장하는데 이들은 공통적으로 억압적인 외부세계에 대해 저항하는 인물로 그려지고 있다. 형은 자신이 전쟁터에서 체험한 비인간적 경험으로 인해 고통 받고 있는데 이를 소설쓰기라는 행위를 통해 극복하고자한다. 이런 형의 모습을 지켜보며 나름대로 자신의 길을 걸어가는 동생은 형에 대한 대결의식 속에서 갈등을 일으키게 된다. 여기서 형과 동생이 보여주는 긴장된 관계의 묘사는 심도 깊은 자아의 탐구를 목적으로 삼고 있다.

한국전쟁을 배경으로 전쟁의 부조리한 삶과 가치관의 전복을 그린 서기원의 「이 성숙한 밤의 포옹」(1960), 제 2차 세계대전 중 학도병으로 나간 '나'가 죽음의 갈림길에서 등신불의 내력과 그 존재를 발견해가는 과정을 그린 김동리의 「등신불」(1961), 일제 때부터 1956년대까지의 역사적 현실을 배경으로 상황에 따라 카멜레온처럼 변신하는 인물의 삶을 그린 전광용의 「꺼삐딴 리」(1962)또한 이 시기를 특징짓는 작품들이다. 특기할 사항으로는 박경리의 대하 역사소설 「토지」가 1969년부터 씌어 지기 시작했다는 점이다. 이 작품은 지주이며 양반이 최참판댁과 그를 둘러싼 인물들 간에 벌어지는 살인과 간음 그리고 천재지변 등의 다채로운 사건을 통해 전환기의 한국 역사를 형상화하고 있는 대작이다.

(2) 1970~1980년대

70년대 한국 문학은 근대화와 산업화 정책의 본격화, 대중문화의 확산, 군사독재정권 등 일련의 정치적 경제적 상황을 배경으로 한 것이다. 특히 소설문학은 이런 환경에 민감하게 반응하여 이 시기가 '소설의 시대'라고 지칭되는 것처럼 소재와 주제의 측면에서 다양한 계열의 작품이 쏟아져 나왔다. 세태와 풍속을 그린 작품에서부터 역사와 이념에 대한 진지한 물음을 담고 있는 작품에 이르기까지 다양한 유형의 소설이 씌어졌는데 이 과정에서 특히 우수한 리얼리즘 작품이 대거 등장했다는 사실은 기억해 둘 만한 사항이다.

먼저, 이문구의 「관촌수필」(1972)은 산업화와 근대화라는 미명 아래 붕괴되어 가는 농촌을 배경으로 전통적인 삶의 미덕과 따뜻한 인간애를 그린 작품이다. 황석영의 「삼포가는 길」(1973)은 산업화에 따라 대두된 부랑 노동자 계층의 삶의 비애와 고향 상실의식을 사실적 필치로 묘사한 작품이다. 작가는 동시대의 황폐함과 궁핍성을 영달이라는 부랑 노동자와 출감자 정씨, 그리고 술집 작부 백화의 모습에 집약시켜 놓았다. 이 작품에서 '삼포'란 특정 지명이면서 또한 보편성을 띈 공간이다. 60년대 김승옥의 '무진'과 마찬가지로, 여기서 '삼포'란 톱과 망치가 든 배낭을 짊어지고 공사판을 찾아가는 부랑 노동자들의 여로와 그 길이 이어지는 공간을 의미한다. 이 소설의 본질적 형식은 '여로'이며, 그 여로는 근원으로서의 고향을 동경하는 인간적 열정에서 비롯된다.

조세희의 「난쟁이가 쏘아올린 작은 공」(1976)은 난장이 일가를 중심으로 산업화 시대에 접어든 한국 사회의 단면을 파헤친 작품이다. 구성은 연작 형식을 취하고 있는데, 「뫼비우스의 띠」, 「칼날」, 「우주여행」, 「육교 위에서」, 「궤도 회전」, 「기계도시」, 「은강 노동가족의 생계비」, 「잘못은 신에게도 있다」, 「클라인 씨의 병」, 「내 그물로 오는 가시고기」, 「에필로그」라는 열 두 개의 장으로 이루어져 있다. 이 작품은 난장이 일가라는 도시 빈민의 삶을 통해 한국의 천민자본주의 형성과정을 고발 비판하고 있으며, 여기서 난장이 아버지는 산업화에 희생되는 시대적 희생양으로 그려지고 있다.

예수에 대항하는 아하스 페르츠라는 인물의 일대기를 통해 신의 존재 본질과 인간의 구원문제를 다룬 문제작 이문열의 「사람의 아들」(1979), 불교를 소재로 하여 종교적 구도의 길과 인간적 번민을 그린 김성동의 「만다라」(1978), 곡마단이라는 소멸되어가는 풍속을 통해 산업화 과정의 인간 소외 문제를 서정적으로 형상화한 한수산의 「부초」(1976), 전쟁으로 인한 인간의 비극을 주제로 삼고 있는 홍성원의 「남과 북」(1970~1975), 일제 말기에서 8.15해방과 6.25전쟁을 거쳐 휴전 협정이 조인되기까지의 격동기를 시대적 배경으로 수난가의 민족적 현실과 그 극복의지를 그린 이병주의 대하 역사소설 「지리산」(1972), 타락한 삶에 대한 비판과 순수한 인간성 회복을 주제로 삼고 있는 김원일의 「도요새에 관한 명상」(1979) 등의 작품은 70년대적인 시대정신을 잘 보여주고 있는 작품들이다.

80년대에는 후반에 접어들면서 탈 이데올로기성과 다원주의, 해체적 경향의 포스트모더니즘 사조가 소개됨으로써 새로운 문화형성의 가능성을 보여주기 시작하고 문학 쪽에도 영향을 주고 있다. 문학 내부적으로도 장르와 등단제도, 문학조직 등에 있어서 큰 변화를 보여주기 시작한다. 그런 변화의 양상 중에서도 가장 눈에 띄는 것은 지식인 중심의 민중문화 운동을 배경으로 한 노동자 작가와 시인의 대두 현상이다. 이러한 현상은

80년대 한국 사회의 정치경제적 상황은 많은 작가들을 사회 속으로 인도하기도 했다. 이들 작품 가운데서도 이 시기의 시대정신을 가장 잘 함축하고 있는 경우로는 광주와 운동권을 소재로 다룬 소설을 들어야만 할 것이다.

당시 간행된 창작집을 중심으로 이 시기의 대표작을 살펴보자면 이청준의 「매잡이」(1980), 전상국의 「아베의 가족」(1980), 오정희의 「유년의 뜰」(1981), 이문열의 「젊은 날의 초상」(1981), 박완서의 「엄마의 말뚝」(1982), 이동하의 「장난감 도시」(1983), 이문열의 「금시조」(1983), 「우리들의 일그러진 영웅」(1987), 임철우의 「아버지의 땅」(1984), 양귀자의 「원미동 사람들」(1987), 이창동의 「소지」(1987) 등이 눈에 띄는 경우이다.

박완서의 「엄마의 말뚝」은 분단을 소재로 한 작품이다. 이 작품의 스토리는 고난에 찬 모녀의 삶을 따라가고 있는데 그 중심에는 전쟁에 대한 기억이 자리 잡고 있다. 여기서 화자로 등장하는 '나'는 억척스런 어머니의 삶을 살려내고 조명하는 역할을 하고 있으며 이 과정에서 전쟁을 전후한 모녀의 삶이 고스란히 반추되고 있다. 탁월한 이야기꾼으로서 이 작가의 자질을 유감없이 보여주고 있는 「엄마의 말뚝」은 민족분단의 비극을 리얼하게 형상화한 분단문학의 대표작으로 평가받고 있다.

양귀자의 「원미동 시인」은 부천시 원미동이라는 실제 공간을 배경으로 하여 중심부에서 밀려난 주변부 사람들의 삶을 정감 있게 그린 작품이다. 이 작품에는 일곱 살 먹은 여자아이 '나'와 스물일곱 살의 청년 몽달씨가 원미동 시인으로 등장하는데 어린이의 순수한 시선 속에서 청년 몽달씨의 꾸밈없는 소박한 삶의 진실이 그 모습으로 드러내고 있다. 「원미동 시인」은 작가의 치밀한 관찰과 묘사에 의해 당대민중의 소박한 삶을 리얼하게 그려냈다는 평가를 받기도 했다.

위에서 살펴본 바처럼 80년대를 특징짓는 뚜렷한 경향 중의 하나는 분단소재의 작품이 활발하게 씌어졌다는 점이다. 이 계열의 장편들 또한 대체로 전쟁이라는 폭력과 이데올로기의 정체에 대한 질문을 주제로 삼고 있는데 이문열의 「영웅시대」(1984), 윤흥길의 「완장」(1983), 김원일의 「불의 제전」(1983)과 「겨울골짜기」(1987), 김주영의 「천둥소리」(1986)가 이에 해당한다. 그리고 반제국주의적 관점에서 월남전의 의미를 조명한 황석영의 「무기의 그늘」(1985) 또한 이 시기를 빛낸 장편의 하나로 거론할 수 있다.

(3) 1990년대~2000년대

이 시기는 민주화에 대한 욕구가 분출되면서 군사 독재 정권이 민간 정부로 교체된 시기로, 노동자들의 권익에 대한 요구가 높아졌던 때이다. 이 시기에는 민중적 시각을 드러내는 소설과 분단 문제에 대한 관심을 보여 주는 대하소설이 등장했다. 그리고 이 시기의 민중적 삶의 전형이라 할 수 있는 소시민의 삶과 정서를 그린 단편들도 많이 나타났다.

사회 현실 반영으로서의 소시민 문학은 이 시대의 한국 사회의 특징인 자본주의의 발달과 그로 인한 각종 부작용을 진지한 시선으로 고찰한 소설들이 창작되었다. 양귀자의 「한계령」, 신경숙의 「외딴 방」 등이 대표작으로 있으며 그중 「한계령」은 70년대 도시 인구로 유입된 시골 사람들이 도시에 적응하지 못한 채, 어떤 형태로 유랑하고 있는가를 다룬 작품으로서, 고도화된 현실에 대해 부정적 가치관을 지닌 그들이 그들 나름대로 삶에 적응해 나가는 것을 통해서 지난 기억의 아름다움이 소중하다는 것을 깨닫게 해 준다. 양귀자 특유의 아름답고 간결한 문체로 독자에게 신선 감을 주는 이 작품은 물질만능화된 현대 사회에서 주변 인물로 살아가는 소시민들의 삶을 따뜻한 눈으로 유머러스하게 그려내고 있다.

분단과 독재에 대한 성찰적 성격의 문학은 한국 사회가 어느 정도 안정된 이 시기에는 과거 분단과 독재로 점철된 불행했던 과거에 대한 정리와 성찰의 성격을 띤 작품들이 창작되었다. 김원일의 「겨울골짜기」, 이문열의 「우리들의 일그러진 영웅」 등이 있다. 「겨울골짜기」는 거창양민학살사건이라는 사실에 바탕을 두면서도 선한 인간과 극한 전쟁의 극단적인 대비를 통해 독자들에게 전쟁의 참혹한 실상을 전한다. 그 때문에 이 소설은 반전소설로, 나아가 휴머니즘 소설로 읽힌다. 요컨대 「겨울골짜기」는 그동안 금기시되어 왔던 한국문학의 한 영역을 구체적으로 확산시켰다는 점, 빨치산의 생생한 생활묘사를 통해 그들을 인간적으로 복권시켜, 그들도 민족공동체의 일부분이었으며 전쟁의 희생양에 불과했다는 것을 소설적으로 확인했다는 점, 반전과 휴머니즘적 시각으로 거창양민학살사건을 재현해 전쟁과 분단의 비극성을 새롭게 환기 시켰다는 점, 그리고 궁극적으로 전쟁으로 빼앗겨버린 민족적 삶의 원형 질적 공간의 회복에 대한 간절한 희구가 저변에 깔려 있다는 데에서 그 의의를 발견할 수 있다.

민중적 시각을 확보한 장편 대하소설은 민주화의 흐름을 발맞추어 과거와 현재의 역사를 민중적 시각으로 형상화한 방대한 내용의 장편 소설이 등장하게 된다. 조정래의 「태백산맥」, 황석영의 「장길산」이 대표작이다. 그 중 「태백산맥」을 살펴보면 한반도가 해방과 분단을 동시에 맞아 남한의 단독정부가 수립되고, 4 · 3항쟁과 여순사건이 일어난 1948년 10월부터 6 · 25전쟁이 끝나고 휴전이 조인되어 분단이 고착화된 1953년 10월까지의 시간적 배경을 가지고 있다. 조정래 작가는 수년간 작품의 불온성 시비에 휘말려 고초를 겪기도 했는데, 6 · 25전쟁의 비극성을 우리 민족 내부의 모순을 통해 적나라하게 표출해 이념의 금기 지대에 깊숙이 파고 들었다는 점이 그 이유가 되었으나, 이념의 대립으로 인한 민족 분단의 아픔을 문학으로 승화시킨 치열한 작가정신으로 「태백산맥」은 한국문학사의 독보적인 위치에 오르게 되었다.

90년대에 접어들어 많은 상업주의적인 소설이 나타나 독자들을 혼란케

하는 경향도 있었지만 박경리의 대하소설 『토지』가 25년 만에 완성된 것은 뜻 깊은 일이다. 이 밖에 작가 홍성원도 60년대에 등단한 이후 90년대에 이르기까지 『먼동』, 『달과 칼』 등의 장편을 발표하고 있다. 또 신경숙, 공지영 등의 젊은 여류작가들의 활동도 두드러지고 있다.

3) 사이버문학

(1) 사이버문학의 이해

인터넷이 국내에 보급되어 상용화되기까지 과정은 불과 10여년이라는 시간에 불과하다. 인터넷의 발달은 우리의 삶을 풍요롭게 할뿐만 아니라, 웹이라는 새로운 공간에서 자신의 느낌을 말할 수 있고, 대화 할 수 있는 공간을 만들어 주게 된다. 기존의 문학은 오프라인의 일방적인 독자들에게 전달되는 문학이라고 한다면, 사이버 문학은 공간의 제약이 없고, 쌍방향으로 작가와 독자의 공감이 가능한 문학이라고 할 수 있다. 소통의 장인 인터넷에서 우리는 크게 사이버 문학의 이해와 현재의 모습, 미래상, 그리고 문제점을 알아봄으로서 과연 사이버 문학을 우리가 어떻게 이해해야 한다는 것을 제시하여 보고자 한다.

인터넷 및 사이버공간의 발달로 우리의 삶은 급속도로 변화하고 있다. 일상생활뿐만 아니라. 인터넷을 이용한 문학도 급속도로 발전하고 있다. 인터넷은 무엇인가라는 이 소주제에서는 정의와 배경을 알아보도록 한다. 개인컴퓨터를 이용하여 유통되는 통신망 속의 문학을 포함하여, 컴퓨터를 이용하는 일체의 문학활동을 이야기한다. 이 배경에는 정보화 사회라는 시대적 변화가 있었으며 컴퓨터라는 글쓰는 가상공간과 더불어 소통 공간 그리고 문학의 주체인 리티즌(문학과 네트즌의 합성어)이 만난 새로운 문학의 형태를 말 할 수 있다.

(2) 사이버문학의 특징

가. 열려 있는 장르

90년대 이후, 개인 컴퓨터가 일반화, 대중화 되면서부터 수많은 사람들이 문학적 글쓰기에 동시 다발적으로 참여할 수 있게 되었다. 다른 사람의 글을 인터넷이라는 공간에서는 쉽게 읽을 수 있고, 작품에 대한 비평이나, 자신의 의견을 말할 수 있을 뿐만 아니라, 창작행위 그 자체에도 수동적이지 않고, 능동적인 참여가 가능해졌다.

나. 소통양식의 변화

기존의 문학의 소통은, 작가가 작품을 출판한다면, 그 독자는 작가의 일방적인 단정된 의견이나 생각만을 전달받는 것이 기존의 문학적 소통이라고 한다면, 인터넷의 발달로 인한 사이버상의 문학적 소통양식은 쌍방향이라고 할 수 있겠다.

다. 온라인과 오프라인의 조화

기존의 작품은 창작 → 출판 → 구입 즉, 작가의 손에서 출판사로 넘어온 원고는 조판 과정을 거치고, 인쇄소, 제책사를 통하여 제작이 완성되면 총판, 도매상, 소형서점을 통하여 독자에게 전달되었다. 또한 사이버공간에서 인기를 얻었던 작품은 현실공간에서도 출간되는 양상을 보인다. 말을 바꾸면 컴퓨터문단에도 연재되고 현실공간에서도 출간된다는 것이다. 이는 통신공간에서 현실공간으로 옮겨질 수도 있고 그 반대일 수도 있다. 통신공간에서 주목을 받은 작품은 현실공간에서 여전히 인기가 지속되는 현상을 보인다.

라. 다양한 감정부호 표현(이모티콘) 사용.

이렇게 인터넷상의 이른바 "인터넷 소설"이 등장하게 되면서, 주독자층인 10대에 의한 새로운 통신언어의 등장이 시작되었다. 특히 이모티콘(즉, 특수 부호문자) 에 대한 사용으로 다양한 감정표현이 가능해졌다. 이 부호들은 일상의 규범적, 문법질서를 일탈시킨 그들만의 특징을 지니고 있다. 또한 디지털화 된 텍스트는 집중해서 읽기에 불리한 시각환경을 갖고 있다, 따라서 작가들은 독자들의 관심을 텍스트 끝까지 지속시키며, 집중과 정독이 힘든 시각 환경을 극복하기 위해 통신만의 독특한 언어를 만들어 낼 수밖에 없다는 의견도 있다.

"이런!! 대체… 왜이래??"
"=_=… 모가?? 내가 어때서??"
"우리 따돌리려고 그랬지?? 응?? 응??"
"무… 무슨 말이야?? ^^; ; 은수 너는… 괜한 트집이야…"

마. 통신언어와 문법적 일탈에 대한 문제

인터넷문학은 인터넷의 주 사용자층인 10대를 포함한 젊은 층들에게 많이 읽혀지고, 또 작가층이 주로 젊은 10대층이 되면서 외래어를 포함한 국어문법의 파격적 일탈 현상이 발생되었다. 새로운 기호현상이다.

(사례1) / 비속어적 일탈

"너 돈 졸라 마니 벌었다며? 소문 다 나써"라구여… —_—;;
근데 진짜루 돈을 졸라 마니 벌었을까여?
견우 : 왜 따라 나오구 그램마… 들어가… 빨리…
그녀 : 너 어디갓!!!!!
견우 : 나 피곤해 집에 갈래… 잘 있다가 들어가…
그녀 : 너 얼릉 올래 아님 두글래??

견우 : —_—;;

(사례2) / 문법적 일탈

"죠아!아무도 업따!!!언농 와라!"("좋아! 아무도 없다! 얼른 와라!")
"ㅋㅋㅋ… 죠아써.이번수업 끈나고 가버리자!" (좋았어! 이번 수업 끝나고 가버리자!")
"내 생애에… 젤 빨리 달린 날을 꼽으라면..난 그날을 뽑겠다… " (젤 → 제일)
"설레는 맘으로 후문을 향해 돌진했다."(설레는 마음으로)
"투야에 김지혜랑 얼굴 박아놨다고 경원이가 졀라 샘내는애…
"(박아놨다고 → 매우 비슷하게 생겼다고, 졀라 → 매우)
"나 핸드폰도 짤렸어." (짤렸어 → 정지당했어)
"쳇… 아니… 그건 핑계야… 저새끼 … 나한테 빠졌어… 그것두 푸욱…"
퍽… 퍽… 퍽… —_—^ … …
"우오오오오오옥!!!!!!!!!!!!!!!!!!!!!!」,, 「"
"야… 재가 지은성이였담 말야… —_—^?"

이러한 문법적 일탈현상이나, 통신언어의 사용이 계속 늘어나는 이유는 채팅이나 말을 할 때 짧은 시간 안에 많은 말을 하려면 자연적으로 글씨를 짧게 하거나(제일 → 젤) 비슷한 소리(좋아 → 조아)로 바꾸어서 적은 시간에 많은 내용을 보내는 것이다.

이러한 국면을 고치기 위해서는 10대의 전유물, 인터넷소설의 미숙하고, 언어적 규범을 무시하는 공간이라고 꼬집기 보다는, 전문적인 글을 써왔던 작가들이나 학자들이 문학적인 부분에 대한 조언이라든지, 이해를 그들에게 시켜 준다면, 문법적인 일탈현상은 조금이라도 줄어들지 않을까 싶다.

(3) 사이버문학의 대중화와 변화

가. 인터넷 소설의 변화

인터넷에서 폭발적인 인기를 얻어 오프라인에서 드라마나 영화로 영상화된 작품들을 살펴보면 모두 연재소설의 형식을 취하고 있다. 우리나라 인터넷 소설 열기의 효시라고도 볼 수 있는 이우혁의 『퇴마록』이 1994년 컴퓨터 통신을 통해서 연재된 이래 밀리언셀러를 기록하면서 영화로도 제작된 바 있다. 컴퓨터 통신 나우누리 유머란을 통해서 1999년 연재되던 '엽기적인 그녀'는 김호식이라는 실제 인물이 자신의 이야기를 극화시켜 올린글로, 역시 폭발적인 인기를 영화에까지 몰아갔다. 그밖에도 「동갑내기 과외하기」, 「옥탑방 고양이」등 컴퓨터 20~30대 층의 강한 호응을 얻어 이 영화들은 모두 인터넷 사이버 연재소설을 원작으로 삼고 있다.

나. 독자들이 인터넷 소설에 열광하는 이유

사람들이 인터넷 소설에 열광하는 이유 중에 하나는 매일매일 클릭을 하게 된다는 습관성 때문이다. 엄지감성세대의 특성이다. 사이버 커뮤니티의 작가들은 더 이상 시작과 끝이 있는 완성된 콘텐츠를 만드는데 열정을 기울이지 않는다. 다만 그들은 분편적인 텍스트를 완성시키는데 골몰할 뿐이다. 완성된 명작 한 편을 단번에 커뮤니티에 올리는 것은 아날로그적인 작품을 디지털 방식으로 전환하는 것 외에는 의미가 없다. 구체적 과정이 드러나지 않기 때문이다.

인터넷 소설이 영상화될 경우 대게 흥행을 보장 받는 이유가 바로 여기에 있다. 오프라인의 소설이 1인에 의해서 씌어 진 후 유명한 비평가의 손을 거쳐서 명성을 얻게 되는 것과 달리 사이버 커뮤니티에서 행해지는 쓰기는 피라미드식 복사와 메일링을 통해서 퍼진다. 디지털 코드로 이루어진 콘텐츠의 읽기 과정에서는 독자의 선택이 필수적 요소이다. 일단

독자의 선택을 받은 콘텐츠는 온전한 또는 편집되어 수많은 사이트에 링크되고 수많은 사람들에게 전달된다. 대중에게 인증을 받은 콘텐츠는 계속해서 사이버 공간을 따라 흐르게 되고 그렇지 않을 경우 도태되고 만다. 파급의 효과는 피라미드형 다단계의 형식을 취하기 때문에 빠르고 넓다. 그렇기 때문에 사이버 커뮤니티를 통해서 인증 받은 미완의 콘텐츠는 오프라인 1인 체제에서 생성된 완성된 콘텐츠보다 대중에게 경쟁력 있게 다가갈 수 있는 것이다.

(4) 사이버문학의 미래와 전망

가. 사이버문학의 미래상

우선 첫째로 인터넷에 글만 쓴다고 다 작가가 된다는 그런 생각을 갖지 말았으면 한다. 인터넷이 라는 개방적인 공간에 쓰는 수많은 글들은 다는 그렇지는 않지만, 글의 구성이나 내용에서 성의 없어 보이거나, 작가의 집필 의도나, 감동이 없는 것들이 있다, 그들은 오로지 인기라는 영욕하에 재미만 추구하였지, 앞에 언급한 내용에 대한 것은 찾아 볼 수가 없다. 그들에게 작가라는 일에 대한 자부심도 중요하지만, 기본이 바로 된 작가 정신이 필요할 것이라고 생각한다.

둘째로, 쌍방향 소통이 가능하다는 점에서 일방적으로 글을 게시한다고 작가의 임무가 과연 끝났을까 라는 생각이다. 우리나라에도 소설이나, 문학에 대한 비평을 하는 사람이 많다. 이것이 오프라인에서만 한정되지 않고, 전문지식인 뿐 아니라, 이 글을 읽는 일반 누리꾼 사이에서도 비평이나, 작가에 대한 여러 가지 의견이 있어야지 작가만 발전하는 것보다는 서로의 발전이나, 사이버 문학에서의 발전에도 더 좋은 영향이 될 것이다.

문학의 다양한 변신이 기대되는 시대다. 특히 사이버 문학은 진행형의 문학이다. 장르의 변신도 무궁무진하다. 한국은 IT강국이라는 장점이 있기에 사이버 문학의 경쟁력은 더욱 강화될 것이다. 문학콘텐츠도 이러한 점에서 새롭게 주목된다. 그런지 인터넷과 관련된 여러 가지가 세계와 견주어도 밀리지 않을 만큼 잘 되어있다. 사이버 문학은 이러한 점에서 새롭게 21세기 문학으로 인식될 것이다. 여기서 더 앞을 내다 본다는 것이 지금 상황에서는 어려운 일일지도 모르지만, 이것이 자기 문학의 홍보수단이 아니라, 국민 모두를 문학이라는 장르에 흠뻑 빠지게 할 수 있는 표현의 장치라고 생각한다. 인터넷과 사이버를 활용한 다양한 장르 그리고 다양한 사람들의 문학적 이야기가 많이 나온다면, 그만큼 우리 문학적인 면에서도 많은 장점이 있다. 여전히 스토리텔링 위주의 사이버 문학이 미래를 주도할 것이다.

나. 사이버문학의 국문학적 위상

사이버문학에서의 국문학적 위상은 어느 한 곳에 머물지 않고 다양하게 퍼진다는 점, 곧 앞에서 설명했듯이 작가와 독자의 관계 그리고 유통과 수용 등이 쌍방향 이라는 것이다. 사이버 문학은 소통이 가장 큰 목적이었다. 그러므로 작가와 독자가 서로 상생하는 모습을 보일 수 있었다. 이것이 가장 큰 변화라고 할 수 있다. 다양한 소재와 창작 방법이 등장하여 새로운 흥미를 불러 일으켰다는 점, 그리고 그 인터넷 소설이 그냥 단순이 소설로 끝나지 않고 새로운 영상 장르로 변화하였다는 점이다. 사이버 문학은 무궁무진한 발전가치가 있는 것으로 생각한다. 비록 앞에서 지적했듯이, 외계어나 통신언어의 사용으로 약간은 10대 위주라는 느낌이 들기는 하지만, 이런 문제점을 보완한다면, 4~5년을 앞을 내다볼 때, 새로운 우리 문학의 힘이 될 것이다. 그래서 사이버 문학은 문화콘텐츠와 상생될 것이다.

사이버문학은 광범위해 보이면서도 실상 장르를 살펴보면 비슷한 류의 설정으로 나가고 있다. 귀여니의 「그 놈은 멋있었다」, 「늑대의 유혹」,

「도레미파솔라시도」, 이햇님의 「내 사랑 싸가지」, 은반지의 「테디베어」 등 인기 있었던 인터넷 소설의 내용을 살펴보면 외모도 평범하고, 먼저 공부도 그다지 잘 하지는 않지만 이유가 없이 남자주인공이 반한다. 그런데 이 남자주인공은 학교에서 '얼짱'. 싸움도 매우 잘하면서 집안도 매우 좋은 것은 기본이며, 때로는 공부도 전교 일등인 경우가 있다. 또 이 여자주인공을 질투하는 예쁘고 집안도 좋은 여자들이 나온다. 이런 것들을 축으로 하여 여러 사지 사건들. 예를 들어 여자주인동이 남자주인공을 좋아 하는 여자의 함정에 빠지거나 그 일로 인해 남자주인공이 불량배들과 싸우는 것 등이 있다. 스토리자체가 판타지 성격을 지녔으며 기이한 현상을 보이고 있다.

사이버문학은 문학 작가가 자신의 생각을 쓴 문학과는 달리 그 시대 즉 현제 잘나가는 장르를 보고, 그 장르로 글을 쓰기 때문이다. 왜냐하면 자신의 글을 조금이나마 클릭을 하게 만들려는 생각도 있고, 때로는 인기 있는 것들이 출간되기 때문이다. 위에서도 보았듯 한 개의 장르의 사이버 문학이 영화로 만들어지자, 그와 비슷한 장르의 인터넷 소설이 영화로 나오게 된 것이다. 이러한 것을 줄이기 위해서는 사이버 문학을 쓰는 사람들도 오프라인에서 작가가 글을 쓰는 것처럼 자신의 생각을 담는 것이 장르를 한정시키지 않는 첫 걸음인 것이다. 사이버문학은 앞으로도 새로운 장르로의 변신, 스토리텔링의 다양한 시도, 슈퍼장르의 매체적 접속 등을 통해 현재성과 미래성을 담아낼 것이다. 이처럼 융합장르의 변신은 무한대다.

4) 문학원형의 새로운 인식과 한국문학의 미래

IT 문화접속, 생태학, 사이버문학, 지역학, 지역 예술가들의 상상력,

문화콘텐츠, 스토리텔링 등이 주도하는 21세기는 문화감성시대다. 스토리텔링은 재미있고 생생한 이야기를 감동적으로 전달하는 행위기술의 총체라고 한다. 상상력, 영상감각, IT기술력에 힘입어 새로운 문화콘텐츠산업으로 이끌어야 한다. 문학의 원형과 감성, 상상력 그리고 창작으로 연계되어야 한다. 문화콘텐츠(culture-contents) 산업은 미래의 창조엔진인 동시에 새로운 생존 영역이다. 다만 거기에는 활인법(活人法)이 필요하며 인간적인 측면(human technology)이 반영되어야 한다.

디지로그(digilog)시대에 문학상품, 문화상품을 어떻게 명품화할 것인가. 고부가가치 창출을 보이는 게임, 애니메이션, 캐릭터, 영상산업, 테마파크 등에 목숨을 걸어야 한다. 아날로그적 문화자원의 가치에 있다. 한국적인 이미지, 한류의 가능성, 원형질 가치 찾기, 개인 또는 회사 브랜드 창조, 법고창신화(法古創新化) 등에 대하여 공을 쏟아야 한다. 디지털적 창조활용이다. 미래 영상세대의 힘, 그것을 지속적으로 키워갈 것이다. 돈의 아이디어가 필요하다. 발상전환, 행복하기, 집중하기, 부자들의 습관에 대하여 연구를 해야 한다. 문학원형도 돈이 된다.

전통의 힘과 문학치료, 독서치유, 상상력, 1인 1취미의 인생이모작 준비가 필요하다. 문학의 생활화가 요구된다. 웰빙시대에 부응하는 문학콘텐츠 만들기와 실천이 필요하다. 예술적 치유 기능 확대가 있어야 한다. 행복지수 높이기, 유비쿼터스시대의 인간성과 고향성 유지 등이 그것이다. 전통관광산업과 문화유산을 통해 생태문학의 변신성, 전통문화의 현대성 등이 요구된다. 그래서 새로움을 느낄 수 있게 하기를 통해 문화콘텐츠로 녹이기가 절실하다. 현재 직업에 최선을 다해야 한다. 퇴직 후 대비와 여행학 그리고 실버학, 어머니학에 대한 공부가 필요하다. 특히 창조학 시각에서 인생이모작 방법을 찾아야 한다. 미래 읽기, 건강한 생각, 봉사정신, 늦깎이 공부의 재미 등 모색이 필요하다. 앞서 말한 지역학 입장에서 자기만의 문화론적 문학관심을 보여야 한다.

문학작품 읽기의 혁신적 발상과 창작경험 중요, 책 읽기와 메모의 기술에 대한 새로운 시각이 있어야 한다. 시를 삶 속에서 생활화해야 한다. 시는 삶의 원천이다. 문화자원의 감성화는 시 읽기에서 비롯된다. 다음 시들을 읽으며 창작의 발상에 대한 생각도 해 보고 이러한 시를 쓰기 위해 평소 메모의 문학적 매력을 찾아보아야 한다.

그대가 나를 받아주었듯
누군가 받아주어서 생겨나는 소리
가랑잎이 지는데
땅바닥이 받아주는 굵은 빗소리 같다
후두둑 후두둑 듣는 빗소리가
공중에 무수히 생겨난다
저 소리를 사랑한 적이 있다
그러나 다 옛일이 되었다
가을에는 공중에도 바닥이 있다

문태준, 「바닥」 일부, 『가재미』

살아있는 것만 먹어 살아있는 전부만 사랑하는 너,
너와 목숨을 걸고 싸울 때마다 살아있는 행복
소(沼) 돌 틈새의 안정도, 여울 흐름의 통찰력, 너 온통 감각뿐이다.
너를 잡기 위해 나의 오감과 상상력을 쏟아붇고
그런 나를 비웃기라도 하듯 너는 파바로티처럼 노래한다.
내가 너의 마음을 훔칠 때까지 어언 10년,
영혼의 미끼를 들고 물의 나라에서 맞짱을 뜬다.
너는 본능과 명상으로 나를 이기고 나는 그 길을 어기려고
너의 심장에 마약을 붓고 너의 눈을 벤다.
나는 너의 강물에 깊이 잠겨 영원히 젖지 않는 너의 몸
몸의 전류를 강물에 쏘는 너의 이름만큼이나마
황제가 되어 신기하게도 살아있음의 타래를 푼다.

덫을 놓고 끈질기게 기다리는 나의 적의,
영락없이 밤 깊어 하얀 뼈로 서 있는 달밤.
살아있는 목표로만 삼아 먹는 전율의 끝에 서서
너도 나를 찾아 살아있다는 것을 당당히 보여주듯
나의 미수에 걸려 산 몸으로 나와 프로답게 입맞춘다.

이창식, 「황쏘가리」

흉악범 하나가 쫓기고 있다
인가(人家)를 피해 산 속으로 들어와선
혼자 등성이를 넘어가고 있다
그러나 겁에 질린 모습은 아니다
뉘우치는 모습은 더욱 아니다
성큼성큼 앞만 보고 가는 거구장신(巨軀長身)
가까이 오지 말라
더구나 내 몸에 손대지는 말라
어기면 경고 없이 해치워 버리겠다
단숨에
그렇다 단숨에
쫓는 자가 모조리 숯검정이 되고 말
그것은 불이다
불꽃도 뜨거움도 없는
불꽃을 보기 전에
뜨거움을 느끼기 전에 이미
만사가 깨끗이 끝나 버리는
3상(相)3선식(線式)33만 볼트의 고압 전류…
흉악범은 차라리 황제처럼 오만하다
그의 그 거절의 의지는
멀리 하늘 저쪽으로 뻗쳐 있다.

이형기, 「고압선」

위 세 작품을 통해 상상력과 아이디어 발상을 생각해본다. 읽고 또 읽고 하다보면 감성과 상상력의 맛이 몸에 배인다. 특히 이형기 시인의 「고압선」, 문태준 시인의 「바닥」은 다시 음미해도 현대 속의 '나'를 보게 된다. 이창식의 「황쏘가리」도 나의 실존을 성찰하게 한다. 생각의 깊이에 인생의 힘, 사회적 유대감은 시작된다. 시를 쓴다는 자체가 삶에 대한 새로운 통찰이다. 관찰하여 자기 메시지를 형상화하는 맛을 느끼도록 노력해야 한다.

이어서 독서, 논술, 명상을 삶 속으로 끌어들여 생각해 볼 필요가 있다. 글쓰기는 혁신적 미래경쟁력과 자기 경영과 밀접하다. 예컨대 독서도 자기 기술이다. 독서멘토링과 스키마(schema)에 대한 관심이 필요하다. 일반적으로 스키마란 한 개인이 어떤 것에 대해 알고 있는 정보, 곧 사전지식이나 경험의 추상적 조직체라고 할 수 있다. 사전지식이나 경험의 많고 적음이 글의 이해와 기억에 미치는 영향은 이미 많은 연구를 통해 드러났다. 최근의 스키마 이론가들은 사전 지식이 우리 삶에 구체적으로 표현되며 이해의 과정에서 크게 영향을 미친다는 것을 알아냈다.

스키마의 선행연구 결과를 토대로 오늘날 문학교육과 독서교육에서는 읽기 전 활동으로 스키마 이론을 적극 활용하고 있다. 읽는 글의 내용에 대한 조직자(組織子)를 제공해 준다든지, 어휘의 의미에 대한 설명, 유관한 그림 제공 등이 스키마 이론과 관련한 국어 또는 문학교육 방법이라고 할 수 있다. 이러한 지도 방법들은 선정한 글을 읽기 전에 사전지식을 활성화시킴으로써 문학적 글 내용의 이해를 높이기 위한 것이다.

정보와 그 정보의 의미있는 활용을 위해서는 보이지 않는 면과 담긴 뜻을 깨닫는 훈련이 필요하다. 논술, 독서 메모, 사고력의 유연성 등이 상호 작용되어야 한다. 명상, 영성 기르기, 상상력 키우기로 이어져야 한다. 결국 유쾌, 상쾌, 통쾌 세 가지 기쁨과 자기 몰두를 통해 책읽기의 창조적 국면을 깨달아야 한다. 마음씨, 솜씨, 맵씨, 말씨, 글씨 등 전통적

지역자산과 민족문학 읽기의 새로운 길, 곧 3씨 운동을 전개하여 문화의 생활화가 실천되어야 한다.

문학적 인상은 무엇인가. 웰빙, 웰다잉 그리고 21세기 혁신미학은 현대 사회에서 행복하기 살기의 으뜸이다. 문학감성을 통한 풍요로운 꿈꾸기는 지금 여기에 통한다. 집단지성(collective intelligence)인(人)+미디어(midia)의 결합은 신지식인 유형이다. 문학적 신지식인 사고는 촌스러운 너무나 인간적인 전통을 기반으로 지속적으로 자기혁신의 삶을 사는 감성적 신인간형이다. 멋과 맛이 있다. 개인 경쟁력, 공동체 경쟁력, 국가 경쟁력은 미래의 힘이다. 문학적 상상력은 이런 변화의 중심에 있다.

문학적 실천이 무엇인가. 남 배려하기, 자기 관리, 긍정적 암시 등으로 몸에 배도록 실천해야 한다. 문학 멘토링 전략의 삶이 중요하다. 어른다운 길 가기, 멘티(mentee : 조언 구하는 자)와 멘토(mentor : 조언자)의 상생 등은 기본이다. 덕담하기, 아름다운 사람으로 기억되기, 마지막 베풀 수 있는 도덕적 의무감(nobblesse oblige) 갖기 등이 뒷받침되는 문학적 실천이 필요하다. 아름다운 삶은 현실적 한계를 핑계되지 않고 오히려 당당히 맞서 지속적으로 배우는 데 있다. 특정 지역에 살다보면 중앙, 대도시 등의 콤플렉스가 있는데 이는 문화감성시대에 옳지 않다. 오히려 지역 속에서 지역의 세계화, 문화의 품격화를 꿈꾸고 실천할 때다.

한국문학은 미래가 있는가. 있다. 아직 노벨문학상이 나오지 않은 나라라 해서 세계문학의 위상이 낮다고 할 수 없다. 오히려 고무적이다. 한류가 말해주듯 문학한류(文學韓流)도 전개되고 있다. 고은, 오탁번, 조정래, 이문열 등 세계문학을 넘어선 작가들도 수두룩하다. 문제는 이를 소통시키는 과정이 빈약하다. 문학정책의 전환을 촉구한다. 문화강국답게 문학의 진정성과 가치성을 공유해야 한다. 미래에는 한국문학의 힘을 통해 세계인이 또다른 문학의 즐거움을 누릴 것이다. 한국문학의 현주소는 진행형이다.

관련하여 더 읽어야 할 주요 책들

강인수, 『한국문학의 이해』, 삼영사, 2005.

강희안 외, 『현대문학의 이해와 감상』, 한국문화사, 1998.

국어국문학회 편, 『국어국문학40년』, 집문당, 1993.

권영민, 『한국현대문학사 2』, 민음사, 2002.

권오경, 『고전시가작품교육론』, 월인, 1999.

김학성, 『한국고전시가의 정체성』, 대동문화연구원, 2002.

김호석 『엽기적인 그녀』, 시와 사회, 2000.

김 훈 외, 『한국 현대문학의 이해』, 청문각, 1996.

김흥규, 『한국문학의 이해』, 민음사, 1999.

김흥규, 『한국 현대시를 찾아서』, 푸른나무, 2005.

민병수 외, 『국어국문학연구사』, 우석, 1985.

민족문학작가회의 정보문화센터, 『문학 인터넷을 만나다』, 북하우스, 2003.

박규홍 외, 『한국문학의 이해』, 형설출판사, 1997.

박기석 외, 『한국고전문학입문』, 집문당, 1996.

손미영 외, 『한국문학의 흐름과 이해』, 아세아문화사, 2002.

윤호영, 『비교문학』, 민음사, 2005.

이상섭, 『문학용어사전』, 민음사, 1976.

이윤세 · 귀여니, 『그놈은 멋있었다』, 2000.

이인화 외 7명, 『디지털스토리텔링』, 황금가지, 2003.

이창식, 『문학공학과 민속학』, 대선, 2000.

이창식, 『구비문학이란 무엇인가』, 푸른사상, 2004.

이창식, 『문학콘텐츠와 스토리텔링』, 역락, 2006.

이창식, 『민속학이란 무엇인가』, 북스힐, 2004.

이창식, 『한국신화와 스토리텔링』, 역락, 2008.

이창식, 『김삿갓문학의 풍류와 야유』, 태학사, 2011.

이창식 외, 『한국문학콘텐츠』, 청동거울, 2005.
장덕순 편, 『한국문학사의 쟁점』, 집문당, 1986.
조규익, 『조선조 악장의 문예미학』, 민속원, 2005.
조동일 외, 『한국문학강의』, 길벗, 2005.
조동일, 『한국문학의 갈래이론』, 1992.
조동일, 『한국문학통사』 1－5권, 지식산업사, 1994.
최병우 외, 『다매체 시대의 한국문학 연구』. 푸른사상사, 2003.

색인

(ㄴ)

(ㄷ)

(ㄹ)

(ㅈ)